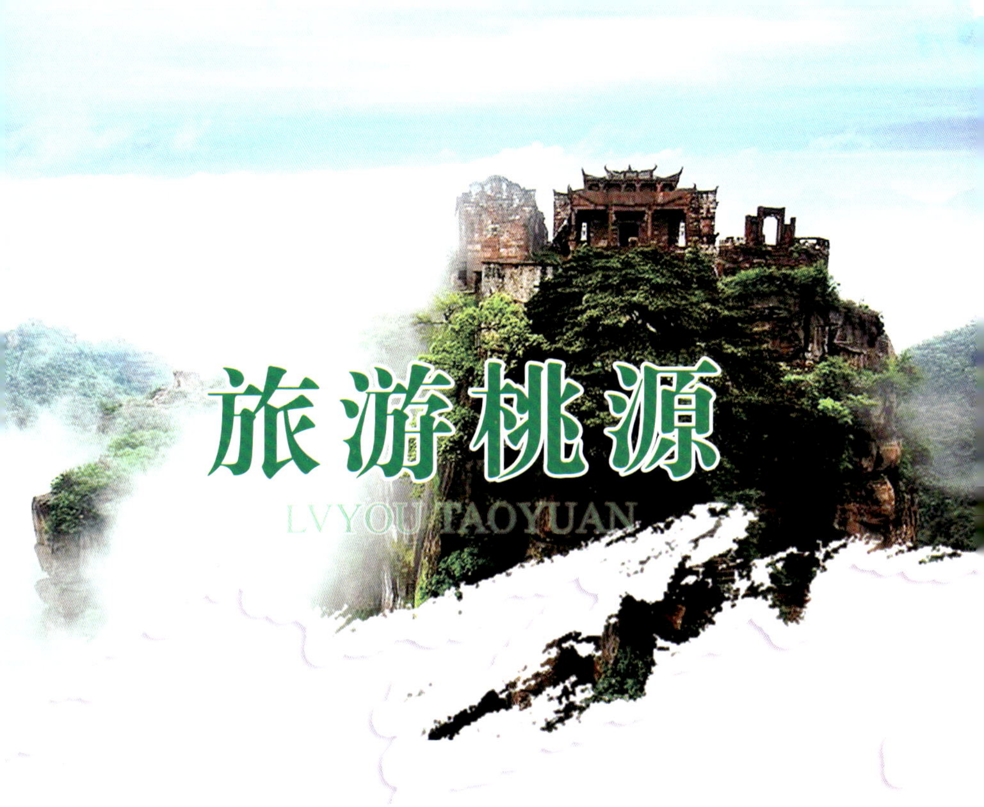

旅游桃源

LVYOU TAOYUAN

刘有恒 主编

此书是按各景区景点游览参观路线图编排，

合起来是全县景区景点介绍，

拆开又可单独成册，

以帮助游客游历时了解这些景区景点各自的特色，

以及这些特色背后的故事。

《旅游桃源》编辑委员会

桃源旅游开发景观颂（代序）

刘有恒

天生丽质芳，奇水异山藏。
渊明名世外，何止小园香。

北有飞来石[1]，南生自渡桥[2]。
阳山[3]祈风雨，老祖[4]破尘嚣。
仙境赏红树，舍岩[5]舞碧霄。
五龙[6]吐玉液，真武[7]着紫袍。

青带流花韵，洲岛映苕峣。
新石[8]古村落，渔村夕照娇。
江阁冰轮转，峰塔碧空摇。
珍禽藏湿地[9]，玉玺[10]换新貌。

悬棺埋忠骨，千里一规樵。
鸡鹜啄蜈蚣，新湘镜水飘。
夷沅[11]生砥柱，龙吟狮象肖。
花源后户[12]里，阙栈断唯樵。

茶庵品香茗，千古擂茶骄。
竹篁遍南国，万里卷绿涛。
枫林绕花海，瓦岗举天椒[13]。
圣泉飞南北，消喝治毒枭。

大种三阳鸡，嘴啄桌上肴。
城墙豆腐嫩，柱糖香粹缭。
桃姑刺绣锦[14]，匠师木器雕[15]。
扬名海内外，活虎真龙超。
桃城千古邑，人杰物华娇。

注：

①飞来石：似天外飞来若干大小不一的块石，自叠成独立高耸的石柱峰，雄奇地坐落在星德山顶平上。

②自渡桥：跨越沙坪乌云界晚溪深谷，两峰间的一座自生石拱桥和该溪另一处由藤蔓铺就的古藤桥。

③阳山：即县西观音寺镇与沅陵交界处的万阳山，山高坡陡，古木参天，山下溪流纵横，山顶常年飞云走雾，细雨蒙

蒙。过去干旱季节，十里八乡的人们来这里求神祈雨。

④老祖：处于理公港与牛车河交界处的老祖岩，这里峰入云霄，坡陡如壁，树木葱茏，峰顶开阔，上有一座古老寺庙，传说是吕祖修练的地方，站在庙前，这一带起伏的山峦尽收眼底，晴天远望可见常德城。

⑤舍岩：横持在星德山山肩，宽约两丈，长约三丈，悬空深达数十丈峡谷的一板岩，人称舍身岩。

⑥五龙：沙坪乌云界旁的一座山峰，连着莲花潭的老屋棚的一半，形似五条龙组成，雄伟壮观，山脚下是清溪汇流的王家湾水库，清澈碧透。这里树木葱茏，空气新鲜，是湖南省的第二座天然氧吧。库中岛山聚居着成百上千只白鹤。传说五龙是天帝派来降伏沅江水魔的。

⑦真武：五龙山腰建有一座古庙，古庙内供奉着中华始祖，尧舜之父的真武大帝。

⑧新石：指新石器时期桃源祖先在白鳞洲所建第一座古村落。

⑨湿地：从尧河渡口至白马雪涛这一段水域，洲岛、沙滩、坡岸、林带是湖南划定的桃源湿地公园。这里是国家一级禽类中华秋沙鸭，二级禽鹭类的栖息地，还保护着很多其他珍稀的动植物品种。

⑩玉玺：指赵家洲。传说此洲是宋朝皇帝为防湖南彭氏夺取江山抛的一块皇帝玉玺变成的赵家洲。现在已建成桃源双洲生态公园，成为湘西北山水洲城的一张名片。

⑪夷沅：夷望溪水与沅水交汇处的夷望山。

⑫后户：指大桃源的后室焦林山，过去这里只有夷望溪一条水路可达到此地。环绕焦林的山象城阙，城阙和栈首（路）是封闭的，古人称这里才是真正的世外桃源。

⑬天椒：遍生在瓦儿岗山丘坡地的朝天上举的一串串红辣椒，是驰名的鲁胡子辣酱的主要原料。

⑭桃姑刺绣锦：桃源刺绣自古就很有名，专家称其为湘绣之母、之魂。

⑮匠师木器雕：桃源木雕自古至今在省内外都很有名气，故宫及其他地方一些宫室的雕刻建筑都有桃源工的作品，木雕尤其是石雕的狮子和龙出口东南亚和有华人聚居的世界各地。

目录

星德山景区

星德山自然景观

星德山人文景观

乌云界景区

老祖岩景区

东城新区

Chapter 1

沅水风光带景区

沅水桃源段从沅陵东界进入桃源，流经99公里，至离河洑犀牛口约100米处流入常德，处于沅水的中下游河段。这一段没有像上游那样在崇山峻岭中穿行，水面渐宽渐缓，雍容温顺。河心浮现着如蓬莱仙岛般的15座绿洲。整个江段漫江碧透，晶莹可爱。山峦、林木倒影水中，极具画理。千百年来，引来无数文人墨客、现职官员、游僧方士在此流连，留下不少赞美的诗文。有人在此隐居数十年，有人在此修道成仙，有人退休后，将此处风景买下一块，安度晚年。这里向世人推荐的只是从县城至夷望溪约50公里江段的风景，和夷望溪至焦林村约15公里江段的风景。

为什么99公里沅江，目前只推这一段呢？

驰名中外的《桃花源记》，所记的武陵渔人发现桃花源的故事，就发生在这方圆

十来公里的地方。而后来的文人墨客沿沅江探古寻幽，却发现从县城到夷望溪这一带的江面和沿江两岸，虽不称世外桃源，却胜似世外桃源。唐代大诗人李白诗云："昔日狂秦事可嗟，直驱鸡犬入桃花。至今不出烟溪口，万古潺湲一水斜。"他认定：世外桃源应以延（烟）溪口为界。延溪口以内都应是世外桃源。明代公安派文学家袁宏道诗云："闹处云藏寺，僮来鸟亦随。仙人成邑里，烟水作城池。山有容空地，溪无不怒时。偶然岚翠起，一县绿离离。"他说：桃源古城是仙城，是烟水之城，是世外桃源之城。他在《由菉萝山至桃源洞记》《由水溪至水心岩记》中写道：游仙源者，当以菉萝为门户，以花源为轩庭，以穿石为堂奥，以沙萝及新湘诸山水为亭榭，而水心岩乃其后户。袁宏道与很多游过桃源沅江风光带的古今之人，都认为陶渊明所记的世外桃源，只是沅水大桃源段一个重要的轩庭而已。

电影《刘海砍樵》拍摄地　吴飞舸　摄

千年古城漳江镇

桃源县城所在地为什么取名漳江镇呢？据史料记载，说法有二：其一；千里沅江流经桃源县城这一段，即从菉萝坪至潼舫洲，曾是一边清，一边浊。清者曰漳江，浊者曰沅水，故有漳江之说。其二；上述这一段流经县城时，境内有一条名为漳江的小溪，注入大河，水显得格外清澈，故称这一段水为漳江。不管哪种说法，反正沅水流经桃源县城的这一段，有漳江之称，就像沅江流经桃花源那一段有“桃川”之称一样。于是桃源地名中就有了“桃川仙境”、“漳江镇”。

漳江镇作为县城，有很长的历史。漳江右岸，古城山上的浔阳坪，曾经是古临沅县城址。宋乾德元年（公元963年），朝廷析武陵县一部分置桃源县，县城就选在漳江左岸的地方，即今漳江镇。此后，虽历经千余年沧桑，从未变更过。据《桃源旧志》记载，原县城规模很小，也没有城廓。从东至西，只有四十一丈；西至北，一百四十四丈，而且不成方形。背靠后港，前临沅水，整个城区，极为简陋。明朝成化十六年（公元1480年），为避匪患，选一高地筑土城，低处立排栅，以资捍卫。明弘治十年（公元1497年）再筑土城，建四门：东为“迎恩”门，东南为“迎熏”门，南为“通道”门，北为“通郭”门。明崇祯十三年（公元1640年）始建砖城，“设商税，以资用”。

据《桃源县志》记载，县城“当五溪之冲，通七省之衢，洪涛湍发，岁为民害”。为防水患，元延祐庚申年（公元1320年），在学宫前建上柜，后遭水毁。明万历2~7年重建。柜上建“川上

今日桃源县城（之一）　吴飞舸　摄

亭”，后改名“文昌阁”。明万历三十六年（公元1608年）建下柜，柜上建漳江阁。清乾隆四十五年（公元1780年），在修复巩固其坚的同时，将明朝建于县北部的漳江书院，迁至临漳江阁的东门，“壮丽宏杰，为一邑之胜”。民国初期，在民主革命家宋教仁的倡议下，又建漳江小学，其校名亦以漳江取名。

千年古城，地灵人杰，底蕴深厚。其上，接壤人间仙境桃花源；其下，紧靠两千年前楚平王的行宫——黄楚城、采菱湖。县城内有“一亭一林观，二寺加一庵，双塔对三阁，九庙七宫殿，九井十八巷，三桥破晓烟”之概绘。地之灵气，哺育了不少杰出人才。自宋至清，由桃源学宫、书院培养了各类学子。有考中进士由朝廷委以重任并颇有建树的，如张颙、张颉、文澍、张征、江盈科、阙士琦、罗人琮、向光谦、罗其鼎等15人。还有倪永寿等70多名举人以及177名贡生。另有武进士11人，武举人85人。

此外，近代民主革命家宋教仁，国民党元老覃振，新中国历史学家翦伯赞，文学家丁玲等著名人物，多在漳江镇求过学，从这里走上人生旅途。民国初期由宋教仁倡建的省立二女师，就在漳江镇边街。它是湘西北妇女革命的摇篮，在1919~1926年期间，为中国革命事业，特别是为妇女解放运动、农工革命运动，哺育了一大批为无产阶级、为共产主义奋斗的革命烈士。有的成了全国知名人士，如丁玲、瞿秋白的夫人王剑虹、张太雷的夫人王知一，都是从二女师走向革命队伍的；还有的为革命牺牲，成了著名的烈士，如陈兆森（桃源陬市人）、刘璞（漳江镇人）等等。

漳江镇风景奇特，环境优美。历代游览仙境桃花源和沅江风光的骚人墨客，如李白、王昌龄、刘禹锡、黄庭坚、姜夔、袁宏道、王守仁等等，均从这里出发。他们为桃源留下了数以千计的诗篇，写出了许多精美的游记。明代公安派文学家袁宏道，曾有诗这样描叙漳江古城风光：

闹处云藏寺，僮来鸟亦随。
仙人成邑里，烟水作城池。
山有容空地，溪无不怒时。
偶然岚翠起，一县绿离离。

在诗人笔下，漳江镇成了人间仙乡，美不胜收。实际上，漳江镇也的确很美，有名的桃源八景，除“桃川仙隐”外，有七景是在漳江镇范围内。它们是：每当夕阳西下，霞光万道，洲在五彩纷披的江雾水光中若隐若现、飘幻神奇的“漳舫晚渡”；自玉兔东升，至银盘西沉，江中倒映的阁窗之中，终夜拥有一轮明月，令人称奇的“漳江夜月”；昔日香火颇盛，庙井中时时放出剑光的“浔阳古寺”；当春花木先发，鸡鸣先村市的“楚山春晓”；即使久晴，每日清晨，依然烟雨蒙蒙的“梅溪烟雨”；山若碧螺，映江而出，山皆飞舞生动，水中漂绿见底，峭壁偶尔出现桃花源水墨全景图的“菉萝晴画”；山狭水急，云奔石怒，放眼远望，雪浪冲天的“白马雪涛”。这些如诗如画的美景，引无数古今游人赞叹不已，拍案叫绝。

千年古城，随着时代的变化，不断注入新的元素。特别是新中国成立以来，随着经济不断发展，旧城规模也不断改造和扩大。时至今日，城域总面积已达104.2平方公里，其中城中面积13平方公里。总人口13万。辖13个社区，38个村。城区内，街道纵横，高楼林立，立体交通网络四通八达；邮电通讯、电视广播亦广连海宇。为防水患，沿漳江建了10公里长的钢筋混凝土堤与郊外犹如铁壁的土堤10多公里相衔接，建成了一座不是城墙而胜似城墙的防洪圈。现在的漳江镇，经济发展，市场繁荣，物阜民丰，人民安居乐业。

1951年，一度改漳江镇为城关镇，1995年撤区并乡时又恢复了漳江镇名。

今日桃源县城（之二） 吴飞舸 摄

尉迟恭三修护村墙

尉迟恭助李世民夺取帝位以后，他到处游历。一天，他来到了朗州武陵县的延口村，恰恰刚过了一河大水，延口村到处是一片水灾留下的痕迹：房屋倒塌，村民失所，庄稼全被淤泥所掩盖，全村儿哭母号，一片凄厉，其状惨不忍睹；又恰恰是前一天夜里，受灾的村民又遭到强盗的抢劫，真是雪上加霜！尉迟恭围着村子转了一个圈，心里沉重得不得了，便径直来到武陵县城，问县令为什么不修筑一道墙将延口村围起来，这样既可挡水，又可防盗。县令告诉他，那延口村地势轻，围墙是修不成功的，修起了注定要垮。

尉迟恭连连摇着头表示不相信。

县令叫他莫讲蛮，莫赌狠，说他也修过一次，确确实实修起又垮了。尉迟恭依旧是一口一个不相信，叫县令马上上报朝廷，只等国库一拨银子，他尉迟恭就来修。

国库的银子没有拨来，却下来一纸文书，文书上怪这尉迟恭多管闲事，大唐这么大的江山，哪里会管到一个村庄的事！还说如果他尉迟恭要修城，必须先画押。尉迟恭画了押，甘愿拿全部家产来作抵。

押交上去，银子拨了下来，尉迟恭马上把武陵县令找了来，吩咐：多少人备料，多少人建城，什么时候动工，都讲得清清楚楚。最后对县令说：“护村墙修不起来，先拿你问罪！”

县令早知他尉迟恭的大名，吓得一身像筛糠。

规定的日子到了，县令叫人备齐了料，又召来民伕开了工。

一个月过去了，县令亲自派人告诉尉迟恭，护村墙脚砌起了。

尉迟恭坐在武陵县城，听到这样说，感到很满意。

两个月过去了。县令又亲自派人告诉尉迟恭，护村墙修起一尺高了。

尉迟恭听到这样说，蹽着木马腿，感到好喜欢。

半年过去了，县令慌慌张张跑回武陵县城，扑地一声跪在尉迟恭面前说："不好了，护村墙修起一半，垮了。"

"什么？"尉迟恭气得一声大吼。

县令吓得讲不出话来，只得一迭连声地说："垮了，垮了，垮……垮……了。"

尉迟恭气得一把揪住县令的衣领，眼睛喷着火，瞪得像铜铃。他看了好久好久，搡了他一把，骂道："没得用的东西，剩下的钱也要修起这护村墙，修不起，你背起棍来见我！"

县令连滚带爬地跑回去，又把做工的骂了个狗血淋头。等他的怒火发足了，才又叫人去清墙脚，监工的多派了一半人，而且一人手里还拿着一根大木棒，哪个做工的不顺眼，劈头盖脑就是一棍。

尉迟恭　吴飞舸　辑

一个月过去了，县令亲自派人告诉尉迟恭：护村墙脚又重新砌起了。

尉迟恭坐在武陵县城，听到这样说，板着脸孔没有作声。

两个月过去了，县令又亲自派人告诉尉迟恭，护村墙又修起一尺高了。

尉迟恭听见这

样说，哼了哼鼻子。

半年过去了，县令背着棍子垂头丧气来到武陵县城，尉迟恭一见，夺过棒子一顿狠打，县令跪在地上告饶说：“不是小人不加劲，这里确实修不得护村墙。”

尉迟恭又给了县令一脚，骂道：“屁话！修不起来也要修！”

县令吓得滚了回去。他前脚刚到延口村，尉迟恭后脚就赶到了。县令见尉迟恭亲自来督工，急忙把全城的百姓统统赶出来清基脚。尉迟恭拦住他，叫他不忙动工，先把他拉到周围看了一遍又一遍，最后站在沅江边上，指着河水问县令：

“是不是要涨大水护村墙才会垮？”

县令告诉他，两次都是修起一半，就来了一河大水，大水对着冲，护村墙就被冲垮了。尉迟恭听他这一说，看了又想，想了又看，最后才告诉县令：在前面不远的地方修一座石龟，挡住那股直冲过来的急水，急水改了道，就冲不倒护村墙了。

县令认为尉迟恭说得有道理，忙把人调过来先修这石龟。

尉迟恭又把县令拉到砖窑边，他看出来，窑太少，砖太小，这号小砖，根本下不得脚。

县令也认为尉迟恭说得有道理，另找了个地方辟了四十八孔新窑，专烧修护村墙用的砖。

半年过去了，护村墙又起了一半。恰恰又涨了一河大水，急水冲到石龟上，就转了弯，滴溜溜往下逃了去。

一年过去了，护村墙修成了。尉迟恭又顺着护村墙东看看，西望望，对县令说：

“不行不行，还要让它牢固些，还要把这个村子里加上三个绊，上它三把锁。”

接着又叫人修了三座桥：上桥、东门桥、土桥。这三座桥就像三把大锁，把延口村紧紧地锁了起来，以后护村墙再没有垮过。

后来，武陵县分置设立桃源县，桃源县的县城就建在延口村的位置。一直到现在，从土里挖出来下老墙脚的青砖上，块块都刻有“尉迟恭”三个字，东门桥下边和石龟上都立有一块石碑，上面刻着：尉迟恭建。

那专供修城用砖的四十八孔窑，后来就叫窑货。年长月久，现在谐音成“尧河”。

据实考证，桃源县县城的修建与尉迟恭一点关系也没有，为什么老百姓把希望寄托给了尉迟恭？原来尉迟恭晚年研究占候、星占、巫医、神仙术、占卜、相术、命相、遁甲等方术，认为他可以隔鬼、避邪，还把尉迟恭的像用纸印了贴在大门上当门神。砖上石碑上刻有“尉迟恭”，当然可以千年永固了。

钟鼓楼

朝朝代代，除了京城有钟鼓楼以外，哪里县城有钟鼓楼？各州各府都没有，唯独桃源县有钟鼓楼，这不是件怪事儿吗？

其实也不怪，这件事儿也是有原因的：不晓得是哪朝的一个皇帝，他听说桃花源就在桃源县，那里是仙境福地，就把他的叔叔派到桃源来做官。皇叔在皇宫里，白天有山珍海味供他吃，夜里还有宫娥彩女来作陪，自然不想去。皇帝对他说：

“叔啊叔，那地方比这里说不定要好上千万倍，不是叔叔你，我还不得赐哩！”

皇叔只得到桃源县来了。到了桃源，他还一心想着京城的日子，又想在这里抖他皇叔的威风，心里七划八算：对了，侄儿京城里有个钟鼓楼，每天打鼓撞钟报时辰，那威风足得很。我何不也修座钟鼓楼？这个皇叔，想了就要做，还怕什么事情做不成？接着他就调来匠人，很快就修了座钟鼓楼。每天打起鼓来，撞起钟来，地皮都震得嗡嗡响。老百姓听到衙门里又是打鼓又是撞钟，以为是个理民事的好官，哪晓得他什么正事儿也不做。

这位皇叔他做什么呢？钓鱼。每天吃了早饭就叫人给他背着钓竿，到边街前面的沅江里去钓鱼。他钓起鱼来瘾足得很，常常连饭都忘记回去吃。老百姓看到他这个样子都气不过，又不好当面对他说。有一天乘他钓鱼的时候，送去几个他们常吃的苦荞粑粑。那意思是说：你看，我们天天吃的是这号家伙，又苦又涩，让你也尝尝这“苦味”吧！哪知这一天，这位皇叔钓鱼饿极了，啃了几口苦荞粑粑，连咂着嘴说：“咦，这味道好得很呀，真的

钓鱼图　吴飞舸　辑

比山珍海味还好吃。”他又想到京城里做皇帝的侄儿：嗨，恐怕侄儿在京城里一世都莫想吃到这民间的好东西。对了，何不给他送些去？于是，皇叔搞了好多苦荞粑粑派人送到京城里。

再说这个皇帝得到叔叔送来的宝，忙叫人给他弄来吃。他咬了一口，连忙吐在地上说：

“咦，好苦好苦，都说桃花源是仙境福地，原来日子这么苦，真苦了叔叔。”

于是，这个皇帝马上把叔叔调回了京城。

苦荞粑粑　吴飞舸　辑

皇叔欢天喜地地走了。那个钟鼓楼就一直留在桃源城，只不过那以后再没人打鼓撞钟。

桃川仙隐

“桃川仙隐”就是指桃花源，被称为桃源县八景之首。

桃花源位于桃源县西南15公里处。自古以来，人们赋予桃花源多少美丽动听的名字：桃川仙隐、桃源仙境、世外桃源、洞天福地……如果从桃源县城乘车南行15公里，或乘船溯沅水而上，于“问津处”登陆，再“沿溪行”，便可一睹她的芳容。她就像一颗熠熠耀目的明珠，镶嵌在万山丛中；又像一位婀娜多姿的少女，以动人的笑靥迎接着游人宾客。

桃川仙隐　吴飞舸　摄

方竹亭　吴飞舸　摄

桃花源系一建筑群，它的范围，按《桃源县志》记载："唐建中二年（公元781年）所定山界：东西阔七里，南至障山四里，北至大江五里。障山在祠堂南四里，以山岭分水为界……又据《桃花源志》转载清嘉庆《桃源新志》所载："桃源之山，西尽水溪，东逾桃花之溪，群山环拱，周围五十里，其首曰桃源洞山，一曰武陵之山……"唐宋年间，这里已被封建王朝重视。据有关资料记载：唐天宝七年（公元748年）曾规定桃花源一带"三十户蠲免税赋，永充洒扫，守备山林。"北宋淳化元年（公元990年），"诏隶二十户，免徭，以奉洒扫。"1959年1月24日，桃花源被湖南省人民委员会公布为湖南省重点文物保护单位，1992年批准为国家森林公园，2001年公布为中国AAAA级旅游区，2004年1月被国务院公布为国家重点风景名胜区，2006年5月25日被国务院公布为第六批全国重点文物保护单位。

远在晋代以前，这里风景幽静、林壑优美就称桃花源，属乌头村。自从东晋诗人陶渊明把这里的山光水色写进《桃花源记》以后，这里名声日隆。南齐武陵的地志学家黄闵在《武陵记》中写道："武陵山中有秦避世人居之，寻水，号曰桃花源，故陶潜有《桃花源记》。"在诗人的笔下，桃花源的自然风光是美的：那萦回曲折、泠泠有声的桃花溪；那溪边鲜美的芳草，缤纷的落英，以及那"仿佛若有光"的古洞，在人们眼前展开了一幅清秀明丽的画卷。诗人又根据自己的旨趣和抱负，把这古洞内的天地，幻想成"相命肆农耕，日入从所憩。桑竹垂余荫，菽稷随时艺。春蚕收长丝，秋熟靡王税"这样一个理想的乌托邦。在这里，"荒路暧交通，鸡犬互鸣吠。俎豆犹古法，衣裳无新制。童孺纵行歌，斑白欢游诣"；在这里，"草荣识节和，木衰知风厉。虽无纪历志，四时自成岁。怡然有余乐，于何劳智慧！"他给这里的自然风光，蒙上了一层扑朔迷离的面纱，使这里的美显得更加隽永、更加深沉，给人以一种神秘的、可望而不可及的感觉。诗人笔下的桃花源，就是这种外表美（优美的自然环境）和内在美（"春蚕收长丝，秋熟靡王税""童孺纵行歌，斑白欢游诣"

渊明祠　吴飞舸　摄

遇仙桥　吴飞舸　摄

的社会制度）浑然天成的统一体。正因为如此，她以自己所独有的这种“美”吸引了古今多少骚人墨客，招徕了多少羽士高僧，也使许多走投无路的穷苦百姓纷纷寄希望于这块仙境乐土。他们登寺观而缅古，入古洞而抒怀，或吟唱于高山，或赋诗于清流，留下一篇篇动人的华章，各自以生花的妙笔，为这里添了一道道绚丽的色彩。在王维笔下，这里是“坐看红树不知远，行尽清溪不见人……遥看一处攒云树，近入千家散花竹”一幅美丽的图景。那盛开的桃花，如火如荼，似红云，似落霞，“坐”“行”“遥”“近”，仅用四字构成了层次分明的画卷。韩愈称这里是“种桃处处惟开花，川原近远蒸红霞”。“蒸红霞”，多么鲜明的色彩。苏轼对这里的描写又与他们不同，他不学王维和韩愈用大红、着热色，仅用“桃花满庭下，流水在户外”，给人以一种舒淡的恬静的美。至于王安石，完全把这里写成一种神仙之境了，说桃花源中人“此来种桃经几春，采花食实枝为薪！”桃花源的

穷林桥　吴飞舸　摄

自然风光是美的，陶渊明笔下的意境更是美的，再加上历代骚人墨客的吟唱，他们从不同的角度去描写这里的风光，挖掘其丰富的内涵，使得这里美不胜收了。

据《嘉靖常德府志》记载："桃川宫，县西南二十八里，晋人建。"可见自晋代始，这里就有了建筑，且建筑物以"桃川"命名，足可见与桃花源之间的密切关系。到了唐代，这里便形成了自沅水边至桃花山的巨大的建筑群。北宋淳化元年（公元990

佳致碑　吴飞舸　摄

年），朗州官奉召修桃花源五百仙人阁成，名望仙阁。宋徽宗政和一年（公元1111年），依桃源山势建梵寺，分上、中、下三宫，次年，钦赐“桃川万寿宫”宫名，形成颇具规模的建筑群，至元惠中时（公元1333—1368年）毁于战乱。明清两代，桃花源的建筑移至桃花山，以秦人洞侧之大士阁（今桃花观）为主体，时兴时毁。光绪十八年（公元1892年），桃源知事余良栋重摹、雕刻“桃源佳致”碑，同时，还重修靖节祠，并沿山配置亭阁，按陶渊明桃花源诗命名。桃花源历经兴废，风景多变。解放前，古迹横遭破坏，景物荒芜殆尽，不少建筑因失修而倒塌。新中国成立后，党和政府特别重视和保护国家文物，几经修复，真是三十六洞，别有一天。

桃川万寿宫匾额　吴飞舸　摄

桃花源面朝碧澄清澈的沅水，背靠层峦挺秀的群山。这里，有芳草鲜美的“烂船洲”；有清澈明净的“桃花溪”；有“夹岸数百步，中无杂树”的桃林道；有“桑竹之属”的广袤桑园，和劲节高风、坚韧挺拔的万竿翠竹；有充满神话和传奇色彩的“秦人古洞”……古人游览桃花源风景区，路线是：在桃源县城上船，溯沅水而上，先游烂船洲、后门洞，再在问津处登陆，可观赏水府阁、空心杉，仰桃川宫、炼丹台、瀹鼎池、摩顶松，抵佳致碑。过佳致碑，进桃花源牌坊，跨穷林桥，穿二道门，便抵菊圃。方竹亭就在菊圃右上侧，亭边可遥望遇仙桥。在遇仙桥上小憩片刻，历石级而上，过水源亭、桃花潭，到秦人古洞。洞内可览豁然轩、千丘田、延至馆、高举阁、归鹤峰等风景与建

菊圃　吴飞舸　摄

桃川万寿宫　吴飞舸　摄

筑。再顺坡势而下，可到渊明祠、桃花观、蹑风亭、玩月亭。穿桃花观山门，经集贤祠，右拐，沿寻契亭、既出亭，可从向路桥而出。

如今，桃花源又几经修葺、扩展，已将桃花源分成了桃花山、桃源山、秦谷、秦溪、五柳湖、桃花源古镇六大景区和故渊湖、五柳小镇、万亩桃林三大配套景区。景区面积由原来的不足半平方公里，扩大到157.55平方公里。这已非古桃花源可比拟了。

桃花源因《桃花源记》而得名，《桃花源记》因桃花源而生色。那么，陶渊明所描写的这处仙境到底是怎样来的呢？这又得从牛郎织女说起。

好多好多年以前，天上的织女私自下凡配了人间的牛郎。想不到这件事被王母娘娘知道了，她硬行拆散了这一对美满的夫妻，把牛郎织女分隔在银河两岸。

王母娘娘又罚织女去做苦工：在机房里没日没夜地织锦缎。

织女手里织着，心里却既想丈夫，又想伢儿，天天茶饭不思。夫妻俩分开在银河两旁，一年只见得到一次面，不见面想得心疼，见了面心里更疼。后来，织女想，家里有田有土，总比这样留在银河边受折磨强，还不如叫牛郎带着伢儿回去的好。

织女有七个妹妹，合称七仙女。她们很同情织女和牛郎的遭遇。她们知道了织女的心思后，对她说："牛郎家里穷，回去还不是一样过苦日子？"便帮她出了个主意。什么主意呢？她们叫织女织块衣食住行样样俱全的锦缎，让牛郎带回去。那锦缎一落到人间，那里就会随着锦缎的样儿变，样样齐备，这不就可以过上安稳日子了吗？

织女感到这个主意好。她就日夜不停地纺织起锦缎来了。她

聚贤桥　吴飞舸　摄

用青色丝线织成山岭，用赭色丝线织成土地，用蓝色丝线织成池水，用绿色丝线织成竹林。她织呀织呀，锦缎上出现了美景：蓝天、白云，明晃晃的太阳；天上鸟在飞，塘里鱼在游，猪羊满圈，鸡鸭成群，屋前屋后是一片红艳艳的桃花。可是她一边织一边想，这块地方织得再好再富裕，有什么用啊，一旦被官府坏人发现了，还不是被他们白白霸占去？她就把这心思告诉了七仙女。七仙女又一齐商量着给她出了一个主意，叫她用灰黑色丝线织成一个通天的大山洞，把这山啦，水啦，田地啦，竹林啦，房屋啦，牲畜啦，一齐都安置到山洞里头，外面只留下一个窄窄的洞口，再用杂色丝线在洞口织成许多乱蓬蓬的藤条。这样，把这处洞口掩遮起来，谁也发现不了这个好地方了。织女一听，高兴得不得了，穿上梭，引上线，又日夜不停地织起来。她要赶在七月初七之前，把这块锦缎织出来，好让牛郎赶快带到人间去。

到了七月初七，织女果然织成了这块锦缎，心里的高兴就不用提了。她带着它去会牛郎的时候，心里别别跳，怕被看守的天兵看到了。她急急忙忙往银河边走，只见前面已架起了鹊桥，心里一阵高兴。不料她刚刚踏上鹊桥，忽然听见头顶响起一阵哼哼的冷笑声，抬头一看，王母娘娘正板着脸望着她呢。这一下，织女心就慌了。心一慌，手一松，不好，锦缎掉下去了！

那锦缎离了织女的手，就飘飘荡荡往下降。飘呀，飘呀，飘过九重天，快飘到人间的时候，顿时放射出闪闪金光，把大地照耀得通亮。王母娘娘原来并不注意，等到看见人间金光闪闪，这才发现有块飘飘荡荡往下降的锦缎，赶快派天兵天将去追回来。可是已经追赶不上了，锦缎已经落到人间的大地上了。只听见“轰”的一声响，地上放出一片红光，地面上出现一个山洞。山洞的洞口上网着藤蔓，周围开着桃花；山洞里的那块地方，和锦缎上织绣的图案一模一样，美极了。王母娘娘没有办法，她想，这仙境已经到了人间，收也收不回来了，但不能让凡人进去呀。于是，她将架桥的一对喜鹊派到人间，叫它们日夜看守这块仙境，不许一个凡人进去，当然更不许牛郎到山洞里去。从此，这对喜鹊就一直守着洞口，叽叽喳喳的，谁也不知道由此可通到桃花源。

天庭中这对花喜鹊，姐姐是千里眼，妹妹是顺风耳，这一天，喜鹊姐妹惊恐失色，六神无主，绕着桃花源的竹林蓬蓬乱飞，喳喳乱叫，都感到烦躁不安。姐妹俩凑在一起，都感到这其中必有蹊跷，但到底是什么原因啊，谁也不明白。于是，姐姐拍了拍翅膀，扑楞楞飞到最高的那根翠竹的竹梢上，翅搭凉棚，抬眼望去，只见千里之外有山，有树，有好风景，还有人在那里写文章哩！妹妹也拍了拍翅膀，扑楞楞飞到最低的那块石头上，把耳朵贴在地上静静地听着。只听得万里之遥，有人说话，有人唱歌，还有人在吟诗哩！

姐姐急忙飞下来，惶恐不安地告诉妹妹："妹妹妹妹，不好了，我看见有人把我们这里写成书了，这该怎么办呐？"

妹妹也随即跳了起来，着急地对姐姐说："姐姐姐姐，不好了，我听见有人在吟诗呀，讲的就像是我们这里的事哩。"

姐姐妹妹跳在一起吱吱喳喳商议：假如有人把这里的情况传了出去，混个把恶人进来，这块仙境就保不住了，王母娘娘就要惩罚我们，快把这篇文章抢回来。于是，姐妹俩便扑楞楞向着写文章的地方飞去。

喜鹊姐妹俩看见的，正是一位回家隐居的田园诗人，名叫陶渊明。这时候，陶渊明还在庐山下写着文章。他一边写，一边自我欣赏，写完了《桃花源记》的序又写诗，刚写到"高举寻吾契"的"契"字，还差最后一笔，猛觉得背上不知被什么东西啄了一下，搁笔回头一看，是一只花喜鹊。又听见前面书桌上纸页儿翻得嚯嚯地响，原来是另一只花喜鹊把还没写完的《桃花源记》啄了去。陶渊明眼疾手快，伸手去抢，但只抢到一小块纸角。

喜鹊姐妹俩啄得了陶渊明这篇文章，用嘴巴抬着它就往回飞。飞过了几重山，又飞过了几道河。她们把文章平铺在一块石头上，歇了歇，又抬着它飞。姐妹俩一共歇了九次，才把这篇文

秦谷风光　吴飞舸　摄

章抬回来，放在一块光滑的石板上。等到吃饱了饭，喝足了水，再来收捡时，忽然发现文章印在石板上了，擦也擦不掉！

喜鹊姐妹一见脸都变了色，他们本来想把文章衔回来，不让世人晓得这里有这样一块仙境，哪晓得弄巧成拙！他们在路上歇了九次，这篇文章不就印了九次吗？姐妹俩又顺着原路飞回去找，竟一块也没找着，这九块石头已经被人们抬走了。于是，《桃花源记》就这样流传开来了。

最后印成的那一块碑文，后来就立在一座桥头上。据说，这块碑文的右角去了一点儿，最后的“契”字还差一捺。年长月久，原来的石碑风化倒塌了，人们又照刻了几块，而且都把“契”字的那一捺加上了。

从此，这仙境便随着《桃花源记》的流传和出名，也名扬四海了。

潼舫晚渡

在县城东十里，有一座洲状若潼舫，浮于沅水中心。西有焦岩河冲入，奔腾涌碧；东有彭家坡窄逼湍急的江水撞击洲头，其声若雷。洲纵横三公里，四周林木环绕。每当夕阳西下，金灿灿的光焰，笼罩水面洲头。此时划一叶小舟横渡过江，舟在何处，人在何处，全然不见，只闻桨声，不见舟影。古人云：

渺渺荒江暮，冥冥野渡船。
桨声惊宿鹭，帆影落寒烟。
涌碧云移岸，流光日满川。
渔人踪迹杳，何处挟神仙。

潼舫晚渡　张庆久　摄

传说桃花源里桃子成熟的季节，一天中午，有两个小伢儿在桃树下面跳房子，忽然从桃树上滚落一个桃子来，这桃子不偏不斜，正落在一个伢儿的衣袋里。伢儿把桃子掏出来，捧在手里看了看，这桃子又大又乖，两个伢儿喜欢得不肯放手。

这时候，从前面来了一个收荒货的老头儿，老头儿一见小伢儿手中这颗桃子，心里一愣，接着胡子颤动起来，眼睛也眯细了。他放下担子，走过来，指了指桃树，问道："小伢儿，桃子是从这树上摘的吗？"

一个小伢儿说："是这树上掉的。"

老头儿说："哎呀，桃子烂了才得掉，掉的桃子吃不得，吃了是要得病的。"

另一个小伢儿说："没烂，没烂。"

老头儿招招手："你来，你来，我指给你看看。"

小伢儿把桃子递给他，这老头儿拿着桃子，看过来看过去，喜欢得再也不肯还给小伢儿。

小伢儿说："到底烂了哪里呀？你指给我们看看，老伯伯，你不要骗我们。"

老头儿"哦"了一声说："没烂，没烂，小伢儿，我是个过路人，肚子饿得慌，这桃子值几个钱？卖给我，好不好？"

小伢儿说："不卖不卖。"

老头儿装出一副可怜相，用手按着肚子说："卖给我吧，卖给我吧，我实在饿得走不动了。"

小伢儿看见这老头儿的样子实在可怜，猜想他真是饿急了，两人悄悄一商量，就把桃子送给老头儿了。

老头儿从来没这么高兴过。他颤着手，接过桃子，放进箩筐里，依旧装出那副饿极了的样子，一步捱一步地走了。转过山脚，估计小伢儿再也看不到了就撒开脚板飞跑起来。

这个老头儿原来是黄沙村的一个大地主，既贪财，又刻薄，老百姓都恨死了他，他化装成一个收荒货的老头儿，到处骗取金银财宝。这次路过桃花源，恰恰看见了小伢儿手中的这个桃子，老头儿认识，这是个蟠桃。蟠桃是无价之宝，吃一个要成仙，就想方设法把它骗到了手。这时候，他边走边想：吃了吧，吃了吧，吃了我就要成仙了。又一想：不不，成仙不成仙这有什么要紧？拿回去劈成小块儿，就可以卖很多很多钱，这比成仙好得多。他这样边想边走，不觉太阳快下山，急着要赶到对河去投宿。走到一个渡口边，恰恰看见河岸边停了只空渡船，渡船上写着两个字："潼舫"。他跳上船，放下箩筐，摇起桨来。这地主从来没有划过船，划着划着，渡船在水中滴溜溜转，划了好久才到河中间。这时候，太阳已经搁山了，他的肚子也饿了，心里想，有顿饭吃多好呀！

刚刚这样想，箩筐里那个桃子就跳了跳，接着滴溜溜转起来。老头儿鼓起眼睛望着桃子，眼皮眨也不眨。桃子转着转着，忽然一桌饭菜摆在面前，白米饭、鱼肉荤，饭香菜熟。

这老头儿狼吞虎咽吃了饭，抹抹嘴，心又想："能有个床铺睡一睡儿多舒服呀！"

刚刚这样想，箩筐里那个桃子又跳了几跳，接着又滴溜溜转起来，老头儿依旧鼓着眼睛望着桃子，眼皮一眨也不眨。桃子转着转着，果然一张床铺出现在前面。

老头儿跳上床，睡下去，又顺手将那个桃子从箩筐里拿过来，小小心心地捧在手里，心想：你果真是个宝呀，今后我什么都不用愁，要是能给我一船金子，我就发大财了。

刚想到这里，船上果然出现了金子，老头儿喜得脸上像开了花。金子慢慢加多，金黄的光泽，射得老头儿睁不开眼睛。忽然，渡船慢慢下沉了，他惊慌得叫起来，可是没有谁听他的。渡船继续沉下去，一直沉到水底，老头儿也淹死了。

后来，这渡船就变成了一个洲，卧在沅江中流。远远看去，这洲就像一只渡船，叫做潼舫洲。特别是太阳下山的时候，光线照射到洲上，金光四射，就像装的一船金子呢。因此，"潼舫晚渡"，就成了桃源县的八景之一。

漳江夜月

漳江阁在县城下东街。清嘉庆元年（公元1796年）建，后因战火两次炸毁，于2001年复建。阁建在紧临沅水，数十丈高的石砌方台上。阁分三层，相传吕洞宾常住此楼上。

漳江阁一半伸进沅水里。它的影子映在江面上，明月皎洁的夜晚，无论何时从对河坐船过来，水影中，那轮明月始终嵌在阁的窗子里，非常好看。“漳江夜月”是桃源县的八景之一。

月亮为什么始终嵌在阁的窗子里呢？

传说修漳江阁的时候，动用了九十九个木匠师傅、九十九个

漳江夜月　张庆久　摄

岩匠师傅、九十九个雕匠师傅。这些匠人都是同行中的一些能人，集在一起修阁时统一归一个掌墨师傅管辖。掌墨师傅的本事就更大啦，喊出一丈长的木料，他随笔一划，你再拿尺量量，绝不会只有九尺九寸九；说声做五分大的榫，他墨笔一落，再拿尺考考，绝对不会只有四分五厘五。他划的墨，横一道、竖一道，连这些匠人都看得眼睛花，分也分不清。他们都对掌墨师傅崇拜得五体投地，口口声声称他为神师傅。掌墨师傅得了个“神”字的称号，真是更神气了，好像天底下只有他才是匠人中头一的能人。

“神师傅，修这么大的阁，又是木匠，又是岩匠，又是雕匠，归你一个人掌墨，了不得呀。”有人对他这样说。

神师傅听见这么说，眼睛都喜得发亮了，忙说：“是呀是呀，不信，你试试看。”

那人的话还没说完，又接着说下去：“要是一笔划错了……”

神师傅的左眼睛马上越闭越小，最后拿右眼角瞟着他。

这一天，神师傅正蹲在石头上编排着匠人做工夫，突然从前面来了一个癫不癫、神不神的人，对他说：“人人都讲掌墨师傅的手艺高，我也投到师傅门下当一个徒弟，好啵？”

“去去去，这里没有你搞的事。这里又是木匠，又是岩匠，又是雕匠，你捡得哪宗工夫起？”

那人赶，赶不走；轰，轰不跑。死皮赖脸地缠着神师傅要当徒弟，口口声声说：“那我就投到师傅门下学个木匠吧。”

神师傅被他缠不过，只得答应道：“你这人也真是的！算哒算哒，是真要学，就砍榫闩吧，我就收你这个神徒弟。”

神师傅心里默神：这榫闩，大一点、小一点，多一个、少一个，都没多大关系。砍多了，不要就是了；砍少了，再砍几个也不费好大的工夫。神师傅还在这里默神，哪晓得这癫不癫、神不神的来客回答得蛮干脆：“好呢，我就帮你砍榫闩。”

神师傅就收了这个神徒弟。莫看这两个“神”字，意思各不

相同。神师傅的这个“神”字，是讲他的手艺高强；神徒弟的这个“神”字，却是讲他有些疯疯癫癫，宝里宝气。

再说神师傅当场收了这个神徒弟，接着丢给他一把斧头、一个墨斗、一只墨笔，又给了他一个榫闩做样子。神徒弟连看也不对那家伙看一眼，却围着堆满材料的场子走了一圈，然后背来根木头，放在木马上做开了工夫。

一日三，神师傅只看见神徒弟用墨斗把木头弹得尽是墨线印；三日九，神师傅又看见神徒弟弹出的墨线印划成一个个榫闩样。

快要立屋了，神徒弟还没动斧头。神师傅凶声凶气地对他说：“呸！你是怎么搞的，搞了这么长时间，还没砍，天天吃了饭磨洋工，立屋就要榫闩了！”

神徒弟望了望师傅，也不答话，只是傻里傻气地眨了眨眼睛，依旧弹他的墨线，依旧划他的榫闩。

神师傅指着他的鼻子说：“你还不说话？到时候没有榫闩，才晓得师傅的厉害，你等着吧。”

到了立屋这天，柱头竖起来了，横枋敲进榫眼里去了，这时候接着就要插榫闩。神师傅连看也不看地高喊一声：“榫闩！”没有人答话。他又喊了一声：“神家伙，榫闩！”还是没有人答话。神师傅两眼朝下一看，哪有什么神徒弟！只见那根木头依旧摆在木马上，上面划了一个个榫闩样。他气得从楼梯上跳下来，冲到那根木头边，给了它一脚。这一脚，把那根木头踢到地上，只听得“哗啦”一声，木头甩散了，地上尽是榫闩。神师傅见了马上双膝跪下来，叫人点起香蜡，对着东方拜了又拜。匠人看见神师傅这个样子，都忍不住暗暗嗤嗤地笑，神师傅鼓了他们一眼，说：“还笑，这是鲁班下凡，还不快下来祭祖师。”

匠人听神师傅这一说，也都连忙跪下来祭鲁班。

就这样，阁一层层立起来了。房子立成后，还多一个榫闩。这可把神师傅急坏了，心里又默开了神：神徒弟是鲁班的化身，阁立起来了，榫闩恰恰多一个，这个榫闩硬是有来头。于是，他围着阁，一层一层，一根柱头一根柱头地找。七找八找，找到临水的地方，一根柱头上忘记划榫闩眼的墨，没划墨当然就没有打榫闩眼。这里不插榫闩，整个阁就经不起风。神师傅这下再也不神了，只得问大家："大家看，这榫闩眼要怎样打才好？"

匠人回答说："这眼不是我们不打，是你没划墨。"

神师傅再也不好说什么，只得找了根绳子吊了只箩篮，把绳子捆在横梁上，亲自蹲在箩篮里，挨着柱头打榫闩眼。打一下，箩篮就摆一下，他吓得脸都白了，急忙抱着柱头。打一下，箩篮又摆一下，下面沅水在哗哗地流，他吓得心里乱跳，连忙闭了眼。从太阳出打到太阳落，从太阳落又打到太阳升。这个榫闩眼，打了七天七夜。七天七夜神师傅不敢下来睡一觉。白天亮亮堂堂，夜里就将一盏灯笼挂在窗上照明。第七天夜里，他好不容易才打通这个榫闩眼，插上榫闩。匠人们把他从箩篮里扶出来，一抬头，看见那盏灯笼还挂在窗口上，再没人敢去取。从此，这盏灯笼一直留在漳江阁。如今，它还挂在阁上的窗户里哩。后来人们才知道，那盏灯笼原来是神仙移来的一轮明月。

浔阳古寺

浔阳古寺在县东三里，直对回风塔，隔江与漳江阁相望。据初步考证，此系唐朝时建的一座佛庙。庙建在离沅江一里，今古寺村的一处高台上。建后几经兴废，有记录可查的两次。一次是清乾隆（公元1736—1795年）年间，又一次是1946—1948年由一僧人募捐复建。占地四、五亩，庙分三层，第一层是庙门后的雨台，为庙会、庙祭时唱戏所用；中间是用青石板砌成的操坪；后屋是正殿，宽阔宏伟，正中供奉佛祖，两旁是八大天王，左旁是观音，观音两旁立童男童女。右殿是厢房，周围砖砌围墙。庙内和庙左有井，井旁是一棵十人合抱的大桐树。夜幕时钟声幽鸣，古井中有剑气如星日光，宵分隐于半空中，传说是吕洞宾一口龙泉剑失落其中，故庙又称龙泉寺。

浔阳古寺为桃源县的八景之一。

古寺系一建筑群，宋代的高士曾为此写诗云：

浔阳古寺久荒凉，倒柱颓梁卧夕阳。
一盏佛灯犹未灭，霁天云淡月华光。

诗人所记载的这座浔阳古寺已是“久荒凉”了，可见它的建筑年代还要比宋代更远一些。据《桃源县志·营建志》载：“寺中有井，井中有龙泉剑光，常夜出如星如月，上逼云霄”。可以说这是浔阳古寺中的一奇，这也就是为什么名为龙泉寺的原因。井中为什么有“龙泉剑光”的呢，有这样一个传说：

昔日浔阳古寺坐落地——今日浔阳坪
吴飞舸　摄

那时候，浔阳古寺的这口井里住着一条小孽龙，小孽龙常常为非作歹，只要把头稍稍往上一抬，沅江河里就要涨大水，淹没两岸的房屋，也淹没了两岸的庄稼，老百姓因此搞得衣食无靠，他们都恨死了这条小孽龙。这一天，沅江河里又涨水了，只见满河上下，水声隆隆，浊浪滔滔。突然，浊浪里出现一只小船。这只小船不时被波浪抛起，又不时跌入浪谷，好不惊心动魄！就在船头上立着一位道人，他手里提着一把龙泉剑，连天的巨浪居然打不倒他，如雷的水声居然吓不着他。他稳立船头，手搭凉篷朝水中观望，目光如炬。眼看一个连天的巨浪劈头盖脑压了下来，就在这只小船将被掀翻之际，道人舞着龙泉剑，奋力一跃跳入波涛之中。眨眼间，只见从水底翻起一股红浪，洪水紧跟着退下去半河；剩下的半河水，一起涌入浔阳古寺的那口井里。水全部退了，浊浪变清了，老百姓又都安居乐业了。这位道人又来到这里，告诉大家，这条小孽龙已被他用龙泉剑斩了，尸体已被他在井里用铜钟罩住。老百姓虽说半信半疑，但自此之后，这里再也没有发生大的水灾。

光阴荏苒，一晃又过去了许多许多年。浔阳古寺的这口井里又出怪事了：每当阴雨天气，人们就听到井里有钟声嗡嗡作响，夜里，还可以看到井上方的半空中晃荡着一盏佛灯。大家感到奇怪，决定探个明白。这一天，村民齐心协力把井水车干，果真在井底发现一口铜钟；刚揭开铜钟，忽然剑似的射出一道白光，直冲天际。接着又飘来一朵白云，白云中立着一位道人，他一把抓住那道白光。白光在他手里又变成了那把龙泉剑，他提着那把龙泉剑朝着东边天际冉冉飘去。

从此以后，井里再也不见这龙泉剑光，井的上空再也不见了这盏佛灯。

菉萝晴画

菉萝晴画即菉萝山，在县南五里。山，颓岚峭绿，悬萝钓渚。江上观之，像一列爬坡过坎的车，车轮压在水上乱石中，不断旋转奔驰；又如一匹渴骥奔泉，迎江而去。如遇阴雨天，唯有此处常显晴色，隐隐约约呈现出一幅世外桃源仙景图贴在峭壁上。山表坚实却有空洞，人语则应，足踏有声，余韵幽响。《水经注》云："渔咏幽绝，浮响若钟"，此菉萝山也。

为什么菉萝山上会隐隐约约出现一幅桃源仙景图呢？传说有这样一个故事：

从前，沅江边上有一个菉萝村，菉萝村里有一位樵夫。他的妻子是一个非常厉害的女人，饭不让丈夫吃饱，衣不让丈夫穿暖，每天还要丈夫上山砍五担柴，一担柴要卖五十文钱。一天没有二百五十文钱交到她手里，丈夫不是挨骂，就是吃不成饭。樵夫呢，为人非常老实，心地也非常善良。有时候，哪家的孤老婆婆没有柴烧了，他就气也不歇地多砍一担，给老人送去。给他钱，他不要，留他吃饭，他也不吃。

一天，樵夫卖完了四担柴，因为还有一担柴没卖掉，回到家门口，正在发呆抽泣，忽然有人拍拍他的肩，问道："樵哥，你为什么哭呀？"

樵夫抬起头来，看见站在面前的是一位没见过面的老和尚。和尚望着他，又问了一遍，樵夫才吞吞吐吐地把原因说了一遍。和尚听了说："这有什么为难的，这柴，就卖给我吧。"

和尚说着，摸出五十文钱，递给樵夫。可是他并不挑柴，一

菉萝晴画　吴飞舸　摄

转身，走了。樵夫捏着手里的五十文钱，高声喊道："老师傅，柴呀！你买的柴没有挑走呀！"

和尚头也不回，依旧不停地往前走。樵夫没法，就挑着柴拼命去追。那和尚真有意思，樵夫赶得快，他就走得快；樵夫赶得慢，他也走得慢。赶着赶着，天快黑了，周围也没有一户人家，这时候，和尚突然回转身来，对樵夫说："哎呀，真的，我忘了挑这担柴了。人人都说你这樵哥心思好，果真不假。"

樵夫放下柴，擦了把汗，问道："老师傅，这里离你家还有多远呀？"

和尚说："哎呀，从这里到我家，比从这里到你家，还远得多呐。不如依旧把柴挑到你家里去，我就在你家里借一宿，要不要得？"

樵夫想到自己那个惹不起的妻子，感到十分为难。和尚见了，叹口气说："算了，我自己把柴挑回去吧。"

樵夫听了，心里一愣。说："不不，老师傅，还是到我家去吧。"

樵夫挑着柴在头里走，默不作声地把和尚带到自己的家。妻子脸上阴了天，走路像打鼓，她把吃剩的半碗饭往丈夫面前"咚"地一搁，说："还不快吃了给我洗碗去！"

樵夫端着碗，看着老婆子，想说什么，又把话咽下喉去，回头就把饭递给了和尚。和尚也不推辞，接过饭碗就吃。三扒两扒，吞进了肚里，碗一搁，倒在床铺上，"呼呼啦啦"就睡了。

第二天一早，妻子自己吃完饭，嘴一抹，锁上米柜子，对樵夫说："昨夜你不吃饭，想必今天早上也用不着了。那就快砍柴去吧！"

樵夫听了妻子的话，忍气吞声正要走，和尚忽然爬起来，一把拉住樵夫说："哎呀，樵哥，我还没吃早饭呐。"

樵夫为难地摇摇头，把嘴朝米柜上翘了翘，米桶上吊着一把黄铜大锁。不料和尚朝米桶一指，铜锁自动打开了。妻子正要出门，听到"啪嗒"一声米桶盖响，连忙跑回来，一屁股坐在米桶上，不指名不道姓地骂了起来。

和尚也不回嘴，拉着樵夫说："樵哥呀樵哥，你今天别上山，我带你到一个地方去砍柴吧。"

樵夫"嗯"了一声，站住了等他走。那和尚却从袈裟里摸出几支笔和几色颜料，转身就在板壁上画了起来。那老俩口觉得很奇怪，愣着眼看，只见他先画了翡翠的竹子，再画亭台楼阁。樵夫一看，眼睛都亮了，哎呀，这不就是桃花源么？这画里流着桃花瓣儿的小溪是桃花溪，桃花溪的旁边是后门洞，洞前是烂船洲，洞顶是水府阁，阁下有问津亭；桃花溪的北岸是四十八层观殿、四十八座山门的安福寺，寺前是两株连枝杆都是空心的空心杉。沿着桃花溪过去，那是渔人遇仙的遇仙桥，桥头竖着的《桃花源记》石碑，听说还是喜鹊叼来的；过了遇仙桥，是那桃花溪的源头桃花潭。桃花潭的上方，就是桃源洞了。这洞里听说别有天地。喏，这蓝天白云、青山绿水、田地村庄、猪羊鸡鸭……。

樵夫一边看，一边心里在说。和尚最后画了桃源洞的洞门，放下笔来。他朝洞门一指，只听“咔嚓嚓”一声，那洞门开了。和尚一纵身，便跳进洞去，在洞口向樵夫招着手说：“樵哥呀樵哥。进来吧，进来吧！”

樵夫早就想到桃源洞里去看看，只是那洞门长年紧闭着，怎么也不得进。这时听见和尚叫他，就把楤担一丢，也跳进洞去。他妻子一见，心里喜糊了。她也想进洞去，听说进了洞就能成神仙。她不住地喊道：“哎呀，老头儿，等我一等，等到我一等！”

樵夫在洞口向她招着手：“快进来呀，老婆子！”

妻子说：“哎呀，等我一等，我还有八千文钱没有带好呢！”说完，摇摇摆摆去取钱了。取钱回来，樵夫还在门口等她，一遍一遍地催着说：“快来吧，老婆子！”妻子却又在衣堆里乱翻，嘴里不停地说：“等我一等，等我一等。哎呀，昨天二百五十文钱，放到哪里去了呀？”

妻子寻到了柴钱，又去倒米，她要把米也带进洞去。就在这时，只听得背后“咔嚓嚓”一声响，回头一看，桃源洞的洞门关上了。妻子擂呀擂呀，洞口怎么也打不开了。气得她“嘶啦”一声，扯下身上的罗裙，拼命擦板壁上的画。嚓呀嚓呀，忽然，白光一闪，板壁上的画儿清清楚楚都印在罗裙上了。这下她更恼怒了，把罗裙提到河里去洗。洗呀洗呀，沅江的水都洗绿了，罗裙上的画却怎么也洗不掉，气得她索性把罗裙往河边绿萝峰的岩壁上甩去。哪晓得罗裙刚挨到峰壁上，又一闪白光，那画儿便清清楚楚地印在峰壁上了。

从这时候起，这幅桃花源全景图就留在峰壁上了，一直到现在还看得清。而且，越是晴朗的日子，越看得清楚。老百姓就把它叫做“绿萝晴画”，它成了桃源县八景之一。

楚山春晓

楚山在县东二里，今漳江镇南站村，陈家湾后山与赵公山耸持之中，山顶圆如丸，山形如釜，四季湿润，有“当春花木先发，鸡鸣先村市”之说。

为什么会当春花木先发，鸡鸣先村市呢？据说是春姑在感谢葬在楚山的楚哥呢！

春姑长得几多漂亮，人们都很喜欢她。她的性子十分温和，手也格外灵巧。她一来，轻轻用手摸摸，草青了，水绿了，花儿开了，阳雀也叫了，人们都及时下地去。

可是这一年，按节令，已经立春好久。春姑还没有回来，北风还在一个劲地吹，好冷好冷。地冻着，河冻着，到处都结着三尺三寸厚的凌冰。老百姓都急得跳：这样下去怎么得了，错过了季节，还哪里有收成！接着又传来消息说：冰龙太子向春姑求婚，春姑不答应，她被冰龙太子锁到好远好远的南边山洞里了，再也不得出来，从今以后，到处都是这凌冰冰的世界。

那时候，桃花源旁边有个桃花村，桃花村里住着一个楚哥。楚哥是一个好后生，人们有事都爱找他来出主意。楚哥听到村里人向他诉的苦，就说：“我去把春姑接回来！”

楚哥要去接春姑，村子里的人自然喜欢，给他凑足了三九二十七天的干粮，三九二十七斤烧酒，三九二十七双竹根草鞋。意思很清楚，希望春哥三九二十七天无论如何要把春姑接回来，季节再迟一个月，老百姓就莫想活了。

楚哥正要上路，又赶来一个白胡子齐脚背的老头子，手里拿着一双铁钉鞋，对他说：“我经历的事比他们多，叫媳妇给你赶做了一双铁钉鞋，也许你有急用处。”

楚哥上路了，外面好冷，平路上好滑，楚哥拿出竹根草鞋穿上，滑是不滑了，但身子还很冷，他又一阵猛跑，身上也有些发

楚山春晓　张庆久　摄

热了。本来，乡亲们给他准备了一天一斤酒，让他喝了身上发发热，但他舍不得喝，后面路还长，怕有急需用它的时候。

有一天，他正走着，前面出现了一条江，江面上结了几尺厚的冰。楚哥干脆把草鞋一脱，光着脚在冰上滑着走，嗤溜嗤溜过了江。过了江一看，脚肿得像红萝卜。

一算时间，哎呀，整整走了十天了。

楚哥过了江，连一刻也不休息又往前赶。

这一天，前面又有一座高山挡住了出路，山尖伸到云里头，山上到处都裹着一层冰。楚哥咬咬牙就往上爬，爬着爬着直往下滑，竹根草鞋也不管用了。他赶忙换上白胡子老头给他特备的铁钉鞋。到了山顶一看，铁钉鞋全烂了。

一算时间，哎呀，又整整走了十天！

楚哥从山顶往下滑，不知是什么原因，越往下滑越感到冷。他滑着滑着犯了疑：怎么山脚比山尖还要冷？刚滑到山脚，猛听到一阵哈哈声和一阵哭泣声。循声找去，找到了一个山洞，声音是从里面传出来的："你放了我吧，冰龙太子。"

这是春姑的声音。春姑已经被冰龙太子关了好久好久了，冰龙太子也逼春姑成亲好久了。春姑一直不答应。这时候，冰龙太子威胁她说："春姑，你不答应和我成亲，我就冰三年六个月！"

春姑一听就着了慌，忙恳求着说："冰龙大哥，不要说再冰三年六个月，再冰上三十六天，老百姓都只有死路一条了。"

冰龙太子说："只要你答应和我成亲，我就马上解冻。"

春姑想着，肚里便来了主意，叫冰龙太子去请个证人来。正说着，楚哥从洞外闯了进来，直说自己是特意为他俩成亲作证人的。冰龙太子听了好喜欢，春姑听了，圆脸陡地拉成了长脸。

楚哥对冰龙太子作了个揖，说："冰龙太子，恭喜恭喜，喝碗喜酒。"

楚哥也不看春姑的脸色，从背上把那装有三九二十七斤烧酒的大竹筒取下来，满满倒了一碗酒敬给冰龙太子。冰龙太子高兴得不得了，接过来把这一碗喜酒喝了。楚哥接着又满满倒了第二碗。三碗酒下肚，冰龙太子的头就昏了，楚哥趁机把剩下的酒一齐倒进冰龙太子的肚子里。冰龙太子喝了这么多的酒，早醉死成一摊泥。

冰龙太子一醉死，楚哥马上跪到春姑面前说："春姑春姑，快些走吧，老百姓派我接你回去，地早该耕了，种早就该下了，你看，我脚也走肿了，皮也磨破了。"

春姑被楚哥的诚心感动了，心里一阵发热，马上拉起楚哥，两人一起走出了山洞。春姑被冰龙太子关久了，体子虚弱了，出了洞也走不动，楚哥蹲下身子说："春姑春姑，我背你吧。"

春姑害羞了，脸刷地一下鲜红，楚哥依旧在催："春姑，我背你吧，老百姓等着你快些回去呢！"

后一句话打动了春姑的心，她顺从地伏在楚哥的背上。楚哥背起春姑拼命跑起来。

一路上，春姑用嘴吹了吹，春风轻轻刮起来了，雪消了，冰化了；春姑用手指了指，太阳暖洋洋的了，草青了，水绿了。楚哥眼看着这种情景，更加没命地快跑起来。来时二十天的路程，仅用七天时间就跑完了，恰恰三九二十七天上，楚哥背着春姑回到了桃花村。

楚哥去时走得苦，来时跑得急，身体累垮了，回来一屁股坐在椅子上，乡亲们跑来感谢他，他一句话也不答，仔细一看，楚哥再也不能起来了。全村人嚎啕大哭，把楚哥葬在村子旁，拱了座高高的坟堆，像一座小山，后来这坟堆就叫做楚山。

一路上，春姑看到楚哥的心思好，深深地爱上了他。楚哥累死后，她跪在坟边哭了好些天，并且发誓再不嫁人，因此一直叫春姑。

自这以后，春姑每年最先到楚山来看望楚哥。她一来，这里的草木就发芽了，桃树就开花了。春姑一来总要哭好些天，泪水把堰塘装满了，把江河也装满了。一直到现在，"楚山春晓"，还是桃源县的八景之一。

梅溪烟雨

县南五里，在今沅水大桥的左上方，有条小溪，溪蜿蜒长达十里，溪水注入沅江双洲头。这条小溪便是梅溪。

每当烟雨濛濛的时候，梅溪上空的云雾中便隐约露出一朵朵

今日梅溪　吴飞舸　摄

怒放的梅花。这烟雨、这梅花，构成了桃源县的八景之一——梅溪烟雨。

梅花为什么会开放在云雾里？要了解其原因，必须先从彭七郎说起。

彭七郎是桃花源附近的一位猎人。有一天，他到桃花山去打猎，忽然听到一阵阵“救命”声，声音紧急凄惨。彭七郎心里一惊，寻声追去，发现前面不远的地方，有一只老虎正追赶着一只梅花鹿。老虎凶猛异常，掀起一阵阵恶风；梅花鹿娇弱可怜，吓得一声声呼救。彭七郎被梅花鹿的哭声和呼救声所感动，弯弓搭箭，对准老虎射去。老虎中了箭，一声大吼，转身扑向彭七郎。彭七郎接连又是两箭，老虎才长啸一声丧了命。彭七郎再寻那只梅花鹿，发现它正躺在树荫下一阵阵颤栗，嘴里发出时断时续的痛苦的呻吟。原来这是一只怀了孕的母鹿，刚才受到突如其来的惊吓，要早产了。看到梅花鹿痛苦的模样，彭七郎急忙蹲下身去，用手轻轻地揉它的肚子。不一会，梅花鹿生下一个鲜红的血球。血球落地，叭地一声炸开，立即长出一株梅树。这梅树枝繁叶茂，开满了玉一样的素净的花朵，冷香阵阵扑鼻。梅花鹿感激地看着彭七郎，噙着眼泪对他说：“七郎，你救了我

们母子，是我们的救命恩人，这株梅树就送给你吧。”

彭七郎告别了梅花鹿，把这株梅树背来栽在自己屋前，又特地开挖了一条小河，把沅水引到屋前来浇灌。梅树沾了土，枝干长得更加粗壮；得了小河的水，花儿开得更加鲜艳。

彭七郎是个受苦的人，先前，饭吃不上口，衣穿不上身，身上有个五病六痛更是没钱治，每天只靠打一点野味换一点米。说来也奇怪，自从屋前栽了那株梅树以后，他每天早上一开门，望见这株梅树，肚子就饱了，浑身也有了力气；每天打猎归来，望见这株梅树，一天的疲劳都消失得干干净净。有时候有个头痛脑热，闻一闻梅花的香气，病痛也就不治而愈。左邻右舍、七村八落的穷人，听彭七郎说起这事，也都这么仿效，果真也一样灵验。

这消息一传十、十传百，不知怎样一下传到桃源县太爷的耳朵里。县太爷听说彭七郎得了这么一株梅树，马上带衙役来挖。

这一天，下着蒙蒙细雨。梅树被县太爷挖了出来，正要抬着往回走，却见梅树轻轻地飘起，一直飘到小溪上空的白云里，县太爷没有抬走这株梅树。事隔多年，每逢下雨的日子，人们却看见它依旧立在溪头的白云里，满头白花颤动，还可以隐隐闻到从云层里飘下来的梅花的冷香。

从此，人们就把这条小溪叫做梅溪，梅溪烟雨自然成了桃源县的八景之一。

白马雪涛

白马雪涛在县城上方约二十里的沅江上。江岸是矗立的白马山，绵亘十里许。山中有洞，名白马洞。山下是白马江。这里山势狭促，江中遍是高低起伏大小不一横卧竖立的礁石，滚滚浪光，声响若雷。加之白马洞有涛涌出，互相撞击，更是浪花飞溅，漫天雪沫。据《名胜志》载："桃源西有白马山洞，洞中有涛涌出，奇怪如神物。道书三十五洞天，名白马浪光之天。"

这里透过江水，可以看到江底有一匹白马在扬蹄飞奔，马鬃飘起来在江水里翻卷着。这白马怎么会在江底奔跑的呢？

传说后唐的时候，武陵有个太守叫梁嵩。他是广西浔州府南平县人。梁嵩是个独生子，几多孝敬姆妈，他做了武陵太守，事事都为老百姓着想，老百姓都很感激他。有一年，武陵发生了灾荒，梁嵩带着人，满府满县去查看灾情，和老百姓在一起吃，和老百姓在一起睡，把哭的劝说得不哭了，把逃难的劝说回去了。他回到府上，连夜写了一本奏文给皇帝，要求免征武陵的赋税。皇帝读了梁嵩的奏文后，同意给武陵郡减去一大半赋税。还有一少半赋税，梁嵩看到老百姓太苦，也难缴出来，就用自己一年的俸禄来抵偿。老百姓听到这个消息，都成群结队地跪到府衙前面，梁嵩眼泪巴沙地请他们起来，说："起来吧，大爹大妈，你们也像是我自己的父母呀。"

老百姓听他这么说，越发大哭起来。

就在这一年，梁嵩把郡里的大大小小官员都派了下去，帮助老百姓度荒，只一年工夫，就恢复了元气。老百姓日子好过些了，梁嵩又想到了自己的姆妈，正准备去把她接进府来，却接到一封家书：他的姆妈得了重病。

梁嵩听到这个消息，一心要回去伺候姆妈。于是，辞了官，骑着一匹白马赶路，他心里急得像火烧，只觉得眼前一排排树木往后倒，耳边一阵阵风声往后吹，但他还嫌马跑得慢，不停地催着马，心里说："马呀马，快些跑吧，我有急事哩！"跑着跑着，梁嵩来到桃花源斜对河一座小桥上，忽然听到后面传来一阵阵喊声，回头一看，原来是老百姓得到这个消息，拼命地赶来送他。梁嵩看到这情景，又想到了姆妈，眼泪像水一样往下流。他向老

今日白马渡　吴飞舸　摄

百姓挥了挥手，拨过马头，把马打了一鞭，那匹白马便飞快地冲下桥去。到了江边，却不见渡船，只见满江飞沫，波浪滔滔。梁嵩心里着急，双腿一夹，白马纵身跃到水里。那白马在水里行走，如踏平地，只见它腾开四蹄，踢得水花直溅，“踏踏”、“踏踏”，从沅江的波涛中削了过去。梁嵩到了沅江那边，那边也有老百姓来送行。老百姓喊着：“梁太守，歇一歇吧，让我们送送你。”

梁嵩心里很不好过，他想了想拍了拍马的颈项说：“白马呀白马，你跟了我几年，就留在这里，让老百姓看到你，就像看到我一样。”

白马像听懂了梁嵩的话，长叫了一声，又伸出舌头舔了舔他的手。梁嵩从马上跳下来，向江两岸的老百姓拱了拱手，才又找了一匹马，骑着它回家乡去了。

那匹白马呢，听了梁嵩的话，也就转身往回走，想从原路再渡沅江。可是刚才来的时候跑猛了，损了力，它再也没有渡过去，慢慢地沉入江底。时间一长，便变成了桃源县的八景之一——白马渡了。

老百姓纪念梁嵩，就乘枯水季节在水底露出的麻枯石上，凿了几个字，叫做：“拨马削涛”，这几个字水洗不去，浪打不平，现在还留在这里。

梁嵩站着流泪的那座桥，老百姓也给它取了个名字，叫做“思乡桥”。

三阁三塔

千年桃源古城，历史积淀丰厚，人文景观壮丽。明清两代，桃源治城及近郊，相继建成了三处亭阁，三座宝塔，统称“三阁三塔”。

白佛阁、漳江阁、文昌阁并称“三阁”。三阁窗明几净，宛若三面镜子，以千年古城为依托，江天浩气为背景，折射出桃源的人杰地灵。

白佛阁　白佛阁在延溪以东二里许，据传始建于元天顺年间，阁为三层，一层为诵经之所，二层供奉着桃源历代名人画像，三层供奉着佛祖塑像，后因佛教信徒逐渐增加，又在其左修建了一座寺庙，名白佛寺。明末清初，白佛阁与白佛寺香火极盛，江上商船木排老板行至此处，多登岸朝拜。清咸丰四年（公元1854年）为粤匪焚毁，清同治六年，修复如初，后又经多次修复，直至二十世纪七十年代，因水淹虫蛀，年久失修而毁塌。

相传，桃源县延溪东面有一村庄叫白佛村，村中农户郑伯仲生有三个女儿，大女儿叫迎春，二女儿叫桃春，三女儿名惜春，三人都相距两岁，个个天生丽质且聪明伶俐。

这一年，三姐妹已长大成人，最小的妹妹都过了十六岁生日。一天，元鞑子一群人马冲进村里，捉鸡抓鸭，抢夺财物，见三姐妹如出水芙蓉，淫心顿起，将三人强行掳走，郑伯仲一家痛哭流涕，一路追赶，想要把三个如花的女儿抢回来，哪知元鞑子惨无人道，竟将郑伯仲一顿乱刀剁死，然后乘船扬长而去。

元鞑子的船行至江中，江中水流突然变急，把船冲到了漳舫洲。忽然，万千只白鹤扑面而来，霎时变得天昏地暗，元鞑子个个吓得惊慌失措，有的抱头龟缩于船仓里，有的掉入江中被水冲走。不一会，白鹤突然不见，天空又复晴朗，剩下的元鞑子如梦初醒，却不见了掳来的郑家三姐妹。

原来，三姐妹已回到了家中，许多人看见是一群白鹤驾着祥云把三姐妹送回家中的。村里的老者都说是佛祖派遣白鹤仙子救了迎春、桃春和惜春，是佛祖显了灵。众人一听，一起跪倒在地，向天上朝拜。大家商议，为了感恩佛祖，也为祈求佛祖保佑，筹钱修了一座阁，定名为白佛阁，几年后，又修建了白佛庙。从此，三姐妹皈依佛门，相继在白佛阁和白佛庙苦修禅事。

白佛阁现有古今楹联多副：

阁塔双辉，夹浔阳而思靖节；
溪河相汇，怀泽畔以慕灵均。

追往事，禅堂佛阁相依，痛惜灵光埋野草；
喜今朝，画柱雕梁重现，更添古色映春辉。

白帆清浪含诗意；
佛阁烟溪入画图。

趣语雄谈人四座；
禅心诗味月三更。

漳江阁 耸立于县城东街沅水石柜上，明朝洪武年间始建，后因兵燹、失修所损，清代多次修复重建，阁分三层，砖木结构，雕梁画栋。阁第三层塑吕洞宾卧像一尊。沅水自辰溪纳入酉水后，沅水浊，酉水清，一直同流不混，流经桃源县城时的清流，称之漳江，月夜登阁赏月，漳江月明，浊水月蒙，故而此阁冠名“漳江”，“漳江夜月”为桃源八景之一。

漳江阁　吴飞舸　摄

漳江阁现留有古今对联多副：

朝浮枉渚，夜宿辰阳，郛阁天作成，五百里间楼第一；
秦洞桃花，楚城菱角，风浪浪淘尽，二千年后月当中。

极目楼前，玉带萦回城郭外；
凭栏阁上，虹桥起伏碧波中。

人在云山观日出；
山如龙飞过江来。

登阁动幽思，窗含明月随波涌；
凭栏恣远望，霞拥朝阳出岫来。

澄江似练，曳裾飘裙以去；
月华如月，窥门觊户而来。

当年古阁倾摧，悲耶，痛耶，无可奈何花落去；
此日琼楼耸峙，颂也，歌也，似曾相似燕归来。

文昌阁 地处县城东街，建于明朝万历年间，阁分二层，砖木结构，清代屡经修葺。此阁面临大江，靠近文庙，多聚文人墨客，在此登阁赏景，吟诗唱酬，故名。

据传，北宋淳化四年（公元993年），枢密直学士张咏，从黔

文昌阁 吴飞舸 摄

阳乘船赴岳州途中夜宿新设县治桃源县城，在文庙前的江边观景赏月，感叹景色优美，唯缺赏景之望台。第二年，桃源县令在张咏赏景之处修建一亭，名叫川上亭。元延佑六年，川上亭毁坏，县城盐行、布行、酒行等六大商铺老板筹钱在旧亭原址上修建一阁，定名为“文昌阁”，旨在盼望桃源沾天上文昌星君之仙性，县人斐然文采，才智超群，成文化繁荣之贵地。

文昌阁明清屡经修葺，1964年和2000年先后重修。登高望远，沅水西来，漳江东去，中原北望，鸿雁南飞，令人心旷神怡。

文昌阁现存古今楹联多副：

文采惊天，登阁吟诗，江南自古多佳士；
昌明动地，临江睹韵，楚地从来出栋村。

令备四时，与天地日月鬼神合其德；
教垂万世，继尧舜禹汤文武作之师。

塔呈鼎足巨龙飞，文昌百世；
亭镇江千洪蟒伏，业耀千秋。

川上忆尼丘，德泽仁风滋芳芷；
阁中思渔父，朝晖暮雨护桃花。

倚临玉带，常迎三月桃花，千年巨浪；
屹立金堤，总聚九霄紫气，八面和风。

英显王仕，司马晋功，名垂千古；
梓潼帝君，文昌府禄，籍泽后人。

文星塔、回风塔、楚望塔并称“三塔”，三塔矗立，犹如三支如椽大笔，饱蘸沅水，直指蓝天，描绘着桃源的物华天宝。

楚望塔　楚望塔坐落在古延溪与沅水交汇处，与楚平王行宫采菱城相交的夹角处。密檐式，呈平面八方形，六层九级，塔高33.9米，底层修有回廊，为须弥座。采用卷棚檐，黄色琉璃瓦覆盖。

楚望塔建于清光绪十九年（公元1893年），为当时知县余良栋修建。为什么在此建塔有多种说法，最主要的说法是有一风水先生向余良栋进言，说延溪与沅水汇合之处宜建一塔，一可镇守桃源的水土、抵御洪患；二可保住桃源风土灵气、永享天地恩泽。余良栋听后觉得有些道理，为使桃源一方水土哺养万物，泽及长远，当即决定在溪江汇合处建塔。塔修成后为何定名为“楚

楚望塔　吴飞舸　摄

望塔”，据传一是因唐朝朗州司马刘禹锡写有名篇《楚望赋》，借其名而冠之；二是沿梯登塔可望春秋时楚平王所筑采菱城。此塔一肩挑着两头，西望楚城，东望楚山，情景相融。于是，知县余良栋亲笔为塔题名“楚望塔”。

楚望塔现留有古今楹联多副：

登塔临江，楚城风雨千年梦；
忧民怀葛，陶令文章百代师。

二水潺湲，霁月风光依旧好；
廿年开放，衣冠文物逐时新。

半落斜阳辉白佛；
一江碧水映浮屠。

回风塔 回风塔耸立在古沅南县城所属浔阳坪楚山主峰上，与楚望塔隔江相望，与文星塔携手相牵。清道光十九年（公元1839年）由知县胡泰皆监修，原塔为砖木结构共九层，塔旁有浔阳古寺，共同构成桃源八景之一“浔阳古寺”。后因年久失修而毁塌。2001年由桃源县委、县人民政府拨款重建。塔为九层，高32.9米，采用钢筋混凝土砖瓦仿古结构。

民间传说，自宋代建县以来，桃源各地人才辈出，每科必有进士及第。嘉庆以后，文风渐衰，胡泰皆任桃源知县后，四处探究其原因，有风水先生告之，楚山之巅本是一方宝地，只因风雨洗毁，使得桃源地理形势欠缺，失却腾高，迎日之旺盛，必须在山顶修建一塔，才能使桃源文风重振，人才脱颖而出。胡泰皆采纳其意见，即筹资在楚山之巅建塔，以培补风水。塔修成后，胡知县召集县内名人贤达求其名，众人商议多日，最终定名为“回风塔”，其意为挽回狂澜，重振文风。不知是巧合还是天意，其后桃源文风昌盛，出有罗人琮、向文奎、文志鲸、文曙、李时

回风塔　吴飞舸　摄

春、郭世嵚、向光谦、郭佩琳、罗润章、刘逢勋、宋教仁、覃振、胡瑛等一大批名人。

回风塔现留有古今楹联多副：

塔影卧江浔，李花白，菜花黄，更有桃花灿烂；
钟声传古寺，北韵清，山韵响，合成雅韵悠扬。

登阁呼晴，俯瞰片帆溶灿日；
停舟唱晚，遥瞻双塔隐长烟。

登塔府平川，黄花遍地，绿荫遮山，万般锦绣兴宏业；
纵情欢市井，跨浪有桥，安澜胜堵，一片繁荣颂小康。

文星塔　文星塔坐落在县城东北木塘垸乡杪木塘村曜日岩顶，清嘉庆二十一年（公元1816年）由桃源知县李瑛倡建，继任知县谭震在塔竣工前，将嘉庆二十三年在木塘垸出土的周代古钟、唐代大画家吴道子所绘观音佛像用铁匣密封埋在塔基下，作为镇塔之宝。1965年塔被拆毁，2001年重修。修复的文星塔六层九级，塔高31.9米，塔内为螺旋形楼梯直达顶层，每层壁开四个窗棂，角檐上挂有风铃。登塔远望，江流婉转，紫气东来，常德在东，桃城在西，人烟田园，一目了然。

据民间传说，清嘉庆年间，杪木塘曜日岩顶有一寺庙名大山寺，但香火不盛，少有朝拜者前来，显得十分冷清。原来此地连年遭受水灾，且常有强人出没打家劫舍，很不太平。

一天，一个国字脸和尚来到大山寺，一进寺门开口就要见方丈，方丈一听急忙上前迎接。进得禅堂刚刚坐下，国字脸和尚对方丈说："此地

文星塔　吴飞舸　辑

虽然有寺但邪气甚重，待贫僧在寺内观察三日后便知端倪。”这和尚在寺中真的住了三天。这三天里方丈日夜心神不宁，不知是什么妖孽在这里施邪。三日后，国字脸和尚向方丈辞行，方丈急问道：“大师已观察了三日，这里邪气该如何化解？”和尚低头沉思了片刻答道：“此地邪气积蓄时日太久，需在寺庙旁的高处建塔一座方能镇住。”说完飘然而去。方丈见状已明白个中缘由，急请周围乡绅前来，告之国字脸和尚所说情况，乡绅们都恍然大悟，难怪此地灾难连连，岁岁不太平。纷纷提出出钱出力，修塔镇邪，并定于第二年开工。

一年后，塔即将竣工，国字脸和尚又突然来了。围着塔看了又看，望了又望，突然说了十个字：“佛威镇曜日，文星坐高塔。”说完，又飘然而去。和尚走后，众人反复仔细琢磨，方知和尚这次来是为新修的塔起名来的，塔名就叫文星塔，是天上的文曲星来到这里镇邪。

文星塔现留有古今楹联多副：

白浪溅青冥，长卷旨大江入画；
绿云铺曜日，高峰拥巨塔冲霄。

塔涌屠冈，悬崖峭壁留佳迹；
江滋沃野，黛色红颜换倩妆。

登塔瞰清流，镜里烟云心底画；
披襟怀往哲，胸中慷慨笔端诗。

曜日山头，骋目纵观沧海阔；
文星塔上，俯身遥瞰翠微低。

红薯引金马

这个故事发生在沅水之滨的陬溪河畔。陬溪发源于桃源、石门、临澧三县交界的六角垭，流经桃源县马鬃岭、盘塘、架桥、畲田、陬市注入沅江。

陬溪又名观音溪，据传史上这条溪年年旱涝，灾难不断，生活在溪流两岸的百姓过着穷困潦倒的生活，红薯引金马的故事就发生在那个时候。后来，大慈大悲的观世音得知这个情况后，亲到此处斩除了灾魔，百姓得以衣食自足，不再背井离乡四处流浪讨米，为此众人筹资出力在沅水的山上边修了一座“观音庵”，称这条溪为“观音溪”。

传说很久以前，在陬溪河畔住着一对年轻夫妻，丈夫叫陈二贵，妻子叫李菊花。两人相敬如宾，非常恩爱，自结婚的那天起，从没有红过脸，更没有发生吵架聒裂的情形。而且夫妻俩为人善良，与周围人家和和睦睦，非常友善。虽然粗茶淡饭，但日子过得有滋有味。他们住在破旧低矮的草舍里，靠着在附近丘岗上种些红薯度日，虽然很苦，却也苦中有乐。小两口最不满意的是结婚快三年了，还没有抱上伢儿。

春去秋来，冬去春来，一晃又是一年过去了。燕子南归，大雁北回，一晃又是一年过去了。十年过去了，陈二贵的身体依然健壮如牛，李菊花的身段依然宛如仙女下凡，可是菊花的肚子没有隆起来，两人为此想尽各种办法，看过不少名医，吃过许多偏方，拜过好多次菩萨，菊花仍然没有怀上孩子。他们生儿育女的希望落空，传宗接代的愿望无法实现。在心灰意冷之际，他们把希望寄托在栽种红薯上。每年的红薯在他俩的精心呵护下，蔸蔸绿油油，个个圆滚滚，除了自家吃的，还有许多剩余的挑到集市上去换米换盐买油。

红薯图　吴飞舸　辑

风雨送春归，飞雪迎春到。又是十年过去了。常言道：天有不测风云，人有旦夕祸福。这年的春末夏初，发生了九九八十一天的大旱，井干、地白、树枯、溪断流，许多田地的庄稼颗粒无收，人们无路可走，只得背井离乡，外出讨饭。陈二贵和李菊花栽的5亩多红薯只挖出了两个胡萝卜大小的薯根，夫妻俩很伤心，坐在茅屋前发愁。这时，一个游方道士经过他们门前，见二人一副伤心的样子，便上前询问为何愁眉不展。陈二贵把受干旱之害的事一五一十告诉了道士。那道士一边安慰二人，一边仔细看了看地上的两个小红薯说："如此大旱，这两个红薯尚能在土里鲜活，定非等闲之物，你二人与这两个红薯有缘，兴许会因祸得福。"接着，要夫妻俩往东走过99条溶，寻找99间屋的庙，再翻99个弯的坡，就可以见到一间岩头搭成的屋，里面有一匹金马。用这两个红薯引金马出来，今后就不愁吃和穿了。说完这些，道士便告别夫妻俩，到别处去了。

陈二贵和李菊花将信将疑，不知如何是好，最后二人商量，宁可信其有，不如试一试。第二天天不亮，二人就按照道士所说的一直朝东走，一条溶一条溶地过，走过了99条溶；来到一个山坡前，发现半山上有座大庙，上去一看，这庙大得很，屋挨屋，屋连屋，仔细一数，真的有99间。夫妻俩从庙里出来，继续朝山上走，好长的一个坡，坡的中间大弯包小弯，小弯连大弯，二人一边爬一边数，正好数到99道弯时，就到了坡的尽头。抬头一看，果然前面不远有间石屋，夫妻俩一阵狂喜。他们想起道士交代的话，陈二贵从衣袋里拿出那两个红薯，放在石屋门前。刚刚放下不到一袋烟功夫，忽然从石屋的门缝里伸出一根金灿灿的缰绳，陈二贵连忙紧紧抓住缰绳，叫菊花拿着红薯在前面走。石屋的金马在红薯的引导下，慢慢地向外走，陈二贵使出全身力气拉住缰绳，生怕金马退回去。一步、两步、三步，已经看到了金马的头……。就在这时，一件意想不到的事发生了，那匹金马一张口，把菊花手中的红薯咬到了嘴里，接着就向后退。夫妻俩合着吃奶的劲也拉不住金马，渐渐那两扇原先开着的石门开始合拢，随着“呯”的一声响，石门完全闭了。在关闭的刹那间，外面突然狂风大作，电闪雷鸣，倾盆大雨从天而降，蚕豆大的雨点落得夫妻俩睁不开眼，他们吓得紧紧拥抱在一起……

金马图　吴飞舸　辑

不知过了多久，风停了，雨住了，太阳出来了。陈二贵和李菊花睁眼一看，大吃一惊，身边的石屋不见了，他们不知怎么的又回到了自己的家门口，不同的是在他们屋前多了一架大山，形状如同那天看到的那匹金马的头一样，当地人都称这座山叫马头山。

自从有了马头山之后，陈二贵和李菊花的生活变样了，他们用山上的树修了三间木屋，还把半山腰的一块肥地挖出来，栽上了芝麻、棉花。就在李菊花满39岁的那年，生下了一个胖墩墩的儿子。夫妻俩为了感谢马头山给他们带来的福气，生儿子的当年在山上修了一座不大的庙，起名为“马王庙”。

刀劈岩

云怒石开又名刀劈岩。刀劈岩在县南五里，赵家洲头，与菉萝山相连。山岩从顶到足高达数百米，只留半壁，陡峭如削，像一幅明镜悬挂半空。据传，是三国名将关云长一刀怒劈而成。

关云长是三国时期刘备手下的名将，与刘备、张飞又是结拜的异姓兄弟，这就是历史上有名的桃园三结义。关云长的一生

关云长　吴飞舸　摄

为刘备创建蜀国立下了丰功伟绩，温酒斩华雄、诛颜良、杀文丑、挂印封金、过五关斩六将……这些足以显示关云长胆略和魄力的战绩，使他感到十分骄傲和自豪；这些脍炙人口的故事，也被历朝历代的老百姓世代传唱，将他奉为心目中的楷模和英雄。

关云长也有十分倒霉和失意的时候，这就是他被吴军包围，走投无路，败走麦城！

关云长只愿回想他叱咤的风云，不愿提起他的败走麦城；老百姓也同样只称颂他的正气和伟业，也不愿说及他的败走麦城。

甚至连演员也只愿演“三英战吕布”、“单刀赴会”、“华容挡曹”，不演关云长败走麦城这出戏。

出于对三国英雄关云长的崇拜，桃源人十分敬重地称呼他为关老爷。

从明代起，桃源桃花源的菊圃里人们就开始大规模地修建关帝庙，内塑红脸绿袍、美髯飘飘的关老爷像，左右还侍立护卫着关平和周仓。每年到了五月十三关老爷的生日，和九月十三关老爷的忌日，都由当地的头人领头杀猪宰羊唱大戏祭奠。如果遇上了风调雨顺的年景，唱戏祭奠足足要闹上十天半月，唱足了关老爷的功绩，饰足了关老爷的威风。

刀劈岩　吴飞舸　摄

也不知是出于什么原因，这一年点戏的头人点的偏偏就是关云长败走麦城，被孙权砍了头的这出戏，而且就是在关老爷败走麦城的九月十三这一天演。

当然，演员是有抵触的，如果演员事先不备齐猪头和香蜡，用问卦的方式得到关老爷的允许，是绝对不能唱这出戏的。一旦不被允许而唱了这出戏，轻则这台戏唱不下台，重则演员会家破人亡。但演员的抵触也不起什么用，戏还是得按头人点的开锣演。

这天看戏的人比往年哪一年看戏的人都多。大家都感到十分新奇，纷纷猜测，这头人是要提醒关老爷打煞一下他的骄傲劲头，还是故意羞辱他一下？不能演走麦城为什么偏偏点的就是走麦城？演员和观众也都担着一件心事，千万千万别闹出什么乱子来才好。

大家的担心果然得到了应验。当戏演到关老爷被吴兵包围，正准备突围的时候，突然天空乌云滚滚，电闪雷鸣。在演员和观众十分慌乱之际，只见戏场里冲进一个骑着一匹红鬃烈马，飞舞着一把青龙偃月刀的红脸汉子，他双目圆瞪，高声怒喝：“怎敢如此羞辱我关云长！”

众人大哗：“关老爷显灵了！关老爷真的显灵了！”纷纷四处逃散。菊圃里的菊花被踩得七零八落，演关云长的演员也倒在了台上，口吐白沫，人事不醒。

点戏的头人也十分恐慌，但他仍不负这口气，认为自己根本就没有什么错，为什么就不能点走麦城这出戏！急令手下去关帝庙观看，只见关帝庙正厅中关云长、关平、周仓三座泥塑一个个气得浑身颤抖。手下慌乱地忙将此事报告头人，头人好似故意还要逞一下威风，不但不思悔改，反叫手下将关云长的塑像抬出来扔进沅江河里。

再说关老爷被扔进了沅江河里，随波逐流，越想越气。自己驰骋沙场英武了一生，为大哥的天下立下了汗马功劳，也只是因为一时的疏忽大意，败走了一回麦城，关于自己的戏哪出不好演，偏偏哪壶不开提哪壶！时至今日，我要让千万百姓看看，我关云长宝刀未老！恰恰这时，关老爷流到了离桃花源十余里的“游仙观”处，看到右边矗立着一座青光闪忽的大岩山，他“托”地一下从水中跳起来，凭着一肚的火气，挥动手中的青龙偃月刀，朝石山一刀劈去。顿时天崩地裂一声巨响，只见岩末如雨点般乱飞，一座岩山被劈下一半。

剩下的另一半，千百年来，至今还矗立在沅江边上，彰显着关老爷未老的宝刀，这就是被人们称为的“刀劈岩”。关老爷劈山时劈下的碎石，也还滚落在沅江边上，被千百年的风雨侵蚀，上面长满了莪草，爬满了青藤。

发生在笔架山下的故事

笔架山坐落在漳江镇八字路境内，由于这座山由五个山峰连接组成，而主峰位在中间，其形状如一尊笔架，因此而得名。过去山顶上有几株高耸入云的大树，宛如几支饱醮浓墨的大笔。

笔架山眺望似练如带的沅水，山前有桃源八景之一的“梅溪烟雨”。因为这个原因，笔架山显得名气不大。可是，梅溪就发源于笔架山。

传说明嘉靖年间，这笔架山下住着一家母子俩。母亲张氏是个老实巴交的乡间女子，粗识文墨，懂礼讲义。独生子刚好二十岁，名叫诚实。长得五大三粗，浑身有使不完的劲，每天靠打柴为生，母子二人相依为命。

那时的八字路是个小集市，每天一清早，诚实就把干柴挑到这里卖，然后到米行换米再回去。这集市上买柴的人心里都有数，只要诚实一来，抢先就去买。因为诚实本分，不掺假，不卖高价，每天都是三个铜钱一担柴。买柴的人都说，买诚实的柴不吃亏，实在。

不管诚实的信誉多好，也不管诚实如何拼命打柴，那三个铜钱只能买回一天母子俩的米粮油盐，一天不砍柴，生活就过不去。

一年冬天，大雪一连下了二十多天，铺天盖地的鹅毛大雪把诚实家的茅草屋埋了半截，山上积了人把深的雪，母子俩已是几天靠吃菜度命了，诚实急得在屋里团团转。

母亲安慰诚实说：“实儿，你到屋后菜园里去，那园堤坎上有个老枯树蔸，百把斤少不了，你把它挖来，劈成柴后到街上换两升米。”

诚实拿起锄头和斧子，扒开雪来到菜园堤坎上，这里果然有个大树蔸。诚实举起锄头便使劲挖了起来。只有半袋烟功夫，那老树蔸的盘根全被挖断了。诚实抱着树蔸一扳便翻倒过来。这一扳不打紧，哪知树蔸下有个明晃晃的东西，那东西两头翘翘的，像个笔架，两面隐隐约约还有两行字。

诚实感到十分新奇，急忙拿回屋里交给母亲。张氏借着雪光一看便知道这是一锭银子，再仔细瞧，一面是五个字：“纹银四两九”，一面是四个字：“诚实公平”。她对诚实说：“儿呀，古人讲过‘不义之财不可贪’。我看这银子肯定有些来历，上面写着你和公平的名字，说明这银子是你和公平两个人的。哪怕是到开不得锅的时候，这银子也不能独吞，你一定要找到公平，和他

打柴为生的诚实　吴飞舸　辑

平分，你绝不能多得一分一厘啊！”

诚实一听母亲讲得这样凝重，忙说：“娘，我记住您的话了！”

不久，母亲患了重病，接着便撒手人寰。诚实大哭了一场，安葬好母亲后，从此只好过着一个人的孤独生活。

星移斗转，冬去春来，诚实长到了二十八岁，本该娶妻生子，可他仍旧穷得吃了上餐忧下餐。就是过着这样的日子，他也没有动那绽银子。

诚实始终记着母亲临终时交代的一定要找到公平的那句话。这年一开春，诚实炒了一袋米泡，自己又亲手打了几双草鞋，启程去找公平，他到了桃源县城，又到了常德府城，访了十多天，也没有找到公平这个人。只是听一做生意的人讲，长沙城有个公平顺达商行，去那里或许会找到那个人。

长沙城几百里路，又没有盘缠路费，一袋米泡早就拌着河水井水吃完了。怎么办呢？想起母亲的多次叮嘱，他一咬牙，走上了去长沙的古道。

饥肠辘辘，蓬头垢面的诚实，一根竹棍，一个土碗，风餐露宿，跋山涉水，一路乞讨。沿路的人听了他的诉说，都骂他是憨砣，不说四两九，就是四千九也自己花了算了，哪还值得千辛万苦找人分。有些人还讲，要是银子上写的是玉皇大帝的名字，莫非要寻到天上去呀。诚实把这些话只听进耳里，并不放在心上。想着母亲平时的教导——做人要诚实，做事有公平，他铁了心，依旧朝长沙城走去。

这一天，诚实好不容易来到了长沙城。他东瞧瞧西望望，那么大个长沙城，想找个把人如同大海捞针。正在犯难时，一位摆地摊的老人见他前后来了几回，出于可怜同情告诉诚实说：“要饭的，你要找公平大官人，从这里往东走再向北拐五里路的地方有幢三层楼房，正门上方悬挂的一块金字招牌上写着公平顺达商行，那就是你要找的地方。”

诚实谢过老人，满心欢喜急忙向东走，往北拐，找到了那幢大楼。可守门的见是一叫花硬是不让进，诚实好说歹说，人家就是不相信他真的是来找公平分钱的。把门家丁见赶不走诚实，只好去向公平大官人禀告。

公平大官人将诚实请进茶房，叫家丁给诚实沏上茶。可诚实急不可待从衣襟里拿出那绽银子放在公平大官人面前说：“我没日没夜找到长沙，就是和你分这银子的，你一定得收下。”拥有百万家财的公平官人，哪里看得上这区区的二两多银子呢？官人委婉地说：“你对我的一片好心我领了，感谢你不辞辛劳寻到这里，我的那一份就送给你吧！”

说了半天，诚实就是不肯罢休。公平大官人说服不了他，又不好把他赶走，只好给诚实一把锤，一个錾子，让他去分。诚实把银子放到隔壁卖南货的石柜上，一锤砸下去，银子分成两块，一过秤，一块二两四，一块二两五。再錾呢，不少就多，不多就少，很难平均。七錾八砸，一小块银子掉到了石柜台下面的木地板缝里。诚实慌了，急忙去捡，可那块银却落到了木板下面。诚实搬开木板还拿不到，只好又掀，几下过后，那个铺面柜台屋拆得七零八落。公平大官人在一旁不好说什么，由他乱翻一通。

眼看木板快掀完，那块小银子却落在了屋角边的一个石洞上。诚实刚伸手，那银子竟掉进洞里去了。情急之下，诚实用铁棍撬开洞上的大石块。天哪！只见洞内满是金银，把诚实、公平大官人和家丁们看得目瞪口呆。谁也没想到，这平日里卖油卖盐卖糖卖酱的柜房下面竟藏着这么个金库。

在几千绽金银上，都刻着两个字，不是“诚实”，就是“公平”。公平大官人也不好说是自己藏的，便提出与诚实按名分取。经过清点，正好各自一半。

诚实一下名噪长沙，成了跟公平大官人齐名的富翁。许多人了解这件事的来龙去脉后说：“桃源人诚实，长沙人公平。”以后，人们便用他们两人的名字组成了两句话：诚实守信，公平交易。

行吟鬼柳

在距县城八里的漳江镇游仙观村，尧河右渡口边，生长着一株古枫杨（别名鬼柳），胸围487厘米，树高15米，树龄2400余年，苍劲挺拔，绿冠如云。据树旁碑文载：该树系明朝末年由一古枫树树根萌生长成。而萌生此树的老树，长于公元前300多年的战国末期。楚顷襄王三年（公元前296年），屈原第二次被流放，从此经过，并在树下吟成《涉江》诗后，此树历经2200多年风霜雨雪，至公元1940年，树干胸围已达10余米，于心中空，却新叶滴翠，偕儿孙傲立江边。惜旷世古树，于日军侵华时枯死，所幸儿柳亦成古树，当地百姓珍爱，悉心呵护，以怀念屈原，称之行吟鬼柳。

关于这株柳树，这里流传着这样一个故事：

古时候，沅水桃源游仙观渡口岸边有个叫柳儿的伢儿，六岁死了娘，八岁丧了爹，没爹没娘的伢儿住没得地方住，吃没得地方吃，只好沿门乞讨。讨饭讨到十五岁，已经有一身力气了，便在渡口旁边开了一块地种甜瓜。一年两年，柳儿的甜瓜远近都有了名气。

游仙观渡口的对面是尧河渡口，沅水流到这里变得特别不安分，两岸的人盛传着“水深千百丈，冬暖夏日凉，鹅毛难浮水，无风三尺浪”的说法。据传这段江中住着一个龙君，每年三月三和九月九都要走出龙宫到凡间游玩，因此，人们相互告之“三月三，九月九，无事莫到河边走。”龙君有个女儿叫花花，长得比牡丹还好看，金碧辉煌的水宫他住不惯，最喜欢偷偷跑到人间这里看看，那里玩玩。

这天，花花来到柳儿的甜瓜地边，看到一个又一个金灿灿的甜瓜，就想摘一个尝尝。这时，柳儿笑眯眯抱着一个大甜瓜递了过来，花花接过咬了一口，那甜瓜简直比蜜还要甜。花花吃着甜瓜看着柳儿，不由得对英俊勤劳的柳儿产生了爱慕之情。从此以后，花花就经常跑出水宫帮柳儿浇水扯草，有时走进柳儿的草棚一坐就是半天，老是不想走。柳儿也把心交给了花花，两个在一起，总有说不完的知心话。

时间长了，被龙君看出了端倪，立即勃然大怒，把女儿叫到面前训斥一顿，并命令丫环严加看管，不准走出水宫一步。

花花哪里肯依顺，天天想找机会往外跑。可是，水宫内有层层丫环看守，宫门边又有虾兵鱼将站岗，急得花花心里像火烧一样。

中秋节的夜晚，龙君和众水军饮酒作乐，丫环们陪龙君跳舞去了，花花一见时机已到，大胆跑出水宫，来到柳儿的草棚里，二人相见，拥抱在一起，失声痛哭。

花花说：“柳哥哥，这儿不是咱们的久留之地，快些逃到别处去吧，迟了就走不掉了。”

柳儿望着棚外地里的甜瓜，真有点舍不得，但更舍不得的还是花花，于是就点点头，连忙收拾衣物。正在这里，只听“哗啦”一声，江水翻腾起来，像天崩地裂一般，龙君领着虾兵鱼将拥进草棚，把柳儿打翻在地，龙君抓住花花头发，一口气拉回水宫。柳儿苏醒后追出草棚，没见到花花，急得发了疯，呼天喊地，嚎啕大哭。

狠心的龙君，把女儿用铁链锁了。花花被困在水宫，日日夜夜，时时刻刻都仿佛听到柳儿在呼唤她。她急得哭着嚎着，咒骂着，不吃不喝。看守她的一个虾将心软了，冒着被杀的危险，帮花花开了锁。

花花逃出水宫，见柳儿在河岸上哭得不省人事，只剩下一口气了，不由得心里一阵难受。正在这时，河里又掀起了风浪，花

行吟鬼柳　张庆久　摄

花晓得又是父王前来行凶。她灵机一动，立即化成一蔸树，把根深深扎在地下，为柳儿挡住浪涛。满以为这个办法能救柳儿，谁知被龙君识破，一把抓住大树，抽出刀来，把树砍倒，不一会，柳儿就被波浪淹没。

等河岸边的老百姓赶来时，柳儿已经死了。众人就地埋葬了柳儿，并从被龙君砍倒的大树上弄来一根树枝插进坟上，奇怪的是第二天这树枝就发了芽，第三天就长成了树。众人琢磨这树叫作什么树，有人说这蔸树长在柳儿坟上，那就叫柳树了，大家一致认为这名字好。树名刚叫出来，一个奇怪的事发生了，每到半夜时分，柳儿的坟里就传出哭声，当地的人习惯把死去的人称为鬼，就把这蔸柳树叫鬼柳树。一年之后，这鬼柳树长成了参天大树，岁岁月月为两岸过渡的人遮风挡雨，一直沿袭了几千年。

盐船山

在行吟鬼柳旁约一里的地方，有一座形似一只船的山叫盐船山。这只“船”的上半身在山岩内，“船”尾和“船”舵却在沅江的江水中。

为么得叫“盐船山”？民间流传着这样一个故事：

那是北宋末年，北方金人入侵中原，京师汴梁沦陷，徽钦二帝被俘，康王赵构逃到建康建都称帝。谁知不久，金兀术又带三十万金兵渡江南下，直取建康。赵构早被金兵吓破了胆，带着文武百官，又急急忙忙向浙江、江西、湖南方向逃命，金兀术攻陷建康后紧追不舍。一路之上，赵构手下的文武百官在后面不是被金兵追上杀害，就是被迫逃散。赵构早就闻听祖皇帝太祖说沅水之畔建有一县名桃源县，此外有个能够避难的好地方叫桃花源，便直奔那里。

这一天，赵构骑着白马，单骑逃到尧河渡口，却见面前一条大河挡住去路，一时急得不知如何是好。忽然，听到江边有人说话，望眼一看，原来是只木船，赵构急忙跳下马来，跑到船边打听去桃花源方向。

船上一对年青夫妇见这个人头戴紫金冠，身穿黄袍，骑着白马，心想他定是朝廷官员，却不知为何弄得汗流浃背，气急喘喘，船夫性格直爽，便开口问道：

“你是何人，到桃花源去有何急事？”

赵构急忙回答：“后面有金兵追杀我，请你们赶快告诉我，去桃花源怎么走？”

盐船山　张庆久　摄

这对驾船夫妇，原也是中原人，只因家乡沦陷才举家逃到江南桃源来，买了条木船，以帮人运货为生，一听金兵在追杀这位官员，就说："快，桃花源在河对岸，我们把你送到对面去！"

夫妇俩帮赵构牵来白马，上得船来，赵构这才心中有了稍许停息，低头一看，船仓里堆满麻袋，忙问船夫装的什么，船夫答道："今天是为县城昌源货铺老板运盐去辰州，你若迟来半个时辰，船都起锚上滩了。"

赵构连忙拱手道："多谢二位救命之恩，容寡人以后图报。"

这夫妇俩一听这位官员自称"寡人"，才知道他就是当今皇帝。二人连忙跪倒在船仓板上，口中连连说道："我们有眼无珠，罪该万死。"赵构急忙扶起夫妇俩，问去桃花源还有多远。船夫忧虑地说："此去桃花源还有二、三十里，只恐路途不甚安宁，何不就在对面那座山背后躲避一阵，再作打算。"

于是船夫使劲划浆，不一刻就到了对岸，又把赵构和白马带来江边的那座山后面。刚刚停下来，金兵大队人马也到了尧河。叫喊声、马叫声十分吓人，赵构一听这阵势，脸都变青了。船夫一边安慰一边说："皇上不必惊慌，你就呆在这树林里，对岸的金兵我们去对付。"

夫妇俩将船驶往对河，还没靠岸，金兵的一个小头目恶狠狠问道："你们看没看见有个骑白马的人过河？"船夫若无其事地回答："没有骑白马的过河，只有骑白马的沿河跑西边去了。"金兵一听，大队人马呼啸着朝西边追去，一路只见尘埃滚滚。

船夫夫妇见金兵远去，又将船驾到对岸山脚下，告诉皇上金兵已朝西边去了，您可现在动身前往有大片桃花的地方，到了那里，您就安全了。

后来，赵构想起这对驾船夫妇有救命之恩，派人到山边渡口去找。将士问道："他们在哪一座山边渡口？"赵构不假思索地说："在盐船山边。"等到将士们找到山边，船夫夫妇早就离开了那里。因赵构皇帝说过"盐船山"那座山其形像船，从此，这座山就有了"盐船山"这个传奇名字。

狗王庙

义犬祠建在尧河对岸覆银山上，俗称狗王庙，系古代一木排商人为纪念他随身携带的一只黑犬而建。

古时候，湘西有一个姓张的木排商，人们都称他为张老板。张老板喂了一只大黑狗，被唤做大黑。大黑缎子一样的皮毛，虎一般的身架，真是人见人爱。平日里张老板对大黑训练有素，他要回家取什么物件，低耳在大黑的耳边絮说几声，然后将大黑的头轻轻一拍，大黑就会箭一般地向家里跑去，眨眼间便用嘴噙着皆物件回到张老板身旁。大黑不仅可以给张老板看家护院，每次张老板发排去武汉贩卖，都要将它带在排上，它可以为张老板上岸买物，也可以看守这张木排。别看是水上，偷木排的事也时有发生。偷排贼往往趁排主人上岸不在排上的机会，砍断竹篾的缆索偷走几挂木料，而有大黑在排上看守，这事从来就没有发生过。大黑成了张老板忠实的仆人，也成了他最要好的朋友。

这天，张老板带着大黑，发了一张木排到武汉去卖，木排到武汉脱手，很是赚了一大笔银子。张老板赚得了银子，因回家心切，便顾了一条船，过洞庭，再溯沅江而上，直奔湘西而去。

船到尧河渡口，正是中午时分，张老板叫船老板停船，又将一点碎银挂在大黑的脖子上，叫它上岸去买酒和卤菜。酒菜买回，他在船上就着酒用罢中午饭，又丢给大黑几片卤肉。二两酒下肚，张老板有些迷蒙蒙的了。他看了看沅江的对岸，对岸是好大一座浑圆形的山头，山上树木葱茏，绿荫满地，很是招人喜爱，张老板动了上岸散散心、歇歇凉的念头。于是，他向船老板交代几声，提着赚得的银两下了船，向对岸山上走去。凉风阵阵吹来，两耳充满了清脆的鸟叫，真叫人爽心；满眼草青花红、枝影婆娑，真叫人悦目！张老板就这样一边走，一边欣赏山里的风光，嘴里还情不自禁地哼起了小调。到了山顶，张老板也走乏了，便坐在一处草丛中歇气。这一歇气，借着上来的酒劲，竟迷迷糊糊睡着了。等到一觉醒来，这才想起回家一事。看看天上，太阳已经偏西好远，张老板忘了上山的路，急急忙忙从山的另一面寻路下山。

再说那只大黑吃了几片卤肉，眼见着主人下船上山，还以为主人是去山里方便，才没有跟随，而是伏在船仓望着主人的背影渐渐消失在浓绿丛中。也许是多日看守木排太过劳累的缘故，大黑望着望着竟睡着了。一觉醒来不见了主人的身影，大黑这才慌了神，从船仓纵步一跃跳上了岸，闻着主人留下的气味，向主人走的方向寻去。寻到山顶，没见了主人，却见到山顶有一个包袱。它闻了闻，包袱上留有主人的气息，用前蹄刨了刨包袱，沉沉的，是一包银子。它想用嘴噙着再去追赶主人，但银子太沉，噙不动。放开银子闻了闻路上主人留下的气息，主人分明是从另

覆银山　吴飞舸　摄

一条路下了山。它就在另一条下山的路和这包银子之间，两边来回奔跑了几趟，不知如何选择。急得在山顶汪汪叫了几声，不见有任何回应；又接着一阵狂叫，还是没有任何回应！大黑这才真正着了慌，前蹄在山顶上一阵乱刨：去追赶主人吧，这里又留下主人遗忘的银子；留下看守这包银子吧，又怎么去追赶主人？

又说张老板坐在船上，到了仙人溪才猛然记起没有看见大黑。没看见大黑，张老板一点也不在意，他知道狗的记性好，就是将它放在千里之外，它也是会一路找得回来的。大黑一定是在船上坐得烦，上岸沿着山路回家去了。船又在沅江行驶了几天，到家起船上岸时，张老板才猛然记起身边少了那包沉沉的银两。他仔细想想，才想起那天下船上山，手里提着那个装着银子的包袱，一定是在山顶睡觉时遗忘在山上了。想再回到尧河对岸山里去寻找，算算已过去多日，那里又不时有打柴的、放牛的出没，那包银子肯定不在了。

张老板心事重重地回了家。

银子丢了就丢了吧，等大黑回家，从下一趟木排中再赚回来。谁知捱过了一天又一天，没有等回大黑；好容易又捱过了十余天，还是没有等回大黑，张老板这才真正急坏了。这大黑可比那包银子重要得多！张老板不能再等了，沿江下去与大黑分手的地方寻找。他寻到那天停船的地方，再顺着那天上山的路寻到山顶，远远看见草丛中有一团黑黑的影子，他的心开始狂跳起来；走近一看，竟是大黑！他狂呼一声“大黑”扑过去，抱住的却是大黑的皮囊！

翻开大黑的皮囊，下面竟是用包袱包着的白银！

张老板顿时嚎啕大哭起来。哭后踉踉跄跄下了山，把大黑和这包银子的事说给尧河的百姓听，老百姓都为这大黑的忠诚所感动。接着，张老板又花费了这包银子，买下这座山头，在大黑守护银子的地方替它修了一座庙，取名义犬祠，俗称狗王庙；当地的百姓也就将大黑护住银子的这座山取名为覆银山。

伏金山

伏金山，位于桃源县东十五里，尧河的上游，取名“伏金”，据说是因为山内藏着很多金子。山名又叫“福庆”，那是因为传说人人可以向山上的庙里借取金子，获得福庆。山成圆形，上小下大，状如覆磬，周围树木茂密，环境清静。山顶原有庙宇一座，庙祝二人，庙里供着一位财神爷，十分显应。庙上常有白云弥漫，就象釜中的蒸气，滚滚升腾，直射红日，如在阴雨之夜，庙上无故自然放光，有如红色的火焰。庙中设有签簿，进香的人，虔诚祝祷后，就可抽签询问休咎。签簿的第一页，写了一首歌谣说：“伏金山，金子多于山。人人都有份，只要心不贪。”

伏金山　吴飞舸　摄

当时这地方有一个姓陈的老人在尧河上私设义渡，每日自早至晚，操舟引渡来往行人，不取分文；如果因事离开，也由自己雇工代理，数十年如一日，从未停过。有一次休息，老人到伏金山去烧香。忽然听得巨声震响，后山竟裂开一门，有个小童儿自内走出，对老人说："藏神有请！"老人被导入一座宫殿。只见楹桷廊庑，殿堂台阶，全部用五色金雕镂冶铸，奇丽工巧，金色闪耀，使人不敢逼视。殿上坐一长老，须发雪白，自称是守藏之神，由天帝派到这里管理金藏。又说，因为你一生行善，为人正直耿介，所以请你到此看看。我这里全是金子，专供桃源一带所需的金数。说罢，又把老人引到后面去随喜。只见里面渠道四通八达。中间一口大井贮满了金水。金水由渠道分送到四面八方。守藏神又指着大井说："这是个无底洞，所藏金水，取之不竭。这金水流入河里为沙金，流到山里为块金，其中亮晶晶的白色颗粒为金刚石。我这库藏，既不能滥取，也不能滥用。黄金是宝，有了它就有了一切，然而它饥不能食，寒不能衣，本身却没有什么价值。有的人爱之如命，有的人却不屑一顾。不贪的人，往往还容易得到它；而那些贪得无厌、巧取豪夺的人却往往要受到应有的惩罚。俗话说：'人为财死，财多害人'，就是这个道理。沅江上下，农闲之时，不是有很多淘金的吗？我就根据他们贪与不贪，勤与不勤，分别给与不同的报酬。所以，本地流行着'淘金两块板，每天都有点。可以疗饥寒，可以治懒汉。经验有一条：许吃不许攒'的歌谣。"说毕，守藏神叫童儿把盆子端出来，只见盆里金晃晃的。守藏神说："这盆里全是赤金，共计三十两。你创设义渡的经费和数十年操舟的工资全在这里。这是你应得的东西，你全部带去，不必推辞。"又吩咐庙祝叫人把金子给老人送到家里。老人见神意坚决，只好接受。从此他更加注意行善、积德，为沅江两岸百姓作了不少好事。因此，时至今日，桃源人们仍然怀念他的功德。

选自《桃花源的传说》，刘祖荣　搜集整理

烂船洲又名缆船洲

很久很久以前，沅江边住着一位名叫王质的后生。王质家里很穷，母子俩相依为命，他们无田无土，只得以打鱼为生。每天天不亮，母子俩就起了床，咿咿呀呀摇着自家的那条小破船去沅江捕鱼。到了傍晚，他们才收船上岸，把这一天辛辛苦苦捕得的鱼拿到集市上卖了，再换回些油盐菜柴米。一年三百六十五天，天天如此，日日照旧。风和日丽的天气还算好说，要是碰到刮风下雨、结凌落雪，就苦了这对母子。晚上，虽说有一间破茅屋可以栖身，但白天必须生活在船上。刮风下雨，船上生不着火，做不成饭，母子俩就只有忍饥挨饿；就算平常时日，他们也只能每天吃一顿饭。就算是这一顿饭，还必须拌糠拌菜，也还只能吃个半饥半饱。王质又是一个大孝子，每天吃饭时，总说自己不饿，让母亲先吃，并叫母亲一定要吃饱；母亲呢，也说自己不饿，能省几口就是几口，要让王质吃饱，只有吃饱了，才有力气捕鱼呀！捕到了鱼，才有第二天的饭食；要是捕不到鱼，第二天就只有喝西北风了。这样一来，一天的一顿饭，往往要捱了好久才去做。

这一天，王质母子在沅江捕鱼，看看太阳离西山只有一树高了，他们还没有生火做饭。肚里早饿得一阵阵咕咕地叫唤，浑身上下一点力气也没有。母亲对王质说："质呀，我们从昨天起，到这时粒米还未沾牙，天色也不早了，你去借个火，我

原缆船洲　吴飞舸　摄

们做饭吧。”

于是，王质看了看沅江的上游和下游，又看了看周围的山峦，便把船停在一处水湾里，缆了船，上岸去借火。王质顺着弯弯曲曲的小路往前走，走不远，前面发现了一个石洞口。他从石洞里进去，看见里面也有田地房舍、绿草竹树、蓝天白云，感到十分奇怪。边走边好奇地观望，脚步也就慢了下来。不知不觉，王质来到三块石头相叠而成的一座桥头，看见两位老人正在桥上下棋。也不知是什么原因，进得洞来，他就再也不感觉到肚中的饥饿，也忘了借火做饭的事，看见两个老头在桥头下棋，便站在一旁观看。这两个老头和洞外的老头没什么区别，但这棋子十分古怪，王质从来没有看见过；下棋的棋路也不同洞外，王质同样也没看见过。他一来就被这两个老头和这盘棋吸引住了。这两个老头呢，“战斗”正酣，下着下着，一盘棋还没下完，一个老头伸了伸懒腰，忽然两眼盯着王质，问道：“你是谁？你是怎么进来的？”

这一问，问得王质身子一激灵。这时候，王质才忽然记起借火做饭的事，慌忙寻路从洞中出来。出了洞，王质怎么也找不见打鱼的破船和船上的母亲。找人打听，人们才告诉他，许多许多年以前，有一对母子把船停在这里，母亲叫儿子去借火做饭，儿子去了就再没回来；不久，母亲死了。如今，船早已烂了，烂船早已变成了一座沙洲，叫烂船洲。烂船洲就是儿子缆船上岸的地方，所以又叫缆船洲。

桃源后洞

从桃源县城溯沅水而上三十里处的沅水右岸，有两扇关闭着的巨大的石门，这就是桃源后洞。据说若干年以前，桃源后洞是敞开的，人们只要是真正需要，而手头一时又周转不开，就可以从洞里借出所需要的东西。俗话说“有借有还，再借不难”，只要是借了东西后按期归还，人们可以永远从洞中续借；只要是一次借了不还，人们就再也从洞中借不出东西了。也正是有人从桃源洞中借了东西不再归还，桃源洞的洞门就永远关闭了，人们再也借不出任何东西。事情的原委到底是怎样的呢？

那时候，桃源县城有一个姓钱的财主，听说从桃源后洞可以借出若干东西，也决定去借它一笔。他家里本来十分富有，吃的是山珍海味，穿的是绫罗绸缎，什么都不缺。要借又只能借缺的，说得不对又怕洞主不借给他，那么他报自己缺什么呢？左思右想，对了报缺黄金！

他将家里的黄金藏了个严严实实就出发了。出发之前，他还特地找了一件长工穿的破衣烂裳妆扮自己。

钱财主赶到桃源后洞，写了份祷告从石门缝里投进去，果然不一会，石洞门就开了，从洞里走出一个童子将他引了洞内。洞内到处都是宝，金光灿灿的射得钱财主两眼都睁不开，心里一阵阵猛地狂跳。有声音在问：“客官，最近家里有什么难处吗？”钱财主一时怔住。他事先是想好了词句的，进洞看见满洞的宝，喜得把这些词句全忘了，对呀，说有什么难处呢？等到那声音再问了一遍，他才忽地一愣，忙说：“有难处有难处，老父死了无

原桃源后洞处　吴飞舸　摄

钱安葬。”随之呜呜地哭了起来。那声音在说：“果真是难事，你需要借什么吗？”借什么？棺材？他才不需要呢！费了好大的劲终于牙一咬，将“黄金”二字报出了口。洞内沉默了一阵才又说：“那你就自己取吧，安葬父亲需要多少借多少。”钱财主向洞内看了看，四周不见一个人影，连引路的那个童子也不知去了哪里，心想，我借多借少哪个看得见？便来到金堆边向衣袋里抓了几把瓜子金。那声音又起：“还不够吗？”钱财主忙说：“不够不够，我娘也死了。”那声音又说：“父母一同归天，真是天大的不幸，那你按需借吧，只是记住有了能力时一定如数归还。”

钱财主凭自身的力气从洞中取回了巨额黄金。

那时候长江上下一带正闹饥荒，桃源一带的粮价十分便宜，钱财主一闷神，租几十条大船，用这些黄金买数千担大米，运到长江一带去贩卖，不是可以赚大钱吗？他说干就干，便出沅江，过洞庭，在长江一带很快将这些大米出了手，获利几倍。望着这几倍的利润，钱财主乐得一脸都开了花，心想胀死胆大的，饿死胆小的，要干就大干一场！他晓得那时桃源一带食盐奇缺，盐价奇贵，于是收购了几船私盐运往桃源。哪知刚过常德时被官吏查获，因没有贩盐的凭证，私盐全部没收充公。事后盘账，所得利润全部赔在了盐里头，所幸本金还在。

贩盐失利，钱财主心有不甘，仍是想的如何才能赚取大钱。那时候辰溪一带的辰砂便宜，辰砂总不是朝廷禁品吧。回程时装它几大船辰砂，常德的蚀号不就补回来了吗？钱财主便利用往辰溪一带贩运布匹的机会，回程时装了堆尖几大船辰砂。钱财主望着几大船辰砂，一路春风得意，心里又早拨开了如意算盘。船过桃源后洞时，下人提醒他："老爷，你最好到船舱里避一避，借的金子还没有还，这一大帮船队，是不是太过张扬了？"钱财主说："我才不避呢，借的如同捡的，打官司也是不拐的。"话说没多久，船至游仙观时，一阵狂风突起，沅江里掀起滔天巨浪，几只大船全被打翻，泼在水里的辰砂，将一条江水都染红了。钱财主呢，连性命也没有保住。

只因钱财主借金未还，桃源洞再也借不出黄金什物，久而久之，桃源洞也就渐渐关闭了，人们看到的也只是两扇关闭的石门。

五福临门

沅水之滨的桃花源黄闻山对岸是剪市镇的五峰山，五座山峰分别为长寿峰、富贵峰、康宁峰、好德峰和善终峰，总称为“五福山”。五峰山虽为一般，但深得当地人世代崇拜，据传这座山峰风水很好，山上松杉遮天盖地，山间小溪清澈见底，水中各种鱼、蟹、虾等随手可捉。历来生者修屋建舍、死者下葬立墓都争相选在这里，为此，这里盛传着“五福临门”的故事。

这个故事年代十分久远，已有1800多年，那还是发生在魏、蜀、吴鼎立的三国时期。

相传有个叫高得财的书生，家里世代贫穷，祖上虽然每代都有读书的，都因生计艰难，没有一人能考上秀才、举人，更不用说进士了。传至他父亲这一代，只好借着比旁人多识得许多字，便当起了风水先生，日子也算比上辈过得好了些。高得财受父亲影响，做起了占卜之术的继承人。

话说这年父亲已年高七十，突遭风寒袭击，便一病不起，临终时把高得财叫到跟前说：“得财呀，爹是不行了。我死之后，你可将我用了一生的龟板拿起，到洞庭湖西边找块宝地把我的骨灰葬下，只要龟板放在地上不动，那就是为父的葬身之地。从此，我们高家就能世代升官发财了。”

不久，父亲离世，高得财按照父亲的嘱咐，拿起龟板，背着老父骨灰，向洞庭湖西边走来。

一天，高得财终于走进了湖南武陵郡沅南县的地界。他背着行囊，来到了江边的一座山上。见此山雄伟、清秀，一条清澈小溪从山中潺潺伸向江里，满山松杉遮天盖地，处处透着一股神圣之气。他顿觉这山非同一般，便选了一处平地，拿出罗盘，调好方位，然后把龟板放在地上，这龟板刚一着地就滴溜溜转了起来。高得财一见，长叹一口气说：“这块地方看来是神仙的了，爹是凡人，是争不过神仙的。”一年多来，他走过了无数大山小岭，凭他看风水的经验，这是他最看得起的地方，可老爹没得这个福份。他只好唉声叹气往山下走，叫得一只小船，想渡河到对岸为老爹另选一官地。

过得沅江，高得财拖着疲惫的双脚往前走。走了几里地，又来到一座山前，抬头一看，他眼前一亮。只见前面的山，一连五个山头，山头形如人头，都似打拱作揖状，朝着山下一块荒地。他快步走到那块荒地，拿出罗盘，定好方位将龟板放在地上，这次龟板纹丝不动，他知道这里就是父亲的葬身之地了。接着，他又用龟板对着五个山头逐个照着，只见龟板上先后呈现出“长寿”、“宝贵”、“康宁”、“好德”、“善终”字样，他高兴极了，这是五福临门的一块宝地呀！一年多的奔走劳顿，两代人的心愿盼望，终于快要如愿以偿了，他一下躺倒在草地上，大声哭喊：“找到了！找到了！我们高家要发了！苍天有眼呀！”

这哭喊声惊动了不远处正在挖地的一位农夫。起初，这农夫还以为山里出了鬼怪之事，不敢近前，待见到高得财站起身来，才上前问道：“这位高人，来到山上为了何事？”高得财便把要为父亲寻地安葬

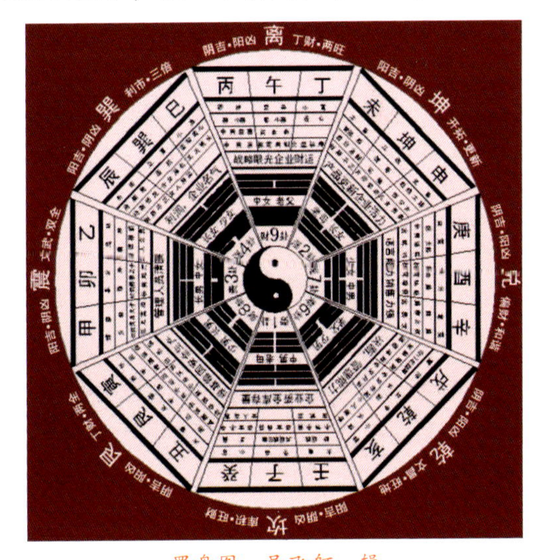

罗盘图　吴飞舸　辑

的事简约告诉了农夫，话中只字未提“五福临门”的内窍。农夫一听便对高得财说：“这块地虽是荒地，却是本地大财主刘南廷家的，要想买下这块地，只怕要费些周折。”高得财一心想得到这块地，便在农夫的指引下，来到了刘南廷家。

这大财主刘南廷是个狡诈阴险之人，而且雁过都想拔毛，加上官府里有他的两个儿子当差，当地谁都不敢惹他。一听说高得财想买他那块地，他的主意就来了，说：“你说的那块地呀！我一直舍不得用，养了好多年了。”高得财说：“刘老爷既然没有用，在下愿出高价。”刘老财一听有敲杠的门路，便问道：“不知你老哥能出多少？”高得财说：“在下有一百两纹银，倾囊相求。”刘老财说：“二百两银子，少个子儿不卖。”高得财将家中情况详细诉说，这一百两银子都是变卖家产所得，哪里去再弄一百两。刘南廷假装同情，等了一会说：“若真银两不足，余下一百两可用做工逐年抵上，你在我家做十年长工后，这块地让你安葬父亲。”高得财到了此时，也无办法，只好答应。于是高得财便在刘老财家做起了长工。

五年过去了，这年冬天，刘老财的父亲归天了，刘老财早就觉察高得财看上的那块地定有讲究，便不管三七二十一，将老财主葬到了高得财看上的五峰山上。葬后还假惺惺地对高得财说：“以前我对你没有说穿，这块地老太爷十年前就看上了的，父命难违呀！”高得财见木已成舟，只好忍气吞声。第二天，便在五峰山的另一面选了一块地，定在子时把老父的骨灰安葬下去。他看出，此处虽不及先前看中的那块地，可仍然是桂树杨花，香留后人的地方。

年后翻春，突然一场连下三天的暴雨，把那五峰山落得云遮雾盖。第四天早晨，太阳出来，人们走出门一看，好怪呀，那五峰山调了一个向，原来“五福临门”是朝着刘老财爹的坟墓，变成了朝着高得财父亲的坟墓。此后，高家人丁兴旺，刘家日渐衰败。

渔村夕照

在桃花源与河对面张家湾相夹的沅水中，伏卧着一座绿洲。洲上住着二十多户人家，家家户户祖祖辈辈以打鱼为生，这个村落自古就被叫做渔村。绿洲在此处把沅水分为两边，靠桃花源一边水面较宽，是江的主航道。逢阴雨天时，这里碧水如绸带，缓缓飘动；每当晴空万里夕阳西下时，阳光斜照水面，一片金光滟滟，波光灿灿，洲好像也随水而动，景色十分壮观。远在唐宋时期，人们就给取名“渔村夕照”，并被列为湖南省“潇湘八景”之一。

明朝诗人沈明臣写一首七言绝句，其名就叫《渔村夕照》。全文为：洲前洲后尽垂杨，村尾村头满夕阳。换酒醉眠高晒网，远山修竹正苍苍。

全诗写的是古老的渔村映着黄昏，垂杨飘荡，满目流光。不论洲前洲后，还是村头村尾，夕阳垂柳，恍然如画。换美酒而醉眠啊，任日头高高晒起渔网。已是夕阳斜照，遥望远山的修竹，正在苍苍的暮色中，窈窕在眼帘。

诗的前两句描写水田环绕的人家，篱笆外种满了竹子，院落里的柿子已经落尽，金银花也都稀疏了。写出晚秋季节里斜阳照耀着的农舍，水竹清华，落木萧萧的景色，充满了和谐静穆的气氛。诗虽然只写了村居外围，而村居本身即可由此想象，收到了很好的艺术效果。同样，诗没有写人，而通过环境，也可表现住在村居里的人的品操趣味。

诗的后两句是传颂的名句。诗将薄暮景色作了高度浓缩。夕阳西下，照着原野，照着村居、水田，诗在这里用夕阳之景回照前两句，整个画面没有一个人，虽然是写动，但节奏很缓慢，表现出大自然宁静和平的气氛，给人以恬淡温馨的享受，充分体现了作者的审美观。读这诗，很自然地令人想到《诗经》所写的"日既夕矣，羊牛下来"那幅原始的自然美的风光来。

全诗虽然写的是一组渔村的小景，但由于诗人本身是个画家，所以很具有画意。诗所选的景物，都有典型性，描绘了村居的特征及季节的特点，用的都是深色调，与夕阳暮霭相统一。在写作手法上，前两句直接写静，后两句是动中显静，在同一画面上配合得很和谐，是写"渔村夕照"景观的所有诗词中更为成功的一首。

渔村夕照　张庆久　摄

三日同辉

每到冬日，当夕阳西下时，人们站在黄闻山上，总能见到白鲇洲尾两边水中，一边一个太阳，加上天上一个，总共三个太阳。人们给这种现象取名为“三日同辉”。当地民间传说是后羿射日时，射下的九个太阳有两个落在了洲尾的外河与内河。这一奇景引来无数猎奇的旅游者前来观赏，“三日同辉”也因此远传于世。

“三日同辉”：天上有、地上有；海上有、山上有；陆地有、沙漠有。

“三日同辉”，对普通人来说是罕见的奇妙景观，对“哲人”来说又隐喻现实与未来，能叙说历史与今天。

当人们来到中外著名的桃花源后，会穿行桃花林，攀登桃花山，走过秦人洞，坐在秦人村竹廊旁的农舍里，和樵夫侃侃而谈，听他们叙说远古的历史和今日的辉煌。讲述超级景观“渔村夕照”。于是，旅游者怀着极大的兴趣和好奇的心情赶往那里一睹芳容。

漫步登上桃源山顶水府阁，沅江静静地从脚下峭岸流过，远眺江中的白鳞洲，惊叹“潇湘八景”之一的“渔村夕照”。太阳西斜，沅江江面上出现一个太阳，白鳞洲的内河水面上也出现了一个太阳，加上天上的太阳，“三日同辉”的美景呈现在游人的眼中，真是美轮美奂。

桃源的“三日同辉”非常美，任何赞美的词语都显得苍白，这种美来自天造地设，是一种自然景观，仔细品味和思考，需要

三日同辉　吴飞舸　辑

具备几个要素，一是季节必须在秋冬，二是时间需要在落日时分，三是位置应是居高临下，与落日成45度，四是环境组成必须是陆地隔开并相邻的两处水面。

大自然中出现的“三日同辉”，可遇不可求，它是一种幻日现象。原来，在天空半透明的薄云里面，垂直地悬浮着许多细小的正六角形冰柱，偶尔它们会整整齐齐地垂直排列在空中，这时就会发生非常规律的折射现象，光线从冰柱的一个侧面射入，又从另外两个侧面射出，产生了反射和折射，这三条光线射到人的眼睛中，中间的那条太阳光线，是由中间位置的太阳直接射来的，是真正的太阳，旁边两条光线，是太阳光经过六角形晶柱折射而来的。这样，在人们的视觉中，左右两旁的两个太阳，实际上是太阳的虚像，尤其在水面上特别突出，这种现象在科学上称为“假日”，“三日同辉”的自然现象就是这个道理。

白麟洲与白鳞洲

桃花源境内的沅水右岸有一处地名叫黄闻山，与黄闻山相对的沅水左岸，有一处地名叫白鳞洲。很久很久以前，白鳞洲不叫白鳞洲，而叫白麟洲。这个洲为什么叫白麟洲呢？白麟洲又为什么会演变成白鳞洲的呢？

那时候，这个洲根本没有名字，只是一个很不起眼的荒洲，到处生长着荆棘和芭茅。洲虽然比较大，但只分散地居住着十来户人家，他们或是以砍柴为生，或是开垦出几块荒地，种植点农作物免强度日，人们的日子过得非常艰难。这十来户人家大都是外来户，其中只有一户人家是世世代代住在洲上的土著，这人姓王，名叫花三，洲上的人都叫他花哥。花三的堂客姓黄，大家都喊她黄妹。

花三长得高高大大，有的是力气，但是并不因为他长得高大有力气而变得富有，他与洲上其他的住户一样，仍是十分贫穷，常常吃了上餐还不晓得下餐在哪里。他为人豪爽，非常讲义气，见不得别人为难，只要晓得了别人的难处，他想方设法都要帮助人家。花三以自己的个性和行为赢得洲上这十多户人家的尊重，大家就把他看成了主心骨，遇事都爱找他想办法、出主意。花三十样都好，就是有一样不好：三十大几的人了，成亲也十多年，堂客黄妹的肚子老是不见鼓起来，这成了他的一块心病。洲上的人有的给他提供偏方，有的给他送来草药，总是不见效。越急越不见堂客的肚子鼓，越不见堂客的肚子鼓心里就越急，俗话说“不孝有三，无后为大”，总不能在自己手里叫王家断子绝孙！花

白鳞洲头　吴飞舸　摄

三就更加仗义，更是多做好事、善事，他要用自己的行为感动送子娘娘。

花三没有迎来送子娘娘，却迎来了一只怪物。

这一天，黄妹告诉他昨天夜里做了一个怪梦，梦见一头怪物直往自己怀里撞，早晨起来就作干呕，闻不得油烟子味，这是不是有喜了？花三笑话堂客是想伢儿想痴了，把吃冒了风当成驼了肚。黄妹的症状一天天加重，一呕起来就呕得天翻地覆，也呕得花三两脚直跳，没想到冒起风来竟这样狠，催着黄妹赶紧去看郎中。黄妹看郎中转来，脸上不见半点病态，却笑嘻嘻地告诉花三，自己确实有喜了。花三大吃一惊，怎么也想不透，细问黄妹那头怪物的模样，黄妹告诉他这怪物通身白色，脑壳像龙又不是龙，角像鹿又不是鹿，眼睛像狮又不是狮，背像老虎又不是老虎，鳞像蛇又不是蛇，蹄子像马又不是马，尾巴像牛又不是牛。

这是一头什么怪物呢？花三不晓得，黄妹也不晓得。

不晓得又不好去问别人。

黄妹的肚子一天天大起来，十月怀胎，解怀时竟一胞生下一男一女两个伢儿。花三一时喜得嘴巴撇到耳朵根，整个洲也都闹腾起来，齐问花三是用的什么妙法，不生就不生，一生就是一对？花三这才把怪物撞到黄妹怀里的事说了出来。洲上有稍懂得的连忙追问：是公是母？有人反问：废话，公的能生伢儿吗？稍懂的人惊讶一声大叫：那真是一只宝物，白麟啊！

有宝物降临这个荒洲，是这个洲的福气，也是洲上所有百姓的福气。洲上的百姓聚在一起一合计，就将这个洲取名为白麟洲。

奇怪的是白麟一次托梦给黄妹之后，就再也没有任何消息。白麟洲也没有因为曾有白麟的降临而变得富有，洲上的百姓过的依旧是食不饱腹的日子。这样的日子挨过了一天又一天，两个伢儿到了十六岁上，花三和黄妹也都先后到了五十多岁的年纪，头发都开始花白了。花三个性未改，仍是十分仗义，为人也还是那么豪爽，两个伢儿的性格与爹爹也十分相像。这一天，花三带着男伢儿上山去砍柴，砍着砍着，忽然看见从林子里窜出一头白色的怪物直向他扑来。这怪物脑壳像龙又不是龙，角像鹿又不是鹿，眼睛像狮又不是狮，背像老虎又不是老虎，鳞像蛇又不是蛇，蹄子像马又不是马，尾巴像牛又不是牛。花三猛地想起堂客向他述说的梦中见到的怪物的形状，喜得大叫一声：白麟啊！那头白麟就从他身边一擦而过，噗咚一声掉进洲头的沅江河里。花三马上丢掉楤担和柴刀，向伢儿大叫一声“快救白麟！”也噗咚一声跳进沅江河里。等到伢儿也跳进河里，两人双双救起这头白麟，却怪，白麟在他们手里变成了一条大鲤鱼。这条鲤鱼一身金色的鳞片，足足有五六十斤重。父子俩舍不得吃，抬到县城将鱼卖掉后换回不少大米。回到洲上，花三把这些大米分发给洲上的乡亲，又告诉乡亲们今天的奇遇。大家你一言我一语，七拼八凑地说道，莫不是白麟看到我们穷特地前来指条活路？

花三就邀起大家不再打柴，一齐下沅江捕起鱼来。由赤手空拳两手摸，变成用梭标杀，用刀砍，再变成用钓钓，用网打，用罾扳，一天的收获比打柴的收入高得多。

一晃好多年过去，洲上的百姓因捕鱼渐渐富裕了，百姓打鱼、剖鱼、晒鱼刮下的鱼鳞铺遍了整个江洲，太阳一照，银光闪闪，十分壮观。于是这座江洲又渐渐演变成了白鳞洲。那只跳进沅江的白色麒麟呢，据说它卧在了洲底，常年托举着这个巨大的河洲，使它免受洪水的淹没。再后来，白鳞洲洲尾又与张家湾逐渐形成的渔村联成了一片，成为了潇湘的八景之一渔村夕照。

白鳞洲尾　吴飞舸　摄

黄闻镇鲇

黄闻山是一座矗立在沅水边上的山峰，它峭壁千仞，山脚下有洞，称后门洞。山名是以黄闻童子命名的。

黄闻山下是黄闻潭。每当涨水的时节，桃花源洞门崖下面的黄闻潭里就好像有铜钟在“当当”作响，这是什么原因呢？

传说，早年间，这潭水墨蓝墨蓝，有几十丈深。潭底住着一条白鲇鱼，它已经修行六百六十年，成了精。这条鲇鱼成精以后，无恶不作，经常浮出水面，用大嘴喝一口水，然后慢慢将它喷出来，弄得大雨倾盆，洪水遍地。有一次，它尾巴轻轻一扫，

黄闻山　吴飞舸　摄

黄闻潭　吴飞舸　摄

就把对面的绿洲扫开一条小溪。后来，人们把这个鲇鱼扫过的绿洲叫做白鲇洲，后又称白鳞洲、白鳞洲。这条鲇鱼精，老百姓都恨死了它，也都怕死了它。

一次，一连落了几天几夜大雨，河里潭里的水都一个劲地猛涨起来，鲇鱼精高兴得在潭里摆着尾巴。它的头抬多高，水就涨多高；它的尾巴扫到哪里，哪里的房屋树木就都倒了，不晓得淹死了多少人！

鲇鱼精还要摆动尾巴时，忽然听到有人叫它鲇鱼伯伯，它抬头一看，竟是一个坐在门板上的小伢儿。它感到惊奇，便问道："你叫什么名字？怎么有这样大的胆子？"

小伢儿说："我叫黄闻，我的肉最好吃，河神爷爷特地打发我来拜望你。"

鲇鱼精不信，用头去掀他，小伢儿一下就从门板上跳到鲇鱼精背上，用手抓住它的胡须，一下一下帮它抓痒，抓得鲇鱼精舒服透了。

鲇鱼精想：这小伢儿这么会做事，一口吞掉岂不可惜？不如把它背回去侍候我，以后再慢慢吃掉他。

鲇鱼精想得高兴，一摆尾，就驮着小伢儿沉到潭里去了。

不知沉了几十几丈深，鲇鱼精不动了，这才到了底。小伢儿从它背上爬下来，蹦蹦跳跳地问：“鲇鱼伯伯，到了你的家啵？”

鲇鱼精摆了摆头说：“唔，没有没有，我歇口气。”

过了一会，鲇鱼精才把他带到一个小洞洞旁，说是到了。小伢儿一看，好深好深，故意说：“鲇鱼伯伯，这洞洞只有这么大个口，你这么大个身子，怎么进得去呢？就是进去了，也翻不得身啦！”

鲇鱼精听了一笑，“嗤溜”一下就溜进洞去。小伢儿看鲇鱼精进洞了，心中大喜，忙从衣袋里摸出粒石子，喊声“变”，石子就变成了一口大铜钟，不知有几千几百斤。小伢儿一下将铜钟提起来，牢牢罩在洞口上。鲇鱼精回头一看，发现洞口被罩住，知道中了计，忙拼着老命往外冲，铜钟被撞得“当当”直响，晃动了一下。小伢儿忙伏在铜钟上，又调来一座山，山嘴伸出去正好压在自己身上。

从此以后，鲇鱼精再也没能浮出水面危害百姓了，小伢儿也再没有浮出水面来。人们怀念他，就把这个潭叫做黄闻潭，把他调来的这座山，叫做黄闻山。如今，每当涨水的季节，那黄闻山下的黄闻潭里，还有铜钟在“当当”作响。据说，是这条鲇鱼精在洞里碰撞呢！

杨泗将军显灵

杨泗将军　吴飞舸　摄

若干年以前，桃源山靠沅水的地方有一座悬崖，悬崖前面是黄闻潭，悬崖顶上有一座小庙，庙里供奉着杨泗将军。这杨泗将军金盔金甲，手握利斧，两眼炯炯有神，日夜监视着前面的这条沅水，专除孽龙和妖魔，确保在沅水中行驶的船只和木排的平安。

这一天，杨泗将军显得十分烦躁，他掐指一算，暗叫了三声“不好！”就见一架七七四千九百九十根杉木原条扎成的木排从上游顺流而下到了黄闻潭。他抬手高声喊道："李师傅、张师傅，搭排搭排！"这木排上的两位排古佬正是一个姓李，一个姓张。他俩听到呼喊感到奇怪：这一带根本没有人认得自己，有谁会晓得自己的姓？疑惑间四处张望，就见岸边悬崖顶上的小庙里拱出一个和尚，手持一把斧头，不由分说朝木排就是一跳。就在和尚的双脚落到木排上的当儿，木排压得向下一沉，碧绿的江水朝木排上"忽"地一涌，木排才又渐渐浮上水面。李、张二位排古佬暗自大吃一惊，他俩对望一眼，又一齐看着跳上木排的这位和尚。和尚拿脚一蹬木排："还不快走！"木排便飞快地向下驶去。

转眼就到了常德德山老龙潭。说起这老龙潭，船古佬和排古佬没有不心惊胆战的。这是一个出孽龙的地方，船和排行到这里，常常不是船被掀翻，就是排被打散，船古佬和排古佬都会倍加小心。李师傅和张师傅早就把心提到喉咙口，只听得一个喊："小心！"，一个喊："睁大眼！"眨眼间，本来是蓝莹莹的天，突然便乌云密布，狂风怒吼。两师傅一齐喊："怕是要出蛟了！"就见水面翻起一股巨大的浪花，浪花里探出一头怪物。李师傅和张师傅从排架上拖出两把砍刀，又一起催促搭排的和尚："和尚，快用斧头砍孽龙！"和尚听到呼喊偏不去迎战孽龙，却拿斧头对着绑扎木排的缆篾一顿乱砍。缆篾一砍断，木排便散了架。眼看着杉木原条一根根向下飘去，两个排古佬叫苦不迭，悔不该让这个和尚上排，咬牙切齿，恨死了这个搭排的和尚。他俩丢下手中的砍刀，一齐抓住和尚，将他往江水里狠命地一丢。恰好站着的地方有五根木头没有散开，他俩任凭和尚在水中挣扎，也再不顾及，就乘着这五根没有散开的木头往下飘去。

转眼又风平浪静。

两排古佬过老龙潭遇上孽龙出蛟，虽说打散了木排，将本赔得一干二净，但总算保住了性命，也算是不幸中的万幸。

老龙潭过后就是乌鸦嘴。两排古佬乘着这五根木头飘到乌鸦嘴时，看到前面江面上停着一大片杉木原条。江水在不停地流，照道理杉木原条要一根一根流走才是，但它们却停在水里一动也不动。李师傅感到奇怪，张师傅也感到不可思议。李师傅说："这就出哒鬼，水流木不走。"张师傅仔细看了看，对李师傅说："奇怪，李老弟，这是我们的木头，你看木头上画的记号。"

每根杉木原条的大头上打了一个眼，这是用来扎排穿串棍的。眼旁边用红笔画了个记号，这是鬼画符，只有他俩自己认得。

真是他们的木头。

到底是不该退财，他俩高兴极了，又在这里绑扎起木排，一边绑扎一边数，恰恰七七四千九百九十根杉木原条，一根不多，一根不差。

排到武汉恰遇木价飞涨，他们卖了个好价钱。这次放排，他们有惊无险，不仅没有赔本，还狠狠赚了一大笔。回程时，买了一条大船，装了一大船货，排古佬又变成了船古佬，但不变的仍是这位李师傅和张师傅。船到常德老龙潭时，水中又拱出个和尚，连声喊："搭船。"两个师傅定睛一看，这不正是丢到水里的那个和尚！他俩惊骇不已，吓得还没回过神来，和尚早已爬上木船，一边用手抹着脸上和脑壳上的水，一边说："好险！好险！"李、张二位师傅连连向和尚道歉，说是不该把他丢进水里。又问："怎么好险？"

和尚说："道个什么歉！我砍断排缆篾，就是用激将法激怒你们把我丢进水里，那孽龙见我是遇害的，才对我放松警惕，要不我怎么靠得近它，杀得死它！"

两个师傅你看着我，我看着你，将信将疑。

和尚又用脚在船上一蹬："还不快走！"船突然间又加快了速度向前驶去，只听得水激船头哗哗地响。

转眼又来到了黄闻潭。和尚说："我要起坡了。"没等两师傅把船停住，就往水里一跳。眨眼就见和尚起了岸，飞身上了悬崖，进了悬崖顶上的水府阁。两个师傅立马湾了船，紧跟在后面进阁一看，哪有什么和尚！只见杨泗将军坐在大殿上，头上、脸上、身上、衣上湿淋淋的，还往下嘀达嘀达地滴着水珠。

李师傅和张师傅吃惊得瞪大了眼睛。都道这哪里是什么和尚，这是杨泗将军！这次放排，是杨泗将军救了他们的命，是杨泗将军助他们发了一笔财。于是倒头便拜，并决定重新修建水府阁，重新塑一个杨泗将军的金身。

这消息很快就在排古佬和船古佬中间传开了。

水府阁　吴飞舸　摄

果然不久，沅江里就流来了一根根大楠木、大杉木、大樟木，这些木头流到黄闻潭就不动了。从此以后，凡是木排经过黄闻潭，排古佬都会自动捐出几根上等又粗又大的木头；凡是木船经过黄闻潭，船古佬也都会自动捐出一些银两。

一日三，三日九，一座威武雄伟的庙宇就在黄闻山顶建成了。庙宇的第一层供奉着杨泗将军，第二层供奉着观音菩萨，最上一层供奉着玉皇大帝。庙宇仍名“水府阁”。新的水府阁建成之后，一直香火不断。直到今天几百年过去，水府阁几经重建，仍矗立在黄闻山顶。

铁拐李挑来的龟山天台山

早些年间，安化、桃源两县民间流传两句俗语："上落下落郑家驿，出县过府剪家溪。"意思说往上走往下行郑家驿是个好落脚处，假如到了剪家溪，那便是到了另外一个世界，算是出了一次县，过了一个府。可以想象，那时的剪家溪是何等繁华，但是，在很早很早以前，这里却不是如此，两座山的来历就是说明这种情况的。

剪市（旧时称剪家溪）境内有两座山，一叫龟山，一叫天台山。休看龟山，天台山没有参天之势，巍峨之姿，但却有由这两座山而引出的关于八仙之一铁拐李的传说，多少年来，为人们所津津乐道。真是"山不在高，有仙则灵"了！

却说铁拐大仙，某日闲暇无事，便与众位仙友聚会云端，共享仙境之乐。众仙各嗜其好，各取所乐，有的调弄丝竹，有的饮酒行吟……真是天上神仙境，不亦乐乎！铁拐李当此情景，怎不举觞开怀畅饮？酒过三巡，铁拐李内心忽然不适，似觉有阵凄厉哭声隐约传入耳中。铁拐李以为醉酒，进了梦乡。急忙站起身来，拍拍脑门，觉得并无醉状。于是，放下酒盏，立身云端，拨开云雾，俯视凡界。说也奇怪，相距十万八千里的人间情景，顿时映入这位大仙的眼帘。他一声惊呼："不好了！滔滔浊浪，滚滚惊涛，人间遭难了！"眼见尸体浮江，耳闻哭声震天，铁拐大仙屈指一算，测正方位，得知罹难之地乃是华夏荆楚武陵西去之地。眼看这邻夷之处，被浊浪横流毁得七零八落，满目疮痍。对此凄凉景况，怎能不叫仙肠善肚的铁拐大仙喟然叹曰："唉！造孽！造孽！这恶畜又在行凶作恶，祸害黎民。”他要凭其法力去制服作恶山蛟，拯救尘世苍生，酬其仙怀慈愿。于是他向众仙道明心迹，便要腾云驾雾去为凡间解厄。正欲动身，即被一旁的赤脚大仙拉住衣角，劝他道：“我等已不食人间烟火，何须管凡尘世事，还是饮个酩酊大醉吧！当思天上人间隔九重，仙骨凡人分得明，今朝有酒今朝醉，怎管江河灾难兴。”另一位与酒结下不解之缘的仙长，带着几分醉意，捋着飘飘银髯，慢吞吞地若吟若劝道：“铁拐老弟何苦，吾等既已脱离凡尘，登入仙界，理该坐享天境清福，何必狗咬耗子，多管人间闲事！”说着说着，随手斟了一盏陈年好酒，硬是塞到铁拐大仙面前，连声说道：“饮吧！饮吧！”铁拐大仙此时也不客气，蓦地接过酒盏，把满满的一盏琼浆一饮而尽，然后说了声：“众位仙友，请莫阻拦，吾志已决，定要去解救众生！”于是驾起祥云，径向荆楚武陵大地而去。众仙望着铁拐李倏然而去的背景，有的点头，有的摇头，彼此各有所思，此话按下不表。

铁拐李图　吴飞舸　辑

且说铁拐大仙解救武陵域西百姓心切，脚踏云雾，虽已风驰电掣，仍嫌行速慢缓，身在云霄，心系尘壤，眼前依稀见得祸洪毁房飘尸之惨相，耳边仿佛听得黎民呼喊泣哭之哀声。他盘算着如何去阻止孽龙恶蛟聚洪掀浪，还人间百姓的太平生息。想着想着，不觉在云端稍立片刻，为的是寻思妙法。当他定睛向凡间一看，触景生情，见物得计。他见脚下有山两座，心想何不将两山搬出，堵住洪流，孽龙恶蛟自然肆虐不得。此处百姓，若无水患之忧，定有乐业之庆。铁拐大仙越想越觉有理，随即施展仙法，只见脚下的两座山拔地而起，那铁拐大仙又将王母娘娘所授铁杖横在肩上，离地冲天的两座山不偏不倚挂在仙杖两端，成了一副担子。铁拐大仙好不高兴，嘴里骂骂咧咧："龟儿的，老李搬来了天台之物，看你如何作孽！"他带着为民造福的心情，挑着两座大山，直向西奔去。

眼看离剪家溪不远，大功将可告成，铁拐大仙更加精神抖擞，片刻之间便到了剪家溪上空，准备卸下肩上大山填入江中。安知就在这时，天际传来巨音："铁拐大仙，你只想到不要洪水泄下，却没想到洪水无法排出，你把江河挡住，那洪水无路可走，人间灾难定会更大！"有道是仙人打鼓时有错，铁拐大仙闻听此音，心中猛然一怔，似觉醒悟，高昂的情绪颓泄，按住铁杖两端的手一松，两座山陡然脱落，从天而降，"轰"地一声，地动山摇。铁拐大仙此时此刻只能望江兴叹，复驾云雾，赧然掩脸回归仙境。那两座山其一落在了喜雨坪后背称为龟山，其二落在了江边叫作天台山。

天台山　吴飞舸　摄

九龙治水

沙萝溪的源头有九座山峰名九龙山，过去，沙萝坪的一万多亩良田沃土全靠九龙山流出的水灌溉。传说这九座山峰是因治水不力受罚禁锢在这里的九条小龙衍化而成，人们为了纪念它们，为其修了一座小庙，起名“九龙庙”。现在，这里修了一座水库，也叫“九龙水库”。

提起九龙庙，民间还有一段神话传说呢！

远在虞舜时代，大禹治水，江淮河汉都治理好了，独独遗漏了这条沅江，未经疏浚。后来这沅江流域，不是旱魃为虐，赤地千里，就是洪魔逞威，汪洋一片。玉皇大帝见这方凡间常遭水旱，无衣无食，着实可怜，于是发了恻隐之心，下令南海龙王，务必解决当地的水旱问题，把黎民从水深火热之中拯救出来。龙王不敢怠慢，立即派了九条小龙前往沅江治水。这九条小龙来到沅江，只见浩浩荡荡，泽国千里，从何着手呢？大家计议一番，认为只治下游，则中游上游，依然如故；只治中游，则上游下游，鞭长莫及。只有专治上游，那么中游下游，也就迎刃而解。于是九条龙都来到了沅江上游，动手治理。它们又共同商量，认为现在的问题是水多，只有停止降雨三百天，让沅江的水量减少，水位降低，然后五风十雨地时降甘露，才能彻底解决问题。最后一致决定采取这个治本的办法。三百天这样漫长的时间不下雨，九条龙无所事事，每天闲得发慌，只好在江中游戏取乐。这办法果真有效，眼看江水一天天浅了下去。九条龙心里都无比高兴，以为这次立了一大功。

九条龙优哉游哉，却苦了这沅江上下千余里，两岸数百里广袤地带的黎民百姓。他们看天象，望云霓，求龙王，拜神灵，头顶骄阳，手持线香，三步一跪，五步一跪，哀告上苍，求降霖雨。他们望呀盼呀，哭呀喊呀，总归没有用。一百日不降雨，禾苗枯焦；二百日不降雨，井水干涸；三百日不降雨，人畜倒毙。在那炎炎的赤日下，尸横遍野，臭气熏天，真是凄惨万状。九条小龙呢，一个个志得意满，正待要报功请赏。最后还是江边一位老人因每天看到许多骨瘦如柴的老百姓，不远数百里，翻越崇山峻岭，来到江边挑水，便到桃川宫把所见灾情向一位老道说了，恳请他代写了一份皇表，又买了香烛，拿到水府阁杨泗将军那儿跪拜祷告，然后焚化皇表。据说杨泗将军是玉皇的外甥，所以皇表转达得快。玉皇得知后，大为震怒，立即宣召南海龙王问罪。龙王还蒙在鼓里，不知玉皇为什么发怒呢。玉皇骂道：“我上次责令你解决沅江的水旱问题，你怎敢放弃职责，致使问题更加严重，死了这么多人，现在该你偿命了！”龙王诚惶诚恐地说：“启禀大帝，小臣怎敢玩忽职守，上次接到您的敕令，我立即派了九条小龙前去管沅江的水旱，不知竟闹了这么大的乱子！小臣甘受疏于检查督促之罪。”玉皇说：“快把九个孽障给我领来！”回到龙宫。龙王牙齿咬得咯咯响，立即召回九条小龙，喝道：“你们干的好事，连累我也不得下台！”小龙个个分辩道：“我们没干什么坏事！上次奉令去沅江，我们一直驻守在上游，又采取了三百天不降雨的办法，现在沅江的水位已恢复正常，水患完全消除了，我们还以为立了一次大功呢。”“你们还敢狡辩抵赖，现在有人在玉皇面前把我和你们都告了，说是沅江上下千余里，两岸数百里，大旱三百天，死的人不计其数，现在要我们偿命呢！”听了这段话，就如五雷轰顶，九条小龙都软绵绵地瘫在地上：“这怎么得了？”“你们几个害人的东西，这是自作自受，同我见玉皇去！”吩咐全都锁了，一同上赴天庭。玉皇问明了情况，判决下来：龙王用人不当，自己安居深宫，不悉下情，严重失职，降官三级，戴罪立功；九条小龙残害生灵无数，本应斩

九龙图　吴飞舸　辑

首，姑念他们年幼无知，不是存心作恶，将它们永远禁锢在沅江之滨的沙萝溪侧，让它们眼望大江，口接天水，也尝尝干旱的苦头。所以至今沙萝溪内有九条小山脉，蜿蜒起伏，活像九条龙，人们称为“九龙山”。老百姓念它们是好心办了坏事，所以还给它们修了一座小小的“九龙庙”。如今民间传说的“九龙治水”，就是这么一回事。

七峰山花海

七峰山绵延在剪市镇沙萝坪中央，面对沅水。一边是由紫薇树组成的紫薇林、紫薇谷、紫薇亭、紫薇坡、紫薇廊等特色景观；一边是千亩荷塘和数百株古樟形成的自然胜景。紫薇树近4万株，品种30多个。其中，千年紫薇树和百年紫薇树30余株。荷花水面超过5000亩，品种20多个。每当夏秋季节，七峰山上郁郁葱葱，绿光流油，山下一边是遍地开放的“独占芳菲当夏景，不将颜色托春风”的红色、紫红色、粉红色、白色的紫薇花，一边是“接天莲叶无穷碧，映日荷花别样红”的荷塘，整个七峰山沉浸在清香、幽香飘荡的花海里。

旧时，沅水桃源段有出名的五大坪，即澄溪坪、沙萝坪、菉萝坪、巴溪坪、木塘坪。民间流传着“五坪不遭旱，家家吃饱饭”的说法。特别是沙萝坪按沅水流向为五坪之首，在全县起着举足轻重的作用。

沙萝坪田地广袤，土地肥沃，且乡人世世代代勤劳善良，为安宁和谐之地。这里的人祖祖辈辈都说是坪中的七峰山形成了好风水，一直流传着一个美丽神奇的传说。

相传很久以前，这里本没有山，村民们为了生活要到几十里外的青龙山去砍柴。每次砍柴，还要给山大王求情，逢年过节还要杀猪宰羊去供奉。由于路途遥远，加之食不果腹，山中还有狼虫虎豹，很多村民不但没砍到柴，反而丢了性命。

青龙山大王有七个女儿，依次叫金凤、银凤、玉凤、彩凤、丹凤、雅凤和琪凤。小女儿琪凤天生丽质，心地善良，她看到每

七峰山紫薇花海　吴飞舸　摄

天远来的村民生活艰难，砍柴辛苦，心里十分难过，很想为他们帮忙做点事情。于是，她就和几个姐姐商量，一同来到父亲面前，恳求父王大发慈悲，把众多的山头分出一个，东移到沙萝坪，让那里的人们在自家门前就能砍到柴，过上安心的日子。谁知，脾气暴躁吝啬无比的山大王听后咆哮如雷，认为七个女儿是要断自己的财路，盛怒之下就命人把七个女儿囚禁起来，要她们反省思过。琪凤一见父王要责罚，就挺身站出来恳请父王放过众姐姐，自己甘愿一人受罚。于是，琪凤一人被关进了不见天日的囚屋。这样过了几天，姐姐们心疼妹妹，琢磨着想办法把琪凤救出来。一天晚上，趁着看守的人熟睡时，就把琪凤放了出来。琪凤虽然出了囚屋，但心里依然牵挂着那些来青龙山砍柴的村民，就和姐姐一起偷偷抬起一座山头向沙萝坪飞去。青龙山大王闻听到七姐妹抬山飞走的消息，顿时怒发冲冠，立即驾云追赶。眼看就要追上，七姐妹一慌把山扔下向东南飞去。就在沙萝坪上空，山大王双手抓住了六个姐姐，琪凤趁势跌落云头，霎时变成了一座山。当地人为了纪念琪凤，就把这座山称为琪凤山，并在山顶修了一座庙，年年烧香朝拜。一年之后，六个姐姐为了陪伴妹妹，也飞到沙萝坪上空落下变成六座山峰，依偎在琪凤山两侧。人们为了感谢善良的七姐妹，就把这七座山叫做七凤山，因为远看有七个山峰，所以又叫做七峰山。

鸡公岩

离桃花源不远的沙萝溪对岸沅江边上，有一块巨石伸进碧绿的江水里，形状恰似一只大公鸡，人们把它叫做鸡公岩。为什么这块岩石形似公鸡的呢？

传说，早年间，山下的村庄里有一只又高又大的公鸡，披着一身金色的羽毛，走起路来，踹得地皮咚咚响，样子既好看又威武。这只大公鸡站在山顶大叫一声：“果介歌——”天就亮了，太阳就出来了，世界就光明了。

这只大公鸡性子又十分古怪，不食谷米，专啄那些害人的东西吃。哪里出现了蜈蚣，只要它看见了，“扑”！一翅飞来，猛不防用嘴壳一下啄死，伸直颈项，几口几口，就吞到了肚里。哪里出现了毒蛇，只要它看见了，它也“扑”！一翅飞下来，啄住它，左摆右摆，吞不下去也要弄死它。天下如果出现了特别害人的东西，隔好远，这只大公鸡一闻就知道，整天“咯咯”叫，变得很不安宁。

这一天，大公鸡又“咯咯”叫起来，比哪一天都暴躁，原来天下出现了一条蜈蚣精，这就是吴三桂。

传说吴三桂出生落地的时候，突然满屋漆黑，只见一条明亮的蜈蚣，张着爪子冲破屋顶，变成一股黑烟跑了出去。所以，人们都说吴三桂是蜈蚣精投胎，以后必定害人。果然，吴三桂长大了，做了官，后来又投降卖国，引清兵入了关，人们都恨死了他，都想杀死他。这消息，也被这只有灵性的大公鸡知道了，因此，变得十分暴躁。但是，它出不得附近这块地盘，出了这块地盘就没灵性了，只好等哪一天吴三桂从这附近经过，它才好施展本事。

再说有一天，村里突然来了一位后生，他围着村子左转三个圈，右转三个圈，不觉皱起漆黑的眉毛，往石磴上一坐，口里叫道："金鸡呀金鸡!"

他拿眼睛四处看看，没有发现金鸡，闷闷不乐地走了。这后生离开村子，就在附近买起鸡来。他不买母鸡，专买公鸡。买来一只，看了看，摇摇头，抛掉了；又买了一只，看了看，又摇头，又抛掉了。他一共买了三百三十六只，这些公鸡，样子平常得很，没有一只像传说中的那只大公鸡。

他又来到村里，往石磴上一坐，叹了口气，自言自语地说："唉！都说这村里有一只厉害的大公鸡，我怎么没福份看见呀!"

话音没落，只见眼前金光闪闪。金光里，听得"扑楞楞"一声，一只大公鸡，披着一身金色的羽毛，飞到他面前。那只大公鸡拍拍翅膀，问道："你叫我做什么呀?"

后生一喜，忙说："你就是这村里的那只大公鸡呀!"

大公鸡又拍拍翅膀："是呀，你刚才不是叫了我吗?"

后生"啊啊"了两声，又对大公鸡看了看，才把请它去啄蜈蚣精的事向它说。大公鸡为难地说："我出不得这块地盘，只要你把吴三桂引到这里来，我就有办法。"

他俩商量了一阵，后生就走了。

后生一走，就带领了数万大军浩浩荡荡往云南进发。一路上，士兵人喊大叫，要活捉吴三桂。

吴三桂得到这后生带兵来攻打的消息，心里急得不得了，恐怕误了他称帝的行程，便领了一队人马，携带一家老小，连夜悄悄乘船顺沅水而下往衡州进发。

吴三桂的船划呀、划呀，划得飞快。这一天，眼看就要到大公鸡所在的村子了。

就在那些日子里，大公鸡"咯咯咯"，引来了后生抛掉了的三百三十六只公鸡。大公鸡问它们："我带你们去打仗，你们怕不怕？”

那些公鸡都说：“不怕，不怕。”

大公鸡又问：“你们打没打过仗？”

那些公鸡又回答：“没有，没有。”

大公鸡说：“那好吧，我们先操练操练。”

大公鸡招来一把虫子，向空中一抛，叫那群公鸡跳起来，用嘴向空中去啄。它又招来一把虫子，往地方上一撒，叫那些公鸡用脚去抓，用嘴去叼。凡是用心操练的，大公鸡就用翅膀拍拍它，表示鼓励；凡是不用心操练的，大公鸡就用嘴壳啄它的头，表示惩罚。这样操练了一些日子，那些公鸡都纷纷请求道：“大

鸡公岩　吴飞舸　摄

公鸡呀大公鸡，我们都学会本事了，你带我们去打仗吧。”

大公鸡说：“不行不行，还要操练。”

又操练了几天，大公鸡拍拍翅膀跳起来，又偏着头用鼻子闻了闻，一股蜈蚣的腥味越来越浓，才说：“走吧，大家可要齐心。”

大公鸡把它们带到前面靠沅江的山头，恰恰这时候，吴三桂的船也到了这里。大公鸡一声令下，那三百三十六只公鸡，突然从山头“扑楞楞”飞下去，用嘴壳啄那些士兵的眼睛，用爪子抓他们的脸。大公鸡蹲在山头上，偏着头左边看了看，嘴里“咯咯”叫，找着吴三桂，不知怎么没有找着。用鼻子闻了闻，腥腥的一股蜈蚣味。

吴三桂还在船里。

它闻了又找，找着找着，突然发现船舱里有一个人，躬着背，这人不就是吴三桂吗？大公鸡展开翅膀飞下去，伸长颈项，连连啄了几下，嘴嵌进吴三桂的背里，几啄几啄，把吴三桂的背啄起碗大块伤口。吴三桂在衡州称帝后不久，他的背上，那被大公鸡啄伤的地方，就长起了背花，不些日子就死了。那只大公鸡吸了吴三桂有毒的血，再也没有生还。天长日久，这只大公鸡慢慢变成了一块巨大的岩石，人们便把它叫做鸡公岩。如今，这只公鸡还把头伸进沅江里，嘴喙还像是要啄人的样子。

钦　山

钦山在县南六十里。这里有卧龙、岩头、龟山三座山。山与山间，峰洞涧壑相连，统称钦山。钦山内马石溪与穿石、新湘、仙人溪相通，斜对水心岩。龙家溪自北去截其流，正面与沅水江心洲之一的营盘洲隔水相望。钦山山如翠屏，冈峦林立，秀峰灵洞，无比神奇，文化底蕴丰厚。钦山，就是明正德年间荣王府的封地，后明崇祯皇帝又亲赐"钦山"之名。这里有秀峰十二座，灵洞七处，悬棺十方。有虎拜石、马石、寺庙、台阁、瓮地、读书台、藏书燕息处，有可供垂纶的钓矶石，铁壁如龟的龟岩，有常有老虎往来的紫竹涧溪。其特别之处是：山头是秀峰，峰脚石下是灵洞，峰洞之间沟壑错落有致，飞瀑鸣响，溪水淙淙，东折西转，南转北折。登上峰顶远眺，只见碧波荡漾，船只上来下往

虎拜石　张庆久　摄

马石　张庆久　摄

奔忙。琪花玉树，四季不凋，藤蔓弱茑，令人目不暇接，是文人墨客、退休官员十分欣赏的赏景隐居之地。

明朝时期，曾有於文徵、龙膺两人先后辞官归隐于此，他们徒步山川泉林，领略自然胜景，抒发闲情逸致，撰写山水文章，颐养天年，终辞钦山。

於文徵，字信夫，明朝中叶武陵（今常德）人，为官河南开封（睢阳）府尹，概因官场失意，借以养母辞职，归隐钦山渔仙洞。他以“达则兼济天下，穷则独善其身”的道学人哲，奉信“重人贵生”的理念，以为“渔、馀”谐音及义，改“渔仙寺”为“馀仙寺”，并悬挂寺额“源阳仙隐”，自此饱览山川锦绣，寄情诗词歌赋，殁后洞内留有“文徵遗像”。

龙膺，字君御，明末武陵（今常德）人，官太常寺卿，解官后避居于柳叶湖边的“隐园”，因向他求书乞诗的人络绎不绝而倍感烦恼，于是他迁徙钦山，寓居渔仙寺，并用卖赋之金买下钦山，在洞前筑一读书台，并称其屿为“纶屿”，人称他“纶隐先生”。时有武陵儒生髡残，27岁削发为僧，拜在龙膺足下。龙膺十分钟情钦山山水，称其为：以青瑶翠珉为骨，以丹霞苍霭为姿，以琪花珠树为裙，以沅流溪水为带。龙膺谢世之后，留下《龙太常

钦山十二峰　张庆久　摄

集》，大多题咏沅水诸胜。晚生江禹疏（江盈科之子）为之作《龙隐公买山说》。

文以山传，山以文胜。由于於文徵、龙膺与钦山的不解之缘，使得这方山水自明以来，就誉满武陵。时至今日，明代“钦山”巨字崖刻与《同号钦山》石壁诗刻亦可摩读。钦山之胜，构成了沅水风光带旅游景观。

钦山十二峰　列马石溪左，瓮子滩上。明代累官至南京太常寺的龙膺，告老还乡买下钦山，踏遍此山的每个景点，首推十二峰：峭壁如削，赤赫如霞绮的赤霞峰；有洞垂双乳，形如象鼻的象鼻峰；有与象鼻相对的狮子峰；有峰顶一池注泉，四时不涸的龙池峰；有峰顶圆而秀，宛如翩翥状的凤翥峰；有东西两岩相望，恍绝世尘的双轮峰；还有岩若紫霞的紫霞峰；苔藓如雪的雪岩峰；横跨两岩而阁其上的麒麟峰；灿如华盖的天柱峰；岿如峨冠的丈人峰；崿然耸立的卓笔峰。这十二峰散布的卧龙山、岩头山、龟山之颠，高高低低，星罗错列。

钦山七洞　钦山峦锋多，山麓中散布各式景点，如虎溪、马

石等，峰下岩间分布着形态各异的山洞七个。有凤翥峰下，高广数仞的隐公洞，此洞又名渔仙洞，传武陵渔人之所游涉，并在此得道，又传睢阳太守於信夫解职后在此隐居三十年。有虎拜石下，形似玉壶的玉壶洞；有石长亘千尺下的伏波洞，伏波将军马援避暑之室。其左还为钦山子午洞；有园明深广，四山凑合如列屏的圣珠洞，有宋人纪游石刻。有上石如飞甍的飞霞洞；有两石对峙如门逶迤而下的雪山洞。龙膺按洞的分布方位，把他们分为南极洞天，北真洞天，西灵洞天，东华洞天。

钦山七洞之一圣珠洞　张庆久　摄

伏波洞与马王溪

出桃花源向路桥，摇舟溯沅水而上，便可见钦山上马援凿成的两座避暑的石室。

马援到乌头村（即今桃花源）的时间已无可考，但据史料推测，当在建武二十三年（公元47年）到建武二十五年（公元49年）之间。因为他是在进击五溪蛮时病死在壶头山的。当时的“武陵蛮寇”所在地，即今湘西一带，而乌头村扼守住通往湘西的要道，离湘西并不远。

马援来到这里时正值酷暑，烈日炎炎，热气蒸人，他不适应这里的气候，身染了重病。为了顺利地进击“武陵蛮寇”，马援不得不下令在此驻兵，一面修养身体，一面派人前去探察。在此驻兵，驻扎在哪里呢？后面已经过了县城几十里，前面好远也没有市镇，只有近处有个小小的村庄。马援不愿进村去骚扰百姓，只得派人去寻找安营的地方。有人告诉他说，这里有一块地方山清水秀，风景宜人，是个养病驻兵的好出处。马援听了格外喜欢，忍着病痛亲自去察看。只见这里风景秀丽，群山如黛，溪流如练，翠竹万竿，桃树成片。他看了看，想了想，觉得在这里驻兵不太适宜，这里肯定是百姓们平时休息游玩的地方，他们人多马众，这么美丽的地方一定会遭塌得不成样子。

这一夜，马援叫士兵露宿荒郊。第二天，他亲自登上山头，在青山脚下选了一块地盘，叫兵士在石壁上凿洞。几天以后，两个石洞先后凿成，马援便住进石洞养病避暑，兵士就沿山脚扎起了帐篷。

马援石室（伏波洞） 张庆久 摄

马援在此一住数日。他爱民如子，秋毫无犯，甚至连吃水都不准到老百姓的井里去挑。马援病情稍稍好转，亲自带头到很远的一条小溪里去挑水。

马援离开乌头村以后，当地的百姓为了纪念他，就把他曾住过的石洞取名叫伏波洞，把他曾挑过水的那条小溪取名叫马王溪。不久，马援病死在壶头山的噩耗传来，老百姓为之大哭，纷纷用白布巾蒙首，表示哀伤、怀念。《桃源县志》上曾留下这样一段记载："马援征诸蛮，病死壶头山，民思之所到之处，祠庙具存，至今妇人皆用方素蒙首屈角系脑，后云为伏波将军持服。鼎澧之民，率皆如此。"后来，老百姓又在伏波洞上盖了一座大庙，名伏波宫。宫门前有这样一副对联：

声腾东汉冠三辅；
避暑南天第一峰。

对联概括了马援在当时的威望和伏波洞的胜景。宫内塑有马援夫妇像，表示人们对他的怀念。

棺材岩奇谈

七星洞下边的沅水旁有一块棺材岩，它形似一副棺材，因而得名。别看这棺材岩就在沅水之旁，但再大的水也淹它不着，水再落下去也不会把它搁在干岸，水涨它也涨，水退它也退，沅水始终只淹着它的岩脚。

据说，这形似棺材的棺材岩，其实就是一副棺材变化而成。

故事发生的年代，是远离现在一千多年前的唐朝。

那时候，离棺材岩不远的挂塝山执刀背上住有一户人家，父亲早死，只留下母子二人相依为命。母亲七十余岁，儿子二十挂零。儿子靠砍柴、在山土里种包谷来伺候母亲，一年到头，糠糠

棺材岩　吴飞舸　摄

糊糊，也只能混个半饱。穷是穷一些，好在是母慈子孝，母子俩就这样商商量量、勤勤俭俭把日子凑合着过。谁知好景不长，这样的日子没过两年，母亲一命归阴。就在母亲死的当天晚上，儿子得了一梦，梦见一个白胡子老头告诉他，要想彻底摆脱苦境，母亲死后不要葬在这里，而要葬在鳡鱼岩的岩花水上，只要棺材葬下去再不冒出来，三年过后，就定能过上好日子。又把棺材的葬法如此这般仔细告诉了一番，同时又交待，葬母之后，五七三十五天之内不要出屋，并说这事十分重要，叫后生切记切记。

什么是鳡鱼岩的岩花水呢？鳡鱼岩也就在沅江边，离挂榜山并不太远。一股直冲而下的水流撞击到鳡鱼岩上，翻起一股巨大的水花，这水花就叫岩花水。儿子果真就照着白胡子老头的吩咐来埋葬母亲。他把棺材抬到鳡鱼岩，待到水花一冒，即将落下去时，就将棺材推到水里。棺材一入岩花水，只见一头向下一插，棺材无影无踪。说来也怪，棺材一入岩花水，鳡鱼岩的水，就再也不冒水花。

再说儿子葬了母亲之后，在家呆了三十天就再也呆不下去了，他要做工，他要砍柴，卖了柴才有钱买米。三十一天上，儿子拿着柴刀、楤担又上了山。这时正是农历三四月间的天气，天渐渐地有些热了。儿子把楤担插在山上，脱了衣，往楤担上一挂，就进到山肚里去寻枯枝死杆。

他怎么也没想到，挂在楤担上的这件衣服，竟被人看作是扯起的一面与朝廷对抗的旗帜。

这人就是朝廷的阅边大人。

就在后生把衣服脱下来往楤担上一挂，钻进山肚里去寻柴的同时，阅边大人的船队恰恰到了挂榜山脚下。阅边大人手搭凉篷往山上一看，只见山上红光闪闪，命人马上上山前去查看。差兵上山看见是挂在楤担上的一件衣服，下山如实向阅边大人禀报。阅边大人听了禀报，再又细细地看着山上，分明是红光一片！阅边大人心里一愣，莫非是山上出了草寇王？亲自上山细察，没看见楤担，也没看见衣服，只见那山上像挂着一张巨大的榜文，那

棺材岩剪裁　吴飞舸　摄

树那草，就是榜上一个个文字。阅边大人读不懂这些文字，但感觉到这简直就是一张向朝廷宣战的檄文。阅边大人看得额头冒汗，下令满山满岭去抓人。

砍柴的儿子见有人前来抓他，拿着柴刀拼命逃跑。跑着跑着，猛然想起自己这一逃跑不知什么时日才能回来，便又折转身来跑向鳡鱼岩，面向着葬下母亲棺材的江水，眼泪长流，倒头便拜。拜毕，撮土为香，又将土末当作香灰撒向水里。谁知这一撒，鳡鱼岩下的江水又咕咚一声，翻起了巨大的水花，水花里，棺材又冒了出来。棺材葬入水花时是钉的白木板，这次冒出来，白棺材却变成了红棺材。

冒出的棺材随着沅江水往下流，流到穿石下面不远的回水窝，再不流走，却又一头在回水窝中插了进去。再从回水窝中冒出来时，棺材变成了与之一模一样的一块岩石，永久永久地立在了沅江边。

棺材葬进水肚里又冒了出来，儿子最终也没有摆脱贫困的日子。

倒水崖

倒水崖又名“一线天”，是沅水风光带有名的丹霞峡谷景观，有关倒水崖的来历，民间传说如此：

早在商纣时期，九尾狐狸精暗害了纣王的宠妃妲己，自己取而代之。狐精为了博采阳气，进长妖功，不惜戕害众多人命。她迷住纣王，经常装病，让纣王下令抓捕天下儿童，开膛剖肚，取其心肝而食之，谓之“药引”。

九天玄女得闻此事，决心来到人间，阻止妖孽作恶，解救无辜儿童。

当时桃源地方尚属武陵蛮荒之地，千里沅江穿境而过。这天，一艘朝廷官船，罩着青幔，顺着沅水而下，来到此地，与一

倒水崖　张庆久　摄

悬棺　张庆久　摄

叶渔舟相遇。渔舟上有人手执船篙，拦截官船。官差们定神一看，见是一位女子，便大声喝道："闪开！"女子哪里肯听，她一点船篙，撑杆跳上了官船，握着船篙一阵横扫，押船的官差通通被打落进了江水里。

那女子揭开船篷青幔，见是一船被抓捕的儿童，一个个捆绑得不能动弹。她便撑动官船，调转船向，正对江崖驶去——只见江崖一阵剧烈颤抖之后，"轰"地裂开一道峡谷豁口，倒进沅江流水，船只随着倒流水，缓缓地开了进去。

许多年后，人们才知道，当年截获商代官船的就是九天玄女，她启用"劈山大法"，拓开江崖，解救藏匿了纣王下令为妲己抓捕的儿童。那座濒江大山便叫做了"仙姑山"，山崖峡谷，陡峭倒悬，就称作了"倒水崖"。倒水崖中没有见着被解救的儿童，却栖息着不少娃娃鱼。娃娃鱼学名"鲵"。鲵，古书《史》中"谓之人鱼"，人们相信，那是九天玄女解救的儿童所化。

及至后来，很少有人去破坏那里的环境，搅乱那里的宁静。只是有些雅士逸人，来到倒水崖下，凭坐奇石，垂钓江面，颐养性情。

渔仙洞与渔仙寺

马石溪口，前临沅水，山半有洞，是渔仙洞；洞下有寺，是渔仙寺。寺左叠嶂壁立，钥锁众流。寺门多竹，负石一卷，高方丈许，而蜿蜒修洁。寺后一石室，刻於信夫像。於信夫解睢州太守后，在此室居三十余年。精灵所留遗貌如在。

据传，这渔仙洞和渔仙寺与武陵渔人黄道真紧紧联系在一起。

黄道真就住在沅江旁边的一个小村落里，无儿无女，也无妻室，一间茅屋风雨飘摇。他每天摇着一只小船到沅江去钓鱼，卖了鱼，再换一点菜米，借以度过贫苦的一生。他常去的地方叫洞门崖。洞门崖有一块巨大的岩石伸进沅水，形状似洞门，洞门崖也因此而得名。这里是一处好地方，后面山上绿树环抱，浓密的树叶伸展开来，既可遮住炎炎的烈日，又可挡住冬天凛冽的寒风；崖脚就是那日夜流淌不息的碧绿的江水。这里游鱼很多，坐在岩石上钓鱼，简直可以说是一种享受。因此，黄道真最喜欢到这里来垂钓。

这一天，他又咿咿呀呀地摇着那只小破船到洞门崖去钓鱼。钓着钓着，忽然看见离洞门崖不远的桃花溪里有桃花瓣流出来，一瓣接着一瓣，把条小溪都染红了。桃花瓣在溪水里飘荡、回旋，又在前面的沅水里汇成一片，灿若云霞。黄道真感到很奇怪，收了鱼钓，跳上小船就逆着小溪朝桃花瓣流出的方向摇去。不知摇了多长时间，也不知绕了几道弯，这条小溪把他带到一个十分美丽的地方：小溪两岸是大片大片的桃树林，暮春天气，桃花盛开之后逐渐飘落，扬扬洒洒，飞红如雨，花瓣纷纷落地，芳

渔仙洞　张庆久　摄

草萋萋如茵。望着展现在面前的这一幅奇境，黄道真忘记摇桨，他立在船头，瞠目四顾，啧啧不已。正当他看得高兴的时候，忽然发现桃林深处有一个洞口。他感到更加奇怪，便弃船上岸走进了小洞。洞口狭窄、奇特，洞里幽深、阴暗。走不多远，黄道真只觉得眼前突然一亮，里面竟出现了一碧如洗的天空，絮絮飘动的白云，平平整整的土地，鳞次栉比的房舍；小鸟在枝头啁啾，鸡鸭在屋前嬉戏；成年人在愉快地劳作，小孩在欢乐地蹦跳。好一幅和睦安宁、快乐升平的图景！再看这些人的服饰装束，与时人大不相同。村里见突然闯进这么个外人，又惊又喜。他们争着把黄道真接进自己家里做客，杀鸡设酒盛情款待，并向黄道真打听外界的情况。他们谁也不知道楚汉相争，不知道三国鼎立，更不知道刘裕篡权。他们纷纷告诉黄道真，自己的祖先因不满秦始皇的横征暴敛，率众逃乱，找到了这么一个与世隔绝的天地，便隐居下来。从此以后，他们就在这里安居乐业，开疆辟土，繁衍子孙，尽心尽力地劳动，无忧无虑地生活。黄道真听罢，感叹嘘唏。一晃五百余年，人世历经了沧海桑田，谁知这里竟是世风古朴，幽深隐蔽。

黄道真从古洞出来以后，渐渐发现身体上和心里上有了异样的感受，闻不惯人间的烟火，吃不惯人间的饮食。他想依旧寻找这个山洞进去隐居，但费尽心机，再无处问津。后来，他发现江边有一个石洞，便隐居进去，与世隔绝了。这个石洞虽没有隐藏在桃林深处的山洞那么美，洞里也没有蓝天白云、村民庄舍，但毕竟比尘世间清净得多，又有一只小鹿作伴，这个山洞就是这只小鹿的王国。小鹿对黄道真的到来，也表示热烈欢迎，当时就带领黄道真游历了它的“疆土”。这里有一条小溪在石缝间流淌，小溪的旁边就是一座果园。

渔仙寺　张庆久　摄

从此，这只小鹿就成了黄道真的臣民，每天都伴陪着他，并且竭尽全力地为他效劳。渴了，小鹿扬开四蹄，从小溪边含来清冽冽的溪水喂他；饿了，小鹿又扬开四蹄，到果园摘下又大又红的果子给他吃。说也奇怪，喝了那溪水，黄道真眼睛越来越亮；吃了那鲜果，黄道真身子越来越轻。日渐一日，黄道真自觉得有股灵气在丹田蠕动，使得他神采飞扬，容光焕发。小鹿见他这个样子，上来叫黄道真骑在背上，然后不停地奔跑，一直跑出山洞，再轻轻一跃，马上飘来一朵彩云托住四蹄，飘逸而去。

武陵渔人黄道真在此洞飞升成仙，后人便将他隐居的这个山洞取名为渔仙洞，在洞外又修了座寺庙，寺名因洞名而得，叫渔仙寺。

七星洞·营盘洲

七星洞、营盘洲与钦山十二峰遥遥相对，据说这是当年三国时期的古战场之一。

诸葛亮夺取四川，征讨南蛮的时候，曾带兵路过乌头村（即今桃花源）。当时，南蛮为了阻止诸葛亮南进，待他们刚刚扎营，

七星洞　张庆久　摄

营盘洲　张庆久　摄

就派兵来攻打。

将士们得到探子送来的情报，心里非常着急，便找诸葛亮出主意。诸葛亮听了，脸色十分平静，待将士们一走，就独自一人上山察看地形，看着看着，一条计策生上心来。

诸葛亮走下山来，在军营里挑选了许多健壮的兵士，把他们分成七队，每人又发给一把铁锤和几根钢钎，命令他们去沅水对岸飞陡的石壁上凿洞。每队凿一个，洞要一丈长，一丈宽，五尺深，并且限定在近几天凿好。

一切安排就绪以后，诸葛亮天天拉着将士们逍遥自在地去喝酒。这天酒酣耳热，七个石洞也先后凿成了，诸葛亮又叫兵士在凿洞的地方竖起旗杆，扯起了旗帜。入夜，每个石洞里点上了一百盏油灯，同时，旗杆上的灯也点亮了。远远望去，每个洞里的光亮连成一片，就像是七颗晶亮的星星。然后，诸葛亮令将领们带兵离开这里，在沅江中流的一个四面环水的荒洲上扎下营盘，兵士都在原地休息待命，不许点灯，不许说话，人不脱甲，马不卸鞍，船只都悄悄隐蔽起来。

这天夜里，天底墨黑，江流湍急。半夜时分，南蛮的军队果然到了。他们见到前面那七堆火光，又看见旗杆上那七盏号灯，料定必是诸葛亮扎下的营盘。顿时杀声四起，鼓声震天，一只只箭朝着那亮着灯的地方射去，接着又一队队人马冲将过来。他们并不知道亮灯的地方是在沅江对岸，马冲到沅江边，再也勒不住缰绳，叶咚叶咚掉进江里，淹死了不少人马。

等到南蛮的军队人困马乏，诸葛亮才命令自己的兵士悄悄乘船上岸，把敌方团团围住，一举歼灭。

如今，离桃花源不远的沅江对岸的石壁上，还留有诸葛亮凿成的七个石洞，名曰七星洞。诸葛亮用来扎过营盘的那个四面临水的荒洲，叫做营盘洲。

穿石山·脚板岩

穿石在县南七十里，一曰白壁山，一曰空舲峡。石三面临江，锋棱怒立，突出诸峰之上，根锐而却末，垂水如照影，又若将士之将涉。石腹南北穿如天阙，门高广略倍。山水如在镜面，缭青萦白，千里一窥，自花源中一尤物。

脚板岩在穿石山上游数里，一整块岩石上留有一只巨大的脚板印，脚掌五趾，清清楚楚。据说，这穿石，是被这张果老一篙

穿石山　吴飞舸　摄

子戳穿的；这脚板印，是八洞神仙之一的张果老在这块岩石上蹬的一脚，把脚印印上去的。他是怎样把岩山一篙戳成一个大洞，又是怎样把脚印印在石板上的呢？

古时候，桃源、沅陵这一带的百姓与外界交往，全靠境内的这一条沅江。那时候，沅陵为五溪之地，居沅江的上游，那里到处是高山深壑，出产木材。木材也要靠沅江的水力来运输。沅江的水有涨有落，每到秋冬季节，沅江水落下去，五溪即使出产木材再多，也没有办法运出去。只有等到来年春夏，沅江发了大水，再把木材编成簰，顺着沅江放下来。水太大了也不行。沅江上游，河床狭窄，水一大，便水急浪高，几个人在簰上驾驭着这张木簰，难免不出意外。所以在沅江里放簰，水浅了不行，水太大了也不行。这就苦了五溪的百姓，他们的衣食，就全靠这一张张木簰呀！

这也不知是哪朝哪代的事了。

先一年入秋就没下过透雨，沅江河里快干得见底了，五溪的百姓那个急呀！虽说山里有葛有蕨可以充饥，但木材运不出去，换不回盐巴、布匹和生活用品，日子过得仍是非常非常艰难。幸好开春不久就开始下雨了，哪想到这雨一下就好大好大，沅江河里的水徒地一下就涨了起来。五溪的百姓正准备放簰的时候，几夜工夫，洪水涨得谁也不敢放簰了。只见这满河的洪水，一个巨浪赶着一个巨浪，掀起的浪花比山还高；一声怒吼追着一声怒吼，涛声比雷还响。百姓们被这洪水吓青了脸，一个个急得只有直跺脚，谁也不敢出声。正在这时候，大雨里走来一个汉子，看了看这满河的洪水，又看了看百姓，问道：“这河水正好放簰，你们如何不放簰呀？”百姓说：“说得轻巧，你不看见这齐天大水吗？谁又吃了豹子胆！”汉子说：“你们不敢放簰，我来给你们放，人总要活命，活人总不能给尿憋死。”

百姓怀疑地看了看这汉子。

汉子说：“你们别这样看我，我姓张，名果老。”

这人就是八洞神仙之一的张果老。

脚板岩　吴飞舸　摄

百姓是知道张果老的，没想到面前这位汉子就是传就中的活神仙。当下，百姓们就在张果老的指挥下扎成了一张三丈三尺宽，三十三丈长的大木簰。待到绕完最后一根竹缆，张果老便从木材堆里抽出一根几十丈长丈多粗的大树作簰篙，跳上木簰驾着就走。沅江河里从来没有飘过这样大的一张木簰，虽说发了大水，水面是原来的几个宽，但这木簰铺在河里，仍差不多挡了半边河。张果老就驾着这张大木簰顺着大水往下飘，簰是又大又长，仍不时被洪水抛上跌下，像飘散在水里的一片大树叶。张果老就舞着这根大簰篙，不时这里点一下，又不时在那里戳一下，木簰倒不致于被滔天的浪头打散。簰到青浪滩，河水陡地变得更急，掀起的浪花更高，后面就像有几千只手推着簰往下飙。张果老只听得耳边呼呼风在响，眼前千万条银蛇在狂舞，眨眼间簰就飙过了仙人溪。眼看着簰就要撞上一块巨石！要是一撞上，很可能被撞散；

要是簰被撞散，一根根木头将被洪水卷走，百姓伐木的心血就将白流。就在这一瞬间，张果老跳下木簰，一脚蹬在一块岩石上，双手撑着簰往江中间一推。簰是被推到了江心，但这块岩石被张果老蹬出了一个脚印，脚印足有三寸三分深。谁知簰到江心又被洪水打回来，眨眼间又往下飙了数里，眼看又要撞着一座岩山，张果老眼疾手快，立马挥舞着手中的这根大簰篙向岩山戳去，想把簰撑开。谁知这一戳，把这座岩山戳了个透心过，只听得“轰隆隆”一声巨响，岩山被戳穿一个二三十丈宽的一个大洞。

这就是留给现在的脚板岩和穿石山。

张果老把簰送到洞庭湖了没有？故事里没有说，大家可以作各种各样的想象。

挂榜山

挂榜山坐落在县南八十里处。此山像座凹凸间距离相等而又无缝衔接的绿色古壁板。按80-85度整齐地插入沅水中，倚挂在浮云飘荡的半空里。众山束水，波澄绿映，山水争妍，雄伟壮观，人们称其为挂榜山。

传说几百年前，这座山下住着一位深谙风水的老先生，膝下生有三个儿子，两赴科考，却名落孙山。虽然父母终年劳累，家境依然贫穷。三个儿子经常当着父亲念叨：看您老人家今天给张家看屋场，明天帮李家看坟山，一个个发的发了财，转的转了运，都称赞您风水看得准，可就是俺屋里你看不到，把屋修到这背时的山边，受穷运。面对儿子们的每次抱怨，这老先生只是摇头叹气。

时间又过了四、五年，大儿子已到三十岁，幺儿子也满了二十四，三兄弟穷得连个媳妇也讨不进来。由于这样，对父亲的埋怨逐渐变成了怒气，每天做工回家，都要发顿脾气，家庭气氛一时变得不安宁。

风水先生似乎心有隐情，有苦难言。每次儿子们发脾气，他便独自一人走到屋外的山上悄悄流泪。老伴不明事由，以为他受气不过，要寻短见，只要见老头子出屋，就赶忙追上去劝他回家。可儿子们并不买账，脾气反倒越来越大，到了后来，甚至连工夫也懒得去做。

一天早上，风水先生把三个儿子喊到自己跟前，面色凝重地说："伢儿们，不是爹显外不显内，只是先前时候未到，现在时候到了。”三个儿子听着这话像坠入了云雾之中，弄不清父亲说的什么。大哥说：“爹，么得时候未到，么得时候又到了，俺听不懂！”风水先生接着说：“俺家的这个屋场的确是一块好地，不但可以管你们这一代，还能够管到下头七代，只是前些年未动气。昨天我勘了一下，已经动气了。只是需要三个条件，俺家就能时来运转，荣华富贵世代享受。”三兄弟忙问需要三个什么条件。风水先生又说：“爹阳寿已尽，我死之后，将棺木连同尸体丢入门前江中立即回家，不得看水流棺木为其一；每年清明，你们三人要用整猪整羊来江边为我超度，此其二；自我死之后的第二天起，你们三人必须一百天紧闭大门不出为其三。其中一件不达，前功尽弃。”三兄弟急忙跪在父亲跟前，一边痛哭流涕，一边说：“爹交代的三条一定做到，您放心去吧！”

当晚，风水先生真的离开人世。第二天，三兄弟遵照父亲叮嘱，烧纸入殓后，抬起棺木来到江边，小心放入水中即刻返身回家备储百日油盐柴米。谁知那风水先生的棺木置入江中后，浮在

挂榜山　张庆久　摄

原地久久不动，虽江水湍急，它却如同生根一样，引来周围众人观望，个个啧啧稀奇，这事暂且不表。

再说那兄弟三人谨遵父亲交代，紧闭家门，耐心等待，这边屋里每过一天，那边江中棺木就下沉一寸。这天是第九十七个日子，棺木已完全没于水中，快要到底。哪知这边所备柴薪烧尽，无柴生火，饮食断炊，还有三天如何度过？还是老三最先开口，对两个哥哥说道："爹爹临终叮嘱紧闭大门，我可从后门出去上山捡些干柴回来，想必不会违嘱。"大哥二哥一时拿不定主意，正在犹豫之时，老三已将一件围衣捆在楤担上，拿起弯刀，背起楤担，从后门上山去了。

老三从后门出来，匆匆向山中奔去。刚走十来步，忽然一股强风从身后吹来，将楤担卷起飘向上空。只见那楤担如箭一般飞上山顶，瞬间便插在临江的悬崖之上，捆在楤担上的那件围衣突然展开，变成黄色大布一块，挂在楤担上如帅字旗左右荡动。只吓得老三慌不择路跑回家中，将所遇之事告之两个哥哥。三人已知惹下大祸，打开大门，直奔悬崖处。悬崖下已有数百人注目观看，江上往来船只也停篙住桨。三兄弟跑到近前，更加惊讶，老三的那件围衣早已变成一张巨大的皇榜，只是此皇榜与往年皇榜不同，上面涂有三条黑杠，每杠下面覆盖一人姓名。仔细辨认，还能隐约看出字体。老二眼尖，一下就看出了那三道黑杠下面乃是他们兄弟三人的姓名。顿时，三人气急败坏，瘫坐在皇榜下。说也奇怪，原已快沉入江底的风水先生所躺棺木，恰在这时"突"地浮出水面，随着江水向下漂流，弄得围观人群一片躁动。

三兄弟已知命该如此，家也不回，起身默默跟着棺木沿江岸向下走去。据传，三人不久都皈依佛门。他们家后面的那架无名山因出了如此神奇之事也声名远播，都叫这座山为挂榜山。

新湘溪

新湘溪在县南八十里，源出花岩山，枏木岭间，历火麻溪口入沅水。沅水至此，聚青澄碧。众山围束如池塘，然沙石多白，碧潭镜澈，百尺见底，素岩如雪。松如插屏，流风叩角，有丝竹之韵。袁宏道记云：新湘溪众山束水，如不欲云，波澄黛绿，山势四合，类似新安江，澹冶相得，略如西子湖。阙士琦山水记

新湘溪风光　吴飞舸　辑

云：沅水有南岸山佳者，有北岸山佳者。南北岸者独清湘林壑细润，百媚横生。穿石态具而色不足，清湘色态双美。

新湘溪地处桃源中南部，两岸山峦逶迤，植被原始，树木苍笼，一派“峰凝千重黛，江湾九曲明”自然佳境。但由于溪流水道迂回曲折，丰枯无常，因而交通闭塞。直到明朝晚期，溪民们还在从事“刀耕火种”式的生产，过着十分原始的生活。当时，不少放情山水，洗涤胸虑的文人，为剖残山剩水之生面，硬是雇用轻舟与佣工，进入溪口，一路跌跌撞撞，有水乘船，无水步行，迎滩览胜，遇瀑攀援，纵深溪径，在欣赏自然溪光殊色的同时，也见到了沿途溪民的行踪。

他们见到溪民们居室简陋，身披麻葛，如闲云野鹤，生出许多猜疑：邢祚允在《桃源拾遗自序》中说，钦山新湘间，恍遇瞿、黄诸人焉。他还把溪民们当作了传说中在桃花源证仙得道的瞿柏庭，黄道真等羽化神仙哩！

关于新湘溪溪名的来源，大概因为文人们窥视到当时溪民们火烤水煮的原始炊煮方式，感到特别新鲜。“湘”字有烹煮之义，故而将这条溪取名为“新湘溪”，并形之于笔墨，传之于后世。

清朝道光《桃源志》，曾将此溪列为桃源十二景之一，景名“新湘凝黛”，描述为：波澄黛蓄，略如西子湖。

时到今日，新湘溪青山依在，溪水依然。溪域之民在不断提高人居环境和生活质量，向小康社会迈步的同时，将古朴的民俗民风薪火相传，大力整合溪流资源，以丰厚的文化底蕴和优美自然溪光而示人。

如今的新湘溪，仍是一条自然生态之溪，旅游黄金之溪。

降伏洪魔的马鞍山

据当地传说，在远古洪荒之时，凡间频频有洪水泛滥成灾，老百姓常常是民不聊生，哀鸿遍野。天上的玉皇大帝见此情景，不禁起了恻隐之心。他就遣派各路神仙下到凡间，协助禹王治水。王母娘娘也传命瑶池七仙女中的老大老二老三，要她们三姐妹也一同前往凡间治水。

三姐妹下凡来到沅江水域的兴隆街河段。由于地处交通要道，兴隆街当时就已经略显繁华，但因为附近拥有众多的溪流，所以兴隆街往往也是洪水重灾区。三姐妹这时只见兴隆街附近的大洑溪、小洑溪、夷望溪等各条溪流俱已暴涨，浑浊的激流裹挟着沿途拔起的树木，朝着兴隆街猛扑而来，眼看河堤就将不保，芸芸众生即将葬身鱼腹。

就在这危急关头，大姐站在脚板岩上发出了号令：二姐负责搬走上河的一架山，去导引大洑溪的洪峰；三姐负责挖开对河乙甲程的一座山，去疏通小洑溪的激流；大姐自己则镇守在脚板岩上方的一座大山，防堵夷望溪肆虐的洪魔。

大姐首先运用神力举起大山的一个山峰，将它填堵在夷望溪的溪口。巨大的山峰填进溪口后，还露出了几十丈高的一截山顶在水面，形成了一座突兀险峻的孤峰，这就是现在的水心寨。溪口被堵住了，原本桀骜不驯咆哮奔腾在夷望溪的洪魔低下了头，并从此变得温驯起来。直到现在，无论沅江大河里涨多大的洪水，夷望溪里的溪水也总是温柔舒缓地流淌，再也没有发过脾气。溪水被治住了，兴隆街的险情得到了缓解，大姐又挖取大山

今日兴隆街　吴飞舸　摄

山顶上的土去加高加固兴隆街的河堤，使其形成了一道坚固可靠的防线。从此以后，兴隆街集镇上再也没有受到过洪水的威胁。由于被大姐挖走的土太多，大山原本平坦的山顶被挖成了一个巨大的凹槽，状似马鞍，所以后人将此山称为马鞍山。

后来当地的村民为了感谢大姐的救护之恩，就在马鞍山修建了一座寺庙来纪念大姐，寺庙里供奉着大姐的神位，直到现在庙里的香火仍然长盛不衰。

夷望山与夷望溪

夷望山在县南一百里，沅水与夷望溪水相汇处的一座水中山，又名水心岩、水心寨。夷望溪是桃源南岸最长的一条注入沅水的一级支流。它是东南源、南源、北源三源合于辰龙关，途经沅陵、安化、桃源三县，纳数十条溪流后，经木石溪、焦林山、楠木山至夷望山出水岩入沅。郦道元《水经注》云：“沅南县西

夷望山晨曦　张庆久　摄

水心砥柱 张庆久 摄

有夷望山，孤竦中游，浮险四绝”又“南有夷望溪，远出重山，远注于沅”。还载有：“昔有蛮民避寇居之，故谓夷望。”据传：五溪蛮与汉人斗争，从汉以后持续了几百年，他们常以水心岩这一特殊的地形作为瞭望哨，以观察汉人的动静，在稍远的高山头设鼓鸣庵。如发现汉人有兵进攻，就在瞭望哨所点燃烽火报警，鼓鸣庵见烽火就鸣鼓聚众，开赴前援搏斗。

“孤竦中游，浮险四绝”，是郦道元《水经注》对夷望山奇险的高度概括与生动的写照。夷望山高数百米，独立水心，无依无靠，似飘浮在水上；四围峭壁如削，平滑无寸肤，南逼江岸，水啮其趾，跃波而出。明袁宏道说：“水逼削四方，环山皆水，环水皆山，周遭映带，以相逼而见奇。”他又说：“两峰骨立无寸

肤，生动如欲去。或锐如规，或方如削，欹侧如坠云，或为芙蓉，或为两道士偶语，意态横出，遒古之极。”明代阁老杨嗣昌说：夷望山与水中名山龙门抵柱、大孤山、小孤山、金山、焦山、君山属一类，比滟滪堆其神理有过之而无不及。他说韩退之之诗：“江作青罗带，山如碧玉簪”，就像是为水心岩写照。清初我县的罗人琮也说：“危岩特起，鸟道插天，旁瞰修波，一碧万顷，未有若水心之奇者。”他还描写了建庙以后“全碧增辉”，“佛灯长燃”。上下舳舻瞻庄严于千仞，南北村落，虔祈祷于四时。”“钟磬度于水面，梵颂传于空中”。水心岩孤峰崛起数百公尺，四面临悬岩壁立无可攀附，险峻异常，自麓至顶，原凿三百余石级。两旁维以铁练，登山者无不股栗心悸，须经几度歇息，才能上至顶端。袁中道曾为它写过这样的诗句：“我欲举铁网，拔出珊瑚翠。付与种桃人，置之花深处。他时携枰来，石上聊一戏。”他把夷望山比做碧绿的珊瑚，恨不能用铁网打捞起来，交

夷望溪水心寨　　张庆久　摄

夷望溪风光　　张庆久　摄

与桃花源里种桃的人，把它放在花源深处，以后重游就带着棋盘来，在那石峰上下几盘棋。

水心岩什么时候开始建庙，已无从查考。到了明代末年，天下大乱，这里寺庙荒废了，和尚散了，破瓦颓垣，景色荒凉，人迹罕到。当时姓程名可立的总兵，本地人氏，明亡后，他不甘变节臣事清朝，如是，弃官学佛，变卖了家里所有财产，在水心岩大兴土木，恢复了峰顶两座庙，又在两峰分歧处建了一座小庙，安置女尼。

清向光谦诗云：“铁锁千寻上，青天四面开。孤根蟠水府，倒影落层台。一鸟冲人过，双流啮石回。金焦如可致，鼎峙亦雄哉。”

从夷望溪到焦林山是百里夷望溪的中下游险段，按溪流贯例一般上游水从容自在，停蓄沉深，而溪中下游或岩挡之，沙回

之，岸束之，或自相激射，故多气势，忽纳忽辩，水不一声，倏直倏曲，水不一形，时白时绿，时喜时怒，水不一色。从夷望溪口到楠木山的龙角庙，是古人赏景游历的地方。这一带民间流行着“狮子麒麟象，明月钟鼓堂”的谚语。南望远处有狮子山，麒麟是人们心目中想象的神物，沿溪向行走，有形似“象”鼻的象鼻山，邻近夷望山北面有钟山、鼓山。对面古有庙堂，故明月之夜有明月照耀，夜静时听有钟声、鼓声、磬声。在溪的北面青壁数十寻，斑驳燃然，溪中异绿染人，虽荷田柳汁，不足以写其殊艳，水势较为平缓。船行至两里的地方，有石骨横。行至十里，没有修凌津滩电坝库水没倒入时，这里是林谷窈冥，水渐浅急。忽闻奔雷声，雨点打头，飞沫溅空，滩石玲珑多窍，悉不减太湖。今已遭深水淹没，但仍可见五六峰皆峭一壁，表面双峭如掌，始欲飞去大溪。这里就是楠木山，一山嵬然，林木蓊郁，根附石上。山下溪中有洞，入水数丈，岁旱迎神洞中，洞有歧，悉以白石屈由砌之。其上有荒祠，人曰“龙角仙殿”。殿前望诸山似螺髻，锋芒割人眼，过去一般游历者只到此为止，前面山无路，水难行。

夷望溪山水　张庆久　摄

四

从龙角殿至焦林山，在未修凌津滩水电站之前，是夷望溪最险峻的一段，明朝末年之前，没有游人到过此地。

这里出龙角殿就是十里长滩。它山奇，水浅，溪窄，十分凶险，群山如飞来忽止。一出龙角殿就见数十座山峰如天上飞至你面前，接着不出两里，又有数百座山向你奔来，皆浮在水上。溪宽不及丈，水深不及一尺，且布满乱石。溪尽为坪，坪纵横约一里，坪后是山，叫焦林山。群山周遭，有如城阙，找不到方向与去路。近山脚有十几户人家，巷陌相乱，如同住在一堵城垣下。户前是坪田，溪坪岸上有一颗十几人合围的生长数百年的古樟树，枝叶繁荣，笼盖绿茵，是村人劳作休息、娱乐的地方。这里人声貌气，自成淳古。明人阙士琦说：这里邱荒栈断，野水闲云之处，是真正的世外桃源。

夷望溪大桥　吴飞舸　摄

水心寨，杨幺祭苍天

钟相、杨幺起义，攻下了桃源，杀了知县。钟相又和他的儿子钟昂带着一部分军队去攻打澧洲，杨幺也带着一部分人，一边赈饥安民，一边寻找一个好地方祭告苍天，祝这次起义一定节节胜利。

这一天，杨幺带着一队人马逆沅水而上，经过穿石不远，就看见一座高山挺立在沅水中央，周围是悬崖峭壁，山顶快伸到云里头。在这高山旁边还有一座山，只是稍小一些。杨幺问老百姓，这两座山叫什么名字。老百姓告诉他，这高山叫水心崖，旁边那座山叫蚂蟥岩。有一次，张果佬一头挑着一座大岩山，路过这里，扁担断了，于是这两座大岩山，一座掉在沅水中央，一座掉在沅水边上。掉在沅水中央的就叫水心崖，掉在沅水边上的，因为形状像蚂蟥，就叫蚂蟥岩。杨幺听见这么一说，便仰着头对水心崖看了许久，决心在这里祭告苍天。

水心崖又高又陡，上山只有一条小路，后面人的鼻子尖可以碰到前面人的脚后跟，稍不留神，从路上一下就要摔到沅江里。

杨幺带着随从好容易才上了水心崖，在山顶走了一圈又一圈，边走边看，心里不免焦急起来。原来山顶没有一个像样的祭坛，没有祭坛就不能祭告苍天，这叫他怎么不着急？这时候，身边有两个大力士看出了他的心事。这两个大力士，一个叫张千斤，一个叫李八百。张千斤对杨幺说："幺爷幺爷，山下有一块大石头，正好做祭坛。"

李八百连忙补充说："张千斤的话不假，这块石头我也亲眼

水心寨　吴飞舸　摄

看见过。”

杨幺看了看他俩，怀疑地问：“这石头怎么弄得上来？石头再好，留在山脚下，也做不得祭坛。”说着，杨幺手下一个随从把头伸到悬崖边向下看去，又连忙退回来；还有一个随从顺手从山顶捡了块石头丢下去，好半天也听不到有声响。

张千斤和李八百同声说：“只要上天助幺爷，石头再大再重也背得上来。”

杨幺认为他们说得对，便点了点头。

张千斤和李八百又回到了山脚下。山脚下果真有一块方方正正的大石头，这石头三丈三尺长，三丈三尺宽。张千斤把手抠到石头下边往上抬，石头动也不动；李八百也把手抠到石头下边往上抬，石头理也不理。张千斤和李八百同时抠住石头下边，一用力，石头翻了过来。他俩抬着这块石头竭力地慢慢往山上移，可是山路陡，不好抬，没扶手，经不住晃，只得把石头放下来。他俩坐在石头上，一个面朝南，一个脸朝北，背靠着背枯起眉毛想主意。正想着，张千斤感到脚上痒痒的，低头一看，是一只团鱼正在脚上爬。他一扬脚，“咚！”团鱼被抛进了沅江里。李八百感到耳边嗡嗡响，转头一瞧，是一只蜻蜓。他一挥手，“唰”地把蜻蜓打在地上。

隔一会儿，张千斤又感受到脚背在痒，一看，又是那只团鱼，他正要扬起脚，团鱼张口说话了：“千斤千斤，我是镇压水怪的团鱼精，只是听说幺爷爷要到这里来祭天，没有祭坛，又看到你俩抬不上去，我爬上来帮你们的忙。”

张千斤怀疑地望着它，问：“你会帮什么忙？”

“你看，”团鱼说着，把颈项伸了伸，又晃了晃头，“你们把石头抬起来，放在我颈项上，我就会送它上山。”

团鱼正说着，李八百又感到耳边嗡嗡响，一望，又是那只蜻蜓。他正要挥手，蜻蜓骨溜骨溜眼睛说话了：“八百八百，我是镇压山邪的绿头蜻蜓，听说幺爷爷要到这里祭天，没有祭坛，又看到你俩抬不上去，我飞过来帮你们的忙。”

李八百不相信他们的话，问：“你会帮什么忙？”

“你看，”绿头蜻蜓展翅一飞，飞到石头下，张翅摆摆身子，把石头拱得直晃动，“我也出些力气帮你们抬。”

张千斤、李八百高兴得跳起来，抬着这块三丈三尺长、三丈三尺宽的石头，放在团鱼精伸长的颈项上，绿头蜻蜓也在石头下张开翅膀向上托着。张千斤用脑壳顶着石头的下方，李八百弯着腰，用手扶住石头的上方。团鱼精把颈项伸呀伸，石头就往上移呀移，移到山顶上时，团鱼精的颈项变成了一根铁链拽在悬崖边上。张千斤和李八百把石头抬到杨幺的身边，翻过来一看，绿头蜻蜓竟在石头上钻出了一个插旗杆的圆孔！

祭坛有了，杨幺就点起香蜡跪在祭坛上拜祷天神。拜祷天神以后，杨幺就把主寨扎在山顶上，他日日在这里读兵书，习武艺，后来果然打了许多大胜仗。

如今，这个祭坛还留在这山顶上。因为杨幺在这里扎过寨，这水心崖就改叫水心寨。杨幺下山的时候，还把一部兵书和一把宝剑留在这里哩！

据说，那根拽在悬崖边的铁链，每当月明的夜晚，它又变成一只团鱼到沅江去喝水。

蕉林轶事

夷望溪边有个小村落叫蕉林，这里峰峦叠翠，溪流环绕，山脚下有沿溪如绢布的平旷田地。这里居住的十几户人家，明代以前过着“世外桃源”的生活，自给自足，怡然自乐，坪中一株一千多年树龄的古樟见证了蕉林的历史变迁，也记载了这里许许多多的传奇故事。

相传在很久远的时候，兴隆街蕉林是块好地方，住的十九户人家虽然姓氏各不相同，但却相处和睦，勤劳耕作，成就了这村庄的繁衍生息。许多年人们相安无事地生活在这青山绿水之中，富足而不骄奢，淡泊而不颓废。这里民风淳朴，物产富饶，又因为山高路远，少了外面世界的纷纷扰扰，显得是那么宁静、清馨。

然而这日出而作，日落而息，相安无事的生活在一户姓陈的家里却被刚娶进来的大儿媳妇打乱了。这家有个年已六十的老父亲，膝下两个儿子，经远房亲戚作媒，去年为大儿子从三十多里外的辰阳娶了个媳妇。这个媳妇一进到陈家，就嫌公公年老多病做不了事，又嫌小叔子吃饭吃得多，整天吵吵闹闹，弄得原本好好的一家日夜不安宁。大儿子惧怕媳妇，常常还帮着怪爹怪老二。

这大儿媳妇到陈家的第三年，父亲突然染了重病，沉疴不起。离世之前将两个儿子叫到床前交代后事：“老父不日将去，在老父离去之后，你们兄弟一定要相亲相爱，相互扶持，切不可分家。小儿善良，老大一定要帮助老二成家立业。这地方民风古朴，不要破了这里规矩，无论贫富，不可生贪婪之心。”父亲这样交代实有原由，两年多来，早已看出大儿媳妇贪婪成性，好吃懒做，为人叼蛮，而大儿子生性懦弱，极其惧内，而且“近墨者黑”，渐渐变得冷酷无情，贪图享乐。老二心地善良，年龄又小，难免忧心。

老人刚刚离世，大儿媳妇就高兴地大唱起来：多年的媳妇熬成了婆，谁都把我莫奈何。于是，她首先做的第一件事就是分家，而且还要老二做她的“佃户”。老二没有办法，只得给哥哥、嫂嫂当了长工。从这以后，他每天早出晚归，起早贪黑地做工，做完田里做山上；做完了山上的工夫，回来又要喂猪扫地做家务。吃的是残羹剩菜，睡的是芭茅板子。就是这样兄嫂还不满意，时不时还遭嫂嫂的责打，身上常常是青一块紫一块。哥哥毫不念骨肉之情，站在一旁帮着嫂嫂对老二说：“不打长不大，吃不得苦哪能长成人。”

这年六月六是邪恶妇人的生日，她准备大做一番。提前半个月叫老二砍柴，每天没有三担干柴回来，就没得饭吃。老二拼死拼活砍了十四天，干柴在屋前堆成了山，可嫂嫂硬说砍的柴担子小了，说他偷工减料，欺骗哥哥嫂子，便拿出土荆条将老二打了一顿，并责令第二天要砍四担柴回来，否则就死在外面不得回来。

老二只好背着楤担上山了。途中，他在路旁的苞谷地里扳了两颗嫩苞谷揣在身上，准备砍柴饿了的时候吃。

老二从太阳升起一直砍到太阳快要落山，已经累得精疲力竭，两颗嫩苞谷管不了好多时候，早已又饥又渴。可是嫂嫂规定的任务还没完成。他想起死去的父母，不觉油然生悲，放声大哭起来。那哭声足以感天动地，连树上的叶子也为之动容，簌簌作响。这时，飞来一只大鸟，站在他面前说：“小兄弟，你为什么哭得这么伤心呀？”老二看到鸟能人语，甚是惊诧。那鸟儿见他惊怵，于是说：“你不用怕，我不会伤害你，你只管说为什么哭，我一定帮你。”这老二不害怕了，就把父母去世之时如何交

蕉林古樟　张庆久　摄

待哥嫂，哥嫂又是如何虐待他等全部事情一一告诉了鸟儿。那鸟儿听完后就说：“小兄弟，我可以帮你，不过你得听我的。”老二说：“只要你帮我，我一定听你的。”那大鸟说：“你闭上眼睛，我驮你去个地方，那里有许许多多的金银财宝，你尽管取来，回去买田置土，就不受你哥嫂管束了。”老二说：“要不得！我这么大一个人，你能背得起？”大鸟说：“这个你放心，你只管闭上眼睛爬到我背上就是了，要赶快，不然就来不及了。”

无奈之下，那老二只好骑到大鸟背上，闭上眼睛。立刻觉得两耳风声呼呼地响，脸上吹得凉丝丝的，就像腾云驾雾一样。不一会，就听那大鸟说：“到了，你快下来吧！”那老二急忙睁开眼睛，被眼前所见惊呆了：只见满眼金光灿灿。他问大鸟：“这是什么地方呀？”大鸟回答道：“这是风神火神住的地方，你想要什么尽管拿，不过要快些，不然风火二神回来看见我们俩，那就没命了。”

老二急忙弯下身子，拣了几颗金子和几个元宝就对大鸟说：“好了，我们走吧！”那大鸟问他：“你只要这么点够吗？”

“够了，我只要能置几亩田，能养活自己，有点节余接济穷人就够了。”

“那好吧，你还是闭上眼睛，骑在我的背上，我送你回去。”不一会，大鸟叫老二下来，老二下来一看，真的到了哥嫂的家门口，再回头准备感谢大鸟，大鸟早飞走了。

这天之后，老二置买了几亩田地，修了两间木屋，过起了自给自足的生活。

他嫂嫂见老二又是修房盖屋，又是置田买地，感到很奇怪。就把火发到老大身上：“嘿！你们家的老家伙还私藏了银钱，这事你都不晓得，你是头猪呀！”老大说：“我爹哪里攒得有什么银钱，如果有，我还不晓得呀！”嫂嫂不相信说：“那老二哪里来的那么多金银财宝？”老大也感到这事蹊跷，弄不明白老二是如何突然有了钱。恶媳妇指着他的鼻子说：“你赶快想法弄明白你老弟哪来的银钱，不然，我叫你没得日子过！”那怕媳妇的老大只好去问老二。开始老二不想说，可是当哥哥的一把眼泪一把鼻涕地说：“老弟，以前你哥是做得不对，刻薄你了，你就不看僧面看佛面，看在一母同胞份上，告诉你哥哥吧，不然，你那嫂嫂轻饶不了我。”那老二是个良善之人，见哥哥这副可怜相，只好将他那日如何上山砍柴不归，如何遇到那只大鸟，又如何去了风神火神住的地方，拣到金子等等一一告诉了哥哥。

他哥哥立马回去向恶媳妇讲了弟弟拣回金子的经过。夫妻俩连夜密谋，决定仿效老二去拣金子。

第二天，夫妻二人打扮成一男一女两个樵夫，背着楤担上山去了。在山上，俩人熬呀熬，终于熬到了日头快要落山了。于是，照老二所说的那样，蹲在地上放声大哭。哭声响起不久，那只大鸟真的又飞来了，又问他们为什么这么伤心痛哭，二人把前天晚上编好的话说了一遍。那大鸟说："你们二人骑在我背上，我背你们去个地方，那里的金子尽管拿。"就这样，二人闭上眼睛，骑上了鸟背，不一会，那鸟说："到了，你们下来吧！"

夫妻俩下来一看，眼睛都直了，遍地都是金银财宝。他媳妇从怀里扯出个麻袋，净拣她认为最好的拿，看到金子又想要元宝，看到珍珠又想要翡翠，拣拣放放，挑挑拣拣，不知道要什么好，那鸟儿看到这情景，一个劲地催二人快些，并说再迟了风神火神一回来，都难脱身。

谁知那恶媳妇哪里听进鸟儿忠告，麻袋装满了，又把上衣脱下来装，老大生怕媳妇怪他不卖力，把长裤也脱下来装金子元宝。大鸟看着二人，心想你们也太贪心了，这样的贪心人哪会有好结果。正在这时，远处传来了风声，照来了火影，那鸟儿大声催促："还不快走！还不快走！"夫妻俩急爬上鸟背，刚飞几下，大鸟实在驮不起，一松劲，夫妻俩便从鸟背上滚了下来，刚好遇见风火二神，见是去偷它们宝贝的，使出法力，一个呼风，一个喷火，将二人直直吹向地面，刚一触地，哪里还有人在，恶媳妇被火烤成了灰，老大被风吹成了土，夫妻俩化成了一座山两个峰，就是如今蕉林村的风火山。

望儿山和馒头山

在夷望溪水心崖的东面，有两座与狮山、象山相对的山峰，一座高而另一座较矮，这一高一矮两座山，就叫做望儿山和馒头山。

传说隋文帝开皇年间，夷望溪里住着母子二人，老妈妈纺线织布，含辛茹苦供儿子读书。春去秋来，儿子渐渐长大，满腹学问，一表人才。母子俩相依为命，苦日子也过得有滋有味。大比之年，老妈妈起早贪黑，为儿子赴京赶考积攒盘缠，还给儿子赶做了两双厚底布鞋，缝了一身衣服。

这天清早，老妈妈与儿子来到沅江边上，好不容易等到了一条上河棚船，儿子便搭乘划子上得棚船，在船上向老母长跪拜别。

看着湍急的江水把棚船带向下游，老妈妈两眼含泪呆呆地看啊望啊，起先还能看到儿子挥动的手臂，慢慢地那棚船变成了游动的黑点。最后黑点点流入江水弯道，什么也看不见了。

儿子走了，带走了妈妈心上那根思念的线，走得越远，扯得越长。老妈妈牵肠挂肚，吃饭不香，睡觉不着。每天天刚亮，就来到江边一块突兀的石头上，手搭凉篷，眯起老花眼，看啊，望啊，盼着儿子乘船归来回到自己身边。

一天天过去了，不见儿子踪影；一年年过去了，儿子仍无音信。到后来，老妈妈的背驼了，眼瞎了，嗓子哑了，再也无力回家去了。她就日日夜夜守在那块石头上，面向江水，用母亲的心去呼唤儿子归来。

那时候，打渔船远远看见石头上老妈妈的身影，就知道夷望溪到了，水心崖近了。岸上过往的人看到老妈妈佝偻的背影，发鬓边零乱的白发，都不禁留下长长的叹息，掉下同情的泪水。

有一天，张果佬倒骑着毛驴往水心崖走，一路上正闭目养神。离水心崖不远时，白毛驴“咴儿咴儿”叫了两声，惊醒了张果佬。大仙睁眼一看，只见江边一块石头上有个老妇人，一手拄杖，一手搭在额头遮阳，深陷的眼睛死死盯住江水下游远方。张果佬掐指一算，大吃一惊，老妈妈的儿子在赶考途中遇到风暴，船翻人亡。可怜老妈妈一片慈母之心，偏遇不幸之事。大仙感叹不已，伸手摘一片白云彩，在手心揉捏几下，吹一口仙气，变出一个松软白亮的大馒头，轻轻一抛，那馒头不偏不倚，正落在老妈妈手中。老妈妈早饿得头晕眼花，吃了馒头，又能支撑身子望子归来。从此，每天都有一个热腾腾的大馒头飞落到老妈妈手里。

张果老图　吴飞舸　辑

又过了好多年，老妈妈牙齿全落，身体日渐枯瘦虚弱，眼看就快支撑不住了。一天，老妈妈接到馒头，无力张口。她吃力地托起馒头，心中呼喊：“儿啊，儿啊，你，你在哪……”一阵晕眩，一个踉跄，手中的馒头从身后滚落到夷望溪里随溪水飘向对岸。“轰隆隆隆”，老妈妈脚下那块石头拔地而起，变成一座山峰，老妈妈化成峰顶。那个大馒头飘到夷望溪口对岸后，化作一座圆圆的山峰，像刚刚出笼的馒头挺立在水边。

后来，人们把老妈妈和那块大石头化成的山叫望儿山，把大馒头变成的山就叫做馒头山。

吕洞宾挑撒九头山

九头山坐落在沅水岸边的大洑溪，由九个山头依沅水流向相连组成，上游的第一座山峰雄伟挺拔，山形如卧伏昂首的雄狮，余下八座山峰朝主峰相向而卧，犹如八头小狮。九头山树木繁茂，山中多有药材。每年夏秋之际，不少人来到山上采药。因为此山在大洑溪与沅水交汇的右边，民间自古都说这里是处风水宝地，还流传着八仙之一吕洞宾带来九头山的传奇故事。

不知是何年何月，吕洞宾与其他七仙在洞庭湖相聚分散后，一人独自沿沅江游山玩水。一天，他从夷望溪探幽后飘到对岸，来到了大洑溪，心想：听李铁拐讲，这两岸人杰地灵，今日我何不探个虚实。于是，他落下云头，朝村里走去。

大洑溪是个山清水秀的地方，村中百多户人家男耕女织，安居乐业，日子过得和谐安宁。令人惋惜的是自从兴科考以来，未有人中举任官。每天茶余饭后，村中男女老少一起谈天论地时，难免有些伤感。

这天，村里来了一位长得眉清目秀的游方道士，身穿灰道袍，腰间挂个酒葫芦，背后插着柄三尺龙泉剑，像是到这里化缘。可这道士大户不到，富家不去，单单来到了一个双目失明的老婆婆家。他敲了几下手中的木鱼说：“贫道讨斋至茅舍，老人家你行行好，行路半日未沾水，口中干渴受不了。”老婆婆一听是讨水喝的，急忙摸索着走到土灶边，提出一个茶罐，又拿来一个土碗，递到道士面前说：“这是山中的龙泉茶，喝了生津解渴，道长随意喝吧。”

“老人家，今日喝了止渴水，明日定当涌泉报。”道士连喝两碗，抹抹嘴说：“老人家心好水也甜，难得一片慈善心。”

“道长，老朽还未敢问你修身何处，法号怎么称呼哩！”

“老人家，贫道修居蓬莱山，寻觅善人到民间，走遍千山和万水，法号叫做回字仙。”

吕洞宾图　吴飞舸　辑

“道长姓吕。”瞎眼老婆笑嘻嘻地说。

道士大惊：“你老人家如何知道？”

“道长适才话出口，言将大口套小口，取出小口头上安，吕道化缘到舍前。”

吕洞宾一听，着实相信此地居民非同一般，但为何花香不飘远呢？他告别老婆婆，来到村前村后看了一遍，方才晓得这里风光虽好，但地势太轻，龙脉不活。他盘算着如何才能为当地做件好事，忽然想起了洞庭湖君山有二十八块闲石是二十八宿留下来的，何不挑来放在此地。于是，他跳上云头，直奔君山，寻得两只竹篮装上石头返身就走。哪知途中被前往贵州的张果佬看见，悄悄地跟在吕洞宾身后，走一段偷下一块，走一段拿掉一块。待吕洞宾回到大洑溪时，两只篮子一边剩下五块，一边仅剩四块。吕洞宾懊恼不已，使劲一抖，九块石头全部倒在江边。那九块石头一落地，立刻上长，顿时变成了一座九峰相连的大山。

自从九头山巍峨挺立在大洑溪村后，村里秀才举人连出。人们都说，是吕真人给这里带来了福气，是九头山给这里增添了灵气。

舍身为民的姑儿山

姑儿山坐落在龙潭镇小洑溪的出口处，山脚被沅水浸漫，沅水因为姑儿山阻挡而拐了个弯。这座山远看形似一位少女，亭亭玉立在沅水河畔，体态丰腴，立姿优美，山上缠着树木的藤蔓一直牵到江里，宛如少女的青丝飘拂在河流中，成为沅水流域的一处景观。

传说一千多年前，这山边住了一个姓李的秀才。李秀才为人正直，乐于助人，加上写得一手好字，每到过年时，都给周围人家无偿送春联，所以深得乡亲父老的敬重。

然而，这李秀才却有一桩“不孝有三，无后为大”的心事，夫妻俩求神拜佛，终不见效。为此，李秀才常常闷闷不乐。

四十九岁那年，一天，李秀才从对河黄沙寨看一个朋友回来，在一个山岔道上，见一条乌蛇咬住了一只小青鸟。小青鸟哀鸣着，声音十分凄惨。李秀才心不忍，从路边捡起一块石头，打死了乌蛇救了小青鸟。鸟儿得救，情切切地跪伏在李秀才的脚边，说出人话来：“大伯救我一命，永世不忘，您有什么难事，尽管说来，我可以帮助你克服一切困难，遂心如愿。”

李秀才觉得有趣，便把多年来的心事对小青鸟说了。

小青鸟说：“善有善报。大伯放心，这里的青山有灵气，一定会送个好姑娘给你的。”

李秀才回到家中，顾不上吃饭，便把路上的这段奇事告诉了妻子。妻子不信，取笑丈夫想儿想女想癫了。

果然，第二年，李秀才得一女。女儿白胖胖的，娇嫩得像初露皮壳的豆芽儿。两口子喜欢得不得了，给女儿取名青姑。

青姑长到十六岁时，出落得如花似玉。自幼就跟父亲读书，琴棋书画，无所不会。人们喜欢她，都称她叫美姑。

于是，上门说亲的来了又去了，去了又来了。尽管媒人把门槛都踩矮了一截，可美姑一个也不答应。

春天来了又去了，月亮圆了又缺了，花儿开了又谢了，美姑长到了二十岁。

于是，有的人说闲话了："李家的女儿这个看不上，那个看不上，只怕是等着跟皇帝老子做媳妇。"

美姑不言语。

母亲看急了。父亲焦虑了："女儿呀，你已经不小了，难道一辈子不嫁人？"

美姑说："嫁人也得有个条件呀。"

"那你有些什么条件？"父母问。

美姑的条件可高啦。可是她不愿意说出来，只是装在心里头。

父亲摇着头，母亲叹口气："这孩子啊，把她没办法。"

美姑喜欢山，美姑喜欢水。在美姑家不远有眼清冽的泉水，泉水里有美丽的泉水鱼。平时，美姑带着书卷，来到泉水边，读书读得累了，就望着泉水出神。

有一天，美姑去泉边。刚到那里，见几个小伢儿从泉水里抓了条鱼跳跳蹦蹦要走。美姑着急了，想起父亲平时教她的话："救人一命，胜造七级浮屠。"鱼儿虽不是人，也是一条性命呀。于是她对伢儿们说："小弟弟，伢儿离不开娘，鱼儿离不开水，快把鱼儿抛了吧。"

小弟弟个个都摇头，不愿意。

美姑没办法，只得把自己最喜欢的一对小铜铃拿出来，换下了那条鱼。那鱼儿一抛进泉水里，摇摇头，摆摆尾，一会儿就不见了。又过了一会儿，一位老人走来，向美姑作了一揖说："姑娘真是菩萨心，老朽特来感谢你。"

美姑诧异了："老爷爷，我没有为你做什么，何故要感谢我呢？"

老人说："你救了我的孙儿呀。"

美姑顿时明白了，这老爷爷是鱼仙。

老人又说："姑娘，为了报答你对我孙儿的恩情，我冒杀身之祸告诉你一件不得泄露的天机。一年之后，这沅江河神要开辟另一条河道，出龙潭，过三阳港。你们的村子都要被冲毁。"

美姑听了大吃一惊，脸色都变了。

老人说："这事除了你一家晓得外，千万不要告诉别的人。你们一家快搬吧，搬到对河的兴隆街去。"

美姑想，自己一家搬走容易，可是还有乡亲们啦！那么多的穷乡亲，他们离开了自己的家园，到哪里去谋生呀？好心肠的美姑为难了。想了一阵，美姑对老人恳求说："老爷爷，救人救到底，您就想个法子来保住我们的村子吧。"

老人沉吟片刻，说："办法倒有一个，不过很艰难啦！"

美姑说："只要能救乡亲们，再难的事我都能做。"

老人被感动了，说："姑娘，天底下人的心肠数你最好。好吧，告诉你，只要有人能赶着九十九头牛，九十九只羊，一直往

百牛图　吴飞舸　辑

西走，走到太阳下山的那座山上，向西方水神求个情，要水神镇住沅江河神，沅江河神就不敢另辟新道了，你们的村子就可以保住了。”

美姑望着西沉的太阳发呆说：“老爷爷，那太阳下山的地方有好远呀？一年之内走得到吗？”

老人深沉地说：“孩子，天有边，人的志气大无边，翻过九十九座山，跨过九十九道河，就是太阳下山的那座山。”说完，老人倏然不见了。

美姑往家里走，一边走一边想，父母年纪大了，自己怎么能离开呢？终于，她想出了一个两全其美的办法。回到家里，她把这一切都告诉了爹妈，并且说出了自己的主意。

母亲望着父亲，父亲望着母亲，最后，父母双双点了头。

第二天，李家传出了消息，二十岁的美姑要出嫁了，不过，这上门的女婿得为新娘做件事：就是要赶着九十九头牛、九十九只羊一年内走到太阳落山的地方。

百羊图　吴飞舸　辑

这事儿真古怪。于是，这消息一传开，都议论起来了。有人说，美姑是发癫了，这不是叫上门的女婿去送死吗；有人说，天底下最傻的主意都叫美姑想出来了。

一天加两天，两天加三天，三天加四天，九九八十一天过去了，没得一个人前来提亲事，到了九十九天的那天早晨，从别处来了个赶鸭子的后生，自称既没有姓也没有名，人家都叫他鸭古佬。这鸭古佬赶着九十九只鸭子来到李家，一进门就高声粗气的说："我赶鸭子走四方，愿去太阳下山的高山上！"美姑高兴了，答应做鸭古佬的妻子，不过要到他把那件不可泄露的大事做成后才完婚。

于是，鸭古佬赶着九十九头牛、九十九只羊，再加上自己的九十九只鸭子出发了。美姑送了一程又一程，送了一里又一里，千嘱咐，万叮咛，千语万言，愿鸭古佬早日回来洞房花烛。

百鸭图　吴飞舸　辑

住在小溪山边岩石下的一条母娃娃鱼修道成了精，它盼着河水能再开一条道子冲毁上面的村子，好顺着河流游些新地方。现在，美姑要鸭古佬去向水神求情，那它的愿望不就难实现了，母娃娃鱼一咬牙，想出了一条毒计。于是，它跟着鸭古佬后面也往西走去。

鸭古佬走啊走，走了六十六个天日，过了六十六道河流，翻了六十六座高山，来到了一个平原上，这里良田肥地稻谷香，炊烟缭绕村庄美。娃娃鱼精摇身一变，变成了一个和善的老妈妈。她拦住了鸭古佬的牛，拦住了鸭古佬的羊，拦住了鸭古佬的鸭，说："年轻的后生家，你要到哪里去？"鸭古佬说："到太阳下山的高山上。""做什么？""天机不可泄露。""我的好后生啊，你就别走了，我有良田千万亩，我有牛羊千万头，你若做我的儿子，荣华富贵让你享受够。"鸭古佬摇摇头说："纵有良田千万亩，纵有牛羊千万头，抵不上美姑的一个小指头。"他赶着牛羊鸭子继续往前走。

走啊走，走了七十七个天日，过了七十七道河流，翻了七十七座高山，来到了金银山。那金银山遍地金闪闪，银晃晃。娃娃鱼精摇身一变，变成了一个慈祥的老奶奶，拦住了鸭古佬的牛，拦住了鸭古佬的羊，拦住了鸭古佬的鸭，说："年轻的后生家，你要到哪里去？"鸭古佬说："到太阳下山的高山上去。""做什么？""天机不可泄露。""我的好后生啊，那是永远也走不到的地方呀，我有金山千万座，我有银屋千万间，你就做我的孙子吧，金子银子由你用。"鸭古佬摇摇头说："纵有金山千万座，纵有银屋千万间，抵不上美姑的一根头发丝。"说完，赶着牛羊鸭继续往前走。

走啊走，走了八十八个天日，过了八十八道河流，翻了八十八座高山，来到了桃花村。桃花村里姹紫嫣红春融融，村姑欢歌喜盈盈。娃娃鱼摇身一变，变成了一个美丽的村姑，拦住了鸭古佬，笑眯眯地说："好英俊的小哥哥啊，你赶着牛羊鸭子到哪里去？""到太阳下山的高山上去。""干什么？""天机不可泄露。""我的好哥哥，你就莫去了，这里有你的桃花运，你是我的好郎君。"鸭古佬仍然摇摇头，还要往前走。

娃娃鱼精见三次都没有拦住鸭古佬，十分气愤，便使出最后的一招，一连向鸭古佬吐了口忘情气。鸭古佬吸进了忘情气，顿时眼睛发了花，脑子走了神，把美姑忘得一干二净。他见面前这个村姑多情娇柔，动了心，就答应留下来了。

那九十九头牛和九十九只羊见鸭古佬不走了，调头往回跑，而那九十九只鸭子随着鸭古佬在桃花村安了家。

美姑在家里一天望一天，望穿秋水不见鸭古佬转，一年望一年，望断飞雁不见鸭古佬回。

十一个月过去了。美姑茶不思饭不进，愁苦心肠泪湿襟。母亲劝她把茶饮，她不依；父母劝她把饭咽，她不听。整日里，望着西方天涯路，思念心上人。

一天傍晚，美姑正望着下山的太阳出神，忽然见到那九十九头牛和九十九头羊飞跑回来了。它们带回了鸭古佬在桃花村成亲的消息。美姑听了，如遭晴天霹雳。但是，她不流泪，不悲伤。第二天，她告别了父母，赶着九十九头牛，九十九只羊出发了。

美姑顶烈日、冒暴雨、沐恶风，走啊走，翻过一座座山，越过一道道河……

一天，美姑走累了，口干了，她俯身在一口井里喝水，忽然轰隆一声响，比门槛水还要大的水流似千军万马，汹涌澎湃冲过来了。美姑大叫一声“不好!”沅江河神要新辟河道了。一瞬间，美姑和那九十九头牛、九十九只羊被大水淹没了。

水流裹着美姑一直往下冲，她喊天天不灵，喊地地不应。冲啊冲，快冲到小溪了。突然，美姑被什么东西挡住了，随即身子往上长，变成了一座山，把水挡住了，逼得大水拐了个弯，还是顺着原来的水道直奔桃源、常德、洞庭湖。

当天晚上，小溪周围的乡亲们都听见了轰隆隆的响声，但不知发生了什么事。早晨起来一看，啊！门口就是一条河，河边多了一座山，看那山，多像一个人啦！

“那是个姑娘，好美呀!”有人看出来了，接着，河边上的人都看出来了。“那不是美姑吗?”又有人看出来了。所有人都跑过来看，李秀才夫妇挤在前面，一眼就认出来了，流着泪说：“是的，那就是我们的姑娘啊，她为了大家的家园不被水淹没，用自己的身子挡住了肆虐的河水。孩子，你尽了心了。”

乡亲们都感动得流下泪来。按照当地对年轻美丽姑娘的习惯称呼，把这座山起名为姑儿山。

那个鸭古佬呢，大水过后，他也变成了沅江里边的娃娃鱼了。据说，后来醒悟了，觉得对不住美姑，每到夜深人静，还游到姑儿山下的河边哭泣哩。那九十九头牛和九十九只羊，变成了大大小小的岩头，聚集在姑儿山下的河边，长年累月地陪伴着美姑。

香瓜犀牛

据说，早先这江边有块瓜地，种瓜的是个老汉姓李。李老汉住在这依山傍水的地方已经三十多年，长年靠种香瓜养家糊口。他种的香瓜不但个大皮薄，而且又甜又脆，特别是只要摸摸他种熟了的瓜，手会香一天。若是吃了他的瓜，三天满嘴都是香。因此，只要风调雨顺，李老汉的瓜地里不但瓜多，而且人多。十里八乡买瓜的人络绎不绝。

香瓜图　吴飞舸　辑

有一年，遇到大旱，山上地里像被火烤了一样，树叶子发了黄，地里焦了壳。尽管李老汉天天下沅江挑水泼地还是无济于事，一大片瓜地只救活了一根瓜藤，那瓜藤上最后保住了一个瓜。这瓜在李老汉如同抚独儿一样的培育下，越长越大，到熟的时候竟然有个冬瓜大。李老汉心里高兴。他想，今年虽没什么收成，幸喜明年的种子还是不忧了。

一天中午，本地一个浑名叫“菜花蛇”的财主坐着轿子路过瓜地。他看见了这个大香瓜，忙叫家丁给他摘来解渴。家丁狐假虎威叫来李老汉，说他家老爷口干得很，快去把瓜摘下来洗净削皮送过去。李老汉慢慢走到瓜边，正在犹豫，忽然从瓜肚里传出话来：“瓜爷爷，我是天上太白金星的坐骑犀牛，因贪恋人间美景，偷偷来到凡间，不想进到这瓜里不能出来了。烦你快放我出来！”李老汉觉得奇怪，问道：“你是怎么钻到瓜里去的？”犀牛说：“这人间太热，我口干急了就钻到瓜肚里喝瓜汁，只怕喝得太多，胀得出不来了。”李老汉一时不知道怎样才能放犀牛出来，用刀怕伤着牛，用脚怕踩着牛，用手怕打着牛，急得团团转。这时，“菜花蛇”那边又催了。犀牛在瓜肚里喊道：“瓜爷爷，你千万不要把瓜送给‘菜花蛇’吃，那样，这块地方就不会有宝了，你快些放我出来！”

犀牛图　吴飞舸　辑

正值犀牛说话的当口，“菜花蛇”要家丁过来抢瓜。情急之下，李老汉举起瓜刀朝香瓜劈下，就听“轰隆”一声，一道金光从瓜里射出来。再一看，跟着金光奔出一头犀牛来。犀牛全身金光闪闪，见到李老汉，就弯下前腿跪下：“瓜爷爷，谢谢你的瓜汁，谢谢放我出来。我会让你过好日子的。”说着站起身使劲一抖，从身上抖下无数金瓜子。把李老汉和“菜花蛇”等都惊呆了。

突然，“菜花蛇”大喊：“快抓住宝牛，要它抖金瓜子！”一群家丁将犀牛团团围住，那牛左冲右突怎么也跑不出重围。李老汉急了，拿起一根扁担朝牛屁股使劲一打，高声喊道：“还不快走！”只听“哞”的一声吼，犀牛向“菜花蛇”直冲过去，把“菜花蛇”撞了个轿翻人倒，七窍流血。那牛一时收脚不住，把瓜园边上一堆岩石顶起，霎时间尘土飞扬，岩石泥土直奔天空，又听一声巨响，那些岩土掉了下来，竟然成了一座山，与此同时，一道金光一闪，李老汉看见犀牛钻进了这座山。这事传开后，许多人都专程跑来看李老汉所说的这座犀牛山，有的人还偷偷到瓜地里寻找犀牛身上抖下的金瓜子，至于找没找着，那是后话了。

玉帝赐剑

在燕家坪绿凼沟临沅水处，有一座一山两峰的大山，其两峰对峙如丫柱，又像两把竖立的宝剑。丫柱山山势陡峭，山腰呈丹霞地貌，山顶树木茂密，山脚有一条小溪环绕。传说此山为玉皇大帝专为桃源镇邪驱妖所赠雌雄两把宝剑而化成。

清代桃源诗人陈士标游壶头山后返桃源途中，见燕家坪绿凼沟下游处有一山两峰对峙如丫柱，山上葱葱茏茏，青翠欲滴，经打询，才知名叫丫柱山，又名小元山，便登顶寻幽，甚觉心爽，情不自禁作诗一首：

壶头翻白浪，丫柱锁苍烟。
半壁晴飞雨，千岩石吼泉。
禅房环虎豹，磴道老松楩。
登顶休生悸，云开万里天。

丫柱山形态特别，这源于一个古老的神话传说。

据传，自世外桃源被武陵渔人发现后，玉皇大帝便有意派遣天庭神仙去收取“贡桃”，先是派八仙收了几年，仙境之地倒也安宁，既未违反天规，也没有遭受损失。谁知有一年早春，西方如来佛座上一对玉珠脱落，扮成两个神仙私自来到凡间的仙境桃源，索要“贡桃”。这时桃花刚刚挂蕾，哪里有什么桃子。两个假神仙哪懂时序节令，以为仙境中人有意拒交，一时性起，搅得仙境之地天昏地暗，大片庄稼林木被毁，千万无辜百姓受灾。在一片哭喊声中，两个假神仙自知惹祸，便逃回了西天。

清明一过，八仙再次来到世外桃源，一见如此情景，大为吃惊，多方打听才知是西天两个妖魔所为。眼看这年“贡桃”无望，只好返回天庭，向玉帝禀告。

贡桃图　吴飞舸　辑

玉帝见八仙这么快就打了转身，心想一定是桃源发生变故。于是把何仙姑叫到身边，详细询问桃源近况。何仙姑如实将所见所闻一一禀报给玉帝，并说今年的“贡桃”肯定无法收取，即使来年也得赶快想些主意。玉帝听了，时而愤怒吃惊，时而感叹悲伤，心中十分难受。他低头沉思良久，才缓缓说道：“百姓是人间之本，人间是仙界之基，这两个妖魔如此作恶，破坏了世外桃源人们的平静生活，造成了重大灾难，本皇实在是心中痛惜。”八仙站在一旁，相互交换眼神，都不知说什么才能安慰玉帝。

玉帝闭上双眼，叹了口气：“此处是八仙所管，理应由你们妥善处理，你们当竭尽全力，恢复世外桃源原样。”他顿了顿，接着站起身来动情地说：“我身为天宫王皇，也难辞其咎，为弥补过失，以防日后有妖再来侵扰，待你们完全恢复之时，我会亲自到那里出份力量。”

八仙见玉帝一番肺腑之言，都深为感动，立即驾起祥云，奔向武陵所属的世外桃源。刚入桃源界内，诸仙便各施本领，为桃源聚集风水灵气。吕洞宾率先找了多处风水宝地，建起了一座座农舍民房和几处寺观，供人们居住、祈求许愿，为百姓提供保佑和庇护；何仙姑舞动荷叶，为桃源带来丝丝凉风和阵阵香气；韩

玉帝图　吴飞舸　辑

湘子站在云头，吹响神笛，随着笛声，天上神水如雨洒下，瞬间桃源大地生灵之气骤增，到处郁郁葱葱；汉钟离手持芭蕉扇，边摇边念秘语，不一会，山泉、小溪、河流、湖泊跃然入目；蓝采和不甘落后，提起花篮就倒，桃花、李花、杏花，千种奇花异草长满大山平地；张果老、铁拐李、曹国舅哪能示弱，使出浑身解数，为桃源送来长寿、福气、官运……

正当八仙快要大功告成，玉皇大帝在太上老君、赤脚大仙、托塔天王等护卫下来到了桃源，举目一望，桃源大地已成一块福地，心中大喜，喊声："杨戬何在？"二郎神急忙上前道："小神在！""你速去西边，将本皇雌雄剑立于界头，若有妖魔骚扰此地，定斩不饶！"二郎神接过双剑，奔向桃源西边高都驿，看好方位，突使神力，只听"轰隆"一声巨响，雌雄二剑立于江边，倾刻变为两座高山，雄伟挺拔，正气傲视。从此之后，桃源成了祥和安宁之地。

这玉帝所赠双剑化成的两座山，后人称为丫柱山。

美名晒羞仙姑山

仙姑山坐落在桃源和沅陵交界的沅水之滨，与著名的壶头山相立而望，秀美而凝重。山上林木葱茏，石洞山泉，与沅水相映成趣。山下有条流着白水的小溪叫米汤溪，据传是张果老在仙姑山煮饭时，在溪中淘米使溪水变白了。仙姑山背后有两座峭立的小山峰，叫筷子山，是张果老留下的一双筷子。仙姑山后有个小峡谷，名一线天，据说是张果老用赶驴的鞭甩开的一座山峰。总之，仙姑山充满了神话传说，是沅水风光带上的一颗明珠。

相传很早以前，这里全是濮人居住的地方，濮人的王寨就在不远的壶头山，军事要地分别建在麻伊洑、高都驿。因濮人参加了周武王伐纣灭商的战争，且有功劳，各部落首领都受到赏封，其葛天氏酋长便被赏掌管沅江五溪之下一片土地。酋长得封之后便自立为王，派二儿子镇守麻伊洑，要大儿子管理高都驿。一来因为高都驿这地方是水陆要塞，有利于将来建功立业。二来也想历练这未来的酋长，老酋长百年之后好继承父业。

那时高都驿是个风景优美之地，青山群岫，碧流清幽，一年四季轻云烟吐，细水潺湲，是个神仙也向往的地方。当地土人还把这里叫做绿凼沟。在离沟不到一里地有个美丽的岩洞，常年花香馥馥，一条清澈的小溪从洞前慢条斯理地流过。

话说西海龙王错行玉皇大帝的下雨圣旨，二郎神把老龙王斩杀后，其小女儿龙王三公主悲痛欲绝，出西海经长江流域，过洞庭湖沿沅江上溯流落到这里。沅江河神收留她安置在绿凼沟的山洞里居住下来。小龙女到了这山清水秀之地，心情慢慢好了起来，闲得无事，便整天击剑练武。

一天清晨，晓雾刚刚散去，一个亭亭玉立的绿衣少女正在洞前练剑习武，正巧被老酋长的大儿子碰见了。老酋长的大儿子是个纨绔公子，平日仗着老酋长的权势，花天酒地，无恶不作，特别是见不得年轻女子，只要他看上了的姑娘和小媳妇，都逃不脱他的魔爪。据说后来湘西一带流传的悲歌：“天无柄，地无环，土司有个初夜权，谁家姑娘要出嫁，他要先睡头三晚，人家妹妹哪个愿？”就是从老酋长的大儿子施淫威时开始的。大公子一见到漂亮的西海龙王公主，就花心大发，垂涎三尺，欲强行霸占为妃。哪知公主性情刚烈，誓死不从，双方便大打起来。一个挥动长锏，一个飞舞宝剑，那大公子欺龙王公主是个纤纤女子，使出泰山压顶招数，想叫公主屈服，

小龙女　吴飞舸　辑

岂料公主剑法精妙，以柔克刚，大公子一时很难得逞，两个直打得飞沙走石，昏天黑地。三百多个回合过去，从早晨直打到了晌午。龙王公主的鹰头剑剑尖被打飞到了对面的山颠上，变成了一座尖峭的山头，就是高都驿的老鹰岩。眼看老酋长的大公子就要得势，龙王公主情急之下，用尽全身力气，举起旁边水碾房的石磨朝那大公子头上砸去，这石磨重有上千斤，那花花公子被死死压在了石磨下面，这石磨就变成了现今高都驿的磨子山。被压在石磨下面的花花公子又恼又羞又急，乘龙王公主不备，伸手扯掉了它的白褶裙和裤头，龙王公主一时羞愧难当，晕倒在江岸边，化作了高都驿的风景点——仙姑山。

擂鉢尖与咚咚坎

在桃源县城的西南方向，凌津滩水库的库区内，有一片万亩竹海。竹海旁有一座高山名叫擂鉢尖。擂鉢尖的山脚山腰全是竹林，可是山头上却没有一根竹鞭蔓延生长上去，使得山头就像一个倒扑在地的大擂鉢。在这状似擂鉢的圆顶山头上，到处藤萝密织，灌木丛生，没有居住一户人家，却又遍地的残砖碎瓦，不知道哪朝哪代曾在此建过庙堂，想必也曾香火鼎盛，这不禁让人勾起思古的幽情。

擂鉢尖山头的地形，正像一个坐莲观音。她面朝沅水胸对大江，在那几千亩面积大的两肩和胸腹部位，全部都是竹林，终年累月竹影婆娑。每年春天，一场春雨过后，千亩竹海上雨后春笋都破土而出，将尚未舒枝展叶的笋尖直指蓝天。微风吹动竹笋，发出飕飕的响声，仿佛会摇落一轮红日。每当秋冬季节，农民上山砍竹之时，山间斧声丁丁，笑语喧哗，人们络绎不绝如同闹市。若凡春和景明，若凡秋高气爽，人们到此总少不了登上山头眺望，看看那一碧沉沉的人造湖水，看看那滚滚东去的浩浩沅江，真能够让人心旷神怡。天气晴好时，眼力出众的人，在山顶还可以看见几十里外桃源县城那些耸立的高楼，还有那雄跨两岸的沅水大桥。

擂鉢尖背河的一面，也就是坐莲观音的背部，是百丈悬崖高不可攀，而且全部是岩石高坎，这就是咚咚坎。这咚咚坎上除了野百合、羊胡子、扁担草这些草本植物冬枯夏荣可以生长外，就连矮小的灌木也很难扎根其间。在这高逾百丈的岩坎上，常年悬

凌津滩水库内的万亩竹海　吴飞舸　辑

挂着一条如同银链般的泉水。每当秋冬季节雨水稀少时，细细的泉水只能叮叮咚咚从岩坎上往下滴落，这曼妙的叮叮咚咚之声，如大山在拨动着琴弦，如竹林在舞动着翠袖，如山神在亲昵的耳语。可每到春夏季节，一场大雨过后，那道从百丈悬崖高坎上飞流直下的瀑布，使得景色极为壮观，它恰如雄狮在怒吼山谷，如春雷在震撼大地，如海啸在拍打堤岸。飞溅的水雾笼罩了整个山谷，让人身处其中却又对面不见，真个是一番“空山新雨后”的美丽景观。

高都驿名由

桃源与沅陵交界处的沅水之滨，有个明代设立的水马驿站，名高都驿，是当时由朝廷在桃源县设立的四个驿站之一。这里山绕水环，风景秀美。

据传驿站所处之地原为仙姑庙，庙中的主持释贞林俗名叫吕都，驿站设立时，县衙派来的驿丞高怀远邀吕都充当了一名驿卒。二人一天晚上商议为驿站定名，因两个人身世相似、际遇相同，在月光下同诵唐朝大诗人李商隐的《蝉》而感慨万千，在二人姓名中各取一字，定驿站为高都驿。

据传仙姑庙很长一段时间只有尼姑念经。庙内设驿站那年，来了一云游和尚。由于此时庙里香火渐衰，几个尼姑纷纷他山而去。这云游和尚见此情景，感到十分可惜，加上看上这里如画风景，便留在了庙中。既重新操起了晨钟暮鼓，又充当了一名驿卒。后来周围乡民才慢慢得知，这年轻和尚从九华山而来，法号释贞林，俗名吕都，字光宗，本是浙江永嘉一落第秀才，只因看不惯科场腐败，一气之下削发为僧。释贞林身居佛堂可又受不了那些戒律，主持见他凡心未泯，便要他遍游四处佛地，想慢慢断他尘缘。

释贞林主持仙姑庙后，每日勤勉施善，却不能使这座濒临凋落的庙堂香火兴盛起来。设立驿站后又兼做驿卒，一年之中更难得有几天清闲。回想起自己这些年的坎坷经历，他心中觉得十分苦恼，一到夜深人静，只有阅读带来的那些诗书打发时光。

一天，县衙里掌管驿站的驿丞来到仙姑庙，看见释贞林把庙

驿丞、释贞林月下吟诗图　吴飞舸　辑

内收拾干干净净，井井有条，心里十分喜欢这位年轻和尚和驿卒。他这次来，就是欲与这和尚一起商量为驿站更名。驿丞早已知道，释贞林饱读诗书，且千里迢迢来到这里，一路上广闻博采，和他一起给驿站取名要方便许多。晚饭时，他将来意向释贞林说了，释贞林一时也难以说出自己的见解。

这天夜里，两人站在庙堂前的草坪里，头上一轮明月，脚下江水如练，微风吹拂，袭来丝丝凉意。此时，左边大树上传来一串蝉声，释贞林情不自禁脱口而出："本以高难饱，徒劳恨费声，五更疏欲断，一树碧无情。"驿丞听罢，一种惺惺惜惺惺的情绪油然而生，随即接诵"薄宦梗犹泛，故园芜已平。烦君最相警，我亦举家清。"诵毕，两人相视露出一脸苦笑。释贞林握住驿丞的双手说道："高大人的身世贫僧亦有所闻，一名当朝考取的进士，只因不屑于阿谀奉承，却落得屈尊驿站，可惜，可惜！"驿丞拍了拍释贞林的手说："你我二人恰如李商隐一样清高，故落得同样结果，可叹、可叹！"释贞林突有所悟，高兴地摇着驿丞的手说："诗有其意，人有其境，心有其志，山有其景，况且你我各有其字，何不取名高都。"驿丞沉思片刻，立刻拍手叫好："意境相似，志景相同，两名相加，高也，都也。好，好，好！"两个遭遇相同的人，在夜间诵读李商隐的诗句，竟然为驿站取了含意深刻的名字，高都驿从此便列入了《大明会典》。

桃源沅水江心十二洲略述

一条青带流花韵，十二芳洲醉洞庭。

百里桃源沅江段，江心纵向浮沉着大小不一、形态各异的十二座芳洲，在重峦夹峡中，洲洲分两水，环合洞庭奔。

在这错落有致的座座江洲上，四季树木葱茏，水草丰美，物相丰茂，鸟语花香，生机勃勃。眺望这江心芳洲，就像一座座蓬莱仙岛，在烟波浩渺中露出芳容。它与两岸青山含笑相对，互相辉映，沉醉在波光粼粼的水影中，是大自然用一支如椽的笔，纵情描绘着一幅幅辽阔江天的山水画卷。

这十二洲历史悠久，文化底蕴丰厚。在人类历史的新石器时期，桃源的先民们，就在这柴方水便、渔类资源丰富的洲上，居住开拓，自成村落，以捕鱼为生。尧舜时代居住在常德德山的善卷就曾游历沅江，观赏这水中蓬莱；战国时期爱国诗人屈原在这一带涉江吟诗；这里有的芳洲还是东汉、三国时期驻军扎营的古战场。它们有的处于山水洲城的节点，加之生态优美，今日将改建成城市生态公园；有的三洲相连，湿地生态优秀，不少一、二类国家保护的飞禽，在此长年栖息或过冬，被国家定为湿地保护公园；有的洲称得上是仙景中的仙景，被古时的文人墨客命名为桃源八景中就有两景在洲上。这十二洲，座座洲名都有它的出处和美丽的神话传说故事。这十二洲中，也有个别洲地势较低，易被洪水淹没，成为无人居住的“荒洲”。除此之外，其余洲都自成村落或为村中之组，人们长年在洲上耕耘或水中捕捞，过着比较丰盈的生活。

近些年来，由于雨情、水情变化，尤其一九九五年和一九九六年连续两年超历史的特大洪水，除营盘、白鳞、鹭鹚三个洲部分高地没被淹以外，其余洲都被洪水吞噬过。目前除了这三个洲上依然有人居住外，其他洲上居民都已迁移高地安置居住。人虽迁居，但洲上的林木花草由村里派专人保护，有的已全部栽上耐水的林竹，如白杨等。洲上空闲土地原属谁，仍由他耕耘收获。今日十二洲，洲上的生态变得更优美了。

桃源沅水江心到底有多少洲？古今说记不一。清光绪记载有十四个洲，民国志说有十三个洲，解放后桃源水利志记载有十一个洲，近来还有书上说十五个洲。经现今考察认定，沅水江心以十二洲为准。一是指处于江心位置，当然可以偏左或偏右；二是指现存的。有的地方过去就不算什么洲，如缆船洲，在桃源山脚，原来不足一亩，现更是长年淹没在水中。有地方过去虽小，但有人居住耕种，如木塘垸的草鞋洲，1996年为加修加固木塘垸防洪大堤，作取土的土场，现在一点痕迹也没有了。有的条件环境变了，洲变成了街道，如李家洲。修陬市垸后，李家洲完全与陬市街市连在一起，成了陬市镇的一条街。我认为从历史的角度讲，说沅水桃源段有十五洲没有错，但从现实存在看，以说沅水桃源段有十二个江心洲为妥。

下面就十二洲分别叙记如下：

溶洲（又名营盘洲）

它是沅水进入桃源段的第一座绿洲。沅水从上中游的高山峡谷奔涌而来，进入桃源后河面变得宽阔，加上两岸如夷望溪、大小仙人溪等十几条溪流汇入，更显得天宽水浩，故取名溶洲。溶洲其形如鲲首，左依郑家河尾，依白石铺，右依马石溪，龙家溪，与钦山十二峰、倒水岩上十二峰及八座悬棺遥遥相对。

溶洲从头至尾长3.5公里，最宽处1.5公里，总面积约2.8平方公里，有农田500余亩，旱地400亩，茶园200亩，楠竹40亩，自成村落。据史料记载，东汉建武二十五年（49），伏波将军马援领兵征“五溪蛮”，沿沅江取道壶头山，因水流湍急，又逢暑热，自己在对岸的钦山石壁上凿洞避暑，一部分军队的营盘就扎在此洲上，故又名营盘洲。

地图上的营盘洲 安吉权摄

营盘洲 安吉权 摄

伍家洲

伍家洲是桃源沅水江心第二洲，偏近沅水南岸，系寺坪乡白石铺村地域，洲地面积0.6平方公里。

洲上下呈尖形，背脊弯弓，下弦铺张，就像一把拉开的箭弓，因此人们称其为“武弓洲”。

伍家洲　安吉权　摄

清道光年间，当地人孙廷芳，涉江上洲，在洲背上结庐而居，开荒拓土，植桑养蚕。后来其后裔二房，分成两家，继承父业。清同治年间，一姓刘的孙家亲戚，迁居洲上。三家人和睦相处，共同经营蚕业。此时，列强不断侵略中国，强迫中国割地赔款，腐败无能的清政府，进一步加重了“户口税”、“人口税”。洲上本来只有三户人家，五个男丁，他们便借古人话说“叁即参，相参为伍”，硬逼三家改为五家，按五户征收户口税。此洲也因此更名“伍家洲”。

南溶洲（俗称南阳洲）

从伍家洲至白鳞洲，这数公里河段，由伍家洲分流两股沅水，又重新合流，加上南岸的麦家河，北岸的沙罗溪，剪家溪融汇，水面又显得宽阔浩荡，依据“山南河北”阳的释义，溶洲居江心偏右岸，故称南溶洲，又称南阳洲。

洲呈桃叶型，上下长1.2公里，最宽处500米，总面积0.4平方里。流水分流左右，产葭韦如林，春至河畔青青，秋则洲上白花吐。今人开拓洲地300余亩，种植杨树经济林。然而，这方小小的荒洲，昔日因遭鹅卵石环绕，洲背隆起，“树笼烟凝如带火”，一派原始自然景象，故而有“武陵丹阳岛”之称。

据传，很久很久以前，一群天界仙女偷偷下凡游历武陵，见这座洲头水清澈如镜，卵石一尘不染，便纷纷脱衣到江中游泳，其中一位仙女贪恋水色，待其他仙女穿衣返回天庭之后，她独自一人才上江岸，始见一渔哥，两人一见钟情，便在洲上拜天拜地结为妇夫，结庐而居。男捕鱼为业，仙女种桑养蚕，纺纱织布。

地图上的南溶洲　安吉权　摄

时光过得很快，年后仙女生下一子，一家三口，日子过得十分甜蜜。事情终于被王母发觉，便派天兵天将，下凡捉拿仙女。一时天昏地暗，大祸将临，渔哥收拾渔具，匆匆忙忙赶回家，见妻子和儿子抱成一团不断抖瑟，泪流满面。渔哥陡然意思到，将与妻子生离死别，于是抱着妻儿要死在一块。天兵天将已临面前，仙女急中生智，突然想起下凡时偷带的九颗丹丸，自己便和丈夫、儿子各把丹丸吞下。当天兵天将正要捉拿仙女时，忽然万道霞光升起，将乌云驱散，将天兵天将驱走，仙女和渔哥、儿子得救，丹阳悬在天空，照在溶洲上。这就是南溶洲又叫南阳洲的来历。

石灰洲（石辉洲）

石灰洲在剪市镇湖堤村。洲呈织梭形，长2公里，宽1公里，周程5公里有余，面积440来亩，是一座完全由卵石与砂粒相掺和覆盖的荒凉之洲。洲显得低矮，洪汛时没顶，枯水时现身。洲背隆起，乱石嶙峋，人们称之为石灰洲。在晴日阳光下，石与碧水

地图上的石灰洲　安吉权　摄

相映，又显得波波光粼粼，乱石生辉，人们又叫它石辉洲。虽然卵石与沙粒掺和覆盖全洲，但覆盖的深浅不一，在卵石层下约1.5至2米深处又铺盖一层沙埌层。解放后，特别是近十年前，这里的人们掀开卵石与沙粒，在沙埌层上，植上杨树，开拓成耐水旱的经济林。时至今日，人工杨树生机勃勃，绿冠如云，与滩头沙石闪亮的石英交辉成趣，千年荒洲变成景色迷人的生态之洲。

白鳞洲（白鲢洲）

白鳞洲是桃源沅水十二江心洲中最大的一个洲，长3公里，最宽处1.8公里，总面积2.5平方公里，耕地面积2160亩，其中水田1502亩，旱地658亩，洲背海拔高程在50米以上，很少被洪水浸淹过，是至今桃源沅水十二江心洲中自成村落的三大洲之一(营盘洲、白鳞洲、鹭鹚洲)。

地图上的白鳞洲　安吉权　摄

白鳞洲又是先民们最早定居开拓的原始村落之一。先民们凭借着这广阔的江天水域，野生鱼类繁多，以捕鱼为生建起了简陋的村落，不断创新捕鱼的器具，改善捕鱼手段，每日都有大量的鱼虾收获，或烹调自用，或腌制储存，以至家家户户前门都存有大量的鳞片。战国大文学家屈原把鱼鳞视为水晶龙宫的圣物。

"鱼鳞兮龙堂，紫贝兮朱官"，人们赞美这方殷实富饶、渔业兴旺之江岛，便将这里命名为"白鳞洲"。

此洲是一座风光秀美之洲，正面对的是世外桃源的桃源山，背对的是水景如画的张家湾，洲形如一条江中浮游的鲢鱼。重峦夹峙，曲水环流，洲埌秾秀，树木重翳，烟水苍茫。每当太阳光向南面江水斜照时，从洲头缓缓而下的碧绿江水，遍是波光粼粼，素有"渔村夕照"之美景如画，是潇湘八景之一。

据传在很久很久以前，洞庭湖偷偷跑出一条鲇鱼精，来到这风景如画、人们安居乐业的地方兴风作浪，残害百姓，弄翻上来下往的船只，阻绝交通。一个人小志大，正在桃花源修炼姓黄名闻的童子，见鲇鱼精气焰嚣张，为害四邻百姓，感到非常气愤，跳入江中与鲇鱼精搏斗，终将其制服，鲇鱼精终于化为了一座绿洲。人们为纪念黄闻，将临水的一座悬崖绝壁的高山改为黄闻山，并在山头顶峰建立一座亭阁，叫黄闻阁，把鲇鱼精被制服而演化的洲叫白鲇洲（白鳞洲）。

白鳞洲　安吉权　摄

白鳞洲又是一个现代化水平较高的生态村、一个现代富裕新村。在野生鱼类资源逐渐减少的情况下，村民们拓展荒地，改造耕地，实现了农田布局园田化，建设电排灌机埠，实现了水利灌溉和村民饮水自流化，耕田种地机械化。他们利用桃花源与张家湾的过渡地带，在房前屋后和田头地边等空闲植树造林，种植花草，进行绿化花化，办起农家乐，吸引游客上岛游赏。一些青年学得五匠（岩木雕画漆）手艺，建起了一栋栋别具一格的传统与现代交替的屋宇。现今这里是田园纵横，渠水环流，处处绿树成荫，花草鲜美，家家都置办了电器，买了汽车和船等交通工具。村民生活过得十分富裕，是一个典型的江南水岛的新村落。

洞洲

洞洲偏近沅水北岸，斜对白马山，在白马滩头东，今漳江镇福庆山村境内。洲呈榆叶形，长0.6公里，最宽处300米，总面积约0.7平方公里。有史以来，洲上无人居住，长满了青草白茅。春

地图上的洞洲　安吉权　摄

夏季节，附近村民把大批牛羊猪等牲畜赶上洲上放牧。

据说当地一财主霸占了全洲，只许一名长工的儿子姚童去洲上为自己放牧。一年多下来，成群牛羊长得又肥又大。第二年秋天，外地来了一群匪徒，驾着贼船，明火执仗，直袭洲头，企图抢劫羊群。眼看姚童和羊群就要落入贼人之手，冷不防洲头出现了一位皓首白发的老者，拦住先上岸的匪首，与他理论，匪首目光凶露，一拳击倒老者，贼船上的匪徒蜂涌而上时，突然一阵江风陡起，洲上飞沙走石，匪徒个个大惊失色，当他们睁开眼睛的时光，老者和姚童都不见了。更惊讶的是匪首直立沙滩上，躯体僵硬，犹如一尊凶神恶煞，稍一磕碰，便倒了下去。匪徒们见匪首弄不醒，老者和姚童又不见了踪影，便将羊一只只杀死，逃之夭夭。一会儿，白马洞中传来一阵轻风，把老者和姚童送到了洲上。见一群羊身首异处，姚童痛哭不止。老者用手指指点，叫姚童将羊头和羊身一只只很快接好。一会儿，一只只羊复活如初。姚童十分感谢老者。这老者谁也？原是居住在白马洞的一位高僧。人们为了纪念僧人的恩德，就将此洲命名为洞洲。

洞洲　安吉权　摄

吴家洲

吴家洲系沅水江心洲，偏近沅水北岸，地处桃源县漳江镇（原尧河乡）福庆山村。洲呈桂叶形，长0.6公里，最宽处0.4公里，总面积约0.15平方公里。

地图上的吴家洲　安吉权　摄

吴家洲　安吉权　摄

原来，这是一处江岛沃洲，洲上柳林葱茏，古木森森，有穷苦渔民往返洲滩，停泊寄栖。

清朝咸丰年间，江岸吴府独生女春翠生性叛逆，她厌烦了高墙深院樊笼式的生活，私自来到江边，相遇了青年渔民水生。春翠二八芳龄，春情激荡，二人一见钟情，乘着月黑风高，驾着渔舟上了江洲，以江天为证，绿岛为媒，缔结了夫妻。

吴府走失了春翠，急得乱成一锅粥，派人四处寻找，终归音讯全无。翌年端午时节，水生和春翠抱着满月之子，双双归来。吴老爷得知原委，气得七窍生烟。但他望见白白胖胖的外孙，又于心不忍。好在水生一表人才，只是家境拮据。吴老爷想来想去，最后逼着水生招为上门女婿。但春翠提出条件，她们家要定居江洲，吴老爷忍气吞声，应允之后，便在洲背择地建舍，并将此洲命名为了“吴家洲”。

黄潭洲

黄潭洲位于漳江镇菉萝坪，是沅水江心洲第八洲，偏近沅水北岸。

地图上的黄潭洲　安吉权　摄

黄潭洲　安吉权　摄

此洲约400余亩，从未有人居住。因洲地较低，常被洪水没顶。传说靠近菉萝一方，有个深潭，深藏着一条几百上千斤大鲤鱼，一日三次在潭水中搅动，从江岸到洲边，终日黄浊翻浪，人们便叫此洲为黄潭洲。岸上的村民只好乘着黄浪稍平些上洲种上荞麦、油菜、萝卜、花生。洲周围栽上竹子和树木挡风挡浪，这样一年也许有一些收获。

又传，南宋建炎年间，武陵人钟相揭竿起义，钟相牺牲后，龙阳（今汉寿）人杨幺继举义旗，乘战船溯沅水而上水心寨祭天。路过黄潭洲时，见潭水浊浪翻滚，问询操舟渔翁，渔翁叹曰："乃黄潭也。"杨幺疑为水妖作祟，从战船上用一长戈猛掷潭中，一缕青烟升出水面。待他祭大回程，却见潭水澄清，透亮如玉。从此，那个江心洲被人称为玉潭洲。

双洲

双洲是一个多景环抱的水上陆洲。双洲，实名赵家洲（大洲），陈家洲（又名文笔洲、小洲），坐落在县城沅水河心。赵家洲在沅水河心左侧，面对县城，陈家洲在右侧，遥对楚山。赵家洲全长3000多米，宽1000多米，高程一般在44米，最高处45米，耕地500多亩。陈家洲长约2800米，宽460米左右，耕地230

来亩，一般高程40米左右，最高处42.5米。解放前曾有少数户居住过，由于地势较低，常年遭淹，解放后一直无人居住。

双洲原是几千年前上游山洪暴发，冲流而下的卵石、泥沙淤积而成。民间传说是，一千多年前，宋朝皇帝冤斩乘龙快婿湖南武陵状元彭江水（今漳江镇浔阳坪村彭家坡人）后，恩准回乡安葬。落葬后，有人传话至京城说，彭状元葬在一块风水宝地上。为斩断风水龙脉，以绝后患，宋皇帝亲自派人，用皇家玉玺抛入状元家乡的沅水河中，以镇水断脉。后来这玉玺却变成了一座绿洲，人们便将它名为赵家洲；而在其旁的小洲是状元的一枝笔长

地图上的双洲　安吉权　摄

双洲　安吉权　摄

成的，取名文笔洲，因此洲地多系陈家人的土地，陈家洲出的文人也多，为避宋皇猜忌，取名为陈家洲。

双洲总体略呈龟背形，地肥土润，是个棒槌落地都生根的地方。村民们在其屋前屋后种植瓜果、蔬菜，尤以盛产柑橘、桃李而闻名，环保蔬菜更是闻名遐迩。地里种棉花、油菜，产量很高。家家户户还养鸬鹚，打鱼捞虾，生活富裕。这里曾流传这样一首民谣："吃的自来水，烧的自由柴（洪水季节在河中打捞的浪渣柴），雨住妇女就穿绣花鞋，打鱼捞虾赚外快，生活富裕又自在。"

潼舫洲

潼船洲系车湖垸属地，呈舟舰形，长3公里，最宽处1.2公里，总面积1.9平方公里。有种作面积2600余亩，其中农田1560余亩。

潼船洲与东南的小洲毗邻。早年，每当夕阳西下，霞光万道，远远望去，这一大一小两座江洲，犹若仙人乘着乌篷船，涉江而渡，在五彩纷披中的江雾水光中，缥幻神奇。古人以两船相连称"舫"，因此，这幅江天暮景，就被称之为了"潼舫晚渡"，为桃源八景之一。

澧舫洲　安吉权　摄

洋洲

洋洲与鸬鹚洲对峙，属桃源县陬市镇的一个自然村——洋洲村。

洋洲呈鳊鱼形，上下长2.8公里，最窄处1.3公里，总面积约1.8平方公里，可种作面积1780亩。

地图上的洋洲　安吉权　摄

洋洲　安吉权　摄

洋洲素有沅水桃源段“第一富庶江洲”之称。这里置身沅江主道，在物流交通全凭水路运输的年代，这里上下过往的船家排客络绎不绝。

洲上居民从小就在江涛水浪中翻滚，看风驶舵，逐波追浪，全然不在话下，大都成了沅江水道远近闻名的“老艄公”、“排古佬”。这些人不仅摇船驾排在行，而且为人忠厚。于是，沅陵、辰溪乃至湘西一带的木主，纷纷雇请他们驾排至汉口、上海甚至全国各地去销售。他们驾着木排，一路浩浩荡荡，经过沅水上游急流险滩的冲撞，到了陬市地段，已经显得排架松散了，只好停泊下来，重新加固绑扎，再出沅水入洞庭。有时候，自洲头至陬市一带的江面，停泊的木排数百上千架，江道显得拥挤不堪，只有中间一线水道可以通航。人们看到江面一望无涯的木排和当地人尽心尽力为主办事的德行，想到“洋”字有盛多和美善的意义，便将这方江洲取名为了“洋洲”。

鸬鹚洲

鸬鹚洲与洋洲形同一对“阴阳鱼”，镇守沅水桃源出口段。鸬鹚洲紧靠陬市，上自揭毛河，下至鲇鱼口，与江岸有宽约100米的小河相隔。洲长4.5公里，最宽处2公里，总面积约5平方公

地图上的鸬鹚洲 安吉权 摄

里。洲上居民自成村落，拥有耕地6700余亩。

鸬鹚洲很久以前不叫此名，因为洲边芦苇丛生，芦荡毗邻，叫芦荡洲。芦荡洲上的人家，世传渔业。这里水患频繁，洲民们防不胜防。有一天，人们见到江涛刚刚生成，就有小鸟贴水翱翔而去，搏击风口浪尖之后，水患才失去了往日的频繁，芦荡村人过上平静安逸的生活。

时隔不久，芦荡村卢氏人家卢鸣，在洲头的草丛中发现一条恶蛇追赶一只翅膀受伤的小鸟。他撵走了恶蛇，将小鸟带回了家中，小心翼翼地为它疗伤，并用鱼虾喂养。这小鸟本是桃源洞的神鸟，在回归桃源洞之前，赠送卢鸣十枚它生下的鸟蛋。

卢鸣将这十枚鸟蛋揣在胸口的衣兜里孵化。两旬之后，十只

鸬鹚洲　安吉权　摄

小鸟蜕壳而出，遍身闪烁着金色光泽。卢鸣以谷米鱼虾精心饲养，秋去冬来，十只小鸟长得又肥又大。卢鸣带着它们到洲头去逛游，冷不防它们扑通扑通跳入寒冷的江水里，潜游而去。一袋烟功夫，一只只鼓胀着食囊，回到卢鸣身边。卢鸣倒着一提，竟吐出不少鱼虾，吐完鱼虾的，又下到水中去捕鱼，几经往返，卢鸣收获了大量鱼虾。

村人们获悉，以为奇闻异事，纷纷前来造访。因为事出卢氏之家，这种捕鱼之鸟也被人们叫成了“鸬鹚”。

不久，卢鸣通过对鸬鹚大量繁殖训养，分发给村人。家家户户也用鸬鹚渔业，这个江洲也因此易名为了“鸬鹚洲”。

沅水河段的湿地公园

沅水，桃源人民的母亲河，她纵贯桃源，将县分成南北两域。不仅其江心纵向浮沉着十二座芳洲，且在域内有供游人学习、观赏、休闲度假的湿地公园，保持着良好的生态循环与平衡。

尧河湿地公园在沅水河段的尧河渡口至白马玄光之天之间，面积701.64公顷，其中永久性河流湿地530.62公顷，洪泛湿地171.02公顷。

桃源沅水国家湿地公园标示牌（之一） 吴飞舸 摄

湿地公园风光（之一）　吴飞舸　摄

公园内环境优美，水面宽阔，水源充足，可供学习、观赏的资源丰富。首先是水质清澈透明，皱波如镜，甘甜可口，掬手可饮。其次植被茂盛，生物呈多样性分布，层次分明。外域水面江大辽阔。洲心三洲（洞洲、吴家洲、黄潭洲），纵向错综排列。内水缓流，江岸坡蜿蜒曲折。园内微管植物有蕨类、裸子类、被子类三大类。植物形态，有高大乔木树种，较为低矮的灌木树种，还有草本植物、藤本植物。仅藤本植物就有10种，高大的乔木有枫杨、樟木、紫檀、响叶树、簇序洞南、山枫杨、钩树、水杉和八角枫等。这些高大的树木与低矮的灌木、草木和藤本类呈立体的群落生态结构与攀爬状。在水质清澈的沅水中，沙滩、江岸边和立体生态的植物中，藏有螺类11种，蚌类19种，水中畅游的各种鱼类9目，15科，99种。在茂密的森林中和水中沙滩上，生活着冬候鸟21种，占鸟群总类37.73%。夏候鸟5种，占9.44%。留鸟（留鸟即长期生活在湿地公园）28种，占52.83%，其中国家一级重点保护鸟类1种，即中华秋沙鸭。国家二级重点保护鸟类10种，分别为鸳鸯、黑耳鸢、省鹰、燕隼、红脚隼、鹗、白琶鹭和斑头鸺鹠，其中中华秋沙鸭是濒危鸟类，白颈鸦乃近乎濒危。

公园的结构布局为一核、两轴、四片区。

公园以洞洲、吴家洲、黄潭洲资源丰富为核心依托，连接公园内各功能区的纽带和平台。

两轴，是以核心为轴心上下左右串连与延展。四片区分别为水域区、沙洲区、林地区和河堤区。水域区在湿地公园分布最广，是整体公园的主体和载体；沙洲区植被茂盛，生物多样性

湿地公园风光（之二）　吴飞舸　摄

高，是公园的生态系态的“营养供体；林地区是公园陆上与外界连通的区域，地势较高，视野开阔，景观丰富。总之，游人走进湿地公园，就像走进福地洞天的仙境。涉水过江，置身于蓬莱仙岛，茂密阴凉的树景中，学习、观赏到各种大小、高低不等的被子植物，观看碧水如镜中各类鱼儿的畅游，各种软体动物的爬行和游动，观赏缓缓流动的滟滟金波，聆听各类鸟儿琴曲样的和鸣，深感湿地公园确实使人心旷神怡。湿地公园不愧是旅游休闲度假的一块风水宝地。

桃源沅水国家湿地公园标示牌（之二） 吴飞舸 摄

双洲已确定建为桃源城市生态公园

并蒂相连的双洲，是桃源沅水江心十二洲的赵家洲，是桃源唯一一座“山水洲城”的重要节点洲。它宛如一颗明珠镶嵌在城市中间，置身于桃源八景和三阁三塔之中，上与桃源尧河湿地公园相接，下与潼舫晚渡相连。

双洲又是一座具有多样生态环境资源和丰富多样生物的洲。生态环境多样包括：水域、沙滩、沙石地、洲滩森林、灌草丛、岸堤林带和周边山体。多样的生态环境，构成一个完整的生态体系，孕育了丰富的生物资源。据调查，洲内有野生植物154种，

将建成桃源城市生态公园的双洲　安吉权　摄

植被类型8大类，12个群系，鸟类54种，鱼类99种，蚌类19种，螺类11种以及各种底栖的浮游植物。岛上，树木苍翠，绿树成荫，自然景观绚丽多彩，环境清新怡人。

由于一九九五和一九九六连续两年超历史的大洪，淹没了洲的全境，最深处达3米多，树木、土地也遭受了程度不同的冲刷。灾后，村民又陆续移到高岸地方集中安置居住。一九九九年，离洲头仅一百米远的沅水大桥，经四年修建，落成通车。二〇一三年，桃源水电站在洲尾建成发电。这些自然灾害和人机活动，使整个生态环境程度不同受到了一些损坏，呈现出一些残败脏乱景象。为了尽快修复洲上受损的生态环境和丰富的自然资源，为了适应桃源城乡经济发展的需要，以满足人民不断增长的精神生活的享受，充分发挥双洲地理位置的优势和良好的生态环境，及丰富的自然景观资源，对其进行科学规划，修复整治，合理开发，打算用两年时间，把它打造成一座优美的城市生态公园，湘西北滨江城市一张靓丽的名片，使其成为旅游休闲、娱乐健身，接受文化和科学知识教育的场所和乐园，促进桃源两个文明建设的发展。

目前规划已评审落定，建设正按步骤有序进行，由于时间太短促，雏形尚未出现，这里，我仅就学习规划时的一点认识与体验，在此文中作一点主体的挂一漏万的介绍。

定名为桃源县双洲城市生态公园，建在沅水一桥与正在筹建的沅水二桥之间，南北长1900米，东西最宽处540米，窄处220米。总用地面积779143.4平方米（约1167.71亩），其中水面149244.4平方米（223.8亩），陆地629894平方米（944.84亩）。公园建设就是充分利用双洲岛的生态系统优势，通过生态修复和合理的规划设计，建设较好的生态绿化景观环境，提供游览、观赏、娱乐、健身、科普教育功能，提高城市居民生活环境的绿色空间，唤起和提高人们对社会生态环境的保护意识，合理利用资源，发展生态旅游，达到环境、社会、经济协调发展，实现人与自然的和谐相处。

公园建设以保护扩建湿地，修复生态为主，新建中心景观和体育运动场，配套建设好公园管理服务的各项设施。

一、湿地的保护与建设

湿地是人类赖以生存和发展的自然宝库与生存环境。它除了为人类提供必不可少的生产生活水源外，还具有较高的生物生产力，是多样生物的储存库并具有调节气候净化环境的作用。

对公园内的湿地一是保护。对原洲头西北角与西南角湿地受损的原生植物，进行保护、疏理、改善。尽一切可能保持原有生态系统，增强景观性，增建养鸟、观鸟的树屋，满足游人生态休闲的要求。二是建设人工湿地体验区。在景区南侧建设人工湿地体验区。湿地区内种植水葫芦、大藻等飘浮植物，种植睡莲、荷花、马蹄草等根茎植物，种植芦苇、香蒲、水葱等挺水植物。设置水井、水车为湿地放水、抽水、车水等农耕体验的器具。

二、生态的修复与建设

双洲城市生态公园，立足自然，着眼自然，创造自然。强调以沅江水系统景观，通过植物造景的搭配，形成具有桃源特色的生态自然景观。

所谓生态系统的保护修复，就是要恢复生态系统的合理结合，高效的功能，和协调关系。把受损的生态系统恢复到先前，或类似先前或有用的状态。最终使受损的生态系统融到周围景观中。

生态修复从四个方面进行：

一是对受损的微生系统修复，恢复其原有功能。因采沙留下的坑坑洼洼，因建设留下的垃圾、废弃物等水上、陆上的微生系统起了一定破损作用。生态修复就要对水域周边河床、尾滩进行集中全面的清理，有的进行消毒，防止相关疾病的病菌传染。恢复河床平坦、水质清纯，沙滩、岸堤的纯洁干净，使其微生生态系统充分发挥其生态功能。

二是恢复鸟类的栖息地。在调查分析，掌握园内不同种类野生动物及其习性和生活环境的基础上，制定栖息地修复方案。包括修复的目标，需要修复的地类类型和功能及技术措施，营造不同种类野生动物所需的生长栖息环境，使其种群数量增加。

在原生湿地保护区和生态恢复地，进行小环境的重建与改造，有针对性地种植水禽喜食爱栖的植物种类。比如种植莎草和苔草为主的矮草草荀植物，建设草滩地类栖息地，作为鸭类觅食和栖息场所；种植香附子，扁穗莎草，萤蔺，荸荠，谷精草，鸭舌草，灯芯草等，建设沼泽栖息地，作为鸭类、鹭类、鹬类等水禽鸟类的主要觅食和栖息地；种植枫杨，旱柳，乌桕等乔灌木树种，建设森林沼泽栖息地，作为鹭类等水禽的主要觅食和栖息场所。

三是植被恢复。恢复公园的生态植被是完善公园生态系统结构，打造良好的生物栖息环境，提高生物多样性，营养良好生态景观的非常重要一环。如何恢复？主要是公园水边播种芦苇，水葱，荷花，睡莲，唐菖蒲等多种水生植物，使水体得到净化和改善，增加水体景观效果和可游览性；在生态恢复区种植榆树，银杏，枫杨，垂柳，桂花，香樟，白杨，枇杷，火棘，无花果，杨梅，杜鹃，红枫，月季，马蹄金，吉祥草，南天草等植物。利用这些乔木、灌木，藤本及草本来营造自然美，构成空间，供人们欣赏和休憩。要坚持合理配置，建立合理的植物群落结构，合理的时间结构，空间结构以及生态结构，提供一个生态良性循环的生态环境。

四是驳岸生态建设。生态驳岸建设是滨水景观线的开发与利用。生态驳岸是恢复自然河岸或具有自然河岸特点可渗透性的人工驳岸。具有景观功能和防洪、护岸功能，增强水生态系统和自我调节及净水功能，是连接水生态系统与陆地生态系统，构建水生和陆生较稳定的复合生态系统，增强公园内部抗干抗扰的能力。

生态驳岸的建设，根据不同类型进行。凡在滨水带中坡度减缓的地带，采用种植一些水生、湿生植物合理配置，达到稳定和美化驳岸的效果。对于坡度稍大，存在护岸冲蚀或有冲蚀可能的坡岸，用简单的植物群落造景，不能满足护岸、保持水土功能的，通常采用石砌混凝土，利用石笼、木桩等做驳岸基底，形成一定坡度的土坡，然后再利用绿化、美化驳岸，种植一些植物，以达到稳定坡岸。

保持水土。在坡度较大的水岸线上，必须设置重力挡土墙，必要时采用台阶式分步稳定土坡的工程技术。此类型驳岸建设，必须结合亲水平台和木栈道的办法，以减少对环境的破坏，增强自身景观效果和价值。生态系统的恢复与建设，是公园的主体，没有优良的水体景观与优质的生态景观配合，就不可能进行生态公园建设。

双洲城市生态公园第二大内容是中心景观和体育广场的建设。

中心景观和体育广场的建设，就是利用双洲优美、舒服的生态环境和桃源悠久的历史文明，丰富的文化底蕴相结合，为人们提供旅游、休闲、娱乐、健身，学习桃源悠久的历史文化和现代科学知识的重要场所。

中心景观建在湿地体验与体育运动场之间。中心景观区的中间主要是建设中心广场和花园，在其东侧临沅水布置石滩，中心广场主要布置石碉和建文化墙。文化墙是要利用具有桃源特色的浮雕图案，把桃源的名山、名水、名园，与历代文人墨客颂扬桃源文化的名言名句，桃源历代和近代为社会文化进步，为中国革命作出贡献的风流人物，用雕刻和文字形式展示在广场中心和文化墙上，供人阅读、体会、传承和发扬。中心广场上花田种植郁金香、向日葵、熏衣草、蝴蝶花、菊花、勿忘我等草本植物，供人们观赏。广场中心还有水池、喷泉，广场还要为人民群众提供游玩和休闲活动，以生态绿化，休息长廓和户外健身，地面一定还要铺设大理石或防滑砖，以确保安全。

体育运动场建在生态修复区与中心景观区之间，以满足人们对体育文化、体育休闲、体育健身之需要。在体育运动区北端建六个篮球场，西侧建四个排球场，四个羽毛球场，两个网球场和两个门球场。在排球场边布置7台乒乓球桌，在体育运动场东侧建一个足球场。全部球场按国际标准建设。在体育运动区南侧布置儿童乐园。

为方便游人尽兴地游览、观赏，在中心景观区和湿地体验区建设两个码头，码头岸边采用生态驳岸，上下游船采用木质亲水平台。

在原生湿地保护区设置1个树屋观看鸟类活动，选择观察鸟类栖息觅食视角最好的位置，通过观鸟，使游客获得一些鸟类知识。

在原生湿地保护区，生态恢复区和湿地体验的游客道路节点上，设立6个亲水平台。

在园区两端设立车行道，长300米，宽12米，行车速度40km/h，双车道沿公园周围设立绿道，长3000米，宽6米，绿道两边设车行道。

步道：在园内设立步道，长1200米，宽2米。

在原生湿地保护区，湿地体验区和生态修复区临沅水设立木栈道，长2800米，宽3米。

在湿地体验区设立2座人行桥，各长30米，宽6米。

这些道路、平台与桥，有的采用沥青混凝土路面，有的采用混凝土桩和木板构建。人行桥采用钢筋混凝土作桥墩，用木板做桥面，两边做木栏杆。板面和木栏杆做防滑和防冻处理。

这是双洲生态公园核心与灵魂建设，是人们游赏、健身、休闲、接受传统文化教育和现代科学知识教育的课堂。

三、生态公园内的公共服务设施建设

双洲城市生态公园是一个独立的对园林生态景观、人文景观、休闲游乐设施进行管理保护的单位，是对游人开放，提供游玩、休闲、健身、传授文化科学知识的场所，必须建设完善、完备的服务设施，以更方便更周到的服务赢得声誉，取得更佳的生态、社会、经济效益。

按计划要求，在服务设施上有五大建设：

一是在南北两个尾端各建一个管理房和游客接待中心。在南端建一栋3790平方米的一层木质结构的游客接待中心与管理用房，用于布置售票处、入口检查处、接待室、休息观景亭，为游客提供帮助、信息及综合服务。在园区北端建一栋2160平方米，一层，木质结构的游客接待中心和管理用房，供公园管理人员办公、休息。内设多媒体展示中心，宣教图片资料，实物和影片放映，向游客展示桃源双洲城市公园的自然风光和深厚的文化底蕴。

二是在南北尾端各建一座生态停车场，在湿地区和中心景观区各建一座停船码头，供游人对沅江水景观和岛上生态景观进行游乐欣赏。这些管理用房、游客接待中心、码头的建设都要体现民族风格、地方特色。

三是导游图和指示标识牌。在入口大门设桃源双洲城市生态公园导游图，介绍公园概况，景区划分，景点位置，游览线路，路标。在公园边界、出入口、分区界，重要景点景物、游路交叉点等处，设置指示牌，指明方向。在公园入口处设置公园规定及安全提示警告。

四是对游道进行绿化，设置行道树，在沿游路边建设五座高标准厕所，在几个重要景区设置石凳、木凳、条凳，供游人游息。

五是供配电、给排水、消防安全措施问题。“麻雀虽小，肝胆俱全”，公园内的供配电、供排水、消防安全措施一点也不可缺少。

电力供应。电源从市政供电点引10kVA接到主要用点上，经配电房降压后供用电点使用。线路采用套管地埋敷设。电力线路原则上以道路作为主要通道，与通讯线路分置道路两侧。电力供应根据需要，保证充足及时。目前用电总装机容量为7001kW电量245kW，考虑今后发展，选用一台315kW变压器。电量还可增加。供排水，供水采用就近接入供水管网，再用DN300给水铸铁管引至需水点。消防系统与生活给水系统共一条给水管路。消防栓采用300地上消防栓。景点建筑物设置消防栓，间距不小于150米。管理人员、游客用水，绿化喷水，道路、广场洒水，包括不可预见用水，每小时至少保证供应26.10立方米，每日供应107.58立方米。排水采取分散搜集，直接排放为前提。各地块雨水通过明渠和管道收集后，直接排入沅江。生活污水经园内污水处理后，纳入市政排污系统排放。

燃气也是从市政燃气管道就近接入，天然管网输配系统采用冲压管网供应，地下直埋敷设，枝状分配，送到需用地方。

公园的消防安全主要是园内建筑和植被。对防火工作采取“预防为主，积极消灭”的方针，在公园管理处统一部署下，建立火灾预警机制，加强火灾预防和火种源的管理，及时消除隐患。在主要出入口，设立防火警示牌，配备专职人员值守。在游客接待中心和管理用房，按规定配齐防火器材，景区景点配消火栓，确保安全。

双洲城市生态公园通过两年建设，一座普普通通水中绿洲必将成为与蓝天相辉，与碧水相映，与周边城市交通青山相融合，上下风景相衔接，连通五湖四海的一座生态优美的自然景观与人文景观绝佳配合，各项设施齐全，供人们游赏、休闲、娱乐、健身、学习的乐园。

一座具有深情厚韵的民族团结之园

——枫树维回枫林花海

从枫树乡的株木桥沿省道S226线，途经枫树口、翦家岗、黑虎山至燕家桥，全长2.5公里，向左向里进约0.8公里，计约2平方公里的地方，是一片岗台地。岗台后面是一展平阳的人们俗称

枫树岗　张庆久　摄

“上八湖坪田”。这座岗台是明朝初年，维吾尔将军哈勒·八士及其几代子孙奉旨南征，驻守常德，设翦旗营的地方。这岗台从枫树口至黑虎山，曾生长着几人合抱的枫树，其间也间杂一些槠树，森林茂密。春夏云雾缭绕，绿海翻波；秋季红叶映日，玉露串珠。这里是云、贵、湘西经桃源通往常德的官道关卡口。翦旗营设扎在此，森林恰是一道天然屏障，是将士隐身防卫的地方。

威震南方　张庆久　摄

哈勒·八士将军因战功卓著，明太祖朱元璋先后封其为平蛮将军、镇南定国将军，御赐“翦”姓。自洪武五年至廿一年，他率部南征十余年，后战死于军中。其子拜著，一直随军征战，晋封为靖边将军。洪武廿二年又继承父亲指挥权，奉旨继续在云、贵征讨十年，使南方平叛初定，不幸在回师途中，落入陷阱阵亡。朱皇念其父子的功绩，命其子孙世袭常德卫正指挥使，所部仍驻常德、桃源一带。御赐良田3000亩，养军田720亩，于翦旗营。敕建“荐德楼”“忠勇坊”“镇南堂”“讲经殿”（清真寺）于翦旗营地——桃源枫树岗。明太祖朱元璋还御笔赐“威震南方”匾挂在镇南堂前额。湘西、云贵叛乱初平后，拜著的长子常蒲不愿为官，辞官北归故里。次子常黎，遂定居下来，继任常德卫正指挥使至第七代。从八代始明成化五年，翦相因武陵郡库被劫，而捕获未果受迁，被降职改文职为左所千户，相袭至十一代。以后失去官爵。这些随常黎留下的将士亦居住常桃一带，桃源枫树翦旗营是其主要聚居地。他们大部分经营农业，一部分为商，还有少部分人为仕。在此繁衍生息，延绵至今经廿八代六百三十多年。桃源枫树维回村是维吾尔族人居住人口最多、最集中的地方，是除新疆之外，维吾尔族的第二故乡。

历经600多年的沧桑巨变，昔日的翦旗营之驻地，今天成了领导高度重视与关怀、世人格外关注的地方，四面八方的游客络绎不绝地来到这里观赏和学习，参观维吾尔族风情，体现民族团结而绽放的七色花海。

这里是除了新疆之外，国内最大最为集中展示维吾尔族风情之地，昔日，生长在翦旗营地的几人合抱的枫树，形成的遮天盖地、绿荫如海的景象不复存在了，但随后生长起来具有壮丽景观

枫树清真寺　张庆久　摄

哈勒·八士墓　张庆久　摄

的枫、樟、桂、柳、楮、李都生机勃勃地傲立在纵横交错的路旁、屋宇旁、池塘旁、景区旁，十分令人喜爱地展现着人们的希望。花海后边黎家坡上的枫林之海，不日也将展现在世人面前，与风情园和花海构成一幅婀娜多姿的锦绣长卷。

挺立在昔日翦旗营地两平方公里的岗台上的是维吾尔族风情集中展示之地。这里有经过整修扩建的清真寺，这是明朝朱皇御赐的讲经殿。扩建后有两进图门，一进是圆球拱门，一进是五脊轿顶门，在轿顶门两厢配有“邦克楼”，清真寺是两层殿房，宽敞明亮，下层是讲经殿，上层是礼拜堂。寺外全部砌了通透围墙，院内栽有绿树、花草，整个寺院，显得气势雄伟、庄严净洁。它是伊斯兰信徒们讲经、礼拜、节日庆祝、红白喜事等活动的场所，是湖南省列为的重点文物保护单位和湖南省重点宗教场所。

马德成将军陵园　张庆久　摄

在离清真寺数步远的地方，耸立着一座用石头和大理石砌成的长2.32米，宽1.25米，高2米的哈勒·八士之墓，墓侧是八士生平介绍。与之遥相对应的是一座由麻石砌成的墓台，中间镶嵌着四方条形高达一丈多的墓碑，他是随哈勒·八士将军南征的将军八大副将之一的马德成与夫人的合葬墓。

翦伯赞故居　吴飞舸　摄

在这里有我国著名的马克思主义史学家、杰出的教育家和社会活动家翦伯赞的故居。翦伯赞故居始建于清咸丰年间，2010年经中共湖南省委办公厅报中共中央办公厅同意，桃源县政府在原址按原貌进行了修复。故居由祖居、伯赞大道、铜像广场和管理用房四个部分组成，占地面积18亩。故居坐北朝南，纯木结构，且有典型的湘西北民居风格。整体建筑呈䒕字形，有大小房间18间，面积822平方米，分南北两个院落，中由天井相连。南部院落为祖居生活区，北部院落为翦伯赞生平事迹展示区，其生平事迹除系统文字介绍外，还有各时期的图片展贴，并有文字解说，还用视频影像等多元展演，使群众更好地体验，怀念翦伯赞先生的道德精神、高贵品德和伟大的爱国主义情操。故居是弘扬民族历史文化，研究湖南维吾尔族民俗文化，进行爱国主义革命传统教育的重要基地，来此参观学习的人仅2016年就有50多万人次。

在这里有类似吐鲁番葡萄园种植的百亩葡萄园和葡萄步廊，有参仿新疆剧院建设的歌舞演艺大厅，能容纳上千人，还有厅外的娱乐广场，既可进行娱乐表演，锻炼健身，必要时也可以作停

葡萄步廊　张庆久　摄

演艺大厅　张庆久　摄

维吾尔风味小吃　张庆久　摄

车坪。自建成后，新疆各地的歌舞演艺团体经常来这里演出，也有由聘请的新疆教师在这里培训青年男女唱歌跳舞，可以说，一年四季，异域和本地歌舞演出不断。

在这里有以清真食品为主的维吾尔族风味小吃一条街，街道两旁有清真饭馆，牛肉面馆，还有不少摊担点。饭馆有清真大、中、小全席，什么四汤、八锅、八罐、八盘、八碟，包括了整只牛、羊、鸡、鸭全身各部件现内脏做成，也有维吾尔族、回族民间常用的清真食谱，什么汤类、钵类、热盘、冷盘、粉类、包饺、面食类等。除了当场品食外，还有新鲜牛、羊、鸡、鸭、鹅做成真空包装的干货可买，还有当地维回妇女刺绣的小花帽一类物品等。

枫树民舍　张庆久　摄

在这里，还有一栋栋排列整齐，略带维吾尔族特色的民房。这些用钢筋混凝土秦砖汉瓦砌成的两层、三层楼房，一般四缝三间，也有五缝四间的，中间是堂屋，用作接待客人和家庭礼拜。除父母住房，子女都是单间，厨房是偏屋，养牛、鸡、鸭的畜舍，与主楼房隔开。楼顶有的采用蓝色屋檐，淡黄色墙体，屋脊上安有小钢柱串连三个大小不等圆球，球顶出头的钢柱挂有一个弯曲的月牙形的具有维吾尔族特色的装饰。

在这充分展示维回风情的翦旗营后面，就是由各种不同的图形连缀成片的由乔木花树、灌木花树、藤本及花草群落组成的月月花开，季季有籽的七色花海，人们行走其中，就像在花的海洋穿行，不仅成了花人，而成了染香之人。微风飘拂，花香十里百里，令人陶醉。在花海中还建了“点将阁”“荐德楼”历史建筑，并带步行屋廊，供游人观赏游憩。花海后还打造了木卡姆广场（娱乐场）砌了“百翦墙”，架了铁索桥，建了风雨亭、冲凉房，修整了翦家湖，湖两旁垂柳依依，湖水清澈，还有环湖路，既可观赏，又可以开展水上划船娱乐等。还恢复了南北东三大牌楼，显得雄伟壮丽。这是人们称为的维吾尔族风情园和七色花海（枫林花海），也叫民族团结进步示范园。

百“翦”墙　吴飞舸　摄

七色花海　吴飞舸　摄

桃源维吾尔族、回族到底是怎样一个民族？在失去官爵后的这几百年里，在极其陌生的环境条件下，是怎样生存下来、发展起来，至今活跃在桃源大地上，竟成了被市、省、中央确定为民族团结进步的示范集体。还能向世人展示出维回民族在南国的万种风情，绽开出象征民族大团结的七色花的海洋呢？提出这些问题，他们给我的回答是第一是善于学习。过去是当官习武，练兵打仗。自常黎祖至十一代后就失去官爵，落户常德、桃源以务农为主，或从商，或从仕，什么都陌生，只有下决心向汉族同胞学习，老老实实拜汉族同胞为师。学习汉语，了解汉族的风俗习惯，这是沟通交流的基础。只有勤勤恳恳学习汉族经营农业的生产本领，学会耕种与收获，这是求得生存的根本。他们说，远在明末清初，他们就开始一边学习生产，一边办学育才，条件虽然艰苦，但是勤劳刻苦，通过各种途径，日积月累，什么都能学会。据《翦氏族谱》（民国十一年修）载：常黎，字万宪，定居桃源县城东之翦家岗，迄今廿三世，人口二千余，文人蔚起，计武生廿八人，庠

花海景色（之一）　吴飞舸　摄

花海景色（之二）　吴飞舸　摄

花海景色（之三） 张庆久 摄

生六十八人，贡生一人。中学以上一十六人，经生、阿訇四十人。翦伯赞的父亲就是清末最后一批秀才之一。他精通数学，人称"翦数学"，在常德一中任校长十余年。伯赞先生从小在本地就读私塾后，考上县漳江书院，毕业后才去外地求学、就职。第二是讲求团结，热爱和平。桃源维回族由于处于大分散小集中的环境中，这种历史、经济、宗教的生存状态，一是有利于自身的团结。他们之间有共同的信仰，共同遵守的教义、教规，共同的节日，共同的生活习俗等，有问题便于及时沟通与交流。二是有利于与兄弟民族间的团结，共同生息，取长补短。虽然处于小集中的居住环境，很多方面看起来互不干扰，但不是处于真空里，而是处于广大汉民族和其他兄弟民族的汪洋大海中，互相往来是不可避免的。况且很多时候，很多事情，还需要相互依靠和帮助。他们中的有识之士说："处于少数地位的维回族，最好的生存与保护，是依靠广大汉民族和其他兄弟民族的团结与保护。"

花海景色（之四） 张庆久 摄

他们非常主张团结，要消除一切隔阂，坦诚相待，诚实守信，加强沟通与交流，相互理解与尊重，要有大度包容的心态。有一次一位年近90岁高龄的维吾尔族老人离世，子女买来烟花鞭炮，备足烟酒饭菜，准备热热闹闹送老人归山，几位在世的维吾尔族老

花海景色（之五） 吴飞舸 摄

花海景色（之六） 吴飞舸 摄

人发现后，来到亡者家，规劝其子女按伊斯兰风俗从速从简原则办理丧事，最终这场丧事一切按伊斯兰的教义办了。这就是沟通、理解的一例而已。桃源维吾尔族、回族主张团结，凡一切有利公共利益的事，一切有利于生产进步的科学研究，基础设施建设，一切有困难需要帮助的人与事，他们都积极参与，竭心尽力去做。现在他们与汉族和其他兄弟民族的村民在一块学习、劳作、娱乐、休闲，坦诚相待，无话不说，无事不谈。他们的信仰，教规教义，生活习俗，也得到了汉民族和其他兄弟民族人们的理解与尊重。

第三，他们不畏强暴，自觉维护国家团结统一，这是居住在桃源枫树维吾尔族、回族同胞的一个共同传统特征。对侵略、欺侮、破坏团结统一的敌人，他们毫不畏惧，毫不妥协，甚至用自己的生命和鲜血与敌人斗争到底。鸦片战争时就有维吾尔族将领翦如炎等，与英国侵略者斗争而死于虎门炮台。在大革命时期积极参与长沙泥木工人大罢工，担任秘书长的维吾尔族兄弟，后在马日事变中夫妇惨遭国民党反动派杀害。有在长征中担任贺龙将军领导下的儿童团团长，在抗日战争中投笔从戎参与抗日的如翦伯赞等一些维吾尔族、回族的有志之士，有当日本兵侵入桃源，四处烧杀抢掠，在翦家桥，六位维回武士，用梭标、锄头、齐眉棍与一个班的日军搏斗，将其杀死三个，其余的日军抱头逃走。有在解放前夕，积极参与我党地下活动，借清真寺作掩护，与敌人周旋，迎接解放胜利的。解放初期有十位积极主动参加中国人民

花海景色（之七）　吴飞舸　摄

花海景色（之八） 吴飞舸 摄

志愿军赴朝参战，在上甘岭战斗中有两位死守阵地，经历九死一生，胜利后才归国的。有八位参与抗越自卫战，解放后枫树维回先后有七十三位青年应征入伍，参加人民解放军，担负保卫祖国维护国家团结统一，这种爱国主义精神获得党和国家的肯定，进一步获得了汉民族和其他兄弟民族的尊敬与信任。

枫树维吾尔族、回族落籍桃源已廿八代，直到新中国成立后，他们才真正当家作主。党和政府从政治上大力培养和提拔少数民族干部，在各级党和国家机关中不仅设立了民族宗教办，专

花海景色（之九） 吴飞舸 摄

花海景色（之十） 张庆久 摄

门负责管理宗教事务。各级政权中，提拔配备少数民族干部作为主要骨干，桃源还专门建立枫树维吾尔族回族乡，和青林回族维吾尔族乡，党政主要骨干中至少有一名维吾尔族或回族干部担任。从1950年至今有170多人担任了各级政协委员，有210多人当选为各级人大代表。

在经济上国家对他们实行税收减免，对少数民族干部，每月除正常的工薪与补助外还额外有少数民族津贴。国家经常给少数民族一些扶助资金，帮助发展经济与建设。国家还开办了少数民族学校，帮助维回人民提高文化水平，高考时还另外加分，让少数民族学生能够顺利地考上高等学校就读。解放后一个回维村第二组就出了三名研究生。一个不到100人的先锋8组，就出了四名中央民族大学的学生。枫树维回村所以成为全国民族团结模范村，一方面是他们具有鲜明的民族特征，善于学习，勤劳勇敢，精诚与汉民族兄弟团结和不畏强暴、自觉维护祖国统一的爱国精神所致，另一方面与汉族同胞的真诚帮助，尤其是解放后党和国家的高度重视与关怀分不开。

枫树，夏绿秋红，是维吾尔族风情特质所在，花海是民族大团结所开出的七色鲜艳之花编织而成。

Chapter 2

星 德 山 景 区

星德山位于桃源县北部的热市镇境内，壤接慈利，与五雷山遥相对峙。山表面积9.8平方公里，主峰高842米，素有“星德神韵赛武当”之美誉，是一处融自然景色与人文景观乃至温泉沐浴于一体的旅游胜地。

星德山自然景观雄浑壮阔。山顶终年云雾缭绕，四周群峰簇拥，危崖峭壁，峰回路转，诸多自然景观，如“观沧海”、“青狮岭”、“回音壁”、“雄狮扑舟”、“燕舞云头”、“莺扑莲花”等，或以形象逼真而命名，或以自然奇异而著称。由于地处典型的剥蚀构造地貌，不少单体岩崖或拔地而起，或横空出世。如“星子岩”、“徛人岩”、“舍身崖”、“情人岩”、“秤砣岩”、“龟鉴岩”、“补天石”等。均重达数百吨，有的矗立数十米，有的横空数丈远。形状各异，鬼斧神工。

星德山人文景观古朴悠久。明朝洪武三年（公元1370年），山顶始建道教场所“星子宫”。继后，佛道融和，先后建南天门、王爷殿、百子堂、观音阁、文昌阁、半山亭等。这些建筑，全部就地取材，采用纯石料结构：石柱、石墙、石窗、石廊、仿瓦石面结顶。结构严谨，雕刻精湛，依山而局，层次分明。恰如南天门楹联之描绘：“石壁星辉，观其上，如近碧天尺五；佛宫月朗，到此山，顿忘尘世三千。”这在湖南乃至全国都极为罕见。2013年3月，国务院公布星子宫建筑群为第七批全国重点文物保护单位。

星德山地处湘西要塞，崇山峻岭，历来为武人出入之所。相传南宋初年，洞庭湖区农民义军首领杨幺曾访道于此山；明末清初，大顺农民军兵败湖北九宫山，残部退至湘西，不少农民军官兵，包括闯王李自成、折冲将军李过在内，都混迹于石门夹山寺、桃源星德山的僧众道徒之中。

新民主主义革命之初，贺龙元帅在这一带发展游击队，建立革命武装，使之成为湘西红色根据地的重要据点。

大革命时期，这里建有中共支部，坚持“地下斗争”。地下支部旧址龙兴寺、歇马店四烈士墓至今成为红色旅游景点。

1943年10月，侵华日军开展所谓“江南歼灭战”，进犯常、桃之境，中国守军在其附近的大寨冲、棠梨岗摆开抗日战场，抗击日寇，用鲜血和生命维护了中华民族的尊严。

星德山景区，还有著名的天然温泉，出水量0.5立方米/秒，自然水温45℃—47℃，历来为官商旅游和当地民众所沐浴。由于温泉水含有多种矿物质微量元素，对瘙痒、疥疮有明显的防治作用。明人阙士琦作《汤泉记》、清人俞益谟撰《圣水泉记》、程中枢写《孺子泉记》。20世纪80年代后，旅游业蓬勃发展，当地群众在保持传统露天浴池常年开放的同时，新建起多家洗浴中心，每值秋冬季节，洗浴中心门庭若市，成为旅游星德山的一道亮丽风景线。

旅游胜地星德山

站在桃源北部的热市镇政府前面，向东北方向望去，一座座此起彼伏的山岭，环绕着一座险峻的山峰，上干云霄，真可谓“举头红日近，俯首白云低”。这座形似众星捧月的大山，被人们称为“星德山”。星德山与五雷山为邻，与张家界遥遥相对。凡游过祖国大川名山的人，来到这里无不称它具有泰山之雄、黄山

星德山俯瞰图　丁志林　丁威　安吉权　摄

之奇、南岳之精、桃花源之幽。

星德山确是一座神奇之山。相传，当年孙悟空被玉帝封为“弼马温”之官，觉得遭了哄骗，一气之下进了蟠桃园、闯了王母宴、冲了玉皇殿，大闹天宫。他横冲直闯，所向披靡，众多天兵天将均不能敌。最后又是太上老君采用诱骗手段，将孙悟空用酒灌醉后，丢入八卦炉中，企图用高温烈火焚尸灭迹。不料经过七七四十九天，孙悟空不但未被烧死，反而炼成一双火眼金睛。他醒酒后定睛一看，感到自己又上当受骗了，气得两眼直横，大喝一声，冲出八卦炉。由于用力过猛，冲开了炉门，炉中的火星子四处乱窜，其中一颗大火星子和一些小火星子，蹦下天界，飘飘洒洒，飞落到了人间。大星子落地成了一座大火山，小星子落在大星子四周，成了一座又一座小火山。此地百姓、牲畜、树木烧的烧死了，烤的烤焦了。连隔这里五、六里地的一股泉水也被烤得滚热。太上老君知道闯了大祸，私下恳请雷公下雨灭火，并让雷公的第五子和星仙下凡，叫五雷子监督灭火，让星仙帮百姓救灾，恢复地上生机。五雷子在离火星子五、六里远的一座山上安营扎寨，履行监督灭火职责，防止死灰复燃。后人称这座山叫五雷山。星仙们见大火星子已经熄灭，成了一座大山，便在山头修了一座宫殿，名曰“星子宫”，并仿照天宫模式修了一座南天门。一者，镇住火山本性；二者，请来药王爷为百姓疗伤治病。为了方便百姓就诊，还专门修了一座药王庙。药王爷寻遍周围的山山岭岭，采来中草药为百姓治病，并让人在离此不远的泉水处挖了两座池子，投下药物，变成温泉，让庶民洗伤疗疾，人们后来取名“热水坑”。星仙还请来神鸟播种树木种子，用满山翠绿降温护民。火星子飘落人间带来了灾祸，星仙们来到民间，及时帮助民众消灾灭祸，积了功德。因此，后人将此山取名星德山。

如今，星德山所在的村子就因星德山而得名，叫做星德山村。

杨幺访道星德山

北宋靖康之乱，“中原衣冠随皇舆而南迁”。到了南宋初年，洞庭之域出现中原贵族与当地地主对土地的大势兼并，官府又向农民屡屡加派“赋外之赋、役外之役”，弄得民不聊生，怨声载道。

时有鼎州龙阳人氏杨幺，自幼随父在洞庭水域行船操舟，少年时代萌发异志，崇尚侠义，“悯乡里人多贫困，愤于豪右之姿睢”。毅然“入法”，成为钟相的高足。

钟相牺牲后，杨幺继举义旗，遵循“等贵贱，均贫富”的起义宗旨，焚官府、杀官吏，打击豪门贵族，镇压“久为怨府”的势家地主。到绍兴三年（公元1133年），起义队伍发展到20万人，重建了农民政权，控制四至：北达湖北公安、西及鼎澧，东到岳阳，南抵长沙之界。众推杨幺为“大圣天王”，并用此纪年。

这年秋收季节，有从义者禀报：桃源、石门、慈利三县交界之处，出了“八大魔王”。他们依仗权贵，与当地地主豪强沆瀣一气，霸占田土、强抢民女，打家劫舍，无所不为。一旦有人追击，便使出魔功妖法，呼风唤雨，飞沙走石，方圆百里之民，深受其害。

杨幺一听，怒不可遏，旋即清点一队人马，取道澧水而上，在石门县澧水河畔抓捕到当地豪强吴楚坤。杨幺亲自鞫讯，从其口供中得知，所谓八大魔王，全是洞庭湖域江洋大盗。由于义军建立了水寨，固守了水域而失去地盘迁徙至此。当地财主为求庇护，纷纷与其交朋结友，故而这伙强盗，打家劫舍，专挑平民，

杨幺像　丁志林　辑

拦路抢劫外来之人，而后逃之夭夭，不知所往。

杨幺质问："当地就无侠义之士，抗拒那伙强盗？"

吴楚坤曰："那个魔头武功高强，又精通奇门遁甲，当地无人能敌。闻听桃源星德山有个隐逸高道能降其魔法，但他看破红尘，独善其身，不肯出山相助。"

于是，杨幺星夜启程，访道星德山。翌日黎明，杨幺来到星德山上，见一老者鹤发童颜，背负青山，危坐养气。他便走上前去。

老者瞧着杨幺，开口言道："久闻大圣天王威名，为何今日对那伙旁门左道之徒，引为心烦呢？"

杨幺见老者出言不凡，未卜先知，肯定他是星德山隐逸高道，连忙上前施以大礼，并将江洋大盗危害乡民之事说出，虔诚请教破贼之法。

老者问："大圣天王率了多少人马破贼？"

杨幺答："固守水寨事大，只抽调百十人马。"

“够了”，老者从袖中掏出一图，说道，“八个魔王就潜居在澧水江心洲上的柳林中，你从军中挑出64名健将，按此图在洲头布阵，其余者大肆搜洲，擒其贼众易耳！”

杨幺接过图纸一看，原来是一张《八卦布阵图》，他向老者施礼致谢，返回澧水江畔，立马出兵布阵，突然搜洲。八个强盗措手不及，冲入八卦阵中，成了瓮中之鳖。盗首于心不甘，施展妖法，再不灵验，只好束手就擒。

杨幺除了八大魔王，当地地主豪强纷纷前来认罪，杨幺警告他们：“今后谁也不能欺压百姓，胡作非为，侵占的田土要悉数归还人家，要不然，就和八大魔王同等下场！”

地主豪强一个个吓得浑身发抖，跪在地上许曰：“谨遵大圣天王圣旨，我等一定上效力于大圣天王，下爱惜于黎民百姓，将功补过，云云”。杨幺听闻，收兵返回洞庭水寨。从此，当地民众过上了安稳生活。

宋室史官闻听此事，战战兢兢地在《建炎以来纪年要录》中载曰：“言（杨幺）有神灵与天通。”

杨幺被害后，洞庭百姓无限怀念，以为他精神不灭，灵魂长存。为了障蔽官府，依其排行居季，即为第四，用“杨泗”隐晦其名，修起杨泗庙，供奉杨泗将军像，寄希望于他永远威震洞庭水域，报应贪官污吏，法镇水盗妖魔。

“星德三侠”闯“五雷”

清朝道光（公元1821—1850年）初年，有三位风度翩翩的少年，身着粗布长衫，结伴来到星德山，拜在杨净道长门下学道习武。杨净道长起初不肯接纳俗家弟子，后来发现他们训练有素，功底深厚，而且个个为人正直，侠肝义胆，便在他们自行演练时，站在旁边给予点拨。三位少年借此之机，伏地拜过师父杨净道长，彼此之间呼为师兄师弟。

苦练十余个冬春之后，三位少年居然成了武功高强的道林侠士，三人各怀绝技：大师兄身材魁伟，拳大如钵，工击技，力大无比；二师弟浓眉大眼，体态庞然，擅长金钟罩，发了内功，刀枪不入；三师弟身长七尺，一手轻功，飞檐走壁，飘忽如燕。

这年秋月，与星德山毗邻的慈利县境道教之地五雷山，香火鼎盛，前去朝山拜神者络绎不绝。不防一天夜里，突然闯入一伙强人，其首自称麻道人。此人麻面大腹，面目狰狞，居然明火执仗，弱肉强食。先是侵占了进山路口的“朝事门”，尔后缘山直上，步步为营。最后冲到道观主殿金顶，逮住了五雷山道长，霸占了整个五雷山。

麻道人一面强迫原有道徒依班法事，一面派出歹徒手执“戒捶”把守朝事门，见有朝山香客索取“香火钱”，强捐“功德款”，有非议之人，便以“戒捶”击之，称曰“神掸”。民众畏惧，无人敢违。更有甚者，前往问婚求子的信女善妇，常有失踪之人，杳然不知所往。

星德山三位侠士闻听此事，义愤填膺，相邀当地乡勇10余人，建一大旗，结伴直闯五雷山。

及至“朝事门”，见有“戒捶”把守，此人牛高马大，身上道服歪穿错扣，大有“一夫当关、万夫莫开”之势。所有进香民众，依次纳了“香火钱”、捐了“功德款”，才敢入内。大师兄挤上前去，大声嚷道：“我等只来朝山，无有香火钱！”那“戒捶”勃然大怒，执捶就打。二师弟跃身上前，挡了一捶，笑着言道：“我等10余兄弟，都无香火钱，就由我一人受戒，任凭你敲打十几捶吧！”

二师弟话音刚落，两侧厢房内数十“戒捶”蜂拥而上，围攻夹击。大师兄怒火中烧，正欲挺进时，不防门内“施食房”窗口，

慈利五雷山　丁志林　辑

喷泼沸粥。三师弟眼疾手快，跃上房顶，踩断椽檩，瓦当塑脊“砰砰”坠落，砸得锅破粥流。众歹徒见势不妙，纷纷逃散。大师兄自居前阵，率其师弟乡勇，一同进击，所向披靡。

登上金顶，麻道人伫立山门之外，破口大骂：“何方贼子，胆敢来犯？”

大师兄运气提神，猛跃上前，以拳击其大腹。麻道人始料不及，仰面倒地，连忙滚入门内，紧闭了山门。二师兄提起一脚，踢开山门，见麻道人正藏在大鼓背后。大师兄疾步上前，奋拳击鼓，鼓声轰然，麻道人应声弹出丈许，所食面条，呕吐狼藉，连滚带爬，取道侧门逃走。

众人尾追而去，见其进了观音殿，追入殿内，却无人影。寻觅之际，窥得后堂地板似有扣动痕迹，撬开一看，原是一处暗道入口。三师兄跃上香案，取一燃烛照明，大师兄跳入暗道，发现麻道人已顺暗道逃遁，但从暗道两侧密室中，解救出6个女子。她们纷纷跪下哭诉，为麻道人掳入。虽然入室先后不一，但都被他糟蹋不堪。师兄师弟聚首议定，暂时放弃追赶麻道人，先护送6位被掳女子下山。

侠士难女一行刚出山门，步下蹬道，不料钟楼撞响了大钟，闻声前来反扑之徒，何止百十余人，截住了下山之路。麻道人站立在百步之外，洋洋自得。师兄师弟三人见状，相互使过眼色。先是三师弟发了轻功，一个“老鹰捉鸡”腾空过去，袭击了麻道人双眼；接着二师弟发了内功，一个金钟滚地，来到下山路口，与拦路之徒投手格斗；最后是10余乡勇，护卫6位女子，大师兄一路“左右开弓”，突围下山。

众歹徒招架不住，一时无所适从。待等他们反过神来，对方已经出了“朝事门”，于是一路追赶。歹徒们追赶至桃源之境的锅耳潭地方，发现已经出了慈利县界，恐怕中了埋伏，于是匍匐向前，隐于潭岸草丛之中，观察动静。

原来，三位侠士与10余乡勇，还有6位女子正坐在潭边歇息。忽见一头脱绳黄牯追逐着一个小男童跑了过来，大师兄挡身过去，抓住牛角，用力一扭，黄牯四脚朝了天，他乘机折断一根继木条，生煨几下，穿进做了牛桊，让男童将牛牵了回去。

男童走后，旁边树丛中又窜出一条恶狗，二师弟上前逗乐，恶犬咬住他的大腿，他一憋劲，几颗狗牙拔落在了他的腿肌上，狗嘴里血流不止。不多时，一位瘸腿老者背着草鞋从潭岸走过，三师弟上前施礼，买了双草鞋，给了老者一锭银子。老者说找补不开，三师弟硬说物有所值，老者哪里肯信。只见他穿上草鞋，踏着绿草一路走过，人如漂浮，草叶嫩芽依然如故，不见半点痕迹，分明就是“草上飞”！

众歹徒见状，一个个吓得目瞪口呆，谁也不敢喘口粗气，当了缩头乌龟，爬着退出桃源县界。

事隔不久，麻道人双眼溃烂，充血而亡。手下歹徒，树倒猢狲散，五雷山又归了正道。老道长亲自专程前往星德山拜访，得知星德山三侠均属桃源深水港高桥人氏，大师兄张君大士、二师弟易君大宝、三师弟名曰罗油葫芦，逐将其地其名连同五雷山斗恶之事一并载入《五雷仙山志》籍。

贺龙两把菜刀闹革命

1917年12月，贺龙率领所部随湘西护法军总司令张溶川开往常德，准备入鄂援助反对北京政府的武装。这时，湘南护法军总司令林修梅派他的左翼游击司令罗福龙来找贺龙，贺龙与他进行了一番交谈。张溶川便怀疑贺龙将率部去湘南归附林修梅，便以“会谈”为名，将贺龙缴枪扣押，吞并了贺龙的部队。

7天以后，贺龙才被释放。他对护法军吞并护法军那种弱肉强食的做法十分恼火，而又很不服气，打算回到家乡重新组织队伍。

贺龙两把菜刀闹革命（图一） 吴飞舸 辑

贺龙只身一人上路，路经桃源陬市，恰巧碰见了赶马时的伙计刘开章。刘开章请贺龙到陬市桥港饭铺歇息用餐。故友见面，倾心相谈。刘开章得知贺龙要回家乡重建队伍时，主动拿出一笔钱送给贺龙，作为他的路费和重建队伍的活动经费。贺龙十分感激，饭后告别刘开章，经漆家河、热市，准备前往桑植。

当他走到桃源与慈利两县交界的关口垭（今两水井附近）时，见着一位民间武生打扮的小伙子跑到他跟前，向他打听去桑植洪家关的路怎么走？

贺龙问他："你去洪家关干什么？"

小伙子回答："我伯爷爷要我去找贺龙。他说贺龙很仗义，让我跟着贺龙干事，他才放心。"

贺龙问："你伯爷爷叫什么名字？"

小伙子回答："当年与贺龙一起在泥沙夺枪的吴佩卿，和贺龙有过命之交。我是他的侄孙子，叫吴玉霖。"

"哈哈！"贺龙笑着说，"我就是贺龙。"

吴玉霖没想到，眼前这位比自己年龄大不了几岁的青年人就是贺龙。他双膝跪地，向贺龙行了大礼："贺祖叔在上，请受孙子一拜！"

贺龙连忙扶起吴玉霖，说："你不要从佩卿那里排辈分。我们各交各的朋友，你年纪比我小不了几岁，就叫我大哥吧！"

吴玉霖望着贺龙亲切和蔼的面容，慎重地点了点头。

贺龙问他："你来找我，打算干什么？"

吴玉霖说："跟着你杀富济贫。"

贺龙笑着摇摇头，说："过时喽，光杀富济贫不够，我们要打出一个让贫苦农民都有田种的天下！"

吴玉霖高兴地解开衣襟，只见他裤腰带上斜插着两把磨得锋利锃亮的菜刀。他对贺龙说："我没得枪，就把两把菜刀磨快，去砍贪官恶霸的脑壳，犹如割了韭菜！"

贺龙从他腰间抽下一把菜刀看了看，称赞道："好嘛，看不出你还是个有心人。菜刀也是武器，有它就能夺到枪，拿菜刀也

贺龙两把菜刀闹革命（图二） 吴飞舸 辑

能闹革命。我也没得枪，这把菜刀你就送给我，这叫‘见面分一半，一人一把’，如何？”

吴玉霖乐意地点了点头。

这时，山垭下的石板路上抬来了一顶官轿，前面有两个护兵开道，后面有两个护兵压阵。贺龙和吴玉霖立马收好菜刀，坐到路旁的石头上，佯装休息扯谈。

官轿走过他们身旁，沿着山道而上。大概由于疲惫的原故，后面两个护兵，步子越走越慢。官轿已经拐进了山上的连三弯道，而两个护兵还远远地落在后头。贺龙发现他们肩上背的是崭新的“汉阳造”步枪，来了兴趣。他向吴玉霖耳语几句，便起身不紧不慢地跟着这两个掉队的护兵。

估计官轿已经到了连三弯路的那头，贺龙与吴玉霖迅速冲上前去，手起刀落，砍倒那两个护兵，两个护兵哼都没哼一声，就去见了阎王。贺龙与吴玉霖夺得两只枪，一下便跑得无了踪影。

关口垭　丁志林　辑

事后得知，那顶官轿中坐的是前往慈利县赴任的县长。那两个被砍的护兵事后如何处置，不得而知。

然而，贺龙凭着夺取的两只枪，重新起家，召集18位志同道合的伙伴，组建起一支小小的队伍，从石门渡过澧水，自动和湖南援鄂的护法军一起，在荆江两岸与北洋军阀作战，不断取得胜利，并在战斗中扩大到有枪70余支、有兵100余人的队伍。

后来，贺龙参加中国共产第七次代表大会之前，在履历表上填有“1917年冬，曾用两把菜刀，发展到百余人队伍，任援鄂军第一路总司令所属之游击司令。”等语。

1927年，毛泽东领导湖南秋收起义之后，在井冈山下的三湾改编时，对起义军说：“贺龙同志两把菜刀起家，现在当军长，带了一军人。我们现在不只两把菜刀，我们有两营人，还怕干不起来吗？”

贺龙元帅“两把菜刀闹革命”的故事广为流传。20世纪80年代，由中国人民解放军总参谋部编写、邓小平亲自题写书名的《贺龙传》中注曰：“关于‘两把菜刀闹革命’，历来说法不一。一说是1916年1月的泥沙夺枪；一说是1916年3月芭茅溪夺枪除害。据考证，这两次夺枪参加人员不少，亦非只用两把菜刀。只有1917年的夺枪仅有两把菜刀。贺龙在出席中国共产党第七次代表大会前填写的履历表中明确地写明这一点。因此，本书采用此说。”

观沧海

观沧海为星德山赏景最佳视角处，位于星子宫右侧，有崖刻“观沧海”三字。

每当晨雾升起，游人伫立此处，远山近峦，在雾霭笼罩之

观沧海　丁志林　丁威　安吉权　摄

中。由于山壑高低因借，雾层深淡不一。放眼望去，似滚滚海浪，茫无际涯。待等红日冉冉升起，渐渐雾沉景现，东南群峰陡峭，如廓如厦，星罗棋布，又是一幅蓬莱仙境、海市蜃楼奇观。

观沧海为星德山自然气象景观。那里簇拥百余座山峰，座座神奇，分布百余条川谷，条条秀丽。唐高僧司马头陀《楚地明珠》云："百鸟朝凤，可恨白鹤向南去；五龙奉圣，且喜黄鹂往北来。"此二句恰巧构成一副风水楹联，堪称对此地山水风光简明描述。时下，不少游客驴友，搭起帐篷，夜宿星德山，赶在日出之前来到"观沧海"处，目睹雾海奇观，拍摄旖旎风光，观赏云岭日出。

雄狮扑舟

雄狮赴舟位于星德山山顶，接近山巅崖峰处。嶙峋山石之间，长有古松群落，其中一棵千年古松，树干几人合抱，摩顶虬枝。山风徐来，轻拂枝梢，枝叶抖动，仿佛向游人频频点头，迎来送往。北面和南侧崖峰成群，状若远古人物，若立若卧，有聚有散，千姿百态。峰北一谷之隔的山梁，犹如一只巨大雄狮，正向前方山崖扑去，此崖又酷似北京颐和园中清晏舫（石舫），人们便称之“雄狮扑舟”。雄狮扑舟为星德山自然山体植被景观，此处有崖刻“奇观”二字，游人登临观赏这幅壮观景色，无不心潮澎湃，思绪万千，深感大自然造化之奥奇，星德山风光之旖旎。

雄狮扑舟
丁志林　丁威　安吉权　摄

转阁楼

转阁楼位于星子宫西侧的银烛锋，为远古时期地壳间断性上升形成的多层结构石灰岩溶洞，三层洞堂交错贯通，人们进入底层洞堂后，可顺洞径辗转上攀，依次进入三层洞堂，犹如一座建有旋梯的三层阁楼，故名。

昔时有落难乞讨之人常年寄居于此，并借底层洞室置碾米、炊煮什物。溶洞下岩崖壁立千仞。面壁一呼，回音缭绕，此起彼应，不绝如缕。夏日，相传寄居之人常在此呼风唤雨，以解暑热，而每每灵验。

转阁楼为星德自然溶洞景观，游人登上第三层，极目远望，心旷神怡，顿生“山外青山楼外楼”之感，因而游兴大增，情趣盎然。

转阁楼（回音壁） 丁志林 丁威 安吉权 摄

星子岩

星子岩　丁志林　丁威　安吉权　摄

星子岩位于星德山上，形似一柱春笋，破土而出，直指苍穹。此岩高约20米，重约500吨，相传为天上星火陨落而成，为星德山地质地貌标志性景观。

古人认为玉有“五德”。东汉许慎《说文解字》云：“润泽以温，仁之方也；䚡理自外可以知中，义之方也；其声舒扬，专以远闻，智之方也；不挠而折，勇之方也；锐廉而不忮，洁之方也。”这方星火陨化岩崖，正所谓“玉德金声寓其石”：它外观光滑圆润；质地纯正；敲击声音清脆；历经风雨剥蚀，依然如故；独自屹立山头而不伤及他物，完全具备了玉的品德。故此，这座山峰也就叫做了“星德山”。

“五德”之誉，其实就是中华民族的传统美德，仁者，温和谦让；义者，表里如一；智者，通达四方；勇者，坚强不屈；洁者，清廉自律。人们游历星德山，观赏星子岩，何尝不会由此及彼，睹物省人？大自然无声的奉告啊，就写在这灵山秀水之上！

舍身崖

舍身崖　丁志林　丁威　安吉权　摄

舍身崖位于星德山星子宫前方崖岭东南角，一方天然石自岩壁横空而伸6米之远，崖下云山雾海，空旷缥渺。

唐代大历年间（公元766—779年），茅山道教第十五代宗师黄洞源来桃源观修真，收弟子陈通徵与瞿柏庭(即瞿童)。大历八年(公元773年)，瞿童“弱步慕道，数获践履其域”，“白日飞升”之后，其师兄陈通徵入星德山修炼，行服气之法，年九十而返老还少，鹤发童颜，且身轻如燕，步履如飞。一夜入梦，见师弟瞿童相邀。翌日凌晨，陈通徵自舍身崖飞越仙界，不知所往。

舍身崖为星德山山体自然景观，天造地设，奇特而险绝。历为山水玩家，羽道高僧纷至沓来，领略大自然鬼斧神工，观赏星德山奇异美景。

磨子岩

磨子岩位于星德山景区的金鸡岭上，高约30米，形似一架巨大的石磨，架设在绿水青山之上，轮廓分明，有磨扇、磨盘、磨手等，故名“磨子岩”。

“日月如磨蚁，往来无休息”。风水先生以为磨子岩是日月运行的象征。天有不测风云，人有朝夕祸福。人们立于天地之间，常会遇到曲折，遭致失败，这就需要经得起磨炼。《论语》云：“磨而不磷，湿而不缁”，是谓极坚之物，磨也磨不薄；极白之物，染也染不黑。人的意志坚定，就能克服艰难困苦，迈过人生坎坷，从而达到成功的顶点。

磨子岩是一处天然岩体景观，大自然的奥巧给旅游者深深的启迪：风雨人生中，更需要意志坚定！

磨子岩　丁志林　丁威　安吉权　摄

情人岩

情人岩位于星德后山悬崖峭壁旁，为星德山景区自然岩体景观。两方巨石相向而立，犹如一对情人邂逅于山腹僻壤，其男女面部轮廓清晰可见，情郎站在悬崖外边，呵护着紧靠山崖的情妹，故名“情人岩”。

情人岩　丁志林　丁威　安吉权　摄

在旧的封建礼教盛行时代，自由相爱的恋人受着种种束缚，总希望双双进入无人之境，久留在“二人世界”里。《乐府》有云：“情人不还卧，冶游步明月”。这处岩体景观，仿佛大写着一对情窦初开的恋人，彼此含情脉脉，窃窃私语，倾吐爱愿，深化情感。

每当游人至此，面对情人岩，无不浮想联翩。因而流传下许多情爱佳话，演绎出多少爱情故事。

秤砣岩

秤砣岩位于星德山城墙寨山腰，为该景区四十八寨景点之一。高约30米，形似倒立的古代铜质秤锤（俗称称砣），整体三部分结构，上部呈盔形，中部为扁球状，底部是方柱形，上大下小，当地百姓呼为“升搁斗”。

秤砣岩　丁志林　丁威　安吉权　摄

人们相信秤砣岩是对公平与勤俭的开示。秤是衡具，秤砣便是衡定物资重量的砝码。所谓“秤心”，是指心无偏私，公平如秤。诸葛亮曾言：“吾心如秤，不为人作轻重”。同时寓意，做人要有宽阔胸怀，不为区区小利所斤斤计较，“坐山称药不争星”即为古人之格言。成语“秤薪量水”则指居家者精打细算，勤俭持家。

人们游历星德山，观赏这处神秘的岩体景观，无不领略到大自然的良苦用心。

龟鉴岩

龟鉴岩位于星德山后山，亦为该景区四十八寨景点之一。有巨石突现于半山之腰，形如卧龟，神气活现，栩栩如生。四下青山翠微，碧水蓝天，人们便将这处岩体景观称之为“龟鉴岩”。

古人认为龟为“四灵”之一。相传千年之龟岁久通灵，能作人言。昔时人们灼龟占卜吉凶，“临事之前见逆状，若烛照龟卜，无秋毫疑滞”。后人即以“龟鉴”比喻对照以往的成功经验或失败教训，当然，多在侧重于“前车之鉴”的含义。

今人游览星德山，纷纷来到龟鉴岩，坐在“龟背”上小憩，在观赏灵石秀峰之时，也不免回首自己的人生往事和世故，以此作为龟鉴。使之头脑清醒，方向明确。

龟鉴岩　丁志林　丁威　安吉权　摄

倚人岩

倚人岩位于星德山顶，地处舍身岩西侧，高约12米，底部横截面积约16平方米，重100余吨。整体形象恰似一方高耸的巨碑，又像一人站立山头。桃源方言称人站立为“倚”，故名“倚人岩”。倚人岩根部与底座脱节，似飞欲坠。传为远古时代女娲补天时，遗石至此，因此，又称它为“补天石”。

古人认为，岩石是坚强与无畏的象征，“百邪莫侵，所当无敌”。据此，人们常在家门口或街衢巷口立一石碑或石人，上刻“石敢当”三字，民间相信石敢当能镇妖孽，驱灾祸，“可禁压不祥”。

今人游览倚人岩，无不拍手称快，为这方天公巧设，立于武陵湘西之地的巨大“石敢当”而惊呼叫绝。

倚人岩　丁志林　丁威　安吉权　摄

星德山补天石的故事

女娲补天　丁志林　辑

往古之时，共工与颛顼争夺天下管理大权。共工失利，一怒之下，头撞不周山，将擎天石柱触断了。顷刻之间，苍天垮了个大洞，擎天柱石倒下来，迸发出火花，引发原始森林大火。大地失去支撑而倾斜，江河湖海之水溢出，到处横流。凶猛的野兽跑出山林捕食民众，庞大的挚鸟叼走老弱，天下民众遭受灭顶之灾。颛顼因此忧虑成疾，一病不起。

作为颛顼妻子的女娲娘娘，以天下民生为重，毅决放弃对丈夫的照料，先是奔赴南海，斩断了兴风作浪的妖鳌四足，用于固定大地四极。再是跋涉天下名川大山，寻找到五色石头。她听闻武陵星德山为太上老君八卦炉中飞溅的火星所化，拟借其星火之灼，德仁之义，架石墨坩埚于星德山，取其古木灵柴生火，将五色石置于其中，冶炼溶化，以补苍天。

七七四十九天之后，坩埚中五色石溶化为浆，女娲娘娘立即着手补天，历经昼夜，苍天补好。天行恢复正常，民众生活安稳，她才松了一口气。

此时，女娲娘娘已是精疲力竭，不由自主地在星德山垭上打起盹来，而且很快进入梦乡。直到拂晓时分，星德山下百姓人家雄鸡打鸣，女娲娘娘从睡梦中醒来时，有快马来到她跟前禀报，瑞顼帝王驾崩，请她前去善后和主持天下大政。

女娲娘娘悲痛欲绝，抽泣着让快马收拾石墨坩埚，快马心急火燎，将坩埚中的五色石残渣倾倒在星德山上，化成一方底部与上方脱接似飞欲坠的大石头，人们便称那方巨石为“补天石”；女娲娘娘坐着打盹的山垭，天亮时她听闻雄鸡啼鸣而醒，因此也称为“亮垭”。

星子宫

星子宫位于桃源县热市镇境内的星德山顶峰，亦名金顶、紫霄宫。地处桃源、石门、慈利三县交界之地，与慈利五雷山隔川相望，互为犄角。

元朝末年，朱元璋在起兵征战过程中，道士周颠仙和铁冠道

星子宫　丁志林　丁威　安吉权　摄

人称他祖坟葬于龙脉，“当出天子”。明朝建立，朱元璋又自称梦游天宫，是见到了“道家三清”的“真命天子”，并御撰《周颠仙传》以崇道。因此，明初道教盛行。

洪武三年（1370），道士张道会于星德顶建星子宫，因此山紫砂岩开采便利，故星子宫为全石料结构，采用石墙、石阶、石枋、石柱、石梁等，结构严谨，风格独具，为湖南乃至全国罕见。

明末清初，传为李自成残部隐居于石门、桃源一带，混迹和尚道众之中，星子宫“多有武人入道”。佛道在沅、澧得以空前发展。当时桃源县境南有桃花源桃川宫、北有星德山星子宫，两地道教香火旺盛，朝山香客络绎不绝。

民国时期，百业凋敝，宗教活动衰落。1943年，国民革命军第七十四军第五十一师周志道部在星德山一带布防，以狙击侵华

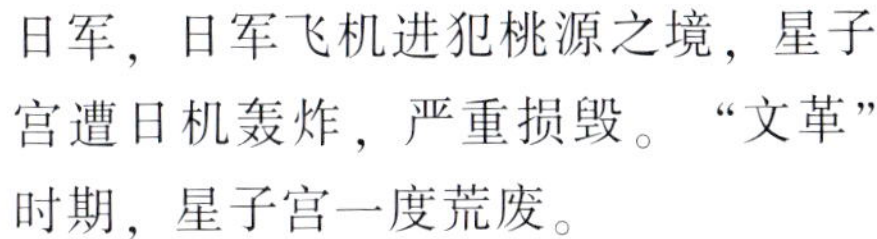

日军，日军飞机进犯桃源之境，星子宫遭日机轰炸，严重损毁。“文革”时期，星子宫一度荒废。

20世纪80年代，星子宫被公布为湖南省重点文物保护单位。2006年7月，经湖南省宗教局批准为道教宫观。登记证号为D070610001，作为宗教活动场所对外开放。

2013年3月，国务院公布星子宫建筑群落为全国第七批重点文物保护单位。

由于星德山海拔900米，石英砂岩峰地质地貌，林木葱茏。山势雄伟。星子宫矗立山巅，古朴庄严，宗教活动与旅游产业融为一体，享有“楚南湘北胜景”之称。

南天门

南天门为星德山峰星子宫前碑楼，建于清朝乾隆年间（公元1736—1795年），全石料建筑，四柱两级三脊结构，门前有石狮

南天门　丁志林　丁威　安吉权　摄

拱卫，矗立于星德山顶峰，其下悬崖峭壁，常年云遮雾绕。

乾隆三十九年（公元1774年），乾隆皇帝在宰相纪晓岚和翰林学士周昌国以及鼎州、澧州知府的陪同下，御驾登临星德山，钦题“南天门”匾额。周昌国为碑楼撰联：“石壁星辉观其上如近碧天尺五；佛宫月朗到此间顿忘尘世三千”，横批“毫无四相”（“四相”为佛道所指离、合、违、顺），意即不为尘世所累。碑楼两侧额及侧柱镂刻天干地支与风雨雷电象征图案，寓意日月循环，周而复始。风调雨顺，国泰民安。

1943年，侵华日军进犯桃源之境，星子宫遭日机轰炸，碑楼楼顶被炸落，今“南天门”门额残存。碑楼残高3米、宽6米。南天门仍不失宏伟气势。

王爷殿

王爷殿位于星德山星子宫前。亦名药王殿或雷祖殿。始建于明代，坐北朝南，纯石料结构，正面为牌楼式建筑，高8米，殿堂面积27平方米，殿内供奉雷祖和药王神像，历来为星子宫道观

王爷殿　丁志林　丁威　安吉权　摄

施药处，殿内药工道人恪守正道，采集山药，精心配制，悬壶济世，益泽众生。

此殿修筑时，先以长方形条石在峭壁巉岩间垒砌基础，其围栏、台阶、梁柱、墙体、重檐、翘角均由规格石料结构，牌楼上部叠设斗拱，造型极具湘西地方特色。牌楼额上镶有四方石面浮雕，分别为“二龙戏珠”及戏文人物。整个建筑虽然历经风雨剥蚀，但保存依然完好，除围栏和殿顶近年有所修葺外，其余均为原貌。

观音阁

观音阁位于星德山主峰下百步蹬起步平台，纯石料结构，占地10余平方米，正面4柱，左右每两柱间镶有雕花石板，中间为

观音阁　丁志林　丁威　安吉权　摄

正门，石柱上托石梁斗拱，瓦面石结顶，脊为弧形直立石板，两端石翘首，小巧玲珑，别具风格。

观音本为“西方三圣”之一，以梵文佛经“世有危难，称名自归，菩萨观其音者得解脱”意译为“观世音”，唐代因避太宗李世民名讳，省去“世”字，简称“观音”。

观音慈悲为怀，普度众生，广受民间信奉。在汉地，佛道融合之后，道教也将观音列入仙班，名曰“慈航道人”。早年，星德山修建观音阁，供奉观音，朝山者纷至沓来，虔诚礼拜，也曾流传下来诸多观音显灵感应的传说。

今观音阁仍与星子宫遥相对峙，成为星德山神殿景观。

文昌阁

文昌阁位于星德山百步蹬不远处，始建于明末清初，清末民初倾覆。20世纪80年代，乡籍台胞姜功卿捐资恢复重建，廊檐

文昌阁　丁志林　丁威　安吉权　摄

式，纯石料结构，占地30余平方米，正面两廊柱为滚龙浮雕，角廊柱上方昂首翘檐，二层轿顶式。阁堂前有石狮拱卫，石门槛。石门楣上方悬匾额“文昌阁”三字。

文昌本星名，亦称文曲星。古时认为是主持文运功名的星宿，谓其为文章司命，贵贱所系，文武医卜，士农工贾、凡一民一物枯荣贵贱，皆隶文昌所造化。其后成为民间所信奉的文昌帝君。旧时学子博取功名前，亦朝拜文昌帝君。《道载》所记文昌降笔诸多，如“救人之难，济人之急，悯人之孤，容人之过，广行阴骘，上格苍穹”、“行时时之方便，作种种之阴功，利物利人，修善修福，正直代天行化，慈祥为国为民”云云。

道教以农历二月初三为文昌帝君诞辰，当地信众皆于是日举行文昌会，相沿成俗。

佛　殿

佛殿　丁志林　丁威　安吉权　摄

佛殿位于星子宫前山岩上，始建年代不详，后倒坍。近年民间筹资恢复。纯石料结构，仿硬山式结顶。殿内两壁浮雕18罗汉，形象生动，富于变化，更多地带有现实尘世中凡人的神态表情：或慈、或威、或醉、或笑、或愁、或傲，神态各异，栩栩如生。正厅供奉“西方三圣”（即阿弥陀佛、观音菩萨和大势至菩萨），铜塑佛像，通高2米，造型中足显“佛”的特征：指甲狭长薄润，光洁明亮，如花色赤铜；手足指头圆而细长、柔软，不见骨节；唇色红润光泽、上下相称；鼻梁修长，不见鼻孔；眼睛青白分明；耳轮阔大，成轮埵形；头发修长，稠密绀青；面形长宽匀称，皎洁如秋月；手足及胸皆有吉祥喜旋“卐”字符。

佛殿是星德山佛道融合的见证，体现出深厚的佛道文化底蕴。

百子堂

百子堂为星德山神殿建筑，位于象山岩顶。昔时应民间信众心理而造，纯石料结构，门楼式风格，正面4柱，上托石梁斗拱，仿瓦面石料结顶，下有石级数等，拾级而上进入殿堂。

佛书所载，观音有33应身，诸如：杨柳观音、白衣观音、水月观音、送子观音等33种不同的观音神像。昔时此殿内供奉送子观音像，其香案神柜中藏有男女童鞋。据说求子之人朝拜观音后，顺着神柜小孔伸手进去摸鞋，即可知求得的是子是女。

在当今科学发展时代，生育科学深入人心，百子堂业已成为星德山旅游景观。

百子堂　丁志林　丁威　安吉权　摄

三清殿

三清殿位于星德山后山山峰（慈利县恢复重建），纯石料结构，亭阁式轿顶重檐结构，前、左、右三方分别为四柱廊檐，占地80余平方米，造型别致，古朴典雅。

三清殿　丁志林　丁威　安吉权　摄

殿内供奉道教最高三位尊神——玉清元始天尊、上清灵宝天尊和太清道德天尊。居中者为元始天尊（亦称玉清大帝）神像，右手虚捧，左手二指虚拈圆球，以象征世界形成之前，“天地未形，万物未生”的宇宙混沌状态，道教谓之“元始”；左边为灵宝天尊（亦称上清大帝）神像，手捧一半黑一半白，黑中有白点、白中有黑点的圆形“阴阳镜”，象征世界从混沌元阶段分出阴阳的过渡，道教谓之“混元”阶段。右边为道德天尊（亦称为太上老君）神像，手拿一把有“阴阳镜”的扇子，象征世界的最初形成，阴阳的相互作用变化分出天地，即“太初”阶段。三位尊神全部为束发长须，和善清静的老者形象。

三清殿为星德山道教宫观景点，雄居于山头，四周托岩凌空，庄严肃穆，常为游人所观赏。

半山亭

半山亭地处星德山腰缓冲地带，位于上山道路中途。此地古有简易茶亭，为朝山者小歇饮茶处，俗称“茶垭”。清朝乾隆年间，慈利县令朱半岩捐银100两始建石亭，后倾覆。近人捐资在原址恢复重建四方形门亭，规模胜前。亭为纯石料结构，重檐式两层阁楼形式，上层为假层，不可登临，供奉石雕神像，两侧立狮头柱。下层为四方形石柱，占地约16平方米。亭中置天然元宝形巨石一方，上勒“地赐元宝”四字，以供观赏。

半山亭亦名“星德山门”，门额浮雕八仙神像，游人至此，顿觉仙家风韵浓郁，游兴高涨，继续前行。

半山亭
丁志林　丁威　安吉权　摄

百步蹬

百步蹬　丁志林　丁威　安吉权　摄

百步蹬位于星德山星子宫下的陡崖一侧，是通向星德山山峰的石级蹬道，经此可达星子宫。蹬道以规格石垒砌或自生岩开凿100余级，垂直高度20余米，十分陡峭，犹如一架“上天梯”。

相传明清时期，星子宫火工道人从山下取水，手提尖足水桶，两臂平伸，缘百步蹬而上，因尖足水桶无法放稳，故而中途不可歇息。久而久之，便练成“铁臂悬桶”和“飞毛腿脚”之功。而百步蹬也为道人踩踏得光亮圆滑。

迎宾楼

迎宾楼位于星德山主峰一侧，为星德山聚贤会客之所。清朝道光年间（公元1821—1850年）乡籍进士周九如始建。原建筑四封三进，石柱廊庑，重檐塑脊。中堂两侧为会客厅，窗棂宽敞，

迎宾楼　丁志林　丁威　安吉权　摄

视野开阔。中堂墙壁四悬书画翰墨，堂中摆设花卉盆景，置放棋桌古琴；会客厅陈列茶几书案，配备文房四宝。专人管理洒扫，因而环境洁净，景色宜人。历来不少名人雅士、高僧名道、文人墨客，聚集于此，以文会友，览物抒怀，或吟诗唱酬，或挥毫泼墨，众人同开怀，奇文共欣赏。

惜于1943年，侵华日军飞机轰炸残存，至民国末年全部倒坍。

20世纪80年代，湘西旅游业蓬勃兴起，星德山游人与日俱增。当地民众集资，在其遗址上修复简易石室，可供游人小憩。

迎宾楼为星德山对外接待配套建筑，近200年来，由兴到废，又由废到兴。体现出桃源地方热情好客，广交朋友的淳朴民风。

周氏祠堂

周氏祠堂位于星德山下今菖蒲村村部旁，砖木结构，四缝三间，硬山式小青瓦结顶，石灰檐头滴水，翘首塑脊。两侧马头墙，墙群以石黄、土红、石蓝、石墨等天然颜料绘画装饰，建筑风格古朴庄重，四周林木繁茂，绿树掩映。

1916年前后，贺龙元帅在当地聚集有志之士，组建游击队。贺龙及其游击队在周氏祠堂驻扎1年有余。游击队员们通过做鞭炮、打岩、贩运等生产劳动，筹措革命经费，购置武器装备，建立起一支庞大的农工武装队伍。

周氏祠堂　丁志林　丁威　安吉权　摄

中共老棚地下支部旧址——龙兴寺

中共老棚地下支部旧址——龙兴寺位于桃源、慈利两县交界处，原为“五雷”佛寺，四缝三间，砖瓦结构，硬山式小青瓦结顶，石灰瓦檐头，两侧为马头墙，翘角塑脊。中堂为圆形拱门，拱门上方悬扇形匾额“龙兴寺”，两侧厢房洞开“万”字格窗棂，四围绿树掩映，环境幽静。

龙兴寺　丁志林　丁威　安吉权　摄

1927年4月，蒋介石在上海发动了“4·12”反革命大屠杀。时在桑植领导农工革命运动的中共党员谢泽芝（桃源县老棚村人）遵照上级党组织“转入地下斗争”的指示，回家乡组建中共老棚地下支部，在桃源老棚、慈利老棚和三王峪等村发展地下党员10余名，聚于龙兴寺举行宣誓大会，并以此为支部所在地，借助烧香拜佛掩饰地下活动，动员广大农工朋友，誓与反动派斗争到底。

时至今日，谢泽芝等中共党员早已成为光荣的革命烈士，而中共老棚地下支部旧址——龙兴寺作为革命纪念地保存下来，成为红色旅游景点。

歇马店惨案与四烈士墓碑

1928年6月，星德山中共老棚地下支部成立，为配合石门“南乡起义”，组织桃源、慈利100余人举行了“桃北暴动”，给反动势力以沉重打击。7月，由蒋介石发动的反革命大屠杀逆流席

歇马店四烈士墓碑
丁志林　丁威
安吉权　摄

卷全国，桃源县明月乡“清乡委员会”头目佘楚湘大开杀戒，他一面指使老棚民团团总谢盛秦大肆搜捕共产党员，一面发动喽啰四处打探。

当时，中共老棚地下支部成员正在歇马店一带开展发动群众的工作，反动派抓住群众威逼，声言交不出共产党员就全部枪毙。面对蒋介石“宁可错杀三千，不可漏掉一人”的反动叫嚣，为保护当地群众，中共老棚地下支部成员挺身而出。反动派在短短的三四天之内，屠杀了中共老棚支部4名共产党员，制造了骇人听闻的歇马店惨案。

四烈士被害后，当地群众和家人收殓烈士遗体，将他们安葬在桃源、慈利两县交界的老棚沟苍松林中。

1970年，老棚村群众为四烈士立下墓碑。墓碑上方刻勒毛主席语录：“成千上万的先烈，为着人民的利益，在我们的前头英勇地牺牲了，让我们高举起他们的旗帜，踏着他们的血迹前进吧！”碑文下勒：谢小山、谢永春（慈利）；谢凤廷、谢家云（桃源）四位烈士永垂不朽！

抗日战壕

抗日战壕　丁志林　丁威　安吉权　摄

抗日战壕位于星德山区的热市镇山河村大寨冲，宽约2米，深约1.2米，面向山下通道，沿山腰开挖，掘其山石堆码成掩体前沿，形成御敌战壕。

1943年，侵华日军开展所谓“江南歼灭战”，日本中将司令官横山勇集结第11军等10万兵力，疯狂南犯。在中国共产党抗日民族统一战线的影响下，国民党正面战场积极抗战。

10月6日，日军进犯兵力中，山本三男所率的第3

师团2万兵力，挟野炮、辎重等精良装备，自湖北公安以东雾气河一带逼进湖南石门。15日，进犯桃源，到达热市境内。

国民党守军第73军第5师于大寨冲，利用山地战壕，在敌强我弱的情况下，冲锋陷阵、英勇抗敌。大寨冲抗日狙击战，击毙日军20余人，73军官兵牺牲32人。

至今，大寨冲抗日战壕依旧可见，它是中华民族子孙不畏强暴，反抗侵略者的惨烈战斗遗迹。

廖家湾草堂

桃源县热市镇温泉村，有一处远近闻名的草堂遗迹。那是三国时，廖立晚年的归乡居所之地。

廖立，出生于东汉灵帝熹平年间（公元172—178年），他自幼天资聪慧，博览群书，过目成诵。凡经学、舆地、韬略等无一不知，且触类旁通，应用自如。弱冠之年，他便立下了修身齐家平天下的鸿鹄之志，从主于刘备麾下。

东汉建安十三年（公元208年），孙刘联军大败操曹于赤壁，刘备领荆州牧。当时廖立不到30岁，就被刘备委为从事。不久，擢为长沙太守。孙权使计，假其妹下嫁于刘备，诸葛亮前往东吴赠送聘礼。孙权问诸葛亮："士人皆谁相经纬者？"诸葛亮答曰："庞统、廖立、楚之良才，当赞兴事业者。"

孙权弄假成真，赔了夫人又折兵。刘备招亲不久，便率军攻取益州进入蜀地，留下关羽镇守荆州。

建安二十年（公元215年），孙权派遣吕蒙突然袭击荆州，攻占所属三郡，关羽败走麦城（今

三国名将廖立　吴飞舸　辑

湖北当阳东）被吴军所擒杀。廖立弃长沙郡城而逃奔蜀中。刘备爱惜人才，又鉴于他以往功绩，没有过分责备廖立，并封他为巴郡（今重庆）太守。二十四年（公元219年），刘备自立为汉中王，调任廖立为侍中，以便让他在自己身边听用。

蜀建兴元年，刘备病死于白帝城。后主刘禅继位后，重用宦官黄皓。廖立见刘禅任人唯亲，荒废朝政，当面指责。刘禅大怒，贬廖立为长水校尉。

廖立自信才智并不亚于诸葛亮多少，甚至认为刘备目光短浅，算不上经天纬地之才。他被贬为长水校尉之后，以为自己报国无门而“常怀怏怏”。一天，诸葛亮的副将李郃、蒋琬到了长水，廖立对他们说：“如今落到这等地步，想必二位心里明白。当初先帝占领了荆州，而不稳扎稳打步步为营，趁势夺取汉中（今湖北以北、陕西以南）在这片膏腴之地，从而坐大，逐鹿中原，光复汉室。却来到这蜀地僻壤，图什么‘三国鼎立’，而与荆州遥遥相隔，首尾不能相顾，此乃一着错棋也。关羽仅凭自己的勇猛之名，而在治军上缺少方略，以至荆州失守，自己被杀；向朗、文恭等‘率万人者小子也’，全都是平庸之辈。文朗与儒生马良称兄道弟，并奉马良为圣人，怎么能有建树？向朗治军无方，士气不振；郭演长自己无主见，人人亦云，不足以成大事；王连雁过拔毛，专门搜刮民财，弄得老百姓怨声载道……”

张郃、蒋琬反问廖立：“先帝来蜀数载，便使蜀地民丰物阜，国库殷实，君作何解？”廖立哧哧一笑，言道：“蜀地山隔水阻，久未开化，庶民规规焉。尚且无一经国人才酿成气候，故一时兴盛之状，又何足挂齿？！”

李郃、蒋琬回去后将廖立所言，原原本本地告诉了诸葛亮，诸葛亮说：“廖立夜郎自大，目中无人，诽谤先帝，贬毁众臣，‘公言国家不任贤达而任俗吏’、‘羊之乱群，犹能为害’。”他认为对廖立不严加惩处，日后祸患无穷。旋即，废廖立长水校尉为庶民，发配蜀北汶山。

汶山地处不毛。廖立携妻在此结庐而居，躬耕垅亩，受尽当

草堂图片　吴飞舸　辑

地土人首领盘剥，过着衣不遮体、食不果腹的生活。

建兴十二年（公元234年），诸葛亮与魏司马懿在渭南相据，病死于五丈原军中。廖立闻讯，放声悲泣。而李部、蒋琬诸人，却忙于各自前程奔走。不久，姜维领兵过汶山，特此拜望廖立。廖立亦“意气不衰，言论自若”。姜维请廖立“随军议事”。廖立说自己年近半百，且有病在身，恐成军中累赘，只求回到武陵故乡，安度晚年。姜维应允。

于是，廖立携妻回到故里廖家湾，旧居早已在风雨剥蚀中倒坍。乡亲们纷纷出钱出力，很快为他们盖起一座草堂，廖立夫妇十分感激，居住草堂过着清贫生活。不待数年，廖立病故。其妻为蜀人，要求回娘家，乡亲们恭送她去了蜀地，那一座草堂，就静静遗存在廖家湾。

茶垭对联

星德山山腰，有一处山垭凹地，历来朝山的善男信女在此歇脚。而在山垭之地，有位乡叟搭个简易窝棚，施舍茶水，人们便称他为“茶伯”，这座山垭也就叫做“茶垭”。

茶垭地处十字交叉路口，东去古坟塌、马头山；南往十八盘；西走红岩壁，壁梁似龙脊，逶迤而上直达星德山金顶——星子宫；北面是一道山冲，连贯青狮湾、玉带湾、穿洞湾直抵祁家峪，整个山冲形似马料槽，而山冲尽头有座古庙，当地人就称这条山冲为“庙槽”，恰巧古庙与山顶星子宫依山体垂直分布，远远望去，两处建筑一上一下，层次重叠，就像一张直幅画卷，若把山腹古庙当作人间庐宇，那么，星子宫就成了天上宫阙，在云雾缭绕中时隐时现，仿佛就是“天上天”。

清乾隆年间（公元1736—1795年），当地学子周昌国赴京赶考之前，前往星子宫朝拜文曲星神，果然一举高中。被朝廷录为翰林学士后，专程回乡朝圣还愿。

这天，他乘坐一架篮舆（竹轿）上星德山，在茶垭与慈利知县朱半岩不期而遇。茶伯连忙走出窝棚，热情地招呼：“二位官人，茶垭迎风坐一坐吧！”

朱知县与周学士见茶伯如此客气，便相邀小憩。二人落座，喝过茶水，便谈起楼台风物、诗联文萃来。

朱知县言道：“这茶垭最好修座茶亭、并配副楹联。”

周学士说：“朱大人高见，撰联之事尚不难为，可修茶亭的花销不在小数。”

茶垭凉亭　张庆久　摄

"依本县看来，"朱知县有着不同见解，"一副好的楹联，并不亚于一处楼亭。纵观各地名胜古迹，文人学者最先欣赏的便是那里的楹联。"

周学士听闻，面呈愧色，拱手言道："晚生才疏学浅，远不及朱大人您文学卓识，钦佩之至，钦佩之至！"

这下，朱知县来了兴致，他先讲述撰联要切情切景、从而达到相得益彰的妙之所在。并提议彼此现场对联，对上联者出联，不然就出资建亭，也好为星德山添上一景。

此时，路上过往的香客，闻听有官人为茶垭对联，并出资建亭，一齐围观上来看热闹。

周学士刚刚赴任不久，积蓄甚微。但他想，自己万一对不出联语，家族也是当地大户人家，让父母出资在此建个茶亭也并非太难之事。再说，朱半岩是慈利知县，进士出身，年龄又比自己高出一截。只好说："悉听尊便。"

朱知县起身，打望着周围环境，捋了捋胡须，说："该联从何对起呢？”

听他如此一说，他的轿夫立马出了主意：“朱大人，我等刚到之时，茶伯不是说了‘茶垭迎风坐一坐’吗，我看就对他的话算了。”

“一句乡佬客套俗语，如何入对？”朱知县驳回了轿夫的话。

周学士说：“朱大人，您不是说撰联要切情切景吗？”晚生看来，茶伯的话，充满着浓浓乡情，可以入对。”

朱知县问：“周学士，那你如何对出？”

周学士推让说：“朱大人您学富五车，才高八斗，晚生不敢班门弄斧，在您面前造次，还是您先对吧！”

朱知县回答：“这种乡间俗语，如何配得上雅致景观，本县不对也罢。”

周昌国生于斯，长于斯，对这里的山川风物一目了然，他指着星德山顶的星子宫，脱口而出：“庙槽遥望天上天。”

“对得好，对得好！”围观的人们为他喝起彩来。

朱知县显然十分尴尬了。周学士连忙为他争回脸面：“晚生久闻朱大人书法大名，龙飞凤舞，力透纸背，还望朱大人将此联形之于笔墨，传之于后世。”

朱知县应声答道：“此事好说。”

围观的诸人，大概没有得知建亭经费的着落，而交头接耳，窃窃私语。朱县令立马说道：“君子一言，驷马难追。既然周学士对出了楹联，本县就捐银一百两，修建茶亭吧！”

“好极了，二位大人功德无量！”在场之人全都欢腾起来。朱县令和周学士在一片赞誉声中，起轿向星子宫而去。

此后，星德山茶垭果然建起一座茶亭，其亭正面石柱上，刻勒由翰林学士周昌国应乡民俗语所对、慈利知县朱半岩所书的那副楹联：

茶垭迎风坐一坐；
庙槽遥望天上天。

谢氏振闾老棚沟

桃源县星德山之北，慈利县五雷山之南，有一条长10余公里的山冲。早年，那里山高林密，遮天蔽日，山腹土壤肥沃，鸟兽常出没，草木自枯荣，宛若一方禁山秘宇，人烟罕迹。

明朝初年，朱元璋采取“江西填湖广”之策，发起了中国历史上的一次移民大迁徙。《明实录》载：“洪武卅年（公元1397年），赣中（江西丰城地区）之民廿二万，西徙至湖南常德（指今鼎城区）、武陵十县”，大量江西民众迁到湖广之后，“插标占地，指手为界”。

就在那次移民迁徙中，江西丰城大栗树土地人氏谢天禄偕妻刘氏到了桃源，在星德山后发现了这条山冲。走进腹地，居然见到一处老窝棚，不知原为仙道隐逸之所还是凡夫起居之地，已经多年没了人烟痕迹。窝棚固然陈旧，尚能遮风挡雨。于是，夫妻俩决定定居于此，开创基业，垦荒耕种，拓建屋宇，繁衍后裔。这片山冲腹地，也被谢氏夫妇称作“老棚沟”。

时到民国时期，谢天禄夫妇繁衍子孙20余代，谢氏家族瓜绵椒衍，振闾300门户，近1000人口。此时，这片老棚沟已一分为二，成为两个村落：一为桃源老棚村、一为慈利老棚村，而谢姓人家占两村总户数的九成以上。

谢氏子孙慎终追远，自江西始祖谢公天禄迁居以此，历时六百年来，勤劳勇敢、纯朴善良的中华美德世代相传，不畏强权，向往光明的民族气节一脉相承。

1840年鸦片战争以后，中国沦为了半殖民地半封社会，谢氏族人和全国劳苦大众一样，处于水深火热之中，从而萌发出拯救民族危亡，报效祖国人民的远大志向。

1921年，中国共产党成立。谢氏族人就像站在深山僻壤之地，抬头仰慕到了明亮救星，诸家子弟或走出大山，或固守家园，纷纷投入到党的怀抱，成为中国共产党早期党员。

1923年春，桃源老棚村人谢唯真就读于湖南省第二师范学校，先后加入共青团和中国共产党。1927年春，他受中共党组织派遣，与张闻天、王稼祥一道赴莫斯科中国劳动大学学习，学成回国后，供职于中共中央马恩列斯著作编译局，为马列主义的传播作出了很大贡献。

老棚沟　张庆久　摄

1927年4月，蒋介石在上海发动了“四·一二”反革命大屠杀；5月21日，反动军阀何键在长沙策动“马日事变”；5月24日，熊震旅又在常德发动“敬日事变”。时在桑植领导农工革命运动的谢泽之遵照中共上级党组织“转入地下斗争”的指示，返回故里。他联络上了中共桃源县委主要负责人和当时桃源老棚、慈利老棚及三王峪等村的有识之士，秘密组建中共老棚地下支部，发展地下党员10余名，在桃、慈两县交界处的龙兴寺举行宣誓大会，决心高举党的旗帜，动员广大农工朋友，与反动派斗争到底！

1928年春，谢泽之领导的老棚支部与杨必忠领导的云头山支部，联合组成100余人的农民武装队伍，举行“桃北暴动”，与当地反动团防进行斗争，革命烈火燃遍了整个桃北地区。五月，当石门南乡发动总暴动时，这支农工武装随即响应，给反动势力以沉重打击。

大革命失败后，国民党反动派大肆搜捕共产党人，“围剿”农工武装。桃源老棚发生了骇人听闻的“歇马店惨案”，桃源明月乡（今热市镇菖蒲）以反动劣绅佘楚湘为首的“清乡团”，屠杀了5名共产党员，其中1名为石门县中共党员蔡来成，4名为中共老棚支部骨干成员、谢氏家族子弟谢小山、谢永春、谢凤廷、谢家云。老棚支部负责人谢泽之与敌人周旋数月之后也不幸被捕，于当年11月就义于桃源，年仅26岁。

谢氏望族一门忠烈。如今，这些谢氏人杰，长眠于老棚沟的苍松丛林中，堪称桃源革命老区之忠魂，常为星德山景区游人凭吊缅怀。

棠梨岗战斗

发生在热市的抗日战争中最著名的则是棠梨岗战斗：

1943年，侵华日军开展所谓“江南歼灭战”，日本中将司令官横山勇集结第11军等16万兵力向湘西重镇常德进犯。

在中国共产党抗日民族统一战线的影响下，国民党正面战场积极抗战，不少国民党官兵，面对日寇惨绝人寰的侵华行径，挺身而出，英勇血拼。他们生为人杰，死亦鬼雄。长眠于今桃源县热市镇棠梨岗的国民党第73军的70多名阵亡将士，就是流芳百世的抗日英烈。

10月6日，日军南犯兵力中，由山本三男所率的第3师团2万兵力，挟野炮、辎重等精良装备，自湖北公安县以东雾气河一带逼近湖南石门。国民党第73军主力在石门新安等地与日军开战。15日黄昏，该军第5师强渡澧水，退入桃源县今热市镇境内。

日军跟进，渡过澧水。撤退的第73军第5师在国民党第44军161师的增援配合下，利用热市有利地形，摆开了抗日战场。在敌强我弱的情况下，战斗异常惨烈：

——日寇的山地炮炸得守军高地尘土飞扬，树木断裂，不少守军官兵血肉横飞。面对敌人的集中冲锋，有被炸断手脚的官兵，从昏迷中苏醒，凭着躯体的蠕动，撬动山顶石头，滚打山下的敌人；还有全身绑着炸药包和手榴弹的壮士，冲出战壕，拉燃了导火线，滚向敌群，与敌人同归于尽。

——面对日寇的奸淫掳抢，有从墙角掩体冲出的兵勇，实施国术投手肉搏，与敌人滚打在一起；还有弹药告罄的战士，扔下来福枪，举起大刀，向鬼子头上砍去，但因寡不敌众，血肉之躯终究挡不住枪林弹雨，英勇献身。

——面对日寇的纵火行径，有血淋淋的列兵，伫立在墙头，端起“汉阳造”，凭着所剩的几颗子弹，向敌人点射，虽然弹无虚发，终而还是倒在了墙头上，流尽最后一滴鲜血。

……

棠梨岗的抗日纪念亭残碑
丁志林　丁威　安吉权　摄

战后清理，国民党第73军第5师阵亡将士70余人，击毙杀死日寇30多个。当地群众与打扫战场的部队，将这70余名将士的遗体集中掩埋在棠梨岗上，只是当时狼烟未尽，英灵不安。

1945年8月21日，侵华日军在湘西芷江急于请降。棠梨岗上绿树抖新叶，秋草露新芽，真是青山埋忠骨，托体同山阿。

次年3月，国民党第六战区司令长官陈诚委托第73军军长汪文斌及沅陵前线指挥所副军长孙莲仲前往棠梨岗，凭吊抗日阵亡烈士，并拨付专项经费垒砌墓围，修造纪念塔、纪念亭，其亭其塔联语景情交融，如泣如诉：

凭热血夺回热水，虽死犹在；
率无敌英勇无畏，壮志凌云。

壮志成仁，热水温泉流日夜；
精忠报国，朝霞明月照古今。

前清溪，后霞云，万象回朝英雄墓；
左白鹤、右明月，千山环拱忠烈祠；

一片丹心昭日月；
几行忠骨筑长城。

洒热血，夺热水，有我无敌；
卫梨棣，保棠岗，虽死犹生。

热市温泉澡堂

热市温泉澡堂位于星德山之南的热市镇温泉村，省道1804（常慈公路）及常张高速公路通贯而过，为湖南省著名天然温泉所在地，出水量0.5立方米/秒，自然水温45℃—47℃，《桃源旧志》载：“其泉常温，裸而入，如金釜蒸气，顷刻灼热不可当，寒冬更甚，暑热则微温。”

昔有湘西驿道经过，当地民众沿温泉河垒砌室外浴池数处，引进温泉，分别辟为男、女澡堂。供官差行旅、商贾玩家在此沐浴。

热市温泉澡堂　丁志林　丁威　安吉权　摄

因为温泉含有多种矿物质微量元素，其中包括矾、磺等药用矿物资成份，对瘙养、疥疮等皮肤有明显的防治作用，而泉水清洌，又无任何异味，深受沐浴之人赞赏。历来不少文人为之赋文作记，如明人阙士琦撰《汤泉记》，清人俞益谟撰《圣水泉记》、程中枢撰《孺子泉记》等，均皆赞美此地温泉特色，并赋予诸多美妙传说。

20世纪80年代，湘西旅游业蓬勃发展，当地政府指导温泉多项目全方位开发，沿常慈公路旁，配合常张高速公路服务区，在保持传统露天浴池常年开放的同时，分别建起“热市温泉洗浴中心”、“虹雨温泉洗浴中心”、“宏德温泉洗浴中心”等多家宾馆标间式澡堂，可同时开放200余间浴室。这些洗浴中心，均皆接引天然温泉水。让宾客们利用天然温泉沐浴的同时，享受现代高档旅店业服务。特别是每值寒冬季节，不少外地人员，举家结伴专程驱车前往，洗浴中心迎接不暇，温泉河边顿成闹市。

观音温泉度莲说

据传，北宋崇宁年间（公元1102—1106年），贪得无厌的大宦官童贯，打着为皇太后筹办寿庆的幌子，坐守江南，搜罗奇物异宝，采集山珍海味。他得知湖南桃源、慈利两县出产溢香莲，做成的莲米汤甘甜可口，香气四溢。但他发现莲米芯（即种子胚胎）有苦味，便让人一粒一粒地剥下外壳，除去胚胎，名曰："去芯香莲"。

这年，童贯所要的莲子数量特多，下令两县民众收莲之时，不准漏落一个莲蓬，而且全部都要加工成"去芯香莲"。

溢香莲生长在湖池水域，吸收泥水中的养分，却是"出污泥而不染"。这种香莲的繁生方法有两种：一是凭莲藕萌发多年生；二是种子萌芽。恰遇当年冰冻时间太长，加以人们在采摘时害怕遗漏，反复踩踏致使泥中藕种断裂，所有莲藕都被冰冻腐烂了。而莲子又没剩下一粒，即或当地官府还剩几斤没有呈贡上去，那也是不能萌芽的"肉米"。因此，桃、慈两县的地方特产溢香莲，就这样绝种了。

时隔数年之春，溢香莲原产地的儿童，普遍发生一种怪病，身上长满痘疮，痛痒难忍，用手一抓，又皮破血流。诸家大人四处寻医找药，却不见奏效。

这天，有人远远地见着，温泉河下的水池里，下去了一位道姑，她踩了踩池水里的淤泥，将肩背上两个布囊卸了下来，放进淤泥之后，才上得岸来，徒步向星德山走去。

过了几天，温泉池中居然萌发出两束莲芽。有人下去一探究竟，不禁惊叫起来："是谁在池泥中种下了两只玉人手臂？莲芽是从手臂肘关节萌发的！"

时有善男信女闻听，即刻伏地叩拜。他（她）们说，因为当地灭绝了溢香莲，湖池水中的污垢再没有莲的澄清，以致儿童沐浴之后，发生痘疮。这是观音菩萨用自己的手臂，借助温泉之水度活的。

人们闻此一说，纷纷登上星德山，来到观音阁，只见观音莲座上，还残留着血迹，浸透得莲瓣绯红。再仰慕观音神像，已经生成了"千手观音"。于是，众人虔诚朝拜之后，回到家里，取莲池之水为儿童治病，立刻见效。自此，人们引排温泉水入池，

莲花　丁志林　丁威　安吉权　摄

确保寒天水温。至来年春日，莲芽已经发满水池，分采下来，移载四方水域。时隔不久，桃、慈两县乃至三湘四水，都是碧荷飘香，红莲争艳，湖南便享有“芙蓉国”之美誉。

此事传至清朝道光年间（公元1821—1850年），慈利县令朱半岩亲自溯考，并上星德山朝圣，修缮观音阁，重塑观音金身。观音菩萨慈悲为怀，普度众生，道家奉为“慈航道人”。据此，朱知县撰文刻立《慈航碑记》，以证观音温泉度莲说。

俞军门偷闲热水坑

清朝康熙年间（公元1662—1722年），永绥（旧县名，即今湖南省湘西土家族苗族自治州西部）苗民联盟举义，反抗清朝统治。清廷视为“非常之事”，传谕当地州县动用地方武装“严加镇压”；颁旨湖广提督俞益谟“率军进剿”，并命令贵州清军“火速增援”。

其时，身为“军门”的俞益谟，又是何等的老于世故？他出身于书香门第，擅长文笔，又深谙官场游戏规则。此次奉旨“进剿”在急，他倒觉得完全可以“忙里偷闲”。因为朝廷所用的三部人马中，数他官位最高，等到事情有了眉目，他才可以下车伊始：弄得不好可以向州县官吏兴师问罪，也可以指責贵州方面增援不力;弄得好可以坐享其成，邀个头功。

这位俞军门的“小九九”，虽然挖空了心思，却中伤了背脊——当他领兵进入桃源地界，突生“背花”疮疾，疼痛难忍。

他派人访医问药，得知桃源热水坑沐浴可疗疮疾之讯，便来了个“将在外，军令有所不从”的作法，下令屯兵热市。所有属下兵士，也都是血肉之躯，早为湘西苗民所谈虎色变，丧魂落魄。既然军门下令屯驻，不仅远离火拼，性命无险，而且落个饱食终日，蓄精养锐，又何乐而不为呢？

自此，俞军门每天课以温泉沐浴，闲暇之际，便是采采乡风民俗，观观山水林泉，吟吟诗词歌赋，自然也少不了唱唱风花雪月。不久，他发现自己的背花疮疾，通过温泉沐浴，果真日渐好转，便揣摩观察出12大优点，曰之“十二美”，遂着笔写了《圣

热水坑　丁志林　丁威　安吉权　摄

水泉记》。一些部将兵士呢？实在闲得无聊了，就在温泉池上替他垒起了石屋，还建议在此立碑修亭，以扬名于后世。其实俞益谟早有此意。

直等这位俞军门的背花疮痊愈，在温泉池岸建起日新亭，挂上楹联匾额，立上亭中石碑，得到永绥方面来报，他还悠悠闲闲地用了一个温泉浴，最后大叫一声：“好一个热水坑！”才依依不舍地集合人马、由永绥来者趋前导引，潇潇洒洒，一路进发。

Chapter 3

乌 云 界 景 区

麦家河里看荷花

郑家驿镇麦家河村系原麦市村和塘河村合并而成。在郑家驿镇沅水和澄溪交汇处的麦家河红莲湖坪，属沅水淤积起来的小平原。1961年调整社队建制时为郑家驿公社麦市大队，因其范围内的麦家河，昔有小集市，故取名麦市。此地位于澄溪河出口，地势低洼，常处洪水淹没线下，无人居住，古称没家河，后有人居住后雅称麦家河至今。

这块三角地带古属“云梦泽”。传说该地区古代到处都是沼泽，浊水横流，耕种十分困难。在秦始皇时，男丁都被征去修长城了，留在家里的妇女儿童为了生存，每天开沟排水、挑土垒堤，疏通浊水，播种作物。不但劳动效率低下，而且干得十分凄苦。观音老母见状，下到凡间给每个挑土的人扁担上缠一根青丝线，使大家挑土的担子变得十分轻松，大大提高了劳动效率。这件事让朝廷知道后，派大臣来要收缴这些青丝线，说青丝线是“神物”，只有皇帝才能拥有，谁不交就杀谁的头。收青丝线的钦差大臣为了尽快拿到老百姓手中的青丝线，答应用这些线编成“赶山鞭”，帮他们开条溪流后再把鞭子拿走。这些妇女儿童迫于朝廷的压力和开河造田的美好愿望，交出青丝线编成了“赶山鞭”。那位钦差把“赶山鞭”朝沼泽地叭的一鞭，沼泽沟底下沉，开成了一条溪河，浊水归流变成了清清的河水注入沅江，人们就把“赶山鞭”赶走浊水开出的这条溪取名为澄溪。

由于澄溪的形成，在澄溪与沅水交汇的三角地带形成了面积达2000余亩的红绫湖。红绫湖传说是明洪武年间毁龙脉，将今红

红莲湖的荷花盛开　邬书维　摄

莲寺山脉挖断，流了三天三夜红水，红水积此成湖，若红绫，故名红绫湖。因盛产红莲，人们就称红绫湖为红莲湖，并在“挖断井”东的澄溪河边建寺庙，取名“红莲寺”。在红莲湖的西南建一道观，取名“新庙”，以祀奉“八仙”之一的何仙姑采莲播种的功德。

千百年来，由于沅江几乎年年泛滥所带来的泥沙，加上澄溪河水冲刷下来的泥沙的淤积使红莲湖底逐年递增，到明崇祯初年间只剩下新港和澄溪两条港、溪引水从红莲湖三角小平原汇入沅江。昔日的红莲湖消失了，而淤积平原由于土壤肥沃和地下水位低，所种大麦、小麦、燕麦和腊油菜（民国至解放初期麦家河一般只种小麦、腊油菜两季）年年丰收而成为当时的粮油交易场所，一时商贾云集，十分热闹。人们把这个交易市场叫麦市，因其靠近沅水，便于货物吞吐。集市上的商家，在澄溪河畔集资修建了通达沅水的80级左右石阶的货运码头和一座杨泗庙，从此人们便叫它麦家河，此名一直沿用至今。而麦市之名只是当地原住民称码头以上的一段老街而已。1969年春节前，由于一邹姓家杀年猪失火，将200余间民居和店铺化为灰烬，麦市集镇从此在人们的视线中消失了。

1945年，麦家河至太平铺公路修通，由于麦家河水路临沅水，座澄溪；陆路通常桃、联湘西，因而成为当时常德地区水陆交通的衔接枢纽之一。国民革命军陆军十八集团军命令桃源县政府在麦家河修建小型飞机场，1945年7月动工，8月建成。用工1.4万个，占田20多亩。机场跑道从原红莲寺澄溪河边开始到塘河何家花屋边止，长2400余米。机场竣工后，起降过美军飞虎队飞机。机场除国军驻防外还驻有美军一个连（后勤部队）。抗战胜利，军队调防，机场弃用。

1958年高级农业合作社时，机场被毁还田。机场原跑道旧址上仅有一条乡村公路通行。现在，机场旧址乡村公路旁的沅水淤积平原“红莲湖”200余亩水田中全部栽植了荷花，部份恢复了“红莲湖”的旧貌。

初夏，高高低低的荷塘上面，弥望的是片片荷叶。叶子出水很高，像亭亭舞女的裙。层层的叶子中间，零星地点缀着些红莲花，有袅娜地开着的，有羞涩地打着朵儿的；正如一粒粒红色的明珠，又如碧天里的星星，又如刚出浴的美人。微风过处，送来缕缕清香，仿佛远处青山上渺茫的歌声似的。采莲的姑娘们穿着各色衣裳，钻入荷花池中，觉得自己仿佛就是一枝荷花，伫立在阳光里。一阵微风吹过来，采莲人的衣裳随风飘荡，满池的红莲花随人起舞。风过了，舞停了，人们停在那儿，蜻蜓飞过来，在头上盘旋。好像悄悄诉说着百亩莲池昨天的沧桑。小鱼游过来，在脚旁环游，吟唱着明天千亩荷花繁茂的憧憬。梁元帝《采莲赋》里说得好："于是妖童媛女，荡舟心许；鷁首徐回，兼传羽杯；棹将移而藻挂，船欲动而萍开。尔其纤腰束素，迁延顾步；夏始春余，叶嫩花初，恐沾裳而浅笑，畏倾船而敛裾。"明朝诗人文征明在《钱氏池上芙蓉》中唱道："秋月江南花事休，芙蓉宛转在中洲。美人笑隔盈盈水，落日还生渺渺愁。露洗玉盘金殿冷，风吹罗带锦城秋。相看未用伤迟暮，别有池塘一种幽。"用以描述了莲池美丽动人的景象，是再贴切不过的诗句。

以耕牛交易兴起的集市

黄土坡位于桃花源镇和郑家驿镇驻地各6公里，现属桃花源镇管辖。黄土坡村因以境内耕牛贸易而扬名百里的“黄土坡”集市取名。

旧时的黄土坡集市坐落在319国道与郑家驿交界的沙港旁，一溜茅屋约有住户100左右。沙港边的耕牛集市，每逢场期，常德、汉寿的水牛，安化、新化的黄牛都在此买卖，每场平均有50头左右的耕牛交易量。赶场的前一天，各地耕牛和牛经纪会集，非常热闹。黄土坡集市据说在清雍正十二年即有，属“间日集类”的集市。旧时桃源集市分日集（即天天有集），和间日集。县城内外的集市均属日集。间日集，即每隔数日举行一次的集市。一个县内相邻着的乡镇，将集互相隔开，以免相犯，如甲为一、四、七，乙为二、五、八，丙为三、六、九。黄土坡集市上兴盛时期分行业设市（肆）。各市都有固定集中的营业区域，常见的市有：粮食市。经营对象为原料、大米、菜油。经纪人提着秤，大宗买卖由经纪人在卖方和买方之间撮合。柴草市。一般设在粮食市附近，出售硬柴、木炭等。旧时，忌长途贩运硬柴，民谚中说：“千里不贩樵”。因为运费贵，不合算。蔬菜市。有许多讲究和忌讳，如装卸蔬菜时，不能乱扔乱抛；存放蔬菜时，要将各种蔬菜分别堆放整齐，不得乱堆。叶菜忌折叶，茎菜忌断节，果菜忌破皮，根菜忌带泥，冬菜忌断梗，蒜忌水浇。常言道：“鬼精鬼精，不敢贩葱”，因为葱叶易枯萎。蔬菜是需要经常保鲜的商品，旧时运输条件落后，长途贩运会使青菜失鲜，所以当时有这样的谚语：“千里不贩青”。禽蛋市。农民家家养鸡，靠出售鸡蛋换取零花钱，号称“鸡屁眼银行”。因此在农村集市中，卖鸡卖鸡蛋的很多，农民卖鸡蛋不论斤，论个。牛马市。经销马、牛等大家畜。卖、买双方不直接交易，而经过经纪人成交。猪羊市。经销猪、羊等。由于和牛马市相比，利薄，所以经纪人少。棉花布匹衣服市。从前，人们在黄土坡赶集时，常在集市两旁沿茅草屋街沿买卖商品。

黄土坡最热闹的是腊月集，每年农历腊月出现的年货市场，其起始日期各地不一，以起始之日起，一直延续到农历年底。腊月集上，人们购买过年时穿戴的衣服、鞋、帽子以及烟、茶、油、糖果、鱼肉、禽蛋。所以这些商品的销售量，都比平时猛增数倍。此外，还出现一些特殊的市，如：画市。出售年画、对联、神像。对联有印刷品，也有由摊主用浓墨大笔当场书写的，借以招徕顾客。神像为财神像和“五祀”像。“五祀”，即门神、户神、井神、灶神，中雷神（土地神）。购买神像时忌言“买”，而要说“请”。爆仗市。出售鞭炮、焰火等。鞭炮论“串”卖，大型花炮论“根”卖，小型花炮论“把”（每把十支）卖。偶然发生火灾，不能说是坏事，而要讲成“火神爷显圣了”，是好事，俗谚曰：“火烧财门开，元宝滚进来。”祭器市。出售烛台、香

炉、蜡烛、香、表等。

黄土坡集市语，和桃源其他集市语一样，是一种特用集团语，即市场上商贩们所说的行话、隐语。市语的历史很久。宋朝崔糙《类说》引《秦京杂记》云：“长安市人语各不相同，有葫芦语、锁子语、练语、三折语，通名‘市语’。如回族商贩在本族内，使用阿拉伯语言作为市语对钱币数的称呼，把一叫“叶米三”，二叫“独米三”，三叫“歇米三”，四叫“缠米三”，五叫“盘米三”，六叫“老米三”，七叫“辛米三”，八叫“哈米三”，九叫“剜米三”，十叫“叶开”，十一叫“叶米三叶”，十二叫“栏杆”，十三叫“叶歇”，十四叫“叶缠”，十五叫“叶盘”，十六叫“叶老”，十七叫“叶辛”，十八叫“叶哈”，十九叫“叶剜”。桃源的市语除有声语言外，还包括无声的，例如“捏码子”。即买卖双方将右手置于草帽下，或袖口中、衣襟里，用摸指头的方法来表达物价。食指代表一，食指、中指为二，食指、中指、无名指为三，食指、中指、无名指、小指为四，五指齐伸为五，拇指、小指为六，拇指、食指、中指成一捏为七，拇指、食指为八，食指作勾为九，伸出拳头为十。

1949年11月28日，刘伯承、邓小平率二野主力集结常德，设前线指挥所于常德城内，拉开了解放大西南的序幕。12月初，二野进军大西南，常德仅沅水河渡部队就达26万多人，还有牲口16500多匹、大小汽车12653辆、马车1997辆、大炮307门。湘黔公路（即319国道）上为解放大西南的二野部队过境一个多月。12月上旬的一天上午黄土坡集市周围突然被“八路军”（当地人当时通称解放军为八路军）的骑兵、装甲车和步兵包围。桃源南路的“九路军”（土匪）头子郭和尚（郭炎）邀剪市的土匪头子刘兴科，受曾雨苏（刘戡的妻弟、曾任29集团军少将军需处长）和军统地下组织指派，集合了近万名拿鸟枪、锄头的土匪准备刺杀在“阙香粑粑”家吃午饭的刘、邓，后因土匪看到黄土坡周围解放军的警卫车水马龙，不但袭击不到刘、邓，自己都免不了被消灭，曾雨苏和军统策划的这场闹剧就这样收场了。

郑家驿访古

从桃源县城漳江镇出发，沿319国道（或由杭瑞高速公路）途经桃花源风景区，南行约12公里就到达了郑家驿镇。郑家驿镇由原郑驿乡和寺坪乡于2015年12月区划改革合并为新的郑家驿镇。辖12个村委会，两个居委会，位于县治南30公里。

“驿”，是国家出现以后，政府专门为传递公文和军情、官员赴离任中途短暂休息所设置的机构名称。国家在各地交通要道设水陆驿站至今已有3000年（也有人认为驿站的历史已有4000多年）历史，其建设和营运费用是国家财政的重要支出。早期的公文和军情，主要依靠人力步递，故在春秋时期，人们把边境内外传递文书的机构叫做“邮”。邮距为25公里，是一个成年人当天能往返的距离。唐代诗人杜牧曾作过“长安回望绣成堆，山顶千门次第开。一骑红尘妃子笑，无人知是荔枝来”的诗歌。这首脍炙人口的诗歌，讽刺唐玄宗为了爱吃鲜荔枝的杨贵妃，动用国家驿站运输系统，不惜国家财政的血本，从南方运送荔枝到长安。

驿站在我国古代运输中有着重要的地位和作用，在通讯手段十分原始的情况下，驿站担负着各种政治、经济、文化、军事等方面的信息传递任务，在一定程度上也是物流信息的一部分，也是一种特定的网络传递与网络运输。我国古代驿站各朝代虽形式有别，名称有异，但是组织严密，等级分明，手续完备是相近的。封建君主是依靠这些驿站维持着信息采集、指令发布与反馈，以达到封建统治控制目标的实现。史载在盛唐时，全国有馆驿1643个，从事驿站工作的人员有2万多人，其中80%以上为被征召轮番服役的农民。明洪武四年（公元1371年）明朝廷规定，在全国修置（补）驿道，十里设铺、六十里置驿。从桃源水陆驿站出发，南行六十里的地方有几户姓郑的人家居住，把这个地方就叫郑家驿。沅水一级支流澄溪关陵阁码头旁始建郑家驿，置驿丞，建标志性建筑关陵阁，明崇祯年间撤。清康熙二年（公元1663年）复置郑家驿，清嘉庆15年（公元1810年）重修。光绪年间，郑家驿设置马45匹、马夫22名，贡夫75名，沿驿道设有官渡，澄溪设官渡船一只(在郑家驿镇澄溪村的老澄溪)，并设有专职渡夫一名和兼职排夫（搬运工）若干名。由桃源县城过郑家驿经新店驿到界亭驿（沅陵县境），为明清两朝青石岩板铺成的水陆官道。

驿站使用的凭证是勘合和火牌。凡需要向驿站要车、马、人夫运送公文和物品都要看“邮符”，官府使用时凭勘合；兵部使用时凭火牌。使用“邮符”有极为严格的规定。对过境有特定任务的，派兵保护。马递公文，都加兵部火票，令沿途各驿站的接递如果要从外到达京城或者外部之间相互传递的，就要填写连排单。公文限“马上飞递”的需要日行三百里。紧急公文则标明四百里、或者五百里、六百里字样，按要求时限送到。但不得滥填这种字样。驿站管理至清代已臻于完善，并且管理极严，违反规定，均要治罪。明朝崇祯帝由于内外战事频繁、财政困难，曾在大臣建议下废除驿站，导致大量驿站工作人员失业，成为流民，这其中就有驿卒李自成。崇祯此举，也算是自掘坟墓。到了清代末期由于有文报局的设立开始与驿站相辅而行，继而废除了驿站，同时有文报局专司其事，以后又设邮政，而文报局也逐渐废止。

郑家驿境内在相当一段历史时期内其交通和物流均靠驿道进行。唐朝诗人陈羽曾在《西蜀送许中庸归秦赴举》中写“驿楼横水影，乡路入花枝。日暖莺飞好，山晴马去迟”的诗句来勉励朋友远行。昔日郑驿镇的水路交通运输主要靠沅水进行，沅水一级支流澄溪上除麦家河、老澄溪、板石溪、三阳、四台山、麦家河渡船码头外，尚有麦家河、老澄溪、官陵阁、四台山货运码头。明清两朝的信使们走驿道从老澄溪过渡后，由麦家河村的太极图出发进关陵阁，经郑家驿老街、过新安桥、沿澄溪畔枫香坪上朔达高岩，由藕圬过叫花子坳到沙坪。这段驿道均由约两米宽的青石岩板铺成。当年，一拨又一拨的信使纷至沓来，在“得得”的蹄声中打马而去，这些信使因为郑家驿和新店驿是平丘区和山区的分界处，故大部分都要在郑家驿停留，换人、换马后，又星夜驰去。战时，明清两朝的信使基本上每天络绎不绝。

关陵阁，郑家驿的标志性建筑，清乾隆年间兴建，因凑资修建关陵阁旁的河填，1956年被不幸将关陵阁拆毁。关陵阁建三层，连阁顶尖高约14米左右。第一层骑在驿道上，阁门两旁左侧为护卫房，右侧为供来往信使们饮用的茶水间。第二层为低级别来往官吏的住宅，第三层正厅供奉关帝神象雕塑，厅旁边为驿卒的住舍。离关陵阁后300米右侧为一溜马厩房和马夫住宅，与之对应的左侧为驿丞署和几套四合院住宅，供来往高级别（据说是“从六品”以上级别）的官员和家眷居留。在四合院屋后有一口衙门官井，由于其水质好，现在还在供当地居民饮用。驿丞衙署前清咸丰十二年颁布，同治二年所立的催白石乡民缴纳驿用粮草碑已断，残碑盖在衙门井一侧，只剩少数文字可辨认了。关陵阁建成后第二年元宵，一位乡绅在灯会上宣布：哪伴龙灯的人在灯会上喝彩喝得最好，赏银壹两。剪家溪一伴龙灯里的廖姓农民喝道：“关陵阁，神似高标；象铁塔，风不动摇；一枝笔（阁尖），云烟倒写；两盏灯（阁二楼楼檐上悬挂的两盏宫灯），日月长照。雨打钟，声闻广汉；风吹铃（阁三楼前后檐四角各悬一只铜玲），响彻天朝。自黄龙绕过以后，我郑驿家富人豪。”经评定，这段彩博得了头彩。

关陵阁下的郑驿老街由一溜醉卧在澄溪支流“一字岩”港上的吊脚楼和相对而立的一排木屋筑成，屋挨屋，瓦连瓦，如一条烟熏火燎的乌篷船静静地停泊在港湾。

街道曲曲弯弯，仿佛人们弯弯曲曲的心事。挑担摆摊的小贩走街串巷，甩出悠长的吆喝，吸引三五成群的顾客奔向店铺小摊，随意选购着自己喜爱的货物。在手工作坊“丁当”的敲击声里，一拨又一拨的信使纷至沓来，这些信使里已跑过两个驿站的（约60公里）大抵都要在此换人，换马。换下的人乘机歇上一晚，翌日又带上胡家[①]老字号药铺治跌、打、损、伤的中成药；带上吊脚楼里姑娘（妓女）一步一回头地离去。远去的马蹄踏击街面溅起的火星，不仅闪亮着人们的憧憬，还流传着明太祖“战退江南百万兵”后，从官道上纵马驰奔回南京，经郑驿见要塞里只有一垂髫小子当关镇守，朱元璋见状，戏占上联，“十岁儿童守马驿”镇驿少儿迅即对出下联“万年天子坐龙廷”的趣闻。郑家驿老街每年最热闹时间为每年农历的腊月、正月。置办年货的乡民走马灯似地穿街而过，经驿道从安化、沙坪用“鸡公车”运来的山货；由水路从麦家河船上转用“火排”贩来的百货，被乡民们大筐小篓，肩挑背驮采办而归。一个个的狮子，一伴伴的龙灯，一架架的三棒鼓和送春牛送财神的人挨家挨户而过，鞭炮声彻夜不停，于纷繁嘈杂的世事中透露出年的气息，这红红火火的街头景象给郑家驿增添了一股又一股淳厚的古道遗风。

沉湎在远逝的幻景里，站在老街腹心的新安桥上，脚边历经600余年的老街上覆盖青石板的驿道依稀可见。几百年来伴随澄溪奔流不息的一家家木屋的楹柱、经桐油涂刷后浸出棕红色光泽的鼓皮板壁；屋顶上飘摇着淡蓝的炊烟景象；往昔拉纤的船工号子和“鸡公车”、“火排”的野性；澄溪贡茶的清香和泼辣火热的情歌已追随风雨离去。郑家驿的老街经历日复一日，年复一年的岁月沧桑，而今只剩下一份纯真纯朴的诱惑，飘落着一种夺人魂魄的召唤。今天，能见到的只有郑驿老街的原住民子孙明眸里闪烁出的平和、满足的光彩。

1943年11月初，日寇的大本营和派遣军总司令部为了挽救必然失败的命运，悍然把矛头指向湘西北常德这一军事要地，出动了第11军5个师团和四个伪军师在内的16万多兵力，与国民党第六，第九战区的16个军42个师约21万人，在以常德为核心的十几个县市进行了一场殊死的血战。从新安桥东望，昔日平阳中学(现郑驿联校、1962年“整风整社”后，曾是桃花源区公所驻地)的旧址彷佛依稀可见。平阳中学与之对应的万家祠堂（原郑驿公社住地），两地均是1943年11月至12月常德会战国军74军57师的第32号伤兵医院（国军74军57师苦战16昼夜，几乎以全军覆没的代价为国军形成对敌的反包围赢得了主动，6天后国军收复常德。抗战胜利后32号伤兵医院改为国军55号兵站）。曾收治过近两千名从常德运来的伤兵，为抗日战争作出了自己的贡献。而现在郑家驿镇政府西面的红堰坡（现郑驿医院）下，长眠着国军57师因常德会战受伤后抢救无效牺牲的抗日官兵近千名，此地足可以修建一座抗战烈士纪念碑（此段内容由原县人民医院副院长代心如、王其瑜和刘丰魁、黄晓皆医师叙述，他们四个人当时均是32号医院的上校军医，黄晓皆生前担任过县政协常委)。

寺坪因清嘉靖年间，此坪建修有一灵峰寺，故名寺坪。1943年11月19日，日寇占领桃源。为了在常德聚歼日军，参与常德会战的余程万部（国军74军57师）驻扎在中寺李家湾一带，老中寺村有一罗家碾房是国军74军工兵所修复的碾制军粮——稻谷的水力作坊。常德守城战历时半月，在遭受国军陆续集中的优势兵力打击下，不可一世的大日本皇军第11军终于在古城常德丢盔落甲，全线溃退。1944年12月8日，国民革命军收复常德。国军74军第57师血战十六昼夜，全师七千八百余人伤亡7500人，1943年12月下旬遂从中寺李家湾撤离。

1945年，麦家河至太平铺公路修通，由于麦家河水路临沅水，座澄溪;陆路通常桃、联湘西，因而成为当时常德地区水陆交通的衔接枢纽之一。国民革命军陆军十八集团军命令桃源县政府在麦家河修建小型飞机场，1945年7月动工，8月建成。用工1.4万个，占田20多亩。机场竣工后，起降过美军飞机。机场除国军驻防外还驻有美军一个连（后勤部队）。抗战胜利，军队调防，机场弃用。1958年高级农业合作社时，机场被毁还田。机场原跑道旧址上仅有一条乡村公路通行。现在，机场旧址乡村公路旁的沅水淤积平原“红莲湖”水田中全部栽植了荷花，部分恢复了“红莲湖”的旧貌。

郑家驿镇比较闻名的地方还有白石铺、郑家河和青铜溪。白石铺解放前属杨溪乡十保；1981年地名普查时因重名，以驻地地名更名为白石铺大队。此地因出产优质高岭瓷土，白石铺当地也有几家铺店做瓷器生意，故称白石铺。明祟祯年间有近20家瓷窑，烧制瓷器沿沅水出售。上至洪江下至武汉都有白石铺瓷器的足迹。上世纪五十年代桃源瓷厂就建厂于此。由于千百年持续开发，已使优质高岭瓷土日渐稀少，上世纪六十年代末期桃源瓷厂迁至桃源县城。

郑家河解放前属杨溪乡一保，因此村居住过郑姓人家，地处沅水畔，水路交通方便故名郑家河。该地的油码头位于郑家河西北0.8公里，因其油房榜坡两旁山上，自古盛产油茶。好的年份每户可收茶籽2000斤，榨油700来斤，加上其他湾榜该地每年产茶油近5万斤。这些茶油一般都从沅水河畔的茶油码头上的油船转运至桃源、常德直至武汉、南京，郑家河因油码头而远近闻名。

青铜溪，因发源于沅水南岸寺坪乡青铜溪村黄泥坳组的楠木冲，溪流贯穿其地，在高家岭桥头注入沅江溪水而命名。解放前属杨溪乡二保；1961年调整社队建制时建寺坪公社青铜溪大队，以驻地地名命名。此地传说颇多，就其地名而言，有人说有一高僧路过此地听说此地有一财主为富不仁，当即施法，将这个财主库存的不义之财青铜钱变蛇入溪，以解村民们被盘剥之恨，人们将青铜钱变蛇入溪的溪唤作青铜溪。有的人则说明朝初年，流域内的白泥池有一道观，有一年，道士在维修道观时挖出了一个青铜盘。众道士认为这是上天赐给道观的镇观之宝，便做了49天的法事以敬上苍。从此改道观名叫青铜观，绕青铜观而流的溪流就叫做了青铜溪。孰是孰非，无人鉴别。

郑家驿镇有三条沅水一级支流通过，其澄溪村就是以驻地澄溪河命其名。澄溪村解放前属澄溪乡四保；1952年属十六区麦市乡；2011年由澄溪村、荫树冲村、岩门村合并，命名澄溪桥村。

原荫树冲村属郑家驿公社新桥大队。因此地原木桥已坏，于清光绪年募捐，建一座屋儿桥，名曰新桥。1981年地名普查时因重名，根据境内水库改名荫树冲大队。民国初年“桃源三杰”之一胡瑛就居住于此。1948年3月1日，陕北瓦子街一役，刘戡毙命，刘戡的29集团军少将分监刘育咸（刘戡兄）、少将军需处长曾雨苏（刘戡妻曾玉洁弟），刘戡私人秘书余成先等皆被俘，教育一个月释放后，于年底回荫树冲新桥头的老家。刘育咸和曾雨苏先后在桃花源膏田刘家和荫树冲曾家多次召土匪头子郭和尚（郭炎）、刘兴科等人开会，策划了有名的“八区事件”。澄溪村花园组的名字据传是后汉皇帝刘知远见此地临水靠坪，交通方便计划在此构筑花园，未成，后人遂称此地为花园。澄溪村的炮堆，是清代吴三桂反康熙，兵出云南，途经沅江，屯兵今桃花源双湖、膏田一带，炮台筑于此地，故名炮堆。

郑家驿南面通安化的驿道所经过的四台山，是桃源县著名的“外十八景”之一。横卧澄溪河中“三狮捧绣球”上的“四台浮翠”的四座山峰上，无石不绿，松树顶平如削、干曲枝虬、苍翠奇特。岩石上生长的灌木、乔木，有立有卧、有斜插、有侧挂、有挺拔、有俯仰，无沦何种姿态都显示出顽强的生命力。登上四台山的“绣球台”，可以寻到元朝元统到至元年间（公元1335—1340年）修建的镇妖塔的旧址，可以寻到钢索木桥铁环的遗迹。据桃源县志记载：“武陵十县通产茶”“惟有南乡盛产茶……南乡又分三等：澄溪一带为上”。明朝万历进士龙膺著有《蒙史》茶著一部。在这部名著中他说吾孝廉兄君超，在郑家驿西南约二十里的四台山旁的郑坪、黄金坪置有茶园，当时他们还只会制作黑茶，或用蒸法将茶芽弄枯后，凉干，包装存放。冲泡后，茶味很浓，但其茶却不精。为制出好茶，龙膺亲邀松罗山方丈罗高君（当时全国制茶名师）去郑驿乡四台山其兄君超的茶园，命仆人数十人，采得茶芽十数斤，罗高君反复多次亲教仆人炒揉之法，直到学会为止。然后叫他们用包皮包好，分藏在茶篓盖好。并叫其兄，每年谷雨前，遣仆入山，按法督制。这样制出的精茶，形、色、香、味俱佳。卖价高出黑茶，也高出蒸法如罗岕耳的茶数倍。桃源南乡远近的茶农，闻讯纷纷前来求师访学。自此，桃源精茶闻名遐迩。此茶送入常德荣王府，荣王府也稔及此法，又将此茶贡送朝廷。后世所谓“乌云毛尖”入贡之说，概源于此。历经几百年的风霜，特别是驿道的废弃、乡村公路的通达、小水电站的修建和近700年岁月的风风雨雨，“四台浮翠”从人们眼中消失了。几百年来，人们刻骨铭心的眷恋与相思、不堪回首的无奈与绝望都变成了历史的幻影。今天能够见到的只有四座山峰岩缝上的衰草繁衍着荒凉、灌木丛中的蜘蛛编织着残梦。远远望去，四座岩石山头上，人们悲苦的回忆与幸福的憧憬交织在一起，苦辣酸甜一齐兜上心头，留下的只有渐渐淡忘的思念！

说到郑家驿，绕不过耸立在郑家驿镇政府身后北边占地600亩，海拔170米高的丰隆山；绕不过丰隆山上的枫林寺。枫林寺旧

丰隆山枫林寺　邬书维　摄

丰隆山戏台　邬书维　摄

时叫灵峰寺，寺不大，1957年因年久失修垮塌。现在的枫林寺于上世纪90年代由郑家驿镇村民喻兴朗、王菊久、胡振松、郭桂庭、张福满、施亚平、吴作堂、吴春英、彭宪章等人照民国年间的式样集资重修。重修的枫林寺将寺名和山名倒置：即将丰隆山名置下面，而将枫林寺名置其上。枫林寺大门两侧有对联：“丰隆绕山川灵气；古寺极天地壮观”。枫林寺内两侧有木刻对联：“圣地我重来披湘麓云雾偕洞庭风月凭栏看满江春水；旧盟谁相约趁桑榆晚晴作慈善襟怀到此敬一瓣心香”。说枫林寺的故事要从九十九个和尚说起，据说枫林寺的历史可以上溯到宋朝，鼎盛时期的枫林寺，香火十分旺盛，寺院连片、僧侣众多，但最多也只有九十九个和尚，少一个马上有人补上，多一个就有和尚去“见佛祖”，总之不多不少刚好九十九个。

枫林寺的寺名来历已无从考证，长期以来这座山当地人们习惯称它为丰隆山。从远处看郑驿，最先见到的是这里一片茂密的枫树林，如果有人叫它枫林山也并不是没有根据。在枫林寺周围有“枫树防火瞭望台”“白果树下戏台”等建筑。高高的枫树林中，掩藏着一座古香古色的寺院，别是一番风光。

丰隆山戏台联，联曰：“名山钟灵秀，教化相因，悟道不分迟与早；故事本虚无，假戏真唱，会心可鉴古和今”。

传说中丰隆山是很有仙缘的：一缘丰隆乃雷神名，是雷神享受下界香火之所；二缘丰隆山也叫枫林山，枫林乃蚩尤血所化，丰隆山很早以前是祭祀蚩尤大帝之所；三缘丰隆山有一得道成仙的母性白果树，树龄近千年。人们尊称其为白果先生。人们不惧路途遥远，来丰隆山向它祈福求水，据说还甚为灵验。这里，还流传着元末明初“白果仙人度李姓兄弟一举成名”的故事。相传元朝李世丰、李世隆兄弟沿雪峰山脉狩猎到此，仰望白雪皑皑的

三人合围的千年白果树　邬书维　摄

茫茫山野，只有枫林山顶白果树下二丈见方的土地片雪不沾，寸土不湿，以为是块风水宝地。兄弟二人结盟跪誓——若来年进京赶考取得功名，定修庙立碑，永世拜谢。翌年殿试，世丰夺得榜眼，世隆采撷探花，联袂还乡还愿。此地遂成一道教圣地，后人为纪念他二人修庙立碑的功劳，从他们名字中各取一字，为此山山名，遂称丰隆山。世人闻讯，纷纷在这里求仙祈福、讨水治病。

丰隆山满山古枫成群、遍地映山红繁茂。正如一位诗人描述的“一夜春风千岭绿，几场喜雨万山红”。每到初春和深秋，漫山遍野一片殷红。沿着蜿蜒起伏的公路穿过条条竹巷来到山顶，伫立其上，只见烟岚涌流，山林苍茫。从庙堂里传出一缕缕钟声，经久不息地飘落在山峰之中。初春和深秋的晴天登上瞭望台眺望，在一片红色枫叶海洋外，郑家驿、剪市、桃花源、漳江镇尽收眼底：沅水如带、澄溪如练、“白马”腾雾；营盘洲、白鳞洲岸芷汀兰；江上船只往来如梭，与一朵朵升腾的流云融入长鸣的汽笛声之中；桃花源的水府阁和漳江镇的高楼耸入云表，与枫林山、鸡公岩遥相辉映，与一座座农家庭院相互掩映。深秋时节环山漫步，但见红叶如彩蝶飘飞，翠竹如碧波翻滚。呼吸时，碧绿入心，沁入肺腑；钟声梵语于屋宇、山脊缭绕，久久不肯散去；俯仰间，江山如画，宠辱皆抛云外。

此情此景，握别一段历史的是过客，展望一片前景的不仅是风光，更是风流人物。一座看上去颇有几份古色古香的丰隆寺，一年四季香火萦绕。一棵饱经沧桑三人牵手才能围拢的千年古银杏守护在其旁边，白果树上男女青年盟誓所披的“同心红”、善男信女祈福所系的红布带，远远望去，似千万面迎风招展的旌旗，它同千万声惬意衷心的祝福一起，给丰隆山增添了一份幻彩。善男信女们在白果树下焚香跪拜后，带上在白果井里灌装的白果神树敕的神水，在心中盘算神水的传奇作用、在脑海里回味着山盟海誓带来的憧憬喜滋滋地下山回家。

走下山顶，徘徊在横跨溪流的石桥上，“文革水库”碧波荡漾，随着“水葫芦”（一种水鸟）翩跹的舞姿掠出一浪浪水波，宛若碧毯上织出的一道道花纹。随着白鹭的航线，山路蜿蜒如五线谱，一丛丛山花仿佛一幅幅锦绣幽吐芬芳。山道上，竹木青苍，怪石嵯峨。伫立山上的丰隆寨农家乐旅馆传出的南腔北调的语音，伴着山间刘姓擂茶馆丰盛“压桌”的清香形成了又一道旅游风景线。千百年来，丰隆山，过去在先人们眼里是一处求仙得道的福地，而如今却成了人们休闲探幽的绝妙胜地。

注：①胡家药铺，指胡瑛祖上在郑家驿老街开的中成药铺，当时很有名气。民国初年因胡瑛支持袁世凯称帝失败，胡家将药铺转卖给易姓药匠。胡瑛（1886—1933）郑家驿镇荫树冲人。武昌起义后被推为湖北军政府外交部长、山东军政府都督，驻节烟台。1915年8月，与杨度等人在京组织筹安会，被称为筹安会六君子之一。1916年支持袁世凯称帝，袁世凯死后，因胡为辛亥元勋未被列为惩治对象，遂避居老家桃源县郑家驿镇荫树冲。

游乌云界

乌云界国家级自然保护区位于湖南省桃源县南部，地处沅水的南岸、雪峰山余脉的北坡，系云贵高原向湘赣丘陵、湘西山地向洞庭湖平原过渡的典型地带，东与常德市鼎城区相连，南与益阳市安化县接壤，西邻怀化市沅陵县，北与桃源县桃花源风景名胜区相望。乌云界旁有三大山界：它们是神仙界、杨林界、黄立界，而且由此三界可直通安化县的杨林、龙圹、冷市金鸡坳。

乌云界国家级自然保护区于2006年2月经国务院批准建立，

乌云界顶　邬书维　摄

保护区地理位置为东经111°07′—111°29′，北纬28°30′—28°40′，东西长36公里，南北宽16.5公里，其范围涉及桃源县属三个镇、17个行政村和牯牛山国营林场。东接常德市鼎城区，南邻益阳市安化县，总面积33339.62公顷。其中有土地面积977公顷，集体土地面积32362.62公顷，森林植被覆盖率达92.5%。属森林生态系统类型自然保护区。保护区范围共涉及桃源县三个镇、17个行政村和一个国营林场。它们是：沙坪镇的沙坪、湖湘坪、红官村、赛阳、兰坪、乌云界、西溪、竹山、向阳、老屋棚10个村;杨溪桥镇的蔡家塘村、落马洞村、煌山村、牯牛山村、十八登村等7个村和国营牯牛山林场;茶庵铺镇的古溶溪村。乌云界国家级自然保护区管理局本部在桃源漳江镇，管理局下设沙坪、落马洞、西溪三个分局和一个生态环境研究所（所址设沙坪镇）。

乌云界保护区内的沙坪镇（曾用名靴坪），由原沙坪镇和芦花潭乡合并而成。辖13个村、3个居委会。镇政府在万寿宫居民委员会，位于乌云界保护区北面，挨溪靠平，距县城46公里，是以茶兴起的桃源县建镇较早的建制镇之一。其地名是根据当地被澄溪冲击泥沙淤积的荒洲名命名。也有人叫其靴坪，是因为安化人经小溪到快活岭上的山亭岗眺望，沙坪镇政府所在地及街道地形像一只靴子，故一段时间也有人称其为靴坪。沙坪镇是历代安化、桃源两县农（山）民桐、茶、竹、木等土特产集散之地，明清两朝贡茶“乌云毛尖”即产于乌云界核心区内。石板街、吊脚楼、一河清水形似弯弓，大小屋桥架在首尾，先后有《铁牛镇》《竹山青青》《葫芦晃悠悠》《西去北丈峡》《女儿船》等影视作品在此拍摄。抗日战争时期，常住十二省九十六县人，镇上设有三大会馆：江西会馆、长沙会馆、五世公会馆。常住人员（含捡茶工）达3万余人。江西会馆由江西迁来的甘氏家族中甘炳荣主持修建，会馆内供奉有道教神像（玉皇、祖师、财神）面积约三亩大小。长沙会馆由文仲夫主持修建，面积约二亩五分地。会馆内供奉有道教玉皇神像、祖师、财神、送子娘娘。五世公会馆由龚吉太主持修建，面积约一亩地，会馆内供奉有道教财神神像。各个会馆长期维护着沙坪社会安宁和生意繁营。镇上除源和昌茶行、湘益源茶行、华春茶行、华富茶行、子文茶行、蒋家茶行、唐家茶行、陈记茶行、朱家茶行、大生茶行、岗济堂茶行、同德堂茶行等12家茶行外，各类商贾云集：南北货店、药店、布店各有近十家，屠夫店、米行、客栈、豆腐店林立。

元明之前，民间饮用的茶叶只经蒸、晒两道程序，而乌云界等地的山民主要停留在擂茶饮，用以解酒化毒、消疲提神、祭神驱鬼、婚聘茶礼、佛道清心入神等。元末明初，由于茶叶品种结构的变化、制茶工艺的进步和茶叶销路的打通，沙坪才真正成为茶叶集散的埠头。清雍正时沙坪出现了专制专营茶叶的茶行。它们取得官方的许可、颁发证照、征缴税银。但当时的制茶主要停留在杀青、揉捻、渥堆、干燥四个工序。清同治末年，沙坪各茶行在做茶叶边贸时，发现欧洲茶商、俄罗斯和蒙古茶商购红茶量大、价高，于是便采摘嫩叶、改做红茶，每箱装红茶60斤，每年出口两万多箱，每箱售白银40两，获利颇丰。

古镇风貌　张庆久　摄

除精制红茶外，茶行将茶梗、茶皮、茶末及老茶叶压制成茶砖售给波兰、俄罗斯、蒙古、土耳其茶商。山西茶商会万寿宫和本地安化人为主的茶商同德堂一度声名远播。太平天国占领南方部分省区时期，乌云界区域年产百担红茶的茶户在300家以上。1933年，安化人曾某作为沙坪镇同德堂的股东，在“同德堂”取湖红工夫茶样，参加巴拿马赛会荣获金奖。靠茶起家、靠茶兴盛的沙坪古镇一时成为常德西南热闹、富饶、美丽的“小南京”。如今在原沙坪国营老茶厂“生技股”杨泗廟旁，还可以看到由安化人、两江总督陶澍回家省亲时题写刻制的“同德堂”石碑，碑下边便是原澄溪水运码头，乌云界茶叶由此发运，沿沅溪、沅水、洞庭湖而至海内外。另有一块木质“同德堂”牌匾由湖红工夫第十代传人——沙坪镇乌云界村坪溪组刘老树珍藏至今。乌云界保护区内外，随着桃源大叶茶的发现和发展，如今古镇外又衍生了很多茶企：古洞春、百尼茶庵、春峰茶业、刘老树茶业、龙茗茶业、君和茶业、腾琼茶业……茶业之兴盛直赶往昔。

沙坪黄姓族谱中记载，清道光十一年（公元1831年）澄溪就已通航，1950年以前，当时沙坪、牯牛山以及安化东坪的部分竹木茶等林产品均由两溪口集中出澄溪，进沅江、入洞庭、送汉口南京。工业品由麦家河转上小船（5—10吨木帆船）、或由挑夫、“鸡公车”夫经古道运往沙坪和两溪口，由马帮再运至各地。通行水陆运输的同时，还通行木筏、火排。澄溪河运输繁忙时，溪中有10多条木船、60余架火排行走。清咸丰二年（公元1852年）沙坪镇乡绅甘富春为首捐资，修成了连结现沙坪村与油溪村之间的沙坪风雨桥（即后来称为沙坪“大桥”的木桥）。桥长75米、宽8米（两边有路人休息的坐凳），分上下两层，桥面上建有三个亭子，中间的亭子最高（高出桥面约5米），亭中供奉杨泗将军的木雕神像，常住守桥、伺候香灯的人一名。桥用铁皮盖顶，两旁用活动木板挡风，过桥的人不会被风吹雨淋。桥北立有石碑一块，上书“甘露普及”四个大字，以纪念牵头修桥的甘姓家族。民国31年（公元1942年）大桥南头街道失火，烧糊南大桥两逢（大桥共17逢），沙坪木制“大桥”于1969年不幸拆毁。沙坪木制

"大桥"以下1000米左右，民国四年（公元1915年）由乡绅周子谷牵头建有木制"小桥"一座，也是在民国31年（公元1942年）该桥被洪水冲走，国民革命军74军57师（师部驻寺坪李家湾）工兵连砍沙坪城墙坡树木修复。1949年初又被洪水冲坏，1952年由朱连登牵头修复。该桥也于1969年拆毁卖掉。现在这两座桥，只剩几个残余的石桥礅岩挺立在旧址两岸，似乎在向过往的人们诉说着世道的变幻无常与辛酸。

抗日战争期间，1943年，随着日军于11月21日以伞降部队袭占桃源以前，桃源县政府即搬迁到油溪冲万印皆家办公一年余。常德会战时，常德信国中学、忠器中学（校长杨正已）迁沙坪元和昌茶行和大生茶行办学。

沙坪镇的名胜古迹较多，除开本文所述的几个地方外，其中较为闻名的有：

猛虎跳涧

沿沙坪古镇溪水上行，有一峡谷，两侧陡峭，左侧峭壁上横生一石，恰似猛虎跳涧之势。

净水映日

净水庵是一座古庵。相传是历代旱年求雨圣庵，毁于文革，现存有遗迹及石碑若干，是沙坪的一块风水宝地。自古流传着一首民谣，道出了沙坪人间天堂："上有明镜照万山，下有四台把水关，左有五龙来戏水，右有净水保天干"。亦有传说，当百姓在净水庵求雨时，观音菩萨即站在不远处的观音尖上为人间洒下甘露。

羊角湾里葬阁老

西溪金厂溪七星组的羊角湾，群峰簇拥，清溪环流，堪称一方禁山秘宇之地。明末重臣杨嗣昌的部分残骨就埋葬在这座山上。杨嗣昌，明万历十年（公元1582年）出生于湖广常德府武陵县，崇祯十四年（公元1641年），张献忠在开县大破官军，出川趋襄阳，一直被困在奉节鱼腹山的李自成，也趁机突围转进河南，攻克洛阳，处死皇叔福王朱常洵。二月五日，张献忠突袭襄阳行营，杀死襄王朱翊铭。此刻，杨嗣昌尾追张献忠至湖北沙

杨嗣昌墓　邬书维　摄

市，获悉“二王”被杀，深感有负朝廷，在忧病交加中谢世（亦有传言为绝食、自缢或服毒自尽）。

杨嗣昌死后，崇祯帝赐祭，进太子太傅，归其丧于武陵，厚葬于龙阳（今汉寿）。两年后，张献忠攻破武陵，“心恨嗣昌，发其七世祖墓，焚嗣昌夫妇柩，断其尸见血。”张献忠入川后，杨嗣昌外祖父家人将其半体残骨入殓，运至桃源县沙坪镇西溪村金厂溪七星组，埋葬于羊角湾。2004年，其后裔寻根问祖，前往羊角湾立下墓碑，碑联云：青山萬仞埋忠骨；瑞靄千秋护殞星。

七娘竞眉

西溪入口二三里，有一对奇峰，恰如雌雄双剑直插云霄，又似仰卧美人双乳高耸挺拔，其险如壁，有一夫当关，万夫莫开之势。南宋末年间，相传，由于元朝蒙古统治者插草为标占地，大部分农民丧失了土地，无法生存。有个叫鲁胡子的起兵造反称王，建寨于此，名曰鲁家寨，并在两溪口竹节坪养有千军万马，后被官兵智取，用大炮攻破。七娘坡，与鲁家寨对峙，相传鲁家寨被官兵攻破后，鲁太子率领七个妻妾飞升，七娘子贪看此处美景，误坠于此。亦传明镜远照为七娘所设。沙坪镇离儿坡据传就是鲁太子丢失儿子的地方。油溪冲的捉儿坳，是鲁太子的养子在此被官兵追获捉走，后人便呼此地为“捉儿坳”。

龙洞春涨

西溪入口，沿溪行，溪临尽头有一壑古谷，瀑布高悬，潭深水碧，两侧古木参天，侧有一洞，名曰小龙洞，据传与十多里外之乌鸦池相通，曾有《小龙洞记》记之。

云岭积雪

乌云界自然保护区之核心区，最高峰即乌云界，于云雾山、神仙界连为一岭，冬天雪早，春天雪迟，皑皑白雪，堆成一脉，远处一望，界顶左右“惟余莽莽”。

乌云界顶舞玉龙　邬书维　摄

七凤起舞

七凤尖，在乌云界下，王家湾水库右侧，与赛五龙对峙，七峰丛聚，有如七只凤凰翩翩起舞，登峰可将乌云界自然保护区核心区尽收眼底，海拔近千米的界岭上芭茅丛生，据说是华南虎经常出没之地。

赛五龙“还愿”

雪峰山尾，王家湾水库与芦花水库之间，有一山名曰赛五龙，五条山脉汇集于此，主峰上有一尼庵，香火旺盛。据说祖师菩萨先在五雷山（慈利县）出家，转世后又到赛五龙出家，故在五雷山所许之愿能在此庵还愿，善男信女朝拜不断。赛五龙庙全是木结构。木柱粗大，杉木板壁。殿里挂满香客祈福还愿的红布。殿正中供奉观音神像，偏旁供药王牌位。

马援牧马马王溪

1981年地名普查时因重名，以境内传说马援牧马的“马王溪”命名。

传说东汉建武二十年（公元44年），威武将军刘尚领兵攻打

美丽的马王溪　罗飞　摄

武陵郡地区五溪夷，冒险深入，结果全军覆没。此时年值62岁的伏波将军马援自请出征，马援率四万兵士，数千战马，乘船入洞庭溯沅水而上，途中遇蛮夷攻城，他跃马而上，指挥击溃了敌军。

马援曾为武陵太守，武陵大旱时，他体恤民情，开仓济粮，此次领兵，又军纪严明，秋毫无犯。马援在攻打五溪夷时病逝，当地民众十分怀念他。《风士记》载“当地妇人皆用方素蒙首屈角脑后，云为伏波将军持服”。马援牧马的这处山湾，为当地民众命名为“马湾”。马援的坐骑红鬃烈马，在数千马匹中独具风骚，堪称“马王”。因此，人们将烈马饮水的那条溪流，称作“马王溪”。

芦花潭

由水溪从千工坝下来的溪水冲成一潭，潭旁芦苇丛生，花开时与碧水相映，景色尤佳，故名芦花潭。芦花潭里水深水面宽阔，从老屋棚等上游放下来的竹、木多在此捆扎。此地就成了放排工的歇息之处，慢慢的就形成街道，以致商贾云集。其境内八鸽塝，相传清朝有一人在此塝上挖墓穴，挖出一小洞，洞内飞出八只金鸽，故名八鸽塝。鹿鸣岗，传说很早以前，山岗上常有鹿鸣之音，人称鹿鸣岗。

游乌云界国家级自然保护区核心区有数条路径可走，下面主要分东、西两条路线进行介绍。在深秋时节，最好从西线进乌云界，乘车过桃花源，沿319国道一直向西南方向走，到达“郑家驿”兴安桥后，再从驿道分岔，步行（也可乘车从常吉高速公路或从319国道至杨家桥后走杨冷公路到沙坪镇）经郑驿镇高岩村枫香坪，沿澄溪旁的“茶马古道”向沙坪走去，古道由郑家驿过高岩坡、走红山冲上叫化子坳即到沙坪古镇。再由古镇壩垴上步行经毛家坡爬548级青石阶到“两益茶亭”。从“两益茶亭”出发，渐渐地便觉得古风扑面，仿佛听到长安或南京的马千里而来，一声嘶鸣震落薄霜。先前在古道两侧远远对视着的高低山丘，悄然间向古道挤拢过来，山林被秋染得五彩斑斓，偶尔有瘦瘦的炊烟自树隙间被扯向天空。到达“大树坪”再到两溪口小集镇后稍事休息，再从两溪口出发，历经晚溪再上神仙界、杨林界，分别到安化县龙塘乡和杨林乡。

“茶马古道”所经历的安化县，是古梅山腹地。民国时期交通极不方便。为了方便马帮运出大布袋装未经加工的粗红茶来沙坪加工、运回日用百货等商品，人们集资修建了数百里的青石板茶马专道，供“马帮”和挑夫经过。“茶马古道”，凝聚和集中了当时的物流和人流。马帮及挑夫作为一个特殊的社会群体，活动在乌云界大山深处已有千年以上。茶马古道上延续千年的故事虽曲终人散，但条条弯弯的小道上还镌刻着千年的记忆，凄美的民间传说还散发着绵绵的诗意。

茶马古道　邬书维　摄

平溪风雨桥　吴飞舸　摄

有关古道的故事，犹如一段山风吹散的残梦，虽然只剩零星的片断，却总在人们眼前摇晃。而今安化县在茶马古道经过的好些水陆、陆陆交汇点，多年自然形成的集镇、驿站还在营运。以方便零星马帮、挑夫和过往行人买卖商品，住宿歇足。而偶尔穿梭在古驿道上的辛勤马帮，还在风餐露宿的艰难行程中，清悠的铃声和奔波的马蹄声有时还在打破山林深谷的宁静，日复一日、年复一年，回响在一条条通往深山的物流之路上。

沿乌云界“茶马古道”南行，可以乘竹山的“火排”漂流，上土荆洞旁的“仙人桥”寻根，入“仙人洞”探秘。还可上两溪口石拱桥和周子谷青石岩水井借物怀古，过平溪风雨桥揽胜。一路上可以在竹山壹号部落、兰家湾二号部落、柏家坡、李国珍等农家乐一边品擂茶，尝竹筒饭、竹筒粉蒸肉、苦荞粑粑和土菜野菜；一边听松涛、观竹海。昔日的古道现在已是一个特色观光、文化体验、户外运动、生态休闲、农耕体验、漂流度假为主题的旅游走廊。

乌云界从毛家坡上山南行，其旅游景点可以用“一溪四桥”来概括：

一溪指牯牛山下流的冷家溪和晚溪下流的小溪，二溪合流后叫澄溪。四桥指两溪口的石拱桥、土荆洞的仙人桥和藤桥、平溪的风雨桥。有关土荆洞的仙人桥，当地人传说在很久很久以前，土荆洞旁有个放牛娃上山放牛，远见小溪西山坡上有一鹤发老人用鞭子赶一群灰色的山羊向溪边走。放牛娃想这里从来无人养羊，哪来的羊群？走近一看，才看清鹤发老人用鞭赶的不是羊群

土荆洞的藤桥　张庆久　摄

土荆洞的仙人桥　吴飞舸　摄

而是大、小不等的石头。放牛娃怕石头伤及自己，赶紧下山。下山途中，又遇一鹤发童颜老人柱拐杖向山上走去。老者问放牛娃：刚才有没有遇见一放羊老人赶羊下山？放牛娃答曾遇一老人用鞭子赶石头下山。鹤发童颜老者叹道：还是被你喝（识）破了，土荆洞小溪上的石桥修不成了。放牛娃听说后大惊，马上下跪央求老爷爷：小溪上的石桥修不成，帮我们在土荆洞两旁的涧上修座桥吧！老爷爷见放牛娃可爱、可怜，用拐杖一指，一座土荆洞石桥搭成；又一指，土荆洞左侧的天然藤桥生成。随着旅游人群的增多，沙坪大约坪村民曹明军新建了一座颇具中国南方特色的《临仙居》山庄用以待客。门联“叱石成桥，靠神威助矣；指藤作渡，邀化客居之”木刻后悬挂在大门两侧。以烘托仙人桥为“仙人”搭建的气氛。乌云界平溪度假村《临仙居》主要从事餐饮住宿、休闲游玩、购物等，提供竹排、皮划艇、琴棋书画、卡拉OK、烧烤篝火晚会、登山观景、蔬菜瓜果采摘和种植，农特产品销售等等。

乌云界最古老的石拱桥数两溪口岩拱桥（为桃源县重点保护文物）。此桥于1883年由乡绅周两溪牵头修建。桥长30米，宽7米。桥头有石刻楷书对联“两岸人得渡；溪边鸟自闲”。对联内容写景颂人恰到好处。有位诗人写了一首七绝描述乌云界的美景：“不图志在青云外，但愿身居绝顶中。一夜春风千岭绿，三场喜雨万山红。”乌云界国家级自然保护区位于中亚热带向北亚热带过渡地区，属于中亚热带季风湿润气候。春季低温阴雨，湿度大，云雾多;夏季天气炎热，多暴雨;秋季风和日丽，气候宜人，具有典型山地气候特征;冬季天气冷凉干燥，多大风，霜冻频繁。保护区多年平均气温为14.2℃，极端最高气温38.4℃，极端最低温-15.8℃。乌云界国家级自然保护区由于地处安化暴雨中心，森

两溪口岩拱桥　吴飞舸　摄

林覆盖率高，涵养水源丰富，地表水系十分发达，发源于保护区内的大小河流有40条之多，这些河流的特点是：落差大，河床坡降陡，降雨量丰富，水能蕴藏量大。区内发源的河流呈树枝状分布汇聚，无外来水流，自成水系，随后分别注入澄溪、水溪、夏家溪、夷望溪和大洋溪后入沅江，汇入洞庭湖，因此水系属长江流域洞庭湖水系。乌云界国家级自然保护区地处中亚热带季风气候区，境内群峰叠嶂，最大相对高差达1000米，形成多样的独特生态环境，为各种植物的生长发育提供了得天独厚的条件。是人们回归自然、寻找刺激、避暑度假、修身养性的理想之地，也是一块待开发的旅游资源处女地。乌云界有千余种世界珍稀的草木本植物和野生动物。一棵阔叶含笑和一棵摇钱树，被专家鉴定为省内同种树中之王，使乌云界更显神奇，独具魅力。海拔千多米的高峰，登上最高峰乌云界防空哨所，人立山顶，云绕脚下，真有腾云驾雾之感觉。垂目下看，周围大大小小的青山、绿水、农舍尽收眼底；远望可观常德市府、桃源县城全貌。

区内植被类型多样，除了地带性植被常绿阔叶林外，还分布有常绿落叶阔叶混交林、落叶阔叶林、针叶林、竹林、灌丛、草丛等7个植被型，15个植被亚型，24个群系组，几乎包含了中国中亚热带地区所有的植被类型，具有中亚热带地区植被类型的典型性、多样性和系统性，这在中国乃至全球同纬度带内都是罕见的。以乌云界村湖坪九叉湾（海拔1028米）为中心，遍及乌云界17个村近万公顷的高山云雾中深藏的古茶树，是历代生产红茶、绿茶、砖茶茶树的后裔。九叉湾古茶树所产的“乌云毛尖”绿茶，受到明清两朝皇族的青睐。而今天，用高山有机茶作原料的竹山“刘老树湖红茶”则广受业界的好评。

游乌云界走东线，人们从乌云界生态园广场进入乌云界，映入人们眼帘的是小桥流水后的百亩玫瑰园，随着玫瑰花的芬芳，人们对乌云界的爱更浓了，情更深了。

朵朵玫瑰花，迎着青春的脚步，在人人企盼的日子里奉献着自己的爱意，一支玫瑰爱的示意，十只玫瑰爱的真情，九十九朵

乌云界自然保护区东入口　邬书维　摄

玫瑰是爱的深刻，九千九百九十九朵玫瑰则是爱的高峰！玫瑰花，在盛开的时候，一瓣瓣自由开放，饱满了整个花园，鲜活了这个世界，从爱升腾起了一件件一桩桩满是爱的故事，去除了世态炎凉和人间的冷漠。在秋风劲吹的冷空气里，玫瑰花仿佛完成了自己的使命，一瓣瓣地摇摇飘落，像玫瑰诗魂，跨越了时空跨越了季节，跨越了自己的生命河流，用玫瑰红的纸笺洒一路诗情、留一路深意。玫瑰花用她那唯一的落红，飞扬了爱的时空，化作花泥，留在花根，香在明年的花春！

离开玫瑰园，沿旅游公路而上，公路两旁的“百花苑农庄”、“乌云界休闲农庄”里飘出的浓浓菜香，淡淡的擂茶鲜味在空气中荡漾。而乌云界山庄餐厅里沸腾的桃源土鸡、竹笋炖腊肉正等着你去品尝。爬上王家湾水库堤，首先遇到的是一种久违的宁静。所有的浮华与聒噪随着一片片浮动的云、连绵的山、茂密的竹林而慢慢散去。于是，突然发现，在这里所有人都只是大自然的孩子，享受着它的庇护，远离尘世的叨扰。如果你也喜欢，不妨来看看，享受一下大自然的馈赠，每一次的回眸都将给你带来不一样的惊喜！如果你乘水库中的游艇在水库中漂荡，随着小艇在库汊中穿行，冷不防会有一只“打鱼郎”从空中俯冲入水，带上自己的猎物飞回鸟巢。从水库上岸，在野鸡岗“王建新山庄”里俯视竹海里的层层竹浪，再见证“绿水人家”前水池边的垂钓者收获自己的希望。

从“绿水人家”向乌云界岭上行，经大甘溪广场，进入兰坪、后溪原始次生林区。只见原始次生林所在山头，层峦叠翠，郁郁葱葱。走进原始次生林，溪水潺潺，植被茂盛，古木参天，藤蔓盘旋，遮天蔽日。这里生态优美，空气清新，走在落叶厚积的林间古道上，发出沙沙声响，仿佛走进了时光隧道。沿途是石林风光，形态各异的怪石伫立在树荫下、花草间，嶙峋多姿，形态各异，巧夺天工，灵动而秀美，一步一景，意趣盎然，犹如浑然天成的皇家园林秘境。峭壁岩石里面藤蔓漫长，屈曲盘旋在树木上，或悬挂在林间。一根水桶粗的藤蔓就像一条大蟒蛇攀爬在岩石上，惟妙惟肖，栩栩如生，令人称奇。岩石缝隙中生长着各种高大粗壮的树木，且夹杂着许多珍贵稀有树种。有珍稀的楠木，苍遒的古桎木，树皮像鱼鳞的脱皮树，树蔸空心像张开大嘴的楮木，浑身长满刺像一根根狼牙棒的刺枫木，几个人才能合抱的黄连木，高大粗壮且十分罕见的棘木材、桎木等等。茂密多样的植被营造了众多野生动物的理想庇护所，保护区有野生脊椎动物28目71科201种，无脊椎动物21目162科999种，其中国家一级保护的野生动物有3种，国家一级重点保护动物金钱豹、云豹、白颈长尾雉等。国家二级保护的野生动物有19种，如穿山甲、金猫、大灵猫、小灵猫、红腹锦鸡等。乌云界国家级自然保护区动物分布的一个显著特点是有大型猫科动物群落保存，特别是发现了濒危物种华南虎踪迹。

国家一级保护植物有银杏、水杉、伯乐树、红豆杉、南方红豆杉5种；国家二级保护植物有金钱松、蓖子三尖杉、巴东木莲、榉木等21种。保护区内古树繁多，它们有：牯牛山管水上中溪的大榉树、西安镇桥塘的湘楠、沙坪后溪的摇钱树、阔瓣含笑，湖坪的南方红豆杉、大约坪的竹叶椆，西安观音尖的栓皮林等都是百年以上的古树。每一棵古树都是一座值得研究的基因库，在其复杂的年轮结构中，在其核染色的迷宫中，记录和蕴涵着可供我们发掘和利用的信息和基因。古树随季节展示其婆娑之态，苍劲之美，沧桑之叹，传神之韵。春季，新叶滴翠，花蕾放香，使人赏心悦目；夏季，繁花似锦，芳香吐露，使人心清气爽；秋季，绿树霜天，翡翠风韵，使人视觉一新；冬季，雪后凌风，古朴庄重，使人赞叹不已。

王家湾水库位于乌云界沙坪镇湖湘坪村，1958年9月动工修建，水库坝高120米，水库总库容1885万方。有效灌溉面积达5万多亩，是集防洪、灌溉、发电、供水为一体的综合性水库。该工程竣工50年来，无论是在农田灌溉、水能发电方面，还是水源涵养、旅游观光、生态保护方面，都产生了巨大的效益。在修建水库的上世纪50–60年代，人们跟大自然搏斗的工具还非常落后。很难想象，先辈们硬是靠肩挑背扛，付出极大的代价修成了这座水库。有多少优秀的桃源儿女为了改变家乡十年九旱的现象，不求任何回报，甘为桃源的水利事业奋斗了一生，有的甚至献出了自己宝贵的生命。他们虽然离去，但是他们的身影投映在桃源大地上，永远不会消失！

水库周边有老屋棚、猪梁背、赛五龙、云雾山、乌云界、七峰尖等许多高山，植被繁茂，森林覆盖率达95%以上。通过1987、1998、1999、2003年对湖南省桃源县乌云界自然保护区的鸟类实地调查，发现该处鸟类有91种，隶属12目27科，国家一级保护鸟类1种，国家二级保护鸟类14种，三级保护鸟类43种，2003年8月对该地夏季鸟类调查发现，该地夏季鸟类共31种，隶属6目13科：优势种为灰眶雀鹛；常见种有绿鹦嘴鹎，大山雀以及红嘴蓝雀，乌云界是一座人工无法修成的天然鸟类陈列馆。

如果说乌云界自然保护区是一幅山水画，那么区内1971年修建的向阳（芦花）水库，则是这幅山水画的精彩部分。水库四周山峦起伏，竹浪滚滚；水库里碧波荡漾、港汊交错。既是人们垂钓休闲的好地方，也是水禽的听不到噪音、受不到干扰的宁静的极乐世界。清代诗人向文奎在其《水溪棹歌·之三》中写道："芦花滩上马湾溪，湾水源高滩水低。报道哥哥行不得，溪南溪北鹧鸪啼。"向阳水库以上，随着海拔的不断上升，人们几乎可以感受到春夏秋冬四季的变化，可以同时看到春华秋实的美景。难怪清代诗人向光谦在《水溪道中》用"野戌炊烟合，荒郊薄霭分。溪喧晚逾急，寒吹容先闻。绝岭明残雪，遥天起冻云。梅花荆棘里，独自抱清芬"来描写这里的景物，抒发诗人的亲身感受。清清的溪水浇灌着桃花源里的良田、甘甜纯美的乳汁养育了千万子孙。

保护区主要保护对象的典型性、稀有性、濒危性、代表性较强，在涵养水源、保持水土、调节气候、维持生态系统良性循环等方面具有重要作用。

赛阳的蓝莓熟了　邬书维　摄

从湖湘坪村出发，随着峰回路转的山间公路，只见层层梯田式的山体上，种满了几十公分高的绿色植物，那鲜爽多汁的蓝莓就挂果于此。六、七月正是乌云界蓝莓成熟的时节，前往此处采摘蓝莓的游客络绎不绝。"采摘蓝莓，可不能下大力气，要轻巧一些，不然已经成熟的蓝莓一用力就蔫了。”在当地村民的指导下，进入蓝莓基地采摘蓝莓的游客开采了。村民们边说边示范起来，蹲下身子，用一只手托起一串已经成熟的蓝莓果实，另一只手用手指轻轻摘下一颗颗蓝得滴汁的果实。蓝莓含有丰富的花青素，可以鲜吃，也可以做成果汁或果酱。不少体验采摘的游客更是边采边吃，大饱口福。

由于乌云界核心保护区受有关法律、法规的保护，並将重点整治自然保护区内植被破坏、环境污染、人为活动干扰生态环境和资源开发超限、超域、超额等问题。对保护区内的核心景区的自然景观及人文景观本文将尽量不涉及，在保护区所辖的乡村有专题简介，仅就保护区实验区及其邻近的景点作些简短的介绍。

“横看成岭侧成峰，远近高低各不同”。乌云界上丘壑纵横、峰峦起伏，游人所处的位置不同，看到的景物也各不相同。苏东坡的这两句诗，意写庐山风景。笔者却认为他概括而形象地写出了移步换形、千姿万态的乌云界景区。乌云界保护区生态环境独特，为各种生物的生长发育提供了得天独厚的条件。保护区内保存了大片国家一级保护植物伯乐树群落、南方红豆杉群落和国家二级保护植物蓖子三尖杉群落以及众多古树名木。茂密多样的植被营造了众多野生动物的理想庇护所，保护区动物分布的一个显著特点是有大型猫科动物群落保存。因此，乌云界自然保护区不愧是雪峰山余脉一座巨大的天然基因库、天然动植物的陈列馆，具有极高的保护价值。

金珠舍身救王龙

逶迤绵延的乌云界，蕴藏着珍宝，也记载着故事，在百峰千崖中，有座临溪而卧的山叫金龙山，这山有个美丽的传说。

很早以前，这溪边没有山，只有一大块长着一片又一片竹子的土地，每片竹林旁都住着一户人家。有一家姓王的，夫妻俩都染上了疫病可没钱医治，儿子王龙刚满十八岁，是个孝子，天天守在爹娘身边，就在二老谢世那天，王龙也染上了疫病。

王龙从小就心地善良，溪上溪下和山前山后的老老小小都喜欢他。可如今走的走，亡的亡，爹娘又离开了他，他的心都要碎了。

这天，他又来到溪边爹娘的坟上哭了一回，越想越觉得没有活路，不如就死在坟边算了。这么想着，一闭双眼就躺倒在那里。糊里糊涂的不知躺了好久，忽觉小溪的水面上金光闪闪，从水里走出一个身着白衣的少女。少女美艳绝伦，浑身五光十色。少女走上岸来，手捧着一个放射着金光的盆子，轻盈盈飘到他面前说："这盆里装的是我在这周围山上采的九十九种草药，再用七七四十九天炼出来的药水，可治百病，得了疫病的人喝一口就会好的。"说完，少女就不见了。王龙醒来，原来是一个梦，可是记得清清楚楚。这个梦太神奇了，他不相信这是梦。于是就身前身后地看，要找那个闪着金光的盆子。盆子没找到，却在身后找到一个蛮大的蚌壳，蚌壳端端正正放在他身后，里边装满了水。他十分奇怪，怎么是个蚌壳呢？他嘴里有些干，联想起刚才的梦，端起来便喝了一口，好奇怪呀！刚一下肚，顿时觉得全身都有劲了，像个没病的人一样。他不管刚才的梦是真是假，可药水确实是真的。王龙端着药水悲喜交加，悲的是爹娘如果多活一天，不就有救了吗！高兴的是终于有了治疫病的药，得疫病的乡亲们有救了。

他一家一家地治好了没有来得及走的病人。

这事一传十，十传百，背井离乡的回来了。蚌壳里的药水救了好多人，奇怪的是药水一点也不见少。王龙见救了这么多人，他高兴极了，乡亲们都感激得不得了。他对乡亲们讲起了这神奇的药水是怎么来的，人们问他那女子的来历他又说不明白。

王龙总想见一见那个少女。二十多天过去了，每天晚上做梦都没有梦见她。这一天，王龙端着蚌壳又来到了爹娘的坟前，躺在坟堆上等着那少女出现，心想，我就在这里老等，今天不出现，明天再来等，明天还不来，后天又来等，反正要等她来。这天夜晚，天上只有朦朦月光，王龙等到月光离去，又迷迷糊糊睡着了。忽然，溪水里出现一道亮光，那少女浑身光闪闪真的从水里走了出来，和那天的情景差不多。王龙使劲捏着自己的鼻子，发觉自己已经醒了，他不知说什么好，只晓得赶快奔跑过去跪倒在地拜谢少女。少女把他从地上扶起来，她告诉王龙她

白衣少女　吴飞舸　辑

叫金珠，这条溪就是她的家，如今大道未成，不可贪恋红尘，以后总会有缘相见。金珠说完走入水里就不见了。王龙知道金珠不是凡人，怎么才能够再见到她呢，他记着金珠的话，有缘还会相见。

溪河里有个仙女的事传开了，传去传来传到了大山背后二十多里远一个会些法术的人耳里，他算出这个仙女是一颗吸了天地精华而化成人形的珍珠。他想在这珍珠身上发一笔大财。法师知道这颗珍珠价值连城，但珍珠已经有些道行了，要得到手并不容易，他还算出这珍珠有一段凡缘，比人更痴情，王龙就是珍珠选择的凡夫郎君。于是，法师便尾随王龙，在小溪边等待着珍珠。

这天晚上，法师突然出现在王龙面前，用剑逼住王龙，然后取出一道符抛向溪水里，不一会，溪水翻腾，黑云密布，狂风陡起，还夹着闪电。金珠真的来了，来到了王龙面前，一句话没说，就与法师打斗起来，斗了几十个回合，金珠眼见就会败落，只好退回水中，法师不敢去追，便逼王龙下水，再引金珠出水。王龙哪能就范，便与法师打斗，刚一交手，就被砍倒，昏死在地上。

金珠一见，悲愤不已，不顾一切跃出水面，扑向王龙，可王龙此时已气绝身亡。那个法师趁机把一道符镇在金珠头顶，金珠自知逃不出这人的魔掌，便使出浑身力气，愤恨地将一腔鲜血喷向法师。这一口血混合着金珠数百年修炼的真气。喷得法师法力全失，飞出好几丈远跌入水中，尸身随着溪水流走了。金珠也精力耗尽，一下倒在了王龙身边。

金珠和王龙俩的身体一碰，便化成了一座山，当地的人们怀念金珠和王龙，就把这座山叫做金龙山。

仙气萦绕雷公尖

桃源县水溪源头有座高耸云端的山峰叫雷公尖，秀丽的雷公尖流传着一个神奇而动人的故事。

传说天上的玉皇大帝有七个美丽可爱的女儿。这七个仙女个个心灵手巧，王母娘娘视为掌上明珠，每天按照赤、橙、黄、绿、青、蓝、紫七彩颜色教授七姐妹纺织天上云霞。

天庭虽好，可是没有人间的繁荣热闹。久而久之，七仙女厌烦了这冷冷清清的日子，心里一直向往着快乐自在的人间生活。但天庭律条严厉，不准她们离开天庭半步。一连几天，七个姐妹凑在一起商量，想个什么办法到人间走一走，玩一玩。

一天，恰逢西天如来佛祖万年大寿，这可是仙界一桩大喜事。玉皇大帝和王母娘娘亲自率领百仙去西天灵山贺寿，天庭后宫一下变得特别清净。七姐妹都认为这是个下到凡间的绝好机会。于是，七个仙女化成七朵彩云，飘落凡间。一路上她们如笼中放飞的小鸟，不知不觉飘过了六十六道岭，游过了九十九座山，当她们路过老屋棚时，一下被这里的风景迷住了。但见这里山清水秀，风光旖旎，层峦叠翠，峭壁如削，真的是苍松翠竹郁郁葱葱，群峰环绕雄伟俊美，山泉瀑布飞溅如花，潭水如镜清澈见底。姐妹们好不高兴，争先飘落山间，化成凡人，尽情享受起天庭上从未有的欢乐。她们来到潭水边，轻解衣裙嬉戏在山水间；邀到山民家，放开肚肠品尝人间美食；走在林间小道，放眼观赏奇花异草。仙女们这看看，那瞧瞧，觉得这片山峦看不完，玩不够。她们流连忘返，乐不思蜀。

天宫七仙女图　吴飞舸　辑

话说玉皇大帝和王母娘娘去西天灵山贺寿，第二天便回到了天宫。回来时不见七个仙女迎接就追问起来，值日星官当即禀告，昨日七姐妹结伴下到凡间去了。玉皇大帝一听勃然大怒，命雷公电母速速将七个逆女捉拿回来。王母娘娘站在一旁又是恼怒又是疼怜，向雷公电母使了个眼色，意思是你俩前去捉拿，事要办好，但不可伤了她们姐妹。

那雷公电母径直来到老屋棚的群山顶上，用目遍寻，不见七个仙女踪迹，当即使出自身本领，刹时间，乌云骤起，狂风大作，电闪雷鸣。电光雷声惊动了正在树林中追逐打闹的七个仙女，这时她们才知道玩得忘了回归天宫时间，违了天规，父皇已派雷公电母来捉拿她们了。七姐妹一时没了主意，为躲避雷公电母惩罚，免遭皮肉之苦，便躲进了山腰的一个山洞。

雷公电母在云端见七姐妹不听召唤反而进了山洞，一时生起气来，但想起王母娘娘临来时的暗示，不得不将怒气发泄到脚下的群山之中，只听一声惊雷，左脚下的山峰被击得腾空升起，飞到了右脚下的山峰顶上，形成了一个高高的山尖。惊雷响处，七姐妹都吓得哭了，心想这回惹下大祸了，只怕性命难保。这时，太上老君从天空走下来，站在洞口边说道："你们还不随我回去还待何时！"一抖拂尘，七姐妹便在太上老君的带领下回天宫去了。那雷公电母见太上老君此时下来，定是王母娘娘授意，便收起电光雷声，也回天庭复命去了。

后来，这一带的人们把惊雷垒起的那座山峰叫做雷公尖，七个仙女呆的那个山洞起名为七美洞。自此之后，人们都说这雷公尖周围的山峰、洞壑、泉涧、树林、花草都蕴藏有一股仙气。

孝子遇仙

站在芦花潭的雷公尖向北俯看，远处有一山峰峦起伏，主峰四面有许多矮山相拥，峰南腰间，突出一块硕大的圆形岩石，酷似棋子，自古以来，都叫这座山为棋盘山。为了这个山名，还引出了一段神话故事。

相传唐贞观年间，棋盘山下有个叫赵魁的农夫，不仅夫妻俩恩爱和睦，而且对父亲百依百顺，从不让老人生气，是个远近闻名的孝子。有回老父亲不慎被毒蛇咬伤，伤腿肿得发了亮，眼看性命不保。赵魁按照草药郎中的嘱咐，每天用嘴去吸伤口里的浓血，一连七天，父亲终于得救。赵魁的母亲不惑之年就患上了半身不遂的病，不但衣食行走不能自己料理，而且大小便失禁，常年卧床不起。赵魁和妻子为了给老人治病，找遍了方圆百里内的有名郎中，有时为了找所需的一味药，两口子爬遍了周围的每座山。就是给母亲熬药、喂药也是周到细心，热了怕烫了母亲的嘴，冷了怕寒了母亲的胃，苦了怕母亲难喝下，喂一回药，赵魁要先尝几遍。照料母亲起居更是细心耐烦，他和妻子每天用温水给母亲擦身、梳头、换洗尿布、端屎端尿。在饮食上，只要老人想吃的，两口子想尽办法都要弄来。一年腊月寒冬，母亲想吃鱼，赵魁跑了几个集市，走了百多里路都未买到，便跑到溪河里砸开冰摸了一条鱼拿回家炖熟，母亲高高兴兴吃到鱼，可赵魁却因受冻大病了一场。在穿戴上，总让两个老人冬有棉夏有单。夏天，怕母亲被蚊虫叮咬，天不黑就点起了赶蚊烟，夜里夫妻俩轮流给母亲扇扇子、打蚊子。冬天，赵魁早早把柴备足，只要寒露一过，就在火坑里烧起火，生怕母亲受冷。每天回到家里，只要有空，两口子就坐到母亲身边讲山里山外的新鲜事，要是母亲听得笑起来，赵魁和妻子就像吃蜜糖一样，感到无比幸福。

赵魁孝顺父母的事越传越远，不少人家还把儿子媳妇带到赵魁家来看看，每当人们提起赵魁孝顺的事，他总把功劳归在妻子身上："好儿不如好媳妇，我再孝顺，妻子如果不通情达理，时常婆媳吵嘴，俺爹俺娘还是日子不好过。"他妻子也是个求孝不求功的忠厚人，每逢赵魁称赞她，总是说："百善孝为先，夫唱妇随啊。"

一天，赵魁和往常一样上山砍柴，走到一个山垭上，见他回回歇脚的大树下坐着两位白发苍苍的老人在下棋。出于好奇，他便不声不响地站在背后观棋，看着看着，他突然觉得口干，其中一位老者好像了解他的心思，顺手把挂在胸前的水葫芦递过来，

二仙对弈图　吴飞舸　辑

赵魁来不及道谢就喝了一口，顿时觉得心润气爽，只是眼前忽明忽暗，周围树草像眨眼一般，闪来闪去，一青一黄，青了又黄，黄了又青，似有白昼黑夜、春夏秋冬交替感觉。正在惊疑之时，只听一位老者说道："时候不早，我俩该走了！"另一位老者接着说："还有一粒棋子不知滚到哪里去了，寻是不寻？"先前讲话的那位老者说："算了算了，让它留在这山里吧！"话一说完，二位老者突然不见。

赵魁见二位老人走了，准备动身去砍柴，哪知来时磨得铮光发亮的弯刀已锈成了一堆灰土。他越想越奇怪，只好空着手向自己家回走。走到他熟悉的那株樟树下，他认不得自己的家了。原来的篱笆柴扉换成了青房瓦舍，门口的水井已砌上了条石，他喊爹喊娘喊妻子数声无人应答……正在踌躇间，门楼里走出一中年人，问他从何而来。赵魁便详细说明自己身世，那中年人听得十得诧异。返回楼上拿出一本家谱给赵魁看，赵魁指着上面自己的名字对中年人说："我就是这个人。"中年人一听，马上跪伏在地说道："原来是老爷爷到了，重孙儿多有得罪，请老人家原谅。"便把很久以前，他老爷爷上山砍柴一直未归，有病的太奶奶病忽然好了，太爷爷和太奶奶活到九十多岁才仙逝，老奶奶一百零二岁才驾鹤，爷爷考取进士为了官，爹爹中举去四川州府上过任等家中变化之事一一述说。赵魁一听才知道自己遇到了神仙，急忙拉着重孙子往二老者下棋的地方走，谁知，不管怎么寻，再也寻不到那个地方了，只看见那天神仙滚掉的一粒棋子变成了岩石，突兀在半山间，棋子周围的山移成了有横有竖的棋盘。当人们知道赵魁遇仙的事后，便把眼前的这座山起名叫棋盘山。

岩吾溪富硒茶业生态观光园

岩吾溪原名叫岩屋溪。

很久很久以前因在其村集镇中心地，有一张姓村民用石头和石块搭建了一座石房在溪畔居住，张姓村民的妻子潘晓洁美丽、善良、贤惠；因其娘家与龙膺①之弟君超相邻，从小随父母种茶、

岩吾溪茶园 邬书维 摄

制茶。嫁到张家后，见张家居住地山清水秀，与娘家相似。便将自己在娘家掌握的种茶、制茶技术传授给左邻右舍的姐妹。加上张潘氏人美心善，经野猫溪上牯牛山茶马古道的挑夫、马夫经常在岩屋里歇脚、饮马，由张潘氏接济茶水、个别困难的还供缮食助路资，一时岩屋里的茶好人贤，在杨溪桥、沙坪和牯牛山、安化一带名声大振。从此，人们把从野猫溪下流到岩屋以北的夏家溪的这段溪水叫做岩屋溪，后来，由于讹传，当地村民习把它叫成了岩吾溪。

岩吾溪村地处我国富硒地区的湖南省桃源县南部山区，这个村背靠乌云界国家级自然保护区，临近桃花源风景名胜区，距319国道2公里，常吉高速出口4公里。岩吾溪村紧靠乌云界、牯牛山、冷峰尖三座大山，曲折蜿蜒数十公里。这里重峦翠岭、起伏绵延、沟壑纵横、云雾缭绕。无霜期285天，年均降雨量1800—2000毫米，是茶叶生长的天然之壤。岩吾溪春峰茶厂所产的茶叶属桃源县地源硒富硒食品（据检测硒元素达到0.89mg/kg，又称天然富硒食品）。硒在人体生长与繁殖功能方面，与维生素E的作用类似，是一种天然的抗氧剂，对维护组织弹性，延缓不饱和脂肪酸的氧化，防止早期衰老，都有积极作用。人体缺硒可能引发的疾病有：能量缺乏性营养不良、血溶性贫血、克山病、高血压、缺血性心脏病、肝硬化、胰腺炎、纤维瘤、癌症、不妊症、肌痛、糖尿病、白内障等20多种。

岩吾溪产的茶分为清茶、红茶、绿茶等，制作茶叶的关键在于“炒茶”和“发酵”，而品茶的关键在于“泡茶”。喝茶有三种境界：一是“饮”。这是最简单生理需求，饮茶对人体的好处已越来越被人所认同，茶叶已逐渐成为了我们的日常食品。二是“品”。到了这个层次便知道判断茶的好坏了。茶叶从采摘、制作、包装、储藏、冲泡和茶具都有一定要求。一种茶的好坏、从它散发的气味、冲泡出的汤色便知。于是工作之余或是在茶室、或是在家里斗斗茶、聊聊天倒也其乐融融。三是“玩”。玩茶是这个行当的最高境界，岩吾溪茶叶观光园的创业者就是属于这样一类玩茶的人。他们精心打造了桃源大叶茶的几大品牌，组建了桃源县生源茶叶专业合作社，调整农业种植结构，与全村农户签订土地流转合同（租赁20年，亩300斤稻谷/年），将全村650亩耕地种上了桃源大叶茶，目前已进入了盛产期。同时也吸纳了周边4个乡镇的600多农户加盟，共有生态有机茶园面积5000多亩(农业部茶叶质量监督检验中心检测报告：样品所检参数符合NY5196—2002《有机茶》标准要求)。他们抓住桃源县创建中国富硒农产品基地县的机遇，镇村两级共同决定打造富硒红茶第一村。2017年2月18日，省富硒生物产业协会授予爱吾溪村为富硒生态观光园的称号，2017年1月县富硒产业协会授牌“桃源县富硒茶叶岩吾溪示范基地”；2017年2月16日，中央电视台第7台《中国美丽乡村行》栏目组到该村进行采访，给予了很高的评价。由此可见茶道是一种境界、是一种追求、也是一种人生。

爱吾溪老茶园　邬书维　摄

采茶女　邬书维　摄

诗人奕杨在一首游茶园诗中写道：缠绵起伏相依扣，层叠相负上青峦。晴风漫过雨气散，又是世外一桃源。四月的岩吾溪村一片春色，我们相邀在一片浓重的春色中来到了岩吾溪春峰茶场。热情的招待员立刻拿出上好的新茶招待我们。明亮的办公室片刻氤氲在一片茶香中。应朋友之邀来春峰茶厂观光品茶，竟多了几分茶香识故人的味道。从来佳茗似佳人啊！朋友很多，但能坐下来倾心而谈，品茗畅雅的竟没有几位。鲜绿的状如雀舌的茶叶在透明的玻璃杯中翻滚着，有着说不出的美感。而这里特产的桃源富硒红茶在初泡时，其颜色最为新鲜朦胧。看杯底似已干枯的叶片在水中徐徐绽放，在沸水中舒展、摩挲，沉重的暗红色舒卷成一杯红云，犹如舞者的裙裾，舒展飞扬，仿佛未谙世事的处子，纯洁美丽；再泡则茶叶愈发柔软，情状更加妩媚灵动。似无数的丽人行走云端，体态婀娜，旁若无人；三泡则如小家碧玉，绵厚甘醇，是那种纯东方化的一种高贵的美，内敛而不张扬；七八遍后，汤色依旧。水尽则如半老徐娘，饱经风霜，茶色由红转棕黄，犹如那些舞姿绰约的佳丽，回味悠长。人生在世，都是匆匆过客，饮茶不过是修心的一种方式，在自己的生活中寻觅到云淡风轻。如果过去是个梦，那么今天你我的故事，就是此刻这杯底的红茶，在水落的瞬间，绽放所有逝水的年华。而有谁又能决定自己生命的色泽，是高山深处的云雾，还是春风中的甘露，亦或是在炉红汤沸后，那一番不愠不火的功夫。茶室里，我们各自杯中无论红茶绿茶，同时散发出一阵阵清香。轻啜一口，清苦之味顿时刺激了味蕾，但片刻之后，便是甘甜的余味，这也许就是茶的真谛，先苦后甜。

饮完茶，我们便要去茶场了。通向茶场的路两旁开满了白色荠菜花，偶尔出现金黄的斑斑点点是盛开的蒲公英。再有就是山脚下粉红的开得繁盛的桃花。唐代诗人白居易曾有“人间四月芳菲尽，山寺桃花始盛开”的诗句，今日一见果然如此。四月春色已近荼靡，山外的桃花已呈颓势，而这里依然如此繁盛。茶场片

纯洁无瑕的野猫溪水库　邬书维　摄

刻就出现在我们面前，那是一望无际的绿，深绿，浅绿，墨绿。看不到头，望不到边。

在一片绿色中，那些点缀在其中的白色斑点，便是包着各色头巾的采茶人，她们身背小篓，双手在绿色的茶树上灵巧地舞动着，带着春色的鲜嫩的茶叶被她们悉数装进篓中。在寂静的山凹中，偶尔顺着风传来她们的低低的话语，温柔而纤细。清脆的鸟鸣，穿过蕴藏着泥土气息的空气，在耳边回响，除此之外就是安静。安静得让人觉得这里是一片被时光遗忘的地方。时间在这里突然静止了，尘世一切的喧嚣全被隔在了这一排排整齐的茶陇之外。一切的烦扰到这里全化成了空气中那沁人心脾的青草的香味。

采茶女们身着一袭花衣，在山涧旁和妩媚山花一起烂漫。柳叶为他们画眉，溪水清澄他们的双眸，花香缭绕他们坚挺的鼻翼，映山红花绽放他们的朱唇微启。笑语盈盈，绿色的春茶映照他们的面容，他们的美貌，只有茶园的嫩芽最先知道，在他们纤细的指尖下弯了腰，纷纷亲吻他们柔香的指肌，欢快的

经发酵和发花工艺产生突散囊菌　邬书维　摄

跳入他们背后的竹篓。忽然，他们微微抬起头，忍不住深嗅一口茶香、花香、草香时，游人们才看清他们的全貌。可是，他们是否知道，就他们这一望，天地万物也被他们的倾世之貌，绝世之纯，旷世之雅所倾倒。

远处是起伏的山峦，在一片轻雾中若隐若现，像是一条小龙腾飞。据春峰茶业厂长介绍这座山下就是著名的周边无任何污染的野猫溪水库，山下的野猫溪溪水纯洁无瑕。好水才能冲泡出好茶，一叶扬名，满县香雾缭绕。古梦新韵，幽幽复悠悠。而桃源平安旅行社约我们参观的岩吾溪春峰茶业揽品茶、采茶、制茶之大成于怀中，这天主要参观它的红砖茶制作过程。

展现在我们面前春峰茶厂制茶工所制的茶是大叶红砖茶，又称蒸压红砖茶。砖茶起源于唐代太和年间，在《唐史》一书中就有“嗜食乳酪，不得茶以病”的记载。所谓的红砖茶，顾名思义，就是外形像砖一样的茶叶，以在茶场机采的茶叶、茶茎，有时还配以茶末用人工棍锤筑造成型的。其外形很像是一块长方形的“砖头”。砖面平整端正，四角分明，厚薄一致，花纹图案清晰，色泽黑褐，净重2公斤、3公斤不等。桃源大叶砖茶是以优质的桃源大叶毛茶为原料，经发酵和发花工艺产生冠突散囊菌(俗称“金花”)，其汤如琥珀，滋味醇厚，香气纯正，独具菌花香，长期饮用砖茶，能够帮助消化，有效促进调节人体新陈代谢，对人体起着一定的保健和病理预防作用。该公司生产的红茯砖茶，获2016年第八届湖南茶叶博

神农杯金奖　邬书维　摄

览会“茶祖神农杯”名优茶评选金奖。

2016年，由常德春峰茶业公司和常德平安国际旅行社联合投资100多万元，创建了“飘香楼”休闲农庄，建有可供500人活动、餐饮、住宿（100人），休闲、娱乐一条龙服务的场所。桃源县教育局和文体旅广新局分别批准为全县中小学生劳动教育实践基地和研学旅行基地。2016年9月18日开营以来，已有市县20多批次1万多名中小学生到这里进行劳动实践和研学旅行活动，同时接待了1000多游客到这里旅游休闲。以举办茶文化艺术节和组织研学旅行等形式，加强对外宣传力度。通过“旅游+”、“生态+”等模式，推进茶业与旅游、文化与教育等产业深度融合，力争用2–3年时间，打造成全省知名的茶旅文化旅游目的地。来到岩吾溪春峰茶业旅游的人们深深地体会到茶乡美虽为景色之美，实际上是劳动之美。当撩开清晨的第一层轻纱，茶山的倩影便在云山雾海中若隐若现，云在山中绕，山在云中行，乍一看，疑是到了九天仙境。当大雾散去，阳光普照，一缕缕金光在树影婆娑中闪耀，放眼望去，一片青翠润湿路人的眼睛，让人满心生绿。唐代的钱起在诗中唱道：“竹下忘言对紫茶，全胜羽客醉流霞。尘心洗尽兴难尽，一树蝉声片影斜。”初春的细雨飘洒在新生的茶叶上，显得更加翠绿、鲜活了，散发着生命的力量与生机。那一片片的叶子像是一个个欢快的精灵，在微风中轻盈舞动着；像是一个个采茶少女挥动着双手，欢迎游人的到来。

注：①龙膺，字君御，武陵（今常德）人，明万历进士。官至南京太常寺卿。他除做官读书外，一生最大爱好就是爱茶、饮茶，每到生产和做茶的地方，都爱考察研究一番，并著有《蒙史》茶著一部，纵论天下各家名茶，现已被选入《中国茶文化经典》。龙膺在《蒙史》中写道：“吾孝廉兄君超置有茶山园，在桃源郑家驿西南二十里（今郑驿四台山近乌云界一带，澄溪穿过此地），岩谷奇峭，洞壑幽靓，居人以茶为业，耕石田而茶叶浓厚。”

插角殿志异

离桃源县芦花潭老屋棚7公里左右境内，早年有座桃源、安化、常德三县所属的插花山。山上古木森森，篁竹蒙络，遮天蔽日。也正由于此山林木繁茂，常常引发山界林权纠纷，三县之人闹得不可开交。

那年，因为纷争山腰一株古樟权属，三县之人手执柴刀棍棒上山。诸人见面，互不相让，三句不通窍，便发生集体械斗，出

猛虎斗殴　吴飞舸　辑

现各方人员不同程度受伤，眼看就要闹出人命。

突然，山腰石洞中一阵虎啸，窜出两只猛虎，大有“一山不容二虎”之势。诸人惊恐万状，无所适从，立马放弃械斗，纷纷退避，隐身于密林之中。

两只猛虎如入无人之境，扑腾撕咬，相互搏斗起来，吼叫声声，震得林木枝叶纷飘坠落。不多时，两只猛虎在斗殴中均被撕咬得鲜血淋淋。

此时，山洞中一位鹤发童颜的女道人，手提和合竹篮款款走出，念起咒语，画地为牢，制服了两只正在搏斗的猛虎。她站在猛虎面前，大声言道：“适才猛虎斗殴，两败俱伤，已为贫道所降伏，决不会伤及于人了。斗士们尽可从林中出来，贫道有话要说。”

退避在林中的诸人听此一说，全都扔下手中棍棒，三三两两地来到女道人跟前。只见女道人打开和合篮盖，说：“此前诸人争斗，多人受伤，这和合篮中，装有金创药配方，大家尽快取有，疗伤要紧。”

有人从女道士手中接过和合篮子，取药去为他人疗伤了。

女道人转过身来，滔滔不绝地讲起了道经，两只猛虎坐于她跟前，认真聆听。

用过金创药的伤员，立竿见影，随即彼此相邀，也来到女道士跟前，听她讲经布道。

女道人讲的是“重人贵生”的道教教义及“和光同尘，共生共荣”的道家理念，诸人深受启迪，对于此前的纷争，一时烟消云散。为了感激女道人及时送来金创药和对他们历来心结的开示，三县之人共同作出一个决定：同时放弃此山土地林权，修造一座道观，以供仙家讲经布道，倡善劝世，教化民众和睦相处。

而女道人却说：“谢过施主们的美意。自古修道之人，追求‘天人合一’之境界，无需道观讲堂，有缘寄居山崖洞室，足矣！”

诸人以为女道士在谦让推辞，便说：“有道是一言既出，驷马难追。我等虽为布衣之众，却是言而有信，共同决定此山为仙家所用，决不反悔，仙师就不要推辞了。”

女道人面对如此淳朴的民众，反而愧疚起来：“此前诸人争斗，险象环生。贫僧慌不择其手段，便施用了道家“役物术”，还望各位施主多加体谅，恕贫僧讹人之过。”

诸人所闻，全都丈二和尚摸不着头脑，要求女道人讲出何为“役物术”。

女道向诸人施过赔罪之礼，指着面前两只猛虎言道：“这两只老虎，本是我的一双刺绣虎头鞋，贫道将它抛出洞外，驱使它们相互撕咬，以解散人们之争斗。”只见她顺手一指，两只猛虎果然露了原形——化成了一双虎头鞋。女道人一步上前，足蹬虎头鞋，须臾之间，便无了踪影。

三县之人寻遍山腰石洞，再也没有见到那位女道人。但他们为了实践诺言，企望女道人再次现身，很快集中三县能工巧匠，在山上建造一座殿堂，并在道观中立下了“三县合修”、“武陵众修”、“无量功德”等48方石碑。因为此山为三县插花挂角，道观之名便取为“插角殿”。

鲁家寨趣谈

桃源县沙坪镇境内，有个鲁家寨，为什叫鲁家寨？当地流传下一个有趣的传说。

南宋末年，相传，由于元朝蒙古统治者占领江南后，以蒙古人为尊，残酷统治域内的其他民族的人民，为了加快圈占耕地，蒙古骑兵插草为标占地，大部分农民因此丧失了土地，无法生存。有个叫鲁胡子的起兵造反，建寨于此，名曰鲁家寨，并在两溪口竹节坪养有千军万马。

鲁胡子收买天下高手，聚养奇人异士，自封为王，手下喽罗也就奉称其子鲁大毛为“鲁太子”。鲁氏父子，窥视元廷帝位，招兵买马，封侯拜相，和元朝廷分庭抗礼。

元在路府州县均设蒙古事务官“达鲁花赤”①，监督各级官吏，执掌最高权力。县以下设村社和里甲，常由蒙军驻村社实行军事统治。里长通常为蒙古人、色目人，衣食用度悉由居民供应，成为当地的最高主宰。由此使民族矛盾与阶级矛盾更加激化，导致各地农民大起义。

得知有鲁胡子造反称王，武陵县的“达鲁花赤”大怒，命所部蒙古兵肃剿。鲁胡子身中鸣镝而亡，所部败北，元兵一干人马乘胜追击。鲁太子收集残兵剩将，取道湘西逃跑，来到今沙坪境内，便藏进了密林丛中的鲁家山。

不多时日，一座山寨在鲁家山拔地而起，远远望去，固若金汤；四周寨墙之上，武士日夜巡守；山寨门楼之前，岗哨林立；寨内旗幡招展，营帐密布；山头集训操练之声，频频传出，经久不息，犹若千军万马。

元兵赶到山下，不敢贸然进击。对着寨墙上的巡兵放箭，不见倒毙，箭箭虚发。只得奏报行省长官，调来铁嘴火炮，用烧红的烙锥点火发射。谁知炸得山体崩塌，巨石下滚，而山寨依然如故。有人见得，寨墙被炸垮，转眼之际却耸砌起来，击倒山寨门楼，倾刻又复了原样。蒙古兵将大惑不解，决定从长计议，停止了火炮发射。下令围山扎营，静观其变。

过了一段时间，鲁太子固守在山寨，所带粮草耗用告罄，面临官兵围困，又不敢轻易下山，虽然乘着月黑风高，派出江湖高手，从寨后人家抢夺些食物上山，那也是杯水车薪，无法满足所有喽罗食用。

这天，有个瘸腿货郎，肩挑货担，手摇拨浪鼓，从山寨门前经过。寨门岗哨见之，很快跑上前来，窥见担中全是南货食品，顿时垂涎欲滴，也就放松了警觉，任凭货郎一瘸一跛地进了寨门，岗哨之人蜂拥而至，围住了货担。瘸腿货郎放下货担，却无

鲁家寨双峰　邬书维　摄

心照看担中货物，而是站到人群外面，悠闲自得地左顾右盼，终于发现了一个天大的秘密——原来这座貌似坚固的山寨，居然全是纸糊篾扎，不少纸人足部还绑着竹篙，分明是用来举在纸扎围墙后巡守的“武士”……待等寨门哨兵将担中货物哄抢一空时，瘸腿货郎却不见了踪影。

殊不知，这个瘸腿货郎是“达鲁花赤”派出的探子，他将这个绝顶的秘密报告给元兵，“达鲁花赤”恍然大悟，决定立马攻寨。

鲁太子听得山下杀声震天，知道大事不好，欲命江湖“智囊”改变山寨布局，不防几只带着火炬的箭矢飞来，纸糊蔑扎的山寨顷刻之间灰飞烟灭。鲁太子一见官兵识破机关，大势已去，只好望风而逃。

官兵冲上山头，山寨喽罗悉数被擒，只是不见了鲁太子，便穷追不舍。

鲁太子慌乱中潜逃，连脚上的鞋袜跑掉了也毫不知情，至于他终究是逃脱还是被擒，人们不得而知。

当地之人，因为此山曾为鲁太子立过山寨，便将此地叫做“鲁家寨”。山脚被官兵炮击滚落石头的坪地里，也就叫做了“大炮坪”，还有不远处，鲁太子跑掉鞋袜的地方，一曰“大袜坪”，二曰“小袜坪”。人们后来以讹传讹，将这两处地方喊成了“大约坪”和“小约坪”，其地均在今沙坪镇乌云界村。

注：①达鲁花赤是元朝长官或首长的通称。在元朝的各级地方政府里面，均设有达鲁花赤一职，掌握地方行政和军事实权，是地方各级的最高长官。在元朝中央政府里面，也有某些部门设置达鲁花赤官职。达鲁花赤一般必须由蒙古人或色目人担任，这种做法被认为具有强烈的民族不平等色彩。

明镜山

明镜山原名清风寨，位于桃源县沙坪镇金明村与杨溪桥镇羯羊铺村交界处，距离沙坪古镇老街大约一公里。一山突兀，南面山崖陡峭壁立光滑，在阳光的映照下，宛若明镜高悬，因而人们取“明镜远照”之义，称此山为“明镜山”。

山不高，与耸峙镇南的乌云界相比，在海拔高度上确有大巫、小巫之别。站在山下的公路边仰观，可见明镜山北坡平缓，南麓陡峻，其山形恰如一头青狮昂首南眺乌云界。即便是两年前一场惨烈的山火吞噬了北坡周边的杉林，却依然可以透过裸露的山体，疏朗的脊线，领略那种睥睨群峰的凛然气度。

相传山之南麓竦立着一块巨石，状似高悬中天的明镜，月圆之夜在此经过，据说可在镜中鉴察与预知一生遭际。传说的神异与夸张，不足为信，但明镜山在古镇中长者的心目中确实颇具份量。

明镜山顶有座建于明朝洪武二年（公元1369年）的老庙，历来为当地善男信女们所朝敬。

迨至清朝末年，朝政腐败，内忧外患，民不聊生，怨声载道。当地有志之士，以古庙为依托，占据这座山头，建立山寨。他们希望世道清明，官风正派，亦借“明镜远照”之山灵，将这座山寨命名为“清风寨”。沿北坡的小道登山，一路环顾着周边的风景，每攀援几步，视野便越发开阔起来。山确实不高，不足半小时即已登顶。山之巅，筑有一座简陋的道观，嘉木巉岩掩映在檐前屋后。道观内红绫高悬，青烟袅袅，后墙边供奉着太上老

明镜山上南望田园　邬书维　摄

君、玉帝、观音、财神、药王、祖师等一溜神像。门厅两侧置有大鼓和铁钟，擂之撞之，音韵绵长。

从立在道旁的碑文得知，明镜山道观历史悠久，它的前身是始建于明朝洪武二年（公元1369年）的“关帝宫”。此后六百年间，山中殿宇森严，时佛时道，历经嬗变。虽几度兴废，但一脉香火绵延未熄。民国二十三年，由朱桂远先生主持的扩建工程耗资甚巨，其中主殿高一丈九尺八寸，雕梁画栋，巍峨壮观，可惜文革时被夷为平地。现在的道观系1997年6月乡民曾世芬、李全国、黄世太、郑经成等募资修复，建筑的朝向沿袭旧制，但材质及工艺已相差甚远。

黄昏，西斜的日头透过殿前白蜡树、柞树茂密的新叶，筛出一地斑驳迷离的光影。放眼四望，近处的绿野田畴，远处的叠嶂层峦，如屏旋列，川原胜状，尽纳眼帘，每一个方位都有动人的图景。

最动人心魄的所在，是西麓下杨溪桥镇羁羊铺村那一片玲珑剔透的田园风光。那些浸水的梯田高低错落，天光云影倒映其间，满目潋滟，让人陶然若醉。一道道弯弯绕绕的田埂，圈住片片茶园，美轮美奂。怡人的曲线，随地形的凹凸延展。从山顶俯瞰，恰如一块宝镜自空中跌落，迸裂出一圈圈长短不一的绿色纹路。那些梯田是勤劳的先民以强韧的意志力，不经意雕凿在乡野的自然风光。千百年来，明镜山下的一块块明镜，映照着劳作的沧桑，也投射着丰收的喜悦。

樵夫巧救七仙女

桃源县沙坪镇境内老屋棚有座七美洞（又叫七宝洞），其名由来，源自一则古老的神话传说。

很久以前，天上七仙女闻讯人间有处世外桃源，企望身临其境，一睹为快。

一天，她们发现南天门守将困倦得打起了瞌睡，便相邀潜出南天门，飘下仙界。七仙女发现美丽的湘西武陵之地，有座直插云霄的山峰，便按下云头，落到这座山峰顶尖之上。

她们站在山尖，放眼四顾，发现这片人间乐土，正值春光明媚时节。于是，一行款款下山，浏览青山绿水，观赏百花盛开，目睹樵夫砍柴，瞭望农人播种。忽而又见到游春踏青的绿男红女们，采花斗草，轻歌曼舞……七仙女被人间美景所深深吸引，竟然乐不思蜀，忘记了返回天庭。

王母娘娘发现七仙女违背天规，私下天界居然久未归来，便将此事告知玉帝。玉帝大怒，发下一面行云令旗，遣雷公之神下凡悉数拿回。

那天，七仙女正在融融的春光之中，沿着清溪环流游历，忽然发现一团乌云飘落到了山峰顶尖。定神一看，原来是雷公手执令旗，脚踩云团，使用天宫秘语，在那里大声吼叫，喝令七仙女束手就擒。

七仙女这才从人间美景的沉迷中返过神来，如梦初醒，知道了是她们偷下天界的东窗事发，玉帝遣他来寻找她们回天庭。可就是讨厌雷公那副狐假虎威的德性，和动不动就履行雷法，伤及他人的鲁莽行为，索性隐身于溪岸石洞之中。

雷公在山尖吼叫了一阵，没有发现七仙女的行踪，便收卷起行云令旗，插在腰间，然后大摇大摆顺着山道下山。当他下到山腰时，突然发现自己腰间的令旗丢了。丢了令旗就行不动云团，雷公心急如焚，他火烧牛皮——自转弯，急匆匆返回山尖寻找。

不待多时，七仙女见着一位樵夫挑着柴担沿着溪岸道路来到洞口下，放下担子歇息，从衣兜中掏出金黄的旗卷玩弄。七仙女一眼就认出了是天宫的行云令旗，纷纷对樵夫言道："砍樵大哥，切莫将令旗展开，引来云团你不会驾驭，就会酿成大祸呀！"

樵夫抬头一看，见到溪崖石洞中，聚集着七位天香国色的美貌女子，全都对他流露出慈善而关切的神情。樵夫便说："适才眼看天快下雨了，我挑柴担下山，在山路旁的树枝上捡得此物，

七仙女之一　吴飞舸　辑

可又不知有何用途。”

七仙女便将她们偷下天界和玉帝发出行云令旗，遣雷公捉拿她们回去之事，一五一十地告诉了樵夫。

樵夫听了七仙女的述说，连忙将令旗交给她们，并说：“这令旗肯定是雷公弄丢的，吾本一介凡夫俗子，不可使得这天宫之物，就送给你们行云上天吧，免得家人牵挂。至于雷公，就让他呆在山尖上，不上挨天，下不着地，治治他的傲气也好！”

七仙女闻听樵夫如此言语，心生感激，各自从水袖中抽出一缕不同颜色的丝线，回赠给樵夫，说：“砍樵大哥，我们将七彩丝线送给你，当地女红手就可绣出人间最美的图景。”说毕，一展行云令旗，几朵云团飘然而至，七仙女踩上云团，冉冉上升至天宫。

樵夫回家以后，将七彩丝线送给四邻的姐妹们挑花绣朵，桃源民间刺绣果然誉播四海。而樵夫与七仙女的奇遇传说也随之传开。自此，七仙女隐身的那座崖石洞，被人们命名为“七美洞”。

古洞春茶业特色乡村庭院生态观光园

笔者曾于2010年在古洞春茶业参观后填词：鹧鸪天·茶乡“我爱茶乡四月天，群山绿透雨绵绵。岗前杜宇声声远，村后茶场阵阵欢。峰吐雾，涧吞泉，客商依恋野茶园。跋山涉水求珍品，吊脚楼高抱梦眠”用以歌颂古洞春茶业。

又是一年采茶时，茶乡三月茶事忙。我们在三月的一天一大早，沐浴着明媚的阳光，来到古洞春太平铺新屋台茶场，新屋台

太平铺古洞春新屋台茶场　邬书维　摄

茶叶基地2千多亩茶园青翠欲滴，呈现出一派勃勃生机。

由于心里一直操心着看茶农怎样采茶，天还没亮，我们便早早从县城出发，顺着平坦宽阔的319国道疾驰了50余公里后便进入了依山顺河而建的弯弯曲曲乡村路，来到新屋台茶叶基地。目光所及之处，一垄垄修剪得整整齐齐的茶园簇拥在山坡上，层层叠叠的环山坡地中到处活跃着采茶人的身影，三十余位勤劳的女子正在忙着采摘新茶。她们娴熟地在茶冠上轻抖秀腕，玉指翻飞，一片片嫩绿的茶叶不停地跳入她们温柔的掌心，飞入她们挎着的茶篓。顷刻间，一个个茶篓中就挤满了无数绿油油、毛茸茸的小嫩芽。在采茶的人丛中，除了美丽勤劳的女子外，还有精神矍铄的老人和可爱的小孩，大伙儿三个一群，五个一伙，有说有笑，好不热闹。古洞春厂职工高兴地对我们说："跟大家在一起摘茶，既可以享受劳动中的快乐，又能一天增加百十块钱的收入，真是一举两得呀！"据随行的茶庵铺镇林业干部介绍："每年的三四月份，在新屋台根本找不出一个闲人来。茶厂开始生产时，甚至还要到临近的安化、沅陵县去请人来采摘，仅新屋台茶叶基地春茶一季，就可制作干茶2万余公斤，实现销售额600余万元，带动当地农民人均增加收入900余元。"站在漫山遍野葱绿的茶园中，看着一个个茶农的脸上堆满了甜美憨厚的笑容，心情无比的舒畅。

傍晚时分，一个个茶农背着背篓、提着篮子将辛苦一天采摘的茶叶鲜叶送往茶叶种植基地附近的鲜叶收购点，看着即将到手的收入，疲惫的脸上也乐得笑开了花。

19点左右，天刚刚黑，古洞春茶厂的生产车间内，已是机器轰鸣，杀青机、理条机、烘干机、风选机等一条完整的茶叶生产线正在十几名工人师傅的操作下紧张运行着，诱人的茶香溢满每一个角落。在制茶师傅的讲解下，我们了解了茶叶的制作工艺。古洞春茶厂的大叶绿茶系绿茶中的高香茶，根据茶叶采摘时间的先后和采摘的质量，经过分拣、杀青、揉捻、理条、烘焙等8道工序才能把鲜叶制成成品茶。

古洞春茶厂地处桃源、沅陵、安化三县交汇地带。西南方紧依乌云界国家自然保护区，土壤肥美，光照充足，气候温暖，且富含锌硒等人体所需的微量元素，很适合茶叶的栽种，由于茶品种优良，茶香味浓，当地有很多人一辈子以茶为业。1969年秋，桃源县茶庵铺镇太平铺茶场卢万俊、黄汉元等在原桃源县太平铺公社陆家冲大队齐家冲生产队（现桃源县茶庵铺镇陆家冲村齐家冲组）的深山中发现一株“桃源大叶”母本野生茶树。后又于1974年在该乡洞溪村发现一株类似野生的中叶茶树。卢万俊及研究人员经过五年多时间，对该野生大叶茶树的保护观察并记录下其生物学特征。1976年在原湖南农学院副教授朱先明的指导下，卢万俊在桃源县太平铺公社茶场进行“桃源大叶”茶树的短穗扦插育苗实验获得成功。然后桃源大叶茶树品种才开始系统繁育、推广。野生大叶茶通过近40年的繁育，有统计资料显示已在全国推广种植大叶茶6万亩（桃源2.5万亩，沅陵1万亩，岳阳9千亩，四川等地1.6万亩），仅茶庵铺松阳坪一地就种植“大叶茶”上万亩。由于“大叶茶”的内在质量好，用“大叶茶”制成的各种品牌的产品，深受海内外茶业界人士的好评。其产品主要是大叶茶制成的“桃源野茶王”、“桃花源银毫”、“曲毫”、“三冰黑茶”、“桃源杉针”等一批极具特色的名茶，获得30多项省、国家、国际评比奖项。

古洞春茶业现拥有茶园基地11000亩（其中自有茶园5600亩），厂房面积18000平方米，就业人数380人，制茶机具386台（套），三条生产线，分别生产名优绿茶、红茶、黑茶、特种茶。研发上市了以野茶王（翠剑）为旗舰产品，包括银毫、曲毫、毛尖、烘青、绿茶等高、中、低档绿茶、红茶、黑茶、茶化妆品、茶食品等产品在内的300多个系列产品，年产量达3000多吨。

古洞春茶业特色乡村庭院生态观光园是一个以生态茶园观光体验开发为宗旨，集科研、种植、旅游休闲度假基地为一体的绿色生态园，为确保产品优质高产，聘请农业专家为技术指导，集种茶、采茶、制茶、品茶、茶艺、购茶、餐饮及观光休闲于一体

翠剑系列产品　邬书维　摄

的原生态茶园观光产业园区。该项目占地规模1000余亩，主打文化+农业产业化特色经营模式。这个原本名不见经传的小山村一下子成了世人关注的焦点。经过卢万俊等人40年不懈的努力，用无性繁殖法繁殖桃源大叶茶。目前，桃源县已被国家茶叶产业技术体系长沙综合试验站列为国家茶叶产业技术体系示范县，研究、示范并大力推广桃源大叶茶。5家省市龙头企业围绕推动以大叶茶为主的产品深加工，先后研制出了以野茶王（翠剑）为旗舰产品，包括银毫、曲毫、毛尖、烘青、绿茶等高、中、低档绿茶、红茶、黑茶、茶化妆品、茶食品等产品。在未来发展方向上，省茶叶学会专家表示，桃源大叶茶具有无可比拟的品质优势，是最具潜力的茶叶品种之一。要进一步加紧红茶、绿茶开发力度，大力开发湖南黑茶和无公害绿色有机茶，充分利用科技优势和文化优势，加快推动茶产业发展。

以桃源县独具大叶茶特色的古洞春乡村生态旅游及领悟茶禅文化的精髓为依托，品茶怀古，才能真正领悟后唐诗人贯休和尚

（公元832—932年）“万叠仙山里，无缘见有缘。红心蕉绕屋，白额虎同禅”诗中煮茶论禅的境界。佛教崇尚饮茶，有“茶禅一味”之说。“茶”泛指茶文化，而“禅”是“禅那”略称，意为“静虑”、“修心”。“一味”之说则是指茶文化与禅文化有共通之处。这个共通之处在于追求精神境界的提升。所谓尘心洗尽兴难尽，世事之浊我可清。茶，品人生浮沉；禅，悟涅槃境界。

古洞春茶业特色乡村庭院生态观光园集第一产业（茶叶种植、繁育基地）、第二产业（茶加工、茶系列产品精深加工）、第三产业（茶旅游、茶文化、茶商贸）为一体的茶叶全业链特色乡村庭院生态观光园，具体建设内容有桃源大叶茶、野茶王茶博馆400平方米，茶圣陆羽圣象塑像一座；茶叶产业园区全长100米旅游观光文化桥1座；可容纳500人次游客观光休闲农家乐餐厅1栋；高山野生老茶树基地200亩；有机茶采、制体验场500亩；新建茶旅游轿子文化屋群特色客栈2栋；游客接待中心2座；天然氧吧观光休闲亭6座；湖边品茗垂钓中心6处；湖边品茗烧烤台6处等乡村庭院生态观光景点。

在古洞春茶室中，摆满了各式橱柜和博古架，用来摆放他们的收藏品：紫砂壶，木雕件，观赏石，各种石刻，让人目不暇接。说是茶室，其实是各类茶具的店面，有时还卖些桃源的土特产，用生意上赚来的钱收购自己喜欢的茶具藏品。

茶室里有一位稳重端庄、清新爽净的女子，既是营业员又是茶艺师。她领我到茶架前，茶架上摆满了各式各样的茶，茶中有银毫、曲毫、毛尖、烘青等高、中、低档绿茶，还有红茶、黑茶、茶化妆品、茶食品等产品。红茶品味甘甜，暖胃解渴，我当然选择了典雅红茶，而且是古洞春茶场出产的桃源典雅红。这两年桃源典雅红茶十分走俏，最高价卖到每斤1280元，求茶者还络绎不绝，断供是经常的事。茶艺师的上茶程序极其讲究，既不可疏忽也不可繁琐。宽大的茶桌，小巧精致的茶具，壶是紫砂的，盅是紫砂的，勺是紫砂的，连装茶叶的罐也是紫砂的。这些茶具在那女子手上就有了生命，有了灵性，烧水，烫杯，洗茶，冲泡，行云流水般的程序操作，让我不得不屏气凝神，细心察看她每一个细微的动作，聆听她柔软的茶言茶语。一壶茶沏好，倒入杯中，淡淡的色，醇厚的香，清亮透明，一看就知道是红茶中的极品。端起茶盅，啜上一口，清香和润，味甘气顺，沁入心脾。几盅下肚，暖意浓浓，神清气爽。

桃源红茶产自太平铺、茶安铺大叶茶园中，茶山坐南面北与西溪水库相邻。翠竹，绿树，小溪，流水，加上一片片，一垄垄修剪整齐的茶园，给人以人间仙境的感觉。制作桃源红茶要求极高，茶叶起采于三月下旬，止于立夏前，茶片一叶一心居多，经过采摘，轻揉，发酵，烘烤，筛选，包装，就可以出售了。古洞春茶场的茶树以有机肥为主，叶片混厚鲜嫩，加之环境幽雅，由天地灵气所养，山间云雾所育，雨前甘露所滋，再加上严格掌握采摘季节，精细的制作要求，喝了这样的红茶，岂有不齿舌留香的道理！

饮茶对人类来说是生活中必不可少的事，有人各地的茶都尝过；各种品牌的茶也各有千秋，自从饮了这桃源红茶便有了喝茶必喝桃源典雅红的嗜好，因为唯有这桃源典雅红能给人以茶至心

古洞春野茶王展示　邬书维　摄

静，茶至灵来的神韵。

吃茶有多种吃法。当你厌烦都市喧嚣，内心感觉疲惫，工作繁忙愁绪万千之时，不妨冲上一壶或者泡上一杯，红茶也好，绿茶也罢，细品慢饮中您会感受到愁绪渐消，疲惫渐解。对于那些为生计而日夜奔忙的人群，无论在喧闹繁华的城市还是在烈日当空，蝇飞虫舞的农村，很少有闲工夫去细品慢饮那功夫茶，吃茶对他们来说只是为了解一时之渴，牛饮之中当有另外的滋味。时下时尚休闲养生，茶是养生不可或缺的上品，喜欢什么样的茶当然得饮者自定，对于我们来说，自然喜欢古洞春的富硒红茶、绿茶。我已不记得是哪位大家说过："心静之处就是最好的茶场。"事实也是如此，饮茶自当心静，心静方能不拘茶迹，不落茶痕。一杯有形有态有色的茶汤放在面前，冒出缥缥缈缈、丝丝缕缕的茶味，心饮之间，你会与外相通，与内相融，与物相谐，与人相和。到了这样的境界，你对待任何事物，处理任何事情就会看得破，想得通，提得起，放得下，进得去，出得来了。闲来空时我们去古洞春茶场，面对云淡风轻、绿树成荫的幽静，喝着心仪的典雅红茶，顿觉荣辱全可不计，毁誉无动于衷，信念八风不动，名利云淡风轻了。你说还会有什么放不下的呢？

精选中的典雅红水叶　邬书维　摄

摇钱树与含笑花的故事

桃源县沙坪镇兰坪村境内，生长着两棵珍稀树木——摇钱树和含笑花。摇钱树胸径1.24米，含笑花胸径1.2米，均为湖南之最，两树同长于一山，相距仅仅数丈之遥，有“摇钱树王”和“含笑花后”之美誉。

摇钱树　邬书维　辑

摇钱树学名鹅掌木，又叫小发财，青檀属，榆科；含笑花为常青灌木，树皮灰褐色，分枝繁密，叶狭椭圆形，花期每年3—5月，阔瓣含蕊，开而不放。

对于这两棵自然生长的珍稀树木，当地流传着一则有关人间真爱的古老故事。

早在400多年前的明朝嘉靖年间，当地有个名叫韩玉的女子，从小父母双亡，由伯父母抚养。韩玉长到十六七岁，已如出水芙蓉，娇美可人。邻村男子喻刚，虽家道贫寒，却是一身骨气，自强不息。韩玉与他倾心相爱，私订终身。她每次见到心仪的喻刚，总是含情脉脉，笑不露齿。

可时隔不久，伯父母以“父母之命，媒妁之言”，将韩玉下嫁给了当地王家财主做二房。韩玉为此终日以泪洗面，她想到伯父母对自己的抚养无以回报，更想到与喻刚两情相悦的山盟海誓，便陷入了极度的痛苦，整天以泪洗面。

王家财主送给韩玉伯父母80两银锭彩礼，迎娶之事就算一锤定音，便大张旗鼓操办起来，聘请当地保正证婚，柬发亲戚朋友，卜择吉日、布置新房……韩玉下嫁王财主为二房，一时为当地家喻户晓，人所尽知。

含笑王　邬书维　辑

喻刚闻讯，犹如人坠冰窟，全身透凉，起初疑心韩玉嫌贫爱富，笃信了“水往低处流，人往高处走”的民谚。但他冷静一想，也不愿韩玉跟着自己一辈子受苦受累，忍饥挨饿。只好将对韩玉的那份爱慕狠心割舍下来，深深地埋在心底。

谁也不曾料到，韩玉被大花轿抬进王家的当天，就自割脉而亡了。王财主眼见自己人财两空，一怒之下，遣几个家仆，将韩玉抬上后山埋葬了事。

喻刚这才知道韩玉是深深地爱恋自己，为自己以前对韩玉的猜疑而懊悔不已。他连夜上山，扑倒在韩玉坟头，肝肠寸断，泣不成声。他梦想韩玉以阴返阳，发誓自己就是化为一棵树木，也要在枝头结满金钱，任凭她摇落，而让她过上富有生活……

当夜大雪纷飞，寒风怒号。翌日凌晨，有人发现韩玉坟边多了一尊冰堆雪人，仔细一看，原来是喻刚为了人间真爱，冻死在冰天雪地，追韩玉而去了。

当地民众将喻刚与韩玉合葬，以了生前爱愿。而王家财主出面干涉，谓韩玉为他明媒正娶，与他男合葬，有辱王家门风。众人一番商议，只好将喻刚埋葬离韩玉墓冢不远的山坳里，将两座坟头相向，以示彼此心心相映。

冬去春来，百草抽青，万木排芽。人们居然发现喻刚的坟头长出了一棵摇钱树苗，韩玉的坟头萌发出含笑花苗，以为是喻刚和韩玉的化身，暗中加以培育，而摇钱树与含笑花，受着乡亲们的关爱，默默生长，终而成为一方自然风物。

苏黄溪掌故

桃源县太平铺乡与沅陵县宁乡一条溪河相隔。早年，两岸之民，为了方便交通，沿溪河上、中、下游设置三道浮槎与渡船。彼岸宁乡渡头，是一处山溪水镇，街坊繁荣，车水马龙；此岸太平铺属地，长有一棵千年古槠，树干几人合抱，绿冠如云，树荫下建有风雨亭，供路人小憩，人称“古槠亭”。古槠与凉亭，成为当地村庄的一道亮丽风景。

北宋绍圣（公元1094—1098年）年间，当地李秀才无缺任官，便在村中开办一所私塾，收徒教学。他自恃文墨过人，所收学费昂贵，只有几家富人子弟前去就读，诸多贫穷人家的孩子，只能望而兴叹。

一天，村里来了两位外地文化人，在古槠亭招收教学，不仅不收学费，还发给学生书籍课本，纸笔墨砚。穷人家的孩子奔走相告，纷纷来到古槠亭，拜在两位外地文化人足下，成为他们的门生。

时历经旬，李秀才闻听两位外地文化人在古槠亭免费收徒教学，深入浅出，循循善诱，悬笔写字，泼墨作画，七步为诗，十步为词，为当地百姓夸耀得神乎其神。他起了嫉妒之心，想出了个以当地风物为题找外地人对对子的主意。如果对不上，就将他们撵走，免得扰乱了当地教学收费的行情。

这天散学之后，李秀才执着手杖，迎着落日的余晖，信步来到古槠亭前，见得亭柱上早已悬出一副对联：

太平铺槠树　张庆久　摄

远望宁乡三渡水；
近看太平一棵槠。

他仔细察看联语字迹，居然发现联末的“槠”字偏旁部首，“木”、“人”两可。如果认作“木”字旁，可谓贴切当地风物联语；如果视为“人”字旁，则成“储”字。那是讽刺当时朝廷的“反联”：上联暗指赵宋历经几代君主，宛若几度流水而逝。下联隐寓储君都像一尊木雕神像，致使朝政江河日下。他想何人竟敢如此大胆妄为，岂不自留口实？

李秀才一下抓住了外地文化人的把柄，神气十足起来，蹬蹬几步走上河堤，一眼望见码头边停泊着苏黄游船画舫，便像一只泄了气的皮球。因为觉得自己在苏黄面前，乃是无名之辈，再也不敢向前，转身悄然而返。

原来，苏黄均为当朝文学巨匠。苏指苏轼，号东坡居士，嘉祐进士，累官至礼部尚书，因作诗“谤讪朝廷”而被流放；黄指黄庭坚，号山谷道人，为《神宗实录》检讨官，迁著作佐郎，以“修实不实”获罪遭贬谪。他比苏轼小8岁，出于苏轼门下，而与苏轼齐名，世称“苏黄”。

此时的苏黄，两人鉴于朝政腐败，民不堪命，而秉笔直书，遭到放逐，行吟于江南洞庭沅澧。他们见到此地民风淳朴而又久未开化，因此来了个免费收徒教学的“小插曲”。也正因为这条溪河码头停泊过苏黄的游舫，当地人便将这溪河命名为“苏黄溪”。

风送竹涛万重山

“风送竹涛万重山，楼缀田园入画卷”是杨溪桥镇新农村的最好写照。因沅水的一级支流之一大杨溪穿乡而过，横跨大杨溪的这座桥称为杨溪桥，杨溪桥所在地的乡便取名为杨溪桥乡。杨溪桥原是一座石磴独木桥，清朝光绪十九年（公元1893年），桃源知县余良栋①新建石磴木元条板桥，直至1944年湘黔公路修建时改建为石磴木桥。大杨溪曾经有过许多叫法，杨溪桥之名也随之变化。起初有叫阳溪的，也有叫洋溪的，最后还是以大杨溪为名叫杨溪桥沿用至今。

2015年12月，杨溪桥乡和原牯牛山乡合并为新的杨溪桥乡。2016年12月，经省人民政府批准，撤销桃源县杨溪桥乡，设立杨溪桥镇。该镇下辖2个社区：杨溪桥社区、冷家溪社区。12个行政村：江里溪村、沙堤村、铁山溪村、黄泥田村、羯羊铺村、朝阳庵村、岩吾溪村、蔡家塘村、落马洞村、煌山村、牯牛山村、十八登村。国道319和常吉高速公路穿腹而过，距县城43公里，该镇是一个山多、田少、人口稀的山区镇。全镇处处青山绿水，主产茶叶、木材、楠竹，又称“楠竹之乡”，以“茶”、“竹”兴业。

大杨溪发源于牯牛山黄山村的黄柏木垭北坡，从发源地开始，在群山中百折千回、洋洋洒洒由南向北流去。相传现在319国道上的杨溪桥的桥是桃源知县余良栋主政桃源时，出资修建的一座木桥。木桥下大杨溪流到杨溪桥镇的蒋家坝，突然折转身来由东向西流了1公里后再由南向北流，出现了“杨溪桥水倒流”

的奇特现象。民间传说这里之所以出现“水倒流”的现象，是北去的溪水回头哀悼一对殉情的恋人。相传杨溪桥的桥原本只有座独木桥。桥东有一对恋人，女方怀孕后被胡姓财主仗着钱势买作小妾。姓杨的男方见恋人被霸占，出家当了和尚。二十年后，财主死亡，小妾和杨姓和尚所生的小孩长大撑起一户家门，决定拆掉旧木桥修建一桥石拱桥以“积德行善”。在新桥落成的这一天，这个修桥孩子的父母亲——原本一对被胡姓财主拆散有了身孕的情侣，见亲生儿子受封建礼教的禁锢不认父母，还俗的和尚邀女方双双在桥头跳水自杀。为了悼念这对恋人，溪水动情，回流二里向这对痴情男女致哀。

朝阳庵村四周山峦起伏，在山峦环抱之中，良田平畴，土地膏腴，田林交织，道路阡陌。坪当中有泓碧水流过，碧水畔长满了杨树，于是将这泓碧水取名叫杨溪，将现在的朝阳庵村叫做杨溪湾。朝阳庵村离镇政府驻地南3.5公里。解放前属杨溪桥乡六保；1952年土改复查时属十五区杨溪桥乡朝阳村；1958年公社化时属沙坪公社卫星大队；1961年调整社队建制时建杨溪桥公社朝阳大队；1981年地名普查时因重名，更名为朝阳庵大队，此地原有七株柳树朝阳生长，清末又建一庵于柳树旁，取名朝阳庵。大杨溪之古老，是与朝阳庵村的王家坝（原名叫千工坝）分不开的。王家坝在大杨溪的上游，把溪水拦腰截断筑坝灌田1300余亩。这个坝到底是哪一年修的，只知一代传一代，有人说建了上千年，但修这个坝以后改了多少朝，换了多少代却无法考证。从今天的眼光来看王家坝，无论是从选筑坝址还是从溢洪道分洪的角度来看，任何专家都不能否认它的科学性。

杨溪桥镇的铁山溪，青山长绿，碧水长流。解放前属杨溪桥乡五保；1952年土改复查时属十五区铁山乡山村；1958年公社化时为沙坪公社东风大队；1961年调整社队建制时建杨溪桥公社铁山大队，以境内铁山溪名命其名。据《桃源县志》（清道光版）载：清顺治15年（公元1658年）李氏第九代祖李某早年在京为官，因患“消渴疾”（糖尿病）久治不愈。弃官返乡后，该族族长见状，天天邀其饮用祠堂旁的泉水，三个月后病情居然见好，半年后病体痊愈，重返京城任职。为了让神奇的泉水世世代代济佑后人，命长子专程回乡，出资在古井原地，按八卦原理用整块石料砌了直径四尺有余的竖井，镌龟勒碑，题名“李公泉”（当地俗称乌龟井）。亲撰碑联“李公泉水济人消渴千秋泽，铁山龟井祛病延年四季春。”继后，翰林学士冯锡仁闻讯，命州判李勋臣踏勘，撰赋文《应心泉老》存放于北京太史馆。周围的人们闻讯后来此排队烧香，跪拜“神龟”，讨取“神水”。从此以后一年四季在“李公泉”讨取“神水”治病的人络绎不绝。据当地人讲述，居住在铁山溪常饮“乌龟井”内泉水的人很少患糖尿病，心脑血管疾病和癌症。“李公泉”（乌龟井）泉水神奇在什么地方，据南京地质矿产研究所分析，此泉水中含有钾、钠、钨、锂、硒、锌等20多种微量元素和矿物质，属弱碱性水，能调节人体内酸碱度的平衡。现在，“李公泉”已被命名为“桃花山泉”。1999年被湖南列入火炬计划。2008年8月，国家工商总局批准为专利产品，准予生产和销售。

杨溪桥镇江里溪村，解放前属杨溪桥乡四保；1952年土改复查时属十五区沙堤乡江里村；1958年公社化时属沙坪公社东风大队；1961年调整社队建制时建杨溪桥公社虎形大队；1981年地名普查时因重名，复称江里溪大队，根据驻地名命名。江里溪村有三条溪流各由当地乡绅取名：江里溪相传几百年以前，此地住着一户姓衰的财主，一心想发财，便称此溪为缸里溪，其意为让别人把水倒进自己缸里，后改称为江里溪。水沉溪则是有个张姓财主他想发财，便将他屋场前的溪流取名水剩溪，其意为钱财有剩余，后改称水沉溪。桶子溪旁居住一户皮氏人家，他见邻乡有水剩溪，便将此地取名桶子溪，其意是有桶好提水，把缸里溪和水剩溪的财富水用桶提回家。

江里溪和沙堤村，盛产楠竹。沙堤村在解放初期因大地主谢春皆在此有一栋大的住房，取名谢家大屋而出名。在谢家大屋旁千佛庵山下有一坪叫庵坪。千佛庵过去是一座隐匿在深山丛林里的古庵，它临水而依林木，携清幽而含静远。千佛庵耸立在被袭来的滚滚绿浪层层环绕的山里，沿着长长的石阶上走过层层深不见底的通幽竹林，稀疏的阳光透过幽深的林木照出缕缕斜影，暖暖的光影拂一袭沁人的凉意把心也深锁在这深峦叠障的静绿中，伴着禅思静虑，身上沾染的所有浮世尘埃已然扳依在泥土中、落定在涓涓的细水溪流里，或与从不远处那庵中飘来的丝丝缕缕的野花香升天而去。

沙堤村的右侧是前往竹海的山间小道，狭窄的小道是通往竹海的盘山之路，举目远眺，一片高耸挺拔，茫茫无尽的绿海扑面而来，密疏有致的竹林耸立于眼前，笔直隽永，仿佛一支支如椽巨笔抒写着山野的粗犷豪情与禅意的智慧豁达。不论是已褪去一层干瘪外衣的老旧墨绿的陈竹，还是顽强不息从石缝中拼命挣扎出的新嫩，这样的长久的生命力，不止一次在深深地震撼着进入竹林的人们。谁人能读懂它的勃勃生机，谁人能解读它不灭的信念！竹海林里层层陡峭的山路上扑扑簌簌地落下片片干枯的竹叶，

竹海　吴飞舸　辑

一有微风袭来，脚下零乱的枯叶，便落了一地，即便是枝残叶败，它依旧默守在这如天籁的林子里，看着这株株竹子从新生到老去。怯怯地踩在上面，防滑胶底鞋子也管不住脚的使唤了。林子里还会时时有各种不知名的小虫栖息在眼镜片上，相机的镜上，模糊了前方的视线，莫非它也想把自己的倩影带走。抬头望去是刺目的日光，衬着矗立的竹林围绕成不规则的画卷，伸向无尽的苍穹，露出一小方湛蓝夺耀的天际。眩目的蓝，与纯粹的绿，被大自然描摹出清晰的轮廓，晕染出一副绝美的画卷。

江里溪和沙堤所产楠竹以竿长、壁厚、竹节长、纤维韧性强享誉国内，曾有一段时间杨溪桥的竹器畅销大江南北。

杨溪桥镇的牯牛山素有“桃源屋脊”“金窝林海”之美誉，与安化县接界的南部，有一座酷似卧牛的大山，牯牛山之名由此而来，沿用至今。

传说明朝在皇帝朱元璋时期，朝廷就来人在牯牛山冷家溪开采黄金，地质学家认为冷家溪群是中元古界的一部分，为湖南省内出露最古老的地层。由沉积韵律特别发育的一套巨厚的碎屑岩、泥质岩和凝灰质岩为主的岩层组成，1936年，地质学家王晓青、刘祖彝将这一地层命名，这一地点的典型地层在湖南桃源县冷家溪，因当初只有一家姓冷的住户伴溪流居住，因此就叫冷家溪地层。冷家溪的地名由此而来，后以此地名命名冷家溪。冷家溪集市隔坳的另一处地方，也产分散的黄金“鸡窝”矿，人们便叫它金坧，同属冷家金矿矿区区域构造位置为雪峰山弧形隆起构造带北东段，古佛山（冷家溪）倒转背斜北翼。区内构造特征为北东东向区域性逆断层为区内主要导矿构造，近东西向层间构造破碎带为本区主要储矿构造，与金矿化有关的地层主要是马底驿组。金矿成形为“鸡窝状”，根据以往勘查成果和矿山开采情况，区内有13条矿脉具有工业价值，其中以41、34、15、32、56、110等6条矿脉规模较大。以往工作估算区内0m标高以上金金属远景资源量8536kg。目前正在开展的矿区金矿普查工作显示，区内矿脉从浅部到深部，矿脉分布连续，矿脉厚度有增大趋势，金品位有增高趋势，预示已知矿脉深部有较好的找矿前景，预测已知矿脉通过深部找矿可估算金金属远景资源量17072kg。同时在普查工作中新发现了规模较大的3号、106号矿脉以及110号矿脉走向延伸增长了600m以上，在其边部找矿可估算金金属远景资源量在7074kg以上。金矿地处雪峰山黄金矿富余地带，开采历史悠久，明洪武时期即有采金的记载，至民国初年，金矿开采已比较兴盛。新中国成立后，金矿由国家兴办，为湘西金矿重要坑口，改革开放后转为民办，采矿以原始的人工方式为主，其间于上世纪80年代末90年代初呈现了较为兴盛时期。21世纪以来，在历经多次规范整治后，采金业又出现了欣欣向荣的局面，目前，有3个采金自然村，2000余金农，设四个工区，22个规范采金矿点，固定资产投资2000余万元。采用机械化作业采掘，采用重选、浮选等先进选矿作业方式，完全取缔了氰化选矿，实行了安全、环保生产，针对上层矿源逐渐减少的状况，全矿正着手准备投入1000余万元进行深层次矿源探测与开发。近年来，由于淘汰了氰

冷家溪金矿　邬书维　摄

化选金工艺，所以废水中并不含氰化物等剧毒物质。据冷家溪下游群众反映，从上世纪70年代起，当地许多百姓一直以采金为业，数量曾一度达到160多家。该地的黄金开采也经历了从无序、高污染到有序、无污染几个阶段。“经过对工艺流程和废水的分析监测，未检测出铅、砷、汞等重金属和有毒物质，废水中主要含有大量悬浮物，需要沉淀后排放。”因此，环保部门要求各个矿山企业按要求建好尾沙坝、沉淀池，禁止废水直接入河，消灭了“牛奶”毒水排放现象。

杨溪桥镇凉山坳，位于冷家溪西南9公里。此山坳位于桃源、安化两县交界之处，原有一棵大树，行人常在树下歇凉，故名凉山坳。当时有一黄竹界，位于冷家溪东南2公里。此处地势较高，是桃源、安化两县交界之处，因多长小黄竹，故名黄竹界。凉山坳，地处该镇南端，海拔700余米，壤接安化10余公里。村境之内，奇峰耸立，山峦逶迤，是典型的山乡村落。

村头山坳，处于大昌尖山脉伏凹之处。自古以来，这里是条通往安化的必经之路，路旁生长着一棵千年紫薇村，虬龙盘枝。夏日里，枝叶稠密，树冠如云，远远望去，就像一把撑开着的大凉伞，人称“凉伞树”。路人至此，只要触摸树杆，枝叶就会摆动，随之吹来习习凉风，使人气喘消停，热汗散发。凉伞树下，时有老人摆些茶水，供应来往过客。

十八登，位于冷家溪南2.5公里。解放前属沙坪乡第七保；1952年土改复查时属十五区爱民乡第二村；1958年转沙坪公社属国兴大队十八登连；1960年转国营牯牛山林场属国兴工区；1961年调整社队建制时转牯牛山为胜利大队；1981年地名普查时因重名，根据驻地更名为十八登大队。村境之内，高山嵯峨，挺拔耸立。从十八登下山至冷家溪的山道，刚好有十八个“之”字拐，起初人们称之为“十八盘”。很久以前，“十八盘”地方物产匮乏。此地村民尽管披星戴月，辛勤劳作，仍然过着衣不遮体，食不裹腹的生活。

传说明初一姓蒋的乡绅，颇有学历，见此地风景秀丽，在某年正月十八日搬迁此地，并邀十八学士游历武陵时来他家暂住。十八学士来到蒋家后，顿生疑窦。觉得此地地处江南，山清水秀，相比漠北，不知好上多少倍，而民生惨淡，得地名“十八盘”。他们察其山道形状，十八级山道，步步上升。升，力消于盘，识其玄：“盘，曲也，盘养之功，含辛茹苦”。遂将十八盘易名为“十八登”，并赋诗《十八登》：

江南佳丽地，瀛洲十八登。
天人合一发，步步得高升。

后人见饱学之士称此为十八登，遂改十八盘为十八登，以求吉祥。

注：①余良栋，字芹塘，四川万县（今万州市）人，监生。光绪十四年（公元1888年）任桃源县令，连任两届，一直到光绪二十一年（公元1895年）年底，大约是桃源历任知县在职最久的。余良栋在桃源的几年对桃源的建设产生了不小的影响，集资修建桃溪书院，建育婴堂、文庙、东岳庙等，尤其对于县中名胜桃花源古迹的修复有功，重建并布置了多处新景点，至今还为人所称。

茶庵铺里新茶香

茶庵铺镇地处桃源县西南部，与怀化市沅陵县接壤，是常德市西南口子镇，距县城53公里、距常德市城区72公里，319国道和常吉高速公路贯穿全境，常吉高速公路在境内设有大型互通。茶庵铺镇是由原茶庵铺镇和太平铺乡合并而成，是省政府确定的“五个一批”茶叶专业乡镇之一。2016年入选湖南省“十三五”特色旅游小镇建设规划。茶庵铺以驻地名定名。茶庵铺相传有老尼、僧建茅庵于此，备茶水，人呼为茶庵，后湖南通往贵州驿路经此地，建铺庵旁，故名茶庵铺。

现全镇辖17个行政村、2个居委会，总人口近4万人。茶庵铺镇历史悠久，自东汉建武二十六年（公元50年）设为临乡之所属沅南县（桃源县）以来，此地作为乡镇治所至今已有1955年。其间于1996年被正式列为桃源县属的一个新兴建制镇。境内有衙门井、官井、号坪、钟鼓坪、钟嗷山、滚钟池等古迹及其神话传说。茶庵铺为一方革命的红土地，早在1927年，这里就组建了中共地方组织——中共桃源县第13区党部，胡雪秋等6名早期党员在此掀起了轰轰烈烈的农民运动。茶庵铺的反动豪绅龙文明悬赏400元光洋捉拿当地农民协会负责人胡雪秋、龙复旦、王文蔚等人。他们抓住胡雪秋后，用劈柴活活将胡打死。龙复旦、王文蔚被捕后国民党县政府将其杀害于桃源县城拴马巷下虾耙洲（县汉剧院后河滩）。

茶庵铺镇盛产优质茶叶、竹木，素有“茶乡、竹海、林都”之称。茶叶是茶庵铺镇立镇之本，茶庵铺镇因茶得名，以茶立镇，茶叶种植历史悠久，是全国大叶茶之乡，也是省政府确定“五个一批”茶叶专业乡镇，2011年被评为湖南茶叶“十强乡镇”。目前拥有茶园面积4万多亩，茶叶年产值达3亿元，2016年，“桃源大叶茶”品牌市场评估价值达到9.46亿元，并获得“湖南茶叶十大公共品牌”称号。桃源红茶底蕴深厚，清同治四年（公元1865年）桃源开始生产红茶，至今已有150多年的历史。桃源红茶“红金芽”、“红功夫”、“红茯砖”、“古洞春牌黑茶酰”等6个产品获“茶祖神农杯”名优茶评比金奖，2016年，农业部批准对桃源红茶实施农产品地理标志登记保护。茶庵铺镇具有浓厚的茶乡文化特色，形成了以“茶”为特色的产业，为建设特色小镇提供了产业支撑，具有较大的发展潜力。

全镇现有年产茶5000担以上的企业6家；年产茶1000担以上

崖边野茶园　邬书维　摄

的企业31家，全镇年产茶达14万担。

桃源县茶叶标准园区建设以古洞春茶厂为依托，以松阳坪村为核心区，核心区面积2230亩，在茶庵铺、松阳坪、三元潭建设万亩标准茶园建设基地，面积10000亩。古洞春茶厂地处桃源、沅陵、安化三县交汇地带。西南方紧依乌云界国家自然保护区，土壤肥美，光照充足，气候温暖，且富含锌硒等人体所需的微量元素，很适合茶叶的栽种，由于茶品种优良，茶香味浓，当地有很多人一辈子以茶为业。

古洞春茶业现拥有茶园基地11000亩（其中自有茶园5600亩），厂房面积18000平方米，就业人数380人，制茶机具386台（套），三条生产线，分别生产名优绿茶、红茶、黑茶、特种茶。研发上市了以野茶王（翠剑）为旗舰产品，包括银毫、曲毫、毛尖、烘青、绿茶等高、中、低档绿茶、红茶、黑茶、茶化妆品、茶食品等产品在内的300多个系列产品，年产量达3000多吨。

茶庵铺镇具有浓厚的茶乡文化特色，茶歌、茶诗、茶联、茶故事流传久远，“走东家，串西家，喝擂茶，扯白话，讲笑谈，打哈哈”的民俗歌谣传唱至今。茶叶的衍生品“擂茶”成为当地群众的饮食风俗。时至今日，在茶庵铺谢家庄小桥上仍有“东不管、西不管，茶馆；来也罢、去也罢，喝吧”的碑联。流传着“张果老在马坡岭品茶”、“崖边野茶与神秘犀牛池”的古老传说，另有衙门井、官井、号坪、钟鼓坪、钟嗷山、滚钟池等古迹及其神话传说。近年来，茶安铺镇注重挖掘传统文化。组织人员对传统文化、传统技艺项目进行收集、整理和记录，深度挖掘古茶、古园、古道、古庵、古驿、古渡的文化底蕴，打造观茶、采茶、制茶、品茶、购茶为一体的茶旅产品，并且成功申报了2个市级非遗保护项目，即《九子鞭》节目和大叶茶的制作方法。从明朝开始，此地已成为湘黔古道重要驿站，赣粤茶商纷至沓来，至今还存有清代同治年间立的《永定茶规》碑文。

崖边野茶生态茶园位于茶安铺镇境内武陵山脉的马坡岭，这里海拔千余米，常年云雾缭绕，野茶满山，空气中负离子含量极高，是“崖边野茶”高山原始野茶基地。此地山高林密，危崖耸立，野生茶树虬枝曲展高达数米，采茶人要攀上茶树才能采摘。“崖边野茶”是湖南百尼茶庵茶业有限公司新近开发的一个顶级野茶品牌。

走进马坡岭，只见满坡满岭的野茶散落在崇山峻岭之中。据说此茶全部为野生，生长在海拔650—700米之间大山之中。这里山高林密，危崖耸立，云雾缭绕，生长在此地的野茶终天饮云吞露，吸天地之精华，极为珍稀。此地于2013年被一武陵源茶农发现，目前已被知名企业百尼茶庵买断其采摘和经营权，使这一旷世珍品重新焕发出生机。走进茶园，一阵茶叶伴随着露珠的清香扑鼻而来，使人沉醉不已。这里的茶树老的已有数人之高，虬枝曲展；小的正娇娇可人，青翠含喜。无论老的小的，每一株茶树上都发满了嫩绿的新芽，有的已经舒张开了，像完全开放的花瓣那样吮吸着天地间的养分；有的还只是刚刚冒头，像一朵待放的花蕾，散发着新生命的勃勃生机。马坡岭前后漫山遍野间，散布着三三两两的采茶村姑，他们用彩色头巾包裹着头发，背着一个茶篓，那双手一左一右，一仰一起，手指在枝杆间起落。放眼远望，采茶村姑如繁星点点，点缀在马坡岭的青山绿水间，在蓝天白云陪衬下，犹如一幅幅动人的风景画面，生动、自然。日复一日的劳作，演绎着古老的采茶文化。

清明时节，初升的太阳冉冉从马坡岭高山之巅升起，一扫往日阴霾，把万道霞光撒播在千山万岭之间，给满坡满岭青翠欲滴的丛林披上了一层美丽的光环。

马坡岭，其实就是一块长满绿草的平地，但海拔却是最高的，达900余米。从这里可以鸟瞰周围连绵起伏的群山，一览众山千姿百态的奇景和云波诡谲的奇观。据知情人介绍，当年这里建有一祠名曰犀牛祠，许多得道高僧在这儿布施讲道，终年香火不断，历经千年而经久不衰。

按照古代驿道“十里一铺、六十里一驿”的设立，新店驿离茶安铺镇驻地西4公里。明朝年间，从郑家驿到此刚好六十里。

松杨坪大叶茶园　邬书维　摄

见此地新建不少店铺，集市街道基本成形故名新店驿。

新店驿处于桃源通安化和沅陵的茶马古道上，于明洪武四年（公元1371年）置驿丞设驿，后撤。清康熙二年（公元1663年）复置，乾隆十一年（公元1746年）改驿站为巡检署，置巡检司。设马24匹，馆夫3名，皂隶50名，署所有头门3间，二堂3间，三堂3间，住房5间，书房2间，驿外建公馆1所。清光绪年间，署所内有驿马45匹，马夫23名，兽医1名，贡夫75名。作为连结郑家驿和马底驿（沅陵县）的中转站，是当时商贸流通、商贾集聚的中心，一时熙熙攘攘，繁荣兴盛。

松阳坪村地处茶安铺丘陵山区，全村耕地面积三千余亩，其中大叶茶基地就达到了1980亩，是远近闻名的大叶茶专业村。今年初，该村以提升茶叶产业层次、提高茶叶市场竞争力、增加群众收入作为新农村建设的重点。在茶园管理上，村里坚持统一提供技术指导，按照无公害农产品生产规程进行园地栽培。在松阳坪村的田间地头随处可见巨幅技术要点提示牌，在松阳坪村的村民活动室里经常看到专家为村民上技术课，茶叶的种植做到无公害化栽培。2002年，松阳坪的茶园基地就已被确定为国家级无公害茶叶基地。在产品加工上，村里通过培养一批、扶持一批、引进一批的措施，使该村现在形成了由有一定规模的茶厂3家、茶叶作坊22家而组成的加工企业阵营，并且形成了年产1200吨茶叶成品的产销能力，全村所产鲜茶原料可以全部实现就地消化。2007年，以生产千年冰茶（千年寒冰、千年紫冰、千年玄冰）的常德紫艺茶业落户松阳坪，投资规模达250万元，在国际茶业博览会上，紫艺黑茶神奇大叶轰动茶界，填补了中国高档黑茶的方向空白，改写了中国黑茶的制茶历史。

夷望溪“南出重山，远注沅水”。两岸青山叠嶂，山重水复。夷望溪上游有地曰“三元潭”。古时候，这里人烟罕迹，青山秀水，深藏不露。三元潭以境内“三元潭”命名。三沅潭所在地，相传牯牛山庵里的钟滚至此山下，连昂三声，故称钟昂山。远在春秋时代，楚人拓疆沅澧，当地土著“蛮濮”南迁，一时去无踪迹。屈原放逐江南，到此曾经叹息：“哀南夷之莫吾知兮”。殊不知迁徙的诸人已经隐居到了这条溪域，凭着勤劳的双手，广植

乌云界峡谷漂流　邬书维　摄

桑麻，勤事农牧。却也达到了自给自足，年纳余庆。及至东汉初年，朝廷苛取溪域徭税：“可比汉人，增其租赋”。溪域之民一举反抗，巧借这里的山川地利，内设布防，外御官兵。于是溪域之内兴造舟筏，用以聚集物资，调遣人员，往返忙碌，缘溪交通。但是，一当遇到枯水季节，上游之地却有一块陆洲挡道，阻碍舟筏畅行。有人辗转洲头，发现此洲皆因“三源”所致。南源沅陵界，西源三渡水，东源古溶山，三条溪水在这里交径跌落。山洪暴发之时，泻吐大量沙石，淤积而成。于是他们“应其因，举其策”，让人采来大量石料，紧靠溪岸垒筑石柜，阻转源流注向，取名叫“翅水”。由于“三翅”成环，三股溪水形成漩流，旋切陆洲。不到数年时间，陆洲无存，居然聚水成潭，因此，此潭就称为了“三源潭”。

铁山溪位于镇政府驻地东北2公里。铁山溪的名字来源于沿溪山中蕴藏有硫铁矿，故名铁山溪。当地还有三处因山形而取名的地方：一是雄鸡冲，因此地两条溪从山冲间流出，山形如雄鸡，故名雄鸡冲。二是帽儿尖，因此地山势陡峭，形如尖帽，人称帽儿尖。三是双儿尖，因此地有两座山，山形如两只耳朵。故名双耳尖，后人们讹呼为“双儿尖”。

太平铺，明朝时此地设有投送公文的驿铺，清康熙十七年，吴三桂据守辰龙关，清将军蔡毓荣率大军驻此地，四方战争，独此太平，故此得名。因修湘黔公路，太平铺搬迁新址，仍用原名。庵堂坪离老太平铺东2公里。百多年前，这坪里修有一座庵堂，故名庵堂坪。洗马溪则在太平铺东4公里。早先这里是湖南通往贵州的驿道，路旁溪水清澈明亮。驿兵和骑马者到此，都下马洗刷，故而得名洗马溪。

小桃源位于小桃源大队驻地西1.5公里。清时，此地名“柳花坪”，后因常德和辰州两府争地打官司到省巡抚衙门，常德府称该地有个三角地带自古就叫桃源坡，过去从此地到上马蹬去的坡上，长着一些桃子树，千百年来就称其为桃园坡，常德府因此而在巡抚衙门赢了官司，湖南巡抚将此地判属常德府桃源县管辖，故而称为“小桃源”至今。

介绍茶安铺绕不过香甜可口的粽叶蒿子粑粑这一特产。“二十八，送年粑”。每年立冬以后至来年正月，茶安铺319国道旁到处可见“出售蒿子粑粑”的广告牌。蒿子粑粑是桃源县西南的年货，茶安铺地方特产粽叶蒿子粑粑，在湘西颇有名气。茶安铺一带的人拜年、远去都会让粽叶蒿子粑粑登上大雅之堂，与常德若干知名特产一道拱手送客。粽叶即箬叶，俗称山竹叶。山竹天然生长，根系发达，茎高米许，茎粗如筷，叶大如掌，无毒害，无污染，年年可采，季季可收。《本草纲目》和《中药大词典》记载，粽叶具有清热止血、解毒消肿、治吐血、下血、小便不利、痈肿等功效。

近年来，茶安铺镇注重了旅游项目的开发。结合现有“乌云界漂流”项目，开拓户外探险、激情体验、驴行旅游项目，重点建设室内滑雪项目，特别是结合茶叶生产环节和工艺，推出了清明采茶、手工制茶、表演品茶等主题活动，增强游客的参与性。加强旅游接待，全镇有“福源山庄”、“孔家湖农家乐”等生态休闲基地10多处。同时大力探索农业+旅游模式，形成“万亩茶园观光”、“乌云界峡谷漂流”、“夷望溪竹海泛舟”等旅游产品。茶安铺交通便捷，是张家界、凤凰、桃花源旅游环线中的驿站。人们充分利用这里风光秀美，茫茫林海、万亩茶园、千里古道、百丈飞瀑、十里幽谷、一潭碧水的自然优势。挖掘和编写了抛三棒鼓、舞龙灯、玩花灯等乡土文艺表演供游人观赏。还可体验儿时的竹马、陀螺；更可参加激情四射的篝火晚会；游览松杨坪万亩茶园，赏茶艺表演、品桃源野茶王，旷野放歌、幽室对弈。位于漂流接待中心的“古道茶旅”远离都市的喧嚣，放下生活的包袱，释放束缚的激情。惊险刺激的乌云界生态峡谷漂流和浩瀚的次生原始森林等得天独厚优越条件，对接“古道茶旅”等旅游资源，能为游客提供一条龙的服务，让游客感受漂流的刺激，流连于高山峡谷之中。

乌云界桃花雪缘四季滑雪乐园，位于桃源县茶庵铺镇古溶溪村，背靠乌云界国家级自然保护区，山峦起伏、林海茫茫、怪石嶙峋、风光秀美；紧邻319国道、杭瑞高速，交通便捷。它是常长张凤黄金旅游线中间节点上最具特色、最具体验性，首屈一指的明星项目。该项目规划占地面积30亩，其中建设生态停车场6000平方米，滑雪中心6500平方米，建设一条宽40米、长140米的主滑雪道，并引进一条魔毯运输设备，日接待能力2000人次。

乌云界“桃花雪缘四季滑雪乐园”　邬书维　摄

茶道良缘

距茶庵铺集镇不远，有一座形似笔架的大山，名叫笔架山。笔架山山前山后连绵几千亩山坡地，种植的全部都是大叶茶树，这里是远近闻名的桃源大叶茶种植基地，出产的桃源大叶茶曾获得过“形赛龙井、香高碧螺、味斗毛峰”的美誉。

笔架山不仅因为种植出了闻名于世的大叶茶，它还留下了两个状元因茶道而结为良缘的一段佳话。

传说清咸丰年间，笔架山下住着一位青年，名叫吉鸿魁。他自幼父母双亡，家贫如洗，因而无钱求学。但他不甘落泊，不愿久居人下，就效仿古人负薪挂角、囊萤凿壁一般的苦读，终于学得了满腹的诗书。可毕竟家里穷困潦倒，无法去考取功名。为了生计，他就在笔架山下的一家茶园里去当学徒，开始跟着师傅学习制茶。

这茶叶作为大自然钟灵毓秀的产物，必然深得大自然的秉性。茶性俭，苦而后甘，它的俭朴、清淡、和静、健身的秉性，恰与中国人崇尚先苦后甜，温和谦逊，宁静淡泊，恪守本分的思想相吻合，因此深得人们的喜爱。吉鸿魁本来就是个天资聪颖勤奋好学之人，自从进入茶园，他不仅刻苦学习了制茶技术，还潜心钻研出了一套茶道茶艺的心得，更修炼出了“精行俭德人”，德立茶存的人品。

当时正值太平天国起义时期，太平军已经建都天京，湖南的常、桃一带也被石达开部所占领。洪秀全为了广纳天下人才，决定开科举招贤纳士，并要求各地的太平军将领都要寻访贤能，然

茶道　吴飞舸　辑

后举荐到天京去应考。石达开访得吉鸿魁就正是一位学富五车的有为青年，因此就将他送到了天京应考。

洪秀全信奉天主教，他虽然决定开科取士，但并没有打算考这些士人的四书五经八股文。他自己喜欢喝茶，他就给这些士人出了一个名为《茶道》的题目。这个“茶道”恰好是吉鸿魁的强项，因此他濡墨挥毫妙笔生花洋洋洒洒一气呵成，轻而易举地夺了个头魁。

洪秀全看过了吉鸿魁的答卷，甚是满意，便召他上殿面试，向他询问茶叶的生产制作过程及茶艺技巧。吉鸿魁对答如流，并当殿演示了自己总结出来的全套茶艺，如焚香静气，叶嘉酬宾，活煮山泉，孟臣沐霖，乌龙入宫，悬壶高冲，春风拂面，重洗仙颜，若琛出浴，玉液回壶，关公巡城，韩信点兵，三龙护鼎，鉴赏三色，喜闻幽香，初品奇茗，再斟兰芷，游龙戏水，品啜甘露，尽杯谢茶等等共二十余道程序。整个过程典雅优美，出神入化，看得洪秀全及满朝大臣们欲仙欲死，如醉如痴。洪秀全大喜，当场钦点吉鸿魁为头名状元，并亲做月老，将天朝赫赫有名的女状元胡惟鸾指配给吉鸿魁为妻。

后来，太平天国起义失败后，吉鸿魁偕同妻子胡惟鸾隐姓埋名回到了笔架山下，在茶园里搭建了一座茅庵，取名万福庵。二人在庵内隐居，研习茶道，终享天年。

茶王之山

传说，一千多年前，有个遍寻名山大川的僧人来到了太平铺。他见此地山峦叠翠，溪沟流碧，林木茂密，花草争艳，心中忽然若有所悟，便舍大道，走小径，过山坳，翻峻岭，一连数日，踏遍了这里的山山水水。一天，僧人进得一冲，只见前面有座大山气派不凡，定眼细观，但见群峰起舞，怪石林立，树木参天，遮天蔽日。风过树响，似江海涌涛，云雾缭绕，如寺观香火。立态似观音坐莲，走向如金鸡报晓。山腰悬立一洞，洞口泉水像玉带垂落。他情不自禁脱口而出："好座大山！这才是我的归宿之地。"

于是，僧人从此在洞内隐居下来。他每天除了诵经之外，便在山下培植一株随地长出的茶树。平时，方圆七、八里无论谁家男女患病长疮，僧人都在山中采些草药主动上门施诊，往往都是药到病除，被当地山民称为"活神仙"。久而久之，人们在与僧人的交谈中知道了他的身世。原来，僧人家居湖北天门，俗名陆通，为茶圣陆羽谪传后人，11岁出家入天门广洛寺，法号智源。10年前，53岁的智源离开修炼了40多年的广洛寺庙，北上陕西，后入四川，再返两湖，欲寻一处幽居之地安度晚年，因此来到了太平铺。

智源僧人在太平铺选寻的理想之地一住就是26年，快满90岁时在山上圆寂。当地人为感激他的功德，便把他所隐居的山定名为陆洞山，陆洞山下一带称为陆洞冲。

美丽的陆洞山像是世人憧憬的人间仙境，那样旖旎多姿，深邃幽静，山清水秀，风光如画。然而，它仍然逃脱不了人间劫难。就在智源僧人圆寂后的第三年，这里发生了亘古未有的大旱灾，接连三个多月只见太阳不见云彩。终年流淌的山泉停歇了，地里的庄稼花草干死了，山上的树木枯萎了，附近村寨的牛羊耐不住饥渴倒下了，即使顽强的山民也都在死亡线上挣扎，美丽的陆洞山面临严重的死亡威胁。

就在死神向人们一步步逼近的时候，有人提议到智源僧人居地去求雨，祈望老法师能在另一个世界给予他们帮助。当人们来到山下时，一个个都大感惊奇，只见与智源僧人相伴了20多年的那株茶树碧绿如翠，在阳光照射下发出水灵灵湿漉漉的光芒，似乎没有遭受干旱的丝毫肆虐。人们实在太渴了，跑上去每人摘了几片叶子就往嘴里塞，顿时只觉得凉丝丝，水津津，直沁心脾，润泽丹田，精神为之一振。大家欢喜若狂，把茶树叶采下来带回去，陆洞山这一带的人们得救了，他们原以为会因这场大旱永远

百年老茶树　吴飞舸　辑

告别这个世界，没想到这株野生的茶叶树拯救了他们的生命。

或许是当时人们救命心切，把树叶采摘得过于厉害，或许是这株茶树一次付出太多，到第二年开春时，迟迟不见新叶长出。山民们急了，生怕这株神奇的树救了众人，伤了自己。大家背着锄头，挑着肥料来到树边松土浇肥。当松土的人刚刚挖到树蔸下，就听“铛”的一声，铁锄撞到了一个铜盒，那铜盒呈长方形，宽约三寸，长足一尺，大家打开铜盒，里面除了一块竹片并无它物，竹片上写着四条字，有识字者认出是四句话：雀舌云片，凤蕊龙团，好山好水，日后远传。众人猜想这定是老僧人所留，但都不解其意，只是觉得这是株神奇之树，一定要保护好。由此，千多年来，这株自生于山间、老僧人关爱倍加的茶树栉风沐雨，傲霜凌雪，依然郁郁葱葱，巍然屹立在陆洞山的密林之中。随着星移斗转，世事沧桑，这株茶叶树不知何时湮没在人们的视觉之内。一千多年后，从事茶叶研究的专业人士历经艰苦，历时四年，终于寻找到了这株传说中的野茶王，并通过人工无性繁育。这株野茶王有了自己的后代，并赐名“古洞春”。而今，古洞春野茶王茶叶已经名满华夏，陆洞山及陆洞冲的名字也随之不胫而走。

山乡里的红色故事多

西安镇位于桃源县、安化县、沅陵县三县接壤处。在人间仙境桃花源的西南部，距县城88公里，地处湘西山地向洞庭湖平原过渡地带。境内群山起伏，无霜期280天左右。全镇辖10个自然村（大水田、大池塘、桃安、西安、东安、杨柳山、磨子坪、桥塘、薛家冲、白洋坪），1个居委会（闵家坪居委会）。境内山峰林立，耸入云霄，平均海拔560米，冷峰尖海拔1080米，另有海拔800米以上的山峰3座。冬暖夏凉，气候宜人，植被覆盖率达95%。

1986年，大水田乡与西安镇合并为西安镇，此名沿用至今。西安镇驻地解放前属安平乡第六保；1952年土改复查时属第十四区大水田乡；1958年公社化时属茶庵铺公社大水田大队；1961年调整社队建制时建大水田公社西安大队，以驻地的西安溪命名。传说从前此溪西方有一庵堂，庵中和尚横行乡里，诱奸民女，很不得安宁，因而惹动众怒，将和尚一坑活埋。从此，平安无事，故称西安溪。

西安镇内的西安坑口，因为有白钨、黄金伴生的矿产资源可供开采，1982年在四面环山的闵家坪建立起工矿建制镇—西安镇。最多时汇聚着来自全国十七个省份的800多名建设者，算上职工家属，常住人口近五千人。西安坑口矿区开发可追溯至1875年，1950年被人民政府接管，1953年5月命名为湘西钨矿西安坑口，1976年改名为湘西金矿西安坑口。这里的矿工来自祖国各地，口音也不尽相同，他们自成一体，却又与周边有着千丝万缕的关联，因为西安坑口区人口来自新化县占的比例大些，矿区子女们的会话，形成了以新化方言为底蕴版的西安方言及独特的矿区文化，与矿区周边的大水田土著村民口音有着明显区别，长大后，他们无论走到那里，那一口西安版的新化口音都不会改变。邮政局、银行、食堂、招待所、广播站、电影院紧邻在坑本部的四周。坑本部前面的灯光球场，是西安矿区最大的一块平地，也是下班后篮球爱好者唯一的健身场所。二十世纪八十年代末，随着矿区的撤离，坑本部大楼物是人非，了无昔日的尊严。昔日热闹的球场，一群鸡鸭在杂草丛生的草地上悠闲觅食，唯有大楼前两株硕大的玉兰树依然枝繁叶茂，在深秋午后淡淡夕阳辉映下，枝叶银光闪烁，仿佛在折射着昔日的尊颜。家属区，那是一栋栋错落有致顺坡而建的家属平房，如今这些家属房真的是彻底老了。二十世纪五十年代，房子是用竹篾块隔墙，再加上黄泥加稻草修建而成，历经50余年家属房已是斑驳陆离，尽显岁月沧桑，老式的玻璃窗户、旧花布窗帘后面，是刻满皱纹的老一代矿工。部分老一辈开发者们不舍离弃，他们视矿区为家，他们在这里安家落户，颐养天年，他们期望矿区某一天还能再振雄风。随着矿区撤离，矿工们也随同迁走，矿区逐渐冷清萧条，长眠于矿区四周的先辈矿工自此落地生根，每到清明，来自各地的后人会前来祭祀先辈，清明又成为散住各地后辈人在矿区相聚的时光。如今人去楼空，一切不再如从前，但人们仍然能清晰记得它当年的模样：小孩春天随大人下河捕鱼、下田捉泥鳅；夏天的夜晚，在月光下倾听父辈们叙述着那久远的故事；秋天，是收获的季节，矿山四周山上的板栗、尖栗、杨桃等各种野果应有尽有；冬天，一家人围坐在大桌子边，烘着炭火，煨在火盆里的红薯散发着阵阵清香，家的温馨尽享……这一切的一切，宛如自己的亲人，无论岁月轮回，都不会陌生淡漠。

在西安镇境内，所有的山脉都是雪峰山脉的北支，是沅资两江的分水岭，山高林密，地形复杂。发源于西安镇的夷望溪到底在什么地方发源？过去曾有过多种说法。以夷望溪发源于桃源县西安镇的湖家岭占主导地位，（见清光绪（公元1892年）版刊印的《桃源县志》和解放以后出版的《桃源县志》第三卷水利志以及《桃源县志》交通志）认为西安镇内的桥塘溪之水是夷望溪的正源。1977年春天至1978年春天，为修建竹园水库，中共桃源县委先后三次组织人员对夷望溪流域进行了考察，进行了全面的、综合的调查研究。经过这些考察，人们终于找到了夷望溪源头的准确所在地：西安镇薛家冲村岭峰尖北麓的乌沙园垭。新的夷望溪发源地确定后，经测量，该溪的主流长103.9公里，几乎等于桃源南部澄溪、水溪和大杨溪三条溪流长度之和。比原来的湖家岭发源的主流（长70.2公里），多了近31公里。夷望溪在沅水桃源段一级支流中可谓之源远流长。为充分利用水资源丰富的条件，西安人民同大自然进行了不懈的斗争。二十世纪60—70年代，夷望溪主支流上的小水电站可以说是繁若星辰。1969年，《人民日报》曾刊发《万盏明灯照山村》的通讯，对当时大水田公社（今西安镇）队队办电进行了报道。西安镇境内修建的水电站有：桥塘电站、千金园电站、杨柳山电站、磨子坪电站、大池塘电站、湖南坪电站、白洋坪电站、薛家冲电站、和平溪、山洞溪、土洞溪、桃安张家湾、东安、明溪、桃安周家园电站、另有吉家湾、千金园农圩组、黄花溪、金竹溪四个小电站。1969年至1971年西安镇境内实际修电站18座，装机183.6千瓦，繁荣了山区经济。

西安镇内古迹不少，最著名的有西安镇月形山上清同治二年（公元1863年）年葬钦赐登士郎陈惟凤（与妻合葬）的墓。墓碑为四逢三间式。用桃花岩砌成，左右两边石壁上刻有头戴乌纱，身着长袍，足登朝靴高约1.2米的人像，并有多种戏剧故事雕刻。墓碑结构坚固，雕刻精湛，为桃源县重点文物保护单位。原来在清朝咸丰年间（公元1851—1861年），武陵龙阳人李方谷任桃源县令，本县西安镇月形山人陈惟凤掌管钱谷出纳膳料，人称“钱粮师爷”。他深受李县令信任，让他居住县衙后院。其妻吕氏随丈夫在县衙做杂役，每日洒扫县衙庭院、协厨炊事。而她和丈夫却不在伙房就膳，在后院与丈夫另开小灶。清朝咸丰年间，清王

陈惟风古墓　王祠生　摄

朝处于内忧外患的多事之秋，国内爆发了太平天国起义。以英国为首的西方列强不满足在中国获得的侵略利益，咸丰八年（公元1858年），挑起了第二次鸦片战争。当时，作为内陆之地的湖广桃源县，虽然没有遭遇过多战乱，但由于自然灾害频繁，百姓生活十分困苦，加以朝廷税赋迭增，不少乞丐流浪街头。作为钱粮师爷的陈惟风，被弄得焦头烂额，左右为难。

同治元年（公元1862年）秋，桃源县衙后院发生了一件轰动全县之事——钱粮师爷和其妻吕氏一夜之间双双亡故，满屋呕吐狼藉。膝下尚无一男半女的两个亡人身边，却有几十上百号乞丐长跪不起。李县令前往善后，才知道个中原由。

原来，陈惟风夫妇另开小灶，省下一半口粮接济了讨乞之人，吕氏从县衙伙房捡回些残菜枯叶，做成菜粥，供二人生活。季节变凉了，夫妻俩又将自己的棉被和衣物救济给露宿街头的老弱乞丐。

李县令传来仵作验尸，结果是误食腐菜毒菌而亡。因此有人说出，先天傍晚，亲眼见着吕氏上山捡回野生山菌。李县令派人清理县库钱物，发现陈惟风生前账目日清月结，银两不差毫厘，谷物不短斤两。再察其居室，储室中米粮告罄，木籍中银钱分文不见，床榻上铺满稻草，夫妻俩凭着一床棉絮过夜，衣服除了两人身上所穿，仅剩男女内衣各一套。

李县令百感交集，悲痛不已。他立马专折题奏朝廷，条分缕析，将陈惟风夫妇之事迹送达天听。同治帝冲年即位，尚在6龄，其母慈禧垂帘听政。朝廷接到桃源县令专奏，大为震惊，认为整个大清王朝，像这样廉洁从政而又爱民如子的官吏就是踏破铁鞋也难找出来了。于是追认陈惟风为正九品官衔，赐登士郎，予以厚葬（葬于今桃源县西安镇大水田村“月形山”）。

墓前两柱对联为“鹤化定归华表月；凤鸣疑听玉台箫”。目前，正在申报省级重点文物保护单位。

磨子坪是清同治年间御前四品带刀侍卫、赏蓝翎武进士邱显豪的出生地！齐整无杂的木屋、斑驳的古城墙和石板路、久远的房梁石基，无不记录着曾经的辉煌。这里古木参天，虎豹出没，无人居住，自清康熙37年（公元1698年）邱姓始祖思连公由安化迁入，繁衍生息至今有300多年历史了。雷公洞古村落中，近代最有名的人物邱礼啓，字馨芳，同治癸酉科“举人”，甲戌科进士，赐同“进士”出生，恭应“紫光阁”“太和殿”御试，钦定“二等第十五名”，钦点“御前花翎侍卫”，“正黄旗”“乾清门行走”“永恩门行走”，钦命“四品顶藏”；任四川保宁府通江营分镇“副府”，即补“都阃府”加四级纪录四次，咸丰二年壬子正月初五生宣统三年辛亥十一月十一故。

西安镇由于地理位置特殊、地形复杂，是历代兵家争夺之地。1935年11月4日，湘鄂川黔省委和军委分会在桑植刘家坪开会，决定突围转移，在广大无堡地带与敌人打运动战，争取在贵州的石阡、镇远、黄平等地区建立新的根据地。1935年12月5日，红二军团军团长贺龙率领第四、五、六师从溆浦谭家湾进入安化县境江溪。江溪，是位于沅（陵）桃（源）安（化）交界之处安化境内的一条10多里长的峡谷。6日，红十七师从江溪向北急行军，进入桃源茶溪，沿安桃边界又插入安化湖南坡，并抢先占领了头席山阵地，连夜赶筑工事。一个通宵后，战壕掩体遍布山头。

当天，红二军团的第四、五、六师也从江溪出发，经桃源茶溪、大水田，绕道迂回插到湖南坡和睦溪一带，形成对湖南坡敌第二十八师、三门敌第四十三师的包围。当天下午，红二军团赶到和睦溪，切断敌第四十三师后续部队，毙敌1人，缴获行装100多担。这天晚上，红二军团夜袭朝山界，掩护红二军团主力宿营于大水田一带。半夜时分，红军偷袭朝山界庵堂敌军哨所成功，俘敌12人，缴枪12支，顺利占领了朝山界。

新中国诞生后不久，美帝国主义发动侵朝战争，把战火烧到鸭绿江边，同时策划蒋介石集团反攻大陆，在台湾、香港、澳门等地建立“大陆工作处”，收容漏网土匪和逃亡地主400多名，送往日本东京茅崎和塞班、冲绳岛进行特务训练，再通过陆潜、空降，资助内地残匪建立反共游击根据地”，进行颠覆、破坏活动，与美帝侵朝战争相呼应。

1952年10月7日19时，一架由美籍飞行员驾驶的四引擎C54—5469号无国籍标志的运输机，从冲绳美国空军基地起飞，航经福建、江西，沿长江，越洞庭，逆沅水西飞，于午夜两点在桃源县与沅陵、安化县交界地大水田乡上空，伞降“中国革命抵抗运动大同盟”桃源组6人：组长陈祥，代号Y-51，36岁，系大水田乡恶霸地主，当过国民党的乡长、钨矿矿长，1951年逃港，后受训于美籍JOKSON学校，被蒋介石委派为湘西反共游击总司令部总司令；副总司令段文周，代号Y-44，31岁，原籍江西省；参谋长李修，代号A-344，37岁，桃源县蒯家溪人；行动队长刘海清，代号K-145，36岁，桃源县新店驿人；情报处长赵辉中，代号s-44，31岁，常德县杨家桥人；电台台长陈自强，代号s-317，26岁，湖南省永兴县人。

飞机在大水田乡崇山峻岭中低空盘旋，当即引起民兵群众警觉，小水田村村民张柳生起床了望，看见两个白色物体飘落横档山。翌日晨，张邀民兵李冬林上山察看，发现两个降落伞系着枪支和生活用品，迅即报告民兵中队长邓阙珍。邓带领民兵赶到现场，将空投物送乡政府。乡又转送到80里外的茶庵铺区政府，区遂报县。

中共桃源县委，县人武部、公安局召开紧急会议研究，从空投毛巾、牙刷等日用品，判断可能有特务分子空降下来，便一面向专署报告，一面令区政府组织乡、村干部带领民兵围山控索。

9日晚，常德专员公署、军分区得悉空降，即派专署公安处副处长张琴室、公安大队和桃源人武部负责人，率领公安直属中队2个班、桃源县中队1个班及5名侦察员，连夜赶赴现场，协同民兵搜山，设哨布卡，盘查可疑行人。

陈自强跳伞着地后，与同伙失去联系，人地两生，不敢贸然行动。至10日晨，冒雨下山寻食充饥，走进板栗湾军属李丁修家时，被民兵李叙勇发现。李叙勇见来人浑身透湿，形迹可疑，顿生疑窦，便伏在门外监听。听出来人外地口音，即告知村民滕国彬，民兵李泉珍，商定滕进屋探听虚实，其余在门外伺机行动，并派人报告邓阙珍。滕当过兵，懂些军事技术，便佯装串门来到李家，看到陈将手枪搁在一旁，龟缩在灶前烘烤衣服，便若无其事地主动搭腔："嘿嘿！……来客啦！"陈见滕是个傻里傻气的山民，没有恶意，便放松了戒备。滕靠近灶边，假装烤火，乘其不备，突然夺过手枪，大喝道；"不准动！动就打死你！"陈还没有明白过来，就被闻声冲进来的民兵捆个结结实实。

陈祥等5人着地后，不见电台台长，便于8日窜入其旧部下、伪甲长谢岩山家，了解情况，补充食品，埋藏电台。9日深夜，钻密林，走小道，冒雨敲开伪保队副鲁维高家的门，令其带路去陈家湾。鲁见陈等荷枪实弹，只好顺从，又怕农会民兵知道后难交待，行至雷家溪边，便跳入草丛溜走了，途中恰遇民兵张友山，遂报告伞特去向。

10日下午，部队和民兵在横档山一带围山搜索，未见匪踪，准备扩大包围圈，重新围剿。接到张友山、鲁维高的报告后，立即将部队分成3路，冒雨进击陈家湾，连夜包抄陈祥的家族陈显堂家。这天凌晨，伞特先期到达，潜藏附近密林深处，晚上11点多钟，桃源县人武部副部长张学林和公安大队直属中队队长韩立德率领的两路分队，相继抵达陈家湾（另一路迷失方向未到），搜查陈家，未见疑点。这时大雨不停，伸手不见五指。部队搜索1天，又累又饿，多数人在室内休息，少数生火煮红薯，在室外设立两个岗哨。没等红薯煮熟，伞特突然窜至房后，开枪打伤哨兵。张副部长当即吹灭油灯，指挥部队占领有利地形，以步枪、手枪、机枪，冲锋枪猛烈还击。激战半个多小时，伞特招架不住，逃往后山。次日拂晓，部队带领1000余民兵搜山，发现陈祥、李修被乱枪击毙。

11日下午，常德公安大队和县市中队增援2个排另3个班的兵力，在桥塘开设指挥所，架通军用电话专线，打破区、县界限，实施统一指挥，再度发动桃源、沅陵、安化及常德，慈利、石门等县民兵，加强岗哨，扩大内层包围圈。部队组成数个5~10人.的小分队，在包围圈内设立若干小据点，及时配合民兵搜捕，公安人员秘密潜伏，伺机跟踪捕捉；乡村干部利用伞特亲友和知情人，寻找线索；同时开展政治攻势，宣传政策，投诚缴械者宽大处理，顽抗拒捕者坚决镇压，发动群众检举揭发，公开悬偿，捉匪1名奖500万元（折合今人民币500元），窝藏通匪或知情不报者严惩，遂又形成围剿高潮。

“总司令”陈祥被击毙，余匪仓惶逃命。14日拂晓，处在部队、民兵、群众层层包围之中的赵辉中、刘海清，伪装寻牛的农民，混进搜山的人群，越过桃源县界，被沅陵县介平乡下林香铺守卡的民兵群众识破，当场活捉。“副总司令”段文周在逃窜时跌断腿，独自在深山里挣扎爬行。18日，外来的民兵撤出战斗，回家生产，留少数部队和公安人员配合当地乡村干部、民兵分片驻剿。24日，上山拾桐子的民兵，在荆竹溪一个高山顶上，发现

1952年10月7日19时美蒋特务陈祥等空降地点　王祠生　摄

一具开始腐烂的尸体。经验证，是被困死的段文周。

这次围歼伞特的战斗，参战的有公安部队12个建制班、3000多民兵和30余名公安、武装干部，仅3人负伤（均在半月内治愈）。6名美蒋武装特务全部落网，击毙陈祥、李修，困死段文周，活捉赵辉中、刘海清、陈自强（后经审讯均判处死刑）。缴获手枪、卡宾枪、冲锋枪16支，子弹4箱、3盒另550发，电台2部，密电码10本，以及手榴弹、滚山雷、雷达指示器等军用物资，还有金砖77块、人民币8500多万元、军用毯、衣服等日用品176件。祠后，中共常德地委、专员公署、军分区表彰奖励作战有功人员，同时，把围歼伞特战斗的经验教训和伞特供出的重要情报，报告上级。1953年2~7月，湘西土家族，苗族自治州，又先后3次垒歼“中国革命抵抗运动大联盟龙山组、永顺组和湘西补给组（在桑植县境）共11名空降武装特务。至此，美、蒋集团精心策划的“中国革命抵抗运动大同盟湘西反共游击总司令部”，以彻底失败而告终。

为了充分利用山区的优势，近年来，西安镇把发展药材产业当成全镇头等大事来抓，为山区群众经济发展开辟了一条致富途径。2001年在薛家冲村建起了4000亩厚朴林药材基地；2002年在天台山林场建立了全镇首个天麻示范基地，培育了“0”代和“1”代良种向全镇推广。到目前为此，全镇共有厚朴、黄柏、杜仲等木本药材34000亩，玉竹3000亩，天麻下种10000公斤，预计全年可产玉竹400多吨，湿天麻100吨，仅药材产业一项每年可为全镇农户增加510万元的经济收入，药材产业已成为全镇经济发展的龙头业。

森林资源丰富。全镇山林面积25万亩，森林蓄积91万立方米，主要有杉、松、樟等用材林和厚朴、黄柏、杜仲等药材林。60年代以前，西安镇山青林茂，植被丰富，每年向国家出售的木材超过80000立方米，木炭数千吨，以林产品贡献大而远近闻名。进入70年代，由于不注重生态保护，这里不断发生洪涝灾害，损失惨重。80年代初西安人打响了生态建设的第一炮，他们借助丘陵人工造林的经验，在云台山营造杉树林1800亩。1988年在九岭山营造人工林8000亩。1991年镇党委、政府作出了禁止烧碳毁林，溪河两侧300米以内和公路上下100米以内的树木禁止采伐的决定。

西安原生态漂流位于桃源县西安镇境内，在桃源县、安化县、沅陵县三县接壤处。地处湘西山地向洞庭湖平原过渡地带。境内群山起伏、河港纵横，当地没有工厂机器的轰鸣声，没有现代商品经济的喧嚣的气息，只有炊烟和蛙鸣。山是那样绿，天是那么蓝。空气清新、溪水明净。随处都可以找到能直接饮用的山泉水。当地山民仍然保持着典型的“夏天不撤被，冬天烤塘火”的传统生活习惯。

西安洞溪漂流在常德乃至湖南省都是最欢迎的漂流项目之一;是桃源县信达旅游开发有限责任公司打造的双人双桨原生态峡谷漂流精品;是常德人最爱的漂流景点。湖南电视台的一名节目主持人来此一漂后，甚是赞扬，欣然命笔，写下了：“桃源有西安，漂流不简单。处处有胜景，步步是青山。”

西安山洞溪原生态漂流惊险刺激之处比比皆是。漂流中时而跌进深谷犹如鱼翔浅底；时而偶遇倾盆大雨如浪遏飞舟、水浪扑面、沐浴全身，让人惊叹不已！漂流时如遇风浪平静之处，小憩一会在阳光下静观小溪似玉带蜿蜒伸向远方，峡谷里雾气氤氲，五光十色。空中白云飘飘、小鸟飞翔。两岸野花盛开、蝴蝶翩翩、绿树成荫、知了歌唱，犹如人随画一块漂向远方。

西安漂流　王祠生　摄

整个漂程全长7200米，落差138米，险滩30多处，漂程约2.5小时。途中更有俊美秀丽的景色：竹海、石屋、水帘洞、金银双门、金鸭池，还有多处可直接饮用的山泉等。

作为一个山区的偏僻小镇，西安镇的历史故事、旅游故事颇多。本文分以下几个方面进行介绍：

一、大水田里的红色记忆

西安镇大水田，是桃源西南边陲的一个小山村，与怀化的沅陵县、益阳的安化县交界，距县城96公里，距319国道20公里，古时只有一条小道与外界联系。境内崇山峻岭，山清水秀。距离西安镇集镇4公里，是群山环抱中的一块平地，有良田数亩，大水田村名正是由此得名。一条小溪穿村而过，溪边千年“古柳”大树自成一景，不少木结构的民居还保留着往日的古村落特色。

1.老牌坊承载的历史记忆

进入大水田村里不远，就看见了高高耸立的“红军长征大水田纪念地”纪念碑。碑文字体上红色油漆随着时间的推移，已经有一些脱落，识读起来颇为费力，但是仔细分辨之下仍然可以认出：“1935年11月，贺龙、任弼时、关向应、萧克、王震率领红二、红六军团，从桑植出发开始长征。11月22日，红二、红六军团主力突破国民党沅江封锁线，向湘中开展攻势，途经桃源大水田。红军在大水田期间，向群众宣传长征的重要意义，把革命的理想和信念播种到这里。”

这块纪念碑，是为了纪念红军长征过大水田而建立的，为了更好地开展爱国主义教育和红色教育，桃源县于2008年10月对纪念碑进行了保护性修复，2009年底完工，纪念碑碑体高9.7米，整个工程耗资50多万元。近年来，基本上每年都有很多的单位、学校来大水田开展重走长征路的活动。

“不到观音尖，不知桃源有高山；不到大水田，不知西安行路难；翻过一座山，走路要半天；大雨三天车难行，绕道安化与沅陵。”这是以前流传在西安镇老百姓中的一句顺口溜，虽说有些夸张，却也道出了这个地处桃源县最南端的边远乡镇交通闭塞的现实。多年来，显著的地理位置和特殊的乡情，导致了国民党在西安镇统治力量相对薄弱，也是红二、红六军团实施由湘西向湘中转移战略时取道大水田的重要因素，也使大水田成为了桃源唯一的红军长征途经地。

1935年11月，作为红军长征三大主力之一的红二、红六军团，根据中共中央的指示，在贺龙、任弼时、萧克等的领导下，从桑植出发，开始长征。长征初期，红二、红六军团的行军路线为湘西突围，挺进湘中，移师贵州。11月22日，红二、红六军团主力袭占沅陵洞庭溪、大宴溪，突破国民党沅江封锁线后，从11月25日取道大水田，并在大水田驻扎了两天三晚。

红军经过大水田时，开展了一系列的革命活动，在西安大水田播下了红色的种子和革命的信念，大批的有志青年也纷纷投身革命的队伍。这座纪念碑，承载着历史的记忆和红色的信念。

"红军长征大水田纪念地"纪念碑　罗志秋　摄

2.探访红军寨革命旧址

在这座纪念碑的对面，有一条小河，河上有一座小桥，是去年刚刚修建的红军桥。近年来，大水田村正在恢复一些红色记忆，除了红军桥，还有一段尚未修好的红军路。走过小桥，就是红军当年驻扎的一处民房，尽管几经变迁，民房改变很大，但院子门还保持了原貌，只是院墙大多被拆除了。房屋尽管破旧，但院子门的木门和门上的门闩依然好使，还可以紧闭院门。走进门，是并排修建的两栋木房子，房前的一张长条凳是红军当年使用过的，至今保存完好。当年贺龙、萧克等在西安大水田驻扎了两天三晚，就是把这里当做扎营的总指挥部，留下了很多红色遗迹和红色故事，"红军寨"由此而得名。

据说红军刚来时，山里的老百姓不了解，也不知道是敌是友。妇女、小孩躲在屋里不敢出来，男人壮丁更是早早躲进了大山里。后来看到这一支队伍秩序井然，不抓壮丁，不拿老百姓的东西，还帮忙捡柴火、割猪草，才知道这就是红军，是穷人自己的队伍。

贺龙带领的红二、红六军团来到西安后，虽然时间不长，但是进行了一系列的革命活动。贺龙的队伍一到大水田，就向老百姓宣传：我们是红军，是打富济贫的队伍，是北上抗日的队伍。首先是向当地群众进行革命宣传。红军宣传队通过快板、刷写标语等形式宣传红军的性质、革命的目的、北上抗日的重要意义、建立农民政权的重要性等。过去这红军寨大门的两边，是长长的院墙，院墙上写满了“农民们团结起来，组织赤色农会！”等字样的红军长征标语。可惜，随着时间的推移，这些院墙都被拆除或者毁坏了，这些历史的印记正在慢慢的消逝。红军通过各种方式进行宣传，如采取住家形式，及时帮助和解决农户的生活困难。红军部分部队在农户住宿，帮助所在户劈柴、挑水，并把部分粮食和食盐送给贫困的农民，解决他们的生活之需。红军离开的时候，老百姓自发相送，依依不舍，更有很多年轻的身影，经受了革命的洗礼，加入了贺龙的队伍，跟着贺龙，一道踏上了红军长征路，踏上了中国革命路。

“红军寨”现存的寨门　王祠生　摄

3.山里伢子吃上了红军饭

今年87岁的陈月房一辈子都生活在大水田村，他是见证了贺龙过西安的尚还健在的老人之一，当我来到陈老家中时，他正在火炕房的沙发上闭目养神，陈老看上去精神矍铄。当我向他说明来意后，给他递了一支烟，他慢慢地从沙发上坐了起来，稍略定了定神，喝了口茶后，开始慢慢地向我们讲述当时红军在大水田的场景：

我记得1935年11月22日的傍晚，那时我还只有五岁，当时天快黑了，大水田的群众都劳作了一天，收工的时候突然有人喊："来当兵的了！"听到喊声，大家都不约而同地跑到屋外观看。一开始只来了十多个兵，一来就分成几组到处查看，并在路口设立岗哨站岗。不到半小时，紧接着来了一大支队伍，大约两、三千人，走在路上见头不见尾，队伍整齐，步调一致，但穿着不一：有的穿军服；有的穿普通衣服；有的戴着长沿的几个角的帽子；有的背着斗笠，穿蓑衣，大部分背着枪，少数的背着大刀；有的还持棍棒。每人都背有一个长条的粮袋，大约能装下三斤米的样子。队伍中间大约有七、八个穿长军衣的人骑着高头大马，我估计是这支队伍的军官。大队伍一到大水田，大家都非常紧张，大人们忙把自己家的小孩、妇女、老人收在屋内。我当时好奇，趴在屋内的木窗户下向外看：只见他们开始统一在大水田油房边的大田里集合整队。我在远处看的不是很清楚，隐隐约约看见他们有个穿长军衣的讲话后就分开了，我当时不懂意思。

此时天渐渐黑了，我有点好奇，就背着父、母亲和另一个小伙伴向队伍靠近。只见队伍分成了三大堆，分别起锅做饭，他们用河边的石头堆起来做灶，架好自己背来的大锅，把粮食集中倒在锅里，好大一锅饭。另一个锅炒菜，晚饭吃的是自己带来的老南瓜，炒菜的油是竹筒装的，我看见倒了一筒，大约三斤多点。吃饭的时候天已经黑了，他们用来照明的有马灯，有木制的桐油灯。他们在吃饭的地方用石头垒砌的高处中间燃烧一大堆松枝，照得附近通亮。他们开始吃饭了，自己带着不同的碗筷，有现在用的瓷碗，有漆碗，有土钵子，多数用的是竹筒碗。一人一碗饭，一勺菜，由做饭的统一分发。我俩悄悄地靠近他们，想看他们吃饭。这时一个大约40来岁的长有胡子的，正是刚才分发饭菜的战士看见了我俩，笑着问："小朋友，吃饭了没有？"见到他的笑脸，我紧张的心态顿时轻松了许多，但我俩都不敢说话。他见我们不搭话，赶紧放下自己的碗筷，在灶台上选了两个竹碗装上米饭给我俩递了过来，我的那个小伙伴见状赶快跑了，但我还是把饭接了过来。他赶紧把自己用的筷子洗了洗递给我用，自己却在柴火堆折了两根树枝当筷子用。我也试着吃了一小口，确实也觉得挺香的。事后回想起来，第一次吃上红军大队伍的饭，在我的记忆里有特殊的意义，在我一生中也是最值得骄傲的回味无穷的一顿饭。突然我听到"月伢子"的喊声，这是我最熟悉不过的父亲的喊声，我赶紧放下刚吃完的碗筷，壮着胆子看着这个当兵的，感激地点了点头，小声说了句："谢谢！"便扭头跑回了家。

回到家后，父亲责骂我："月伢子、你怎么偷偷跑出去，胆子这么大？我和你妈正在到处找你吃夜饭呢！"我听到父亲的责备，心里有点不好意思，我低着头偷偷瞟了父亲、母亲一眼，凭我平常的经验，从他们的眼神中可以看出问题不太大，我皱了皱眉头跟父亲说："他们最好了，我在那里吃夜饭了。"母亲在一旁非常惊讶说："月伢子，你真的在队伍里吃饭了？"我小心地点了点头说："爸，妈，他们真的给我吃了呢！他们见我没吃饭，专门给我饭吃，每个人都特别好呢！"父、母亲听完我的话沉默了……嘟囔着灭灯一家都睡觉了。我在床上辗转反侧一直睡不着，想着队伍里这么多人在哪里过夜啊？明天他们吃什么呀？他们到这里来搞么得的……反正这晚我脑中浮想联翩。但我也知道我的父、母亲心里也是这样想的，不知不觉天已经快亮了。

第二天清晨，我记得自己从来没起过这么早，大概五点多钟的时候，队伍里响起了"的的打的的……"号声，后来才知道是队伍起床的军号声。我从来没听过，立马从床上爬起来，看见队伍排着整齐的队列，正在上早操呢！伴着："一二一，一二一

吃过红军饭的“月伢子”——87岁的陈月房老人　王祠生　摄

……一二三四……”的队伍操练声，我完全陶醉了。

早操结束后，队伍好像是没有分工，只见队伍中分成了几路分别行动。到事后才知道他们已经列编行动了……

4.“大人物”给我送军刀

贺龙的部队当时借宿的还有邓家，也就是现在任大水田村支部书记邓雪飞的父亲家里，邓支书的祖父辈有幸见证了这一切。我们来到邓老家中，八十年过去了，邓老对当时父辈们所传述的一幕幕恍若仍在眼前。

那天晚上，红军的一位“大人物”来到邓家，穿着军大衣，身边跟着六七位红军战士，非常客气地跟邓家人交谈，请求在这里小住两个晚上。这时候，距离红军进村已经有一点时间了，红军为群众着想、为群众干活的故事早已传到了邓锡祥父母的耳朵里。邓锡祥的父母尽管还是有一点害怕，但是仍然点了点头同意了。

山里的人热情淳朴，尽管有些害怕，但是还是热情地接待了他们。当时邓锡祥的母亲已经怀了几个月的身孕，11月下旬，山里的气温比较凉，出于敬仰和山里人待客的礼节，赶快烧上热水，用自家的木质脚盆，倒上刚烧好的热水后，让这位红军长官热热脚，非常热情地沏茶招待红军。“大人物”随行的几个人赶紧帮忙，不光吃的用的不要邓家人一分一厘，也帮邓家人将屋子收拾得干干净净，烧的柴火都帮邓家人准备了不少。

邓家人和周边的人家都被红军的所作所为感动了，大家都认为贺龙的队伍是一支热爱人民的队伍，为人民打倒土豪劣绅，为人民大翻身，处处为着农民着想，老百姓都蛮喜欢。

“大人物”走的时候，对邓锡祥母亲讲，“在家里打扰了一段时间，添麻烦了，也没有什么可以报答父老乡亲的，就把这把马刀留下来，这可是跟着红军战士经历了刀光火海的，家有孕妇，用它可以辟邪。”

贺龙同志1935年前曾用过的马刀　王祠生　摄

邓锡祥的母亲说什么也不肯收下，红军没有拿自己一针一线，还帮着自己烧火砍柴，自己怎么好意思拿人家的东西！“大人物”又说，“那就当我把这把马刀送给你们留个纪念，今后革命胜利了，证明我们到你家里来过。”直到后来，邓家人才知道，这位“大人物”就是贺龙。

邓锡祥说，知道是贺龙用过的马刀，一家人将它视为珍宝，一直珍藏着。起先这把刀光亮亮，原用一个牛皮套子装着，后来邓家人对房子进行翻修，房子一拆，袋子就不见了，刀就生锈了，但仍然不肯轻易拿出来。我们也是先后好几次来到邓锡祥家里，才有幸见到了这把“宝刀”。

5.红军为我送战马

贺龙的大部队驻扎在原大水田公社遗址前面的一片水田里，此时正是初冬季节，田里是干的。大部队到达后，自发地在田里扎营的扎营，搭灶的搭灶，偶尔缺什么了，也会到老百姓家里串一下门子，借一点小东西，但是事后总会给老百姓送点米，或者是给老百姓拾点柴、挑挑水来回报大家。

看到红军战士们这么友善，大家也放开了胆子，有一些孩子，更是跑到红军驻扎的田里，跟红军战士们问东问西，看到孩子们，红军也不阻止，善意地回答着孩子们的问题。老百姓看到红军的居住环境如此艰苦，纷纷给红军送去自家地里种的蔬菜，并用自家门板铺上干净的稻草，让战士们睡个“舒服”觉，但还是有很多战士就睡在走廊上、禾场里、稻田里、千年“古柳”树下……

龚香凤的女儿就跟我们讲，红军当年来的时候，有一名红军战士来到自己家里借了口锅，不小心打坏了，于是送来一箩筐谷子作为赔偿。龚家起先说什么也不肯要，但是红军战士说，“这就是红军的纪律，不拿群众的一针一线，损坏了老百姓的东西一

千年古柳树　罗志秋　摄

定要照价赔偿，不然领导会骂我们的。”看到红军战士这么执着，龚香凤只得收下了。第二天天刚亮，红军就走了，走的时候还把一匹走不动的战马包括马鞍一起留给了龚家……

6.见证了贺龙领导的红军长征在大水田活动的千年“古柳”树

大水田村和平溪水堤旁村民陈耀华家门前，生长着一棵古枫杨树，树的直径大约3米左右，树龄近千年。枫杨树在当地又叫“鬼柳树”。据陈氏家谱记载，陈家从外地搬到这里落户时，就有此树了。古枫杨树至今依然枝繁叶茂，每到春天，树上都会挂满成串的花。树的主干已经空心，树洞内还长出了多棵灵芝。西安镇大水田村是1935年贺龙带领红二方面军长征经过和战斗过的地方，贺龙当年就住在树边的邓家。此树早被当地列入古树名木保护目录。

二、山洞溪里的“茶马古道”

在“山洞溪”高山峡谷的丛林草莽之间，绵延盘亘着一条神秘“茶马古道”，它沿着“山洞溪”曲折而上。清末以来，一支南方规模最大的马帮活跃在这条桃源西安山区至茶庵铺、桃源县城的古道上，赣、粤茶商均从此道经桃源西安往安化采办茶叶，然后再经此道销往全国各地。旁边的路引碑，隐隐约约有清咸丰、光绪等铭文。这些历史的印记，无不证明，这就是“南方丝绸之路”上的“茶马古道”。据当地最老的老人介绍，这条“茶马古道”沿着“山洞溪”上的悬崖，蜿蜒几十公里。可能是长久以来未被外人发现，所以是目前国内保留较为完整的一段古驿道。它一直延伸到茶庵铺，沿老319国道而上，经郑家驿至桃源县城。借助于这条茶马古道，桃源西安山区迎来了叮当铃响的马帮，安化以及和它接壤的桃源西安的山民们将一袋袋茶叶放上马背，换取珍贵的食盐、棉线和锅瓢碗盏，这里的古代茶业因此得以持久兴盛。1935年11月22日，贺龙、任弼时、王震、萧克率领红二、红六军团主力突破国民党沅江封锁线，向湖中开展攻势，途经西安，正是从此路通过。近年来，西安镇党委、政府致力于恢复大水田村至桥塘村7.5公里红军长征路，注入红色文化，推出“重走长征路”革命传统教育精品路线，打造红色旅游体验游。

茶马古道　邬书维　摄

三、盛产蜂蜜的土洞溪

土洞溪位于西安镇驻地东南约5公里。解放前属安平乡第六保；1952年土改复查时属第十四区大水田乡；1958年公社化时属茶庵铺公社大水田大队；1961年调整社队建制时建大水田公社土洞溪大队，名称以当地地名命名。

此地有一溪，溪边有一土洞，人将此溪取名为土洞溪。此地的岩石是做石磨的好材料，因坚硬易打融钻子，人称钻子岩。比较著名的还有金竹坪，传说古代此地山上有一小坪金竹子，故称为金竹坪。土洞溪人自古爱养蜂，楼阁庭园放满蜂箱，年产蜂蜜近一吨。也有人把土洞溪叫做蜂箱园。

四、磨子坪里的古村落

因磨子坪中有一小石山，形如磨子，故称磨子坪。解放前属安平乡；1952年土改复查时属第十四区大水田乡；1958年公社化时属茶庵铺公社磨子坪大队；1961年调整社队建制时建大水田公社磨子坪大队，以驻地地名命名。磨子坪旁有个千金园，位于坪南0.5公里。传说从前此庄园内有一财主，储藏黄金千两，故称千金园。这里最有名的是雷公洞古村落，位于磨子坪村石板溪组，现有人口270人，房屋59栋，总面积3780平方米。该村坐落在西安镇的西南部，南与安化县马路镇交界，东与大水田村相连，由上山狮、下山虎地形构成中间暂缓地带，境内风景秀丽，空气清新，四季如画。山林中野猪、野麂、野兔成群出没，山鸡、飞鸟结队而行。有天然氧吧、绿色宝库，休闲胜境之称，有气净、水净、土净“三净”之地之美誉。

雷公洞取名特异，相传因雷击形成旱、水两个洞而得名。自清朝康熙年间起有邱姓人从安化通溪迁入居住，现有90%为邱姓，余者谌姓、彭姓、李姓、邓姓各一户。雷公洞因地处山洼，地势较高，交通偏僻，早年均为崎岖羊肠小道。2008年村民自发组织集资修建了从和平溪至雷公洞的简易路，至此构成了村通组，组通户的公路格局。

桃源县“虎形山”古墓群就位于雷公洞古村落旁，自清康熙年间至解放初期有民房九栋（其中有古建筑院落2个）；解放初期至1982年发展至有民房50栋；1982年至现在发展成了有59栋民居的村落。境内有上山狮、下山虎两座山，狮形山由下向上朝东，虎形山由上向下朝西，中间地形平坦，两条溪沟自虎形山下分绕狮形山两旁至狮子尾部汇合，从风水讲是武将出生之样。虎头前有8亩之多的大水田，据传原是一座大型山丘，8个小山丘，说是一只母猪带养8只小猪，狮子、老虎是来争食母猪和小猪的，这样就构造了狮虎相斗的自然景观。虎形山的右边有用于灌溉农田的蓄水堰塘三个，常年碧水涟漪；虎头上是邱氏祖山古墓群，墓碑林立，墓碑上石龙、石狮活灵活现，栩栩如生。境内有上中下三口水井，水质清纯甘甜，冬暖夏凉，冬天洗衣洗菜不烧水，夏天喝冰水不用冰。狮形山的左边山脚下有旱、水两个洞，两洞相距不足百米，水洞深不可测，洞上悬崖上溪水直流而下，形成一道美丽的瀑布，站在洞沿上风伴着瀑布水雾飘来，给人以清爽凉快的感觉；旱洞虽无人敢冒险进入，但传说从前可闻洞中鸡鸣犬吠，可借锅碗瓢盆。然每逢雨后洞中便有浓雾涌出，不一会儿雷公洞境内便浓雾滚滚，有如仙境。

古村落　王祠生　摄

雷公洞古村落中房屋构造全为木质结构，住宅的位置及规模，皆合理布局，科学规划，有2处古老三合院落——花屋大院、中间大院，自上而下，大大小小、错落有致排列着所有院落和民居，既独立又相通，高低错落、鳞次栉比。民居尽管经历了岁月的沧桑，但仍承载了大量的历史文化信息。虽无雕梁画栋，封火鳌头，那建筑制式也让人心旷神怡！宽敞舒适，两座三合院落二百多年的历史变迁，没有很好的完整的保存下来，但院落的石基、石阶仍保存较好，断墙残壁依稀可见，是旅游、南方民居考古者的向往之地。雷公洞村落里的村民姓氏比较少，邱姓占了百分之九十。

五、天台山上的金兰寺

天台山位于县城西南88公里处，是常德市桃源县与益阳市安化县交界处。海拔960.9米，总面积5000亩。现有森林面积3000亩。立森木蓄积量2500立方米，楠竹蓄积量1万根以上，乔灌木复度86%。1958年，国营天台山林场场部设在境内，造有杉林。

天台山金兰寺　王祠生　摄

1978年，广州部队在山顶修有航标一座，山坡土层肥沃，适合林、粮生产。此山高入蓝天，山尖有一平台，故称天台山。山上天台山“金兰寺”，在崇山峻岭中。境内除金兰寺外，古寺众多。各寺庙大多位于与其他县市交界处，朝拜者络绎不绝。其中，天台山金兰寺位于西安镇西安村、大水田村交界处，寺庙门口的几块石碑中，有同治壬申年间修建天台山金兰寺捐款善人名单，从碑文上推断，寺庙修建于1874年（同治十三年）以前。寺庙内供奉“观音菩萨”，历朝历代，香火鼎盛，香客络绎不绝。走进古庙，烟熏的板墙，斑驳的梁柱，记录着寺庙曾经的辉煌。站在海拔961米的天台山金兰寺前坪，四野群山尽收眼底，一股豪情油

2010年重建的观音古寺　王祠生　摄

然而生。只有在这时才体会到古诗“会当凌绝顶，一览众山小”的感悟。

六、观音尖上拜观音

观音尖位于县城南部86公里。海拔963.2米。山峦起伏，主峰直插蓝天，东北接山洞溪、桥塘；西南抵杨柳山、磨子坪。东西长2500米，南北宽2000米。地质坚固，山坡土壤肥沃，有松杉、杂等乔灌木林，立木蓄积量8000立方米。此山是防空要地，修有防空哨所。此山尖原有一庵堂，塑有观音大士像，故称观音尖。古庵在“文革”时期被毁，当地群众于2010年民间集资重建。奇峰山上，常年云雾缭绕，观音古寺，就坐落在观音尖的至高点。山上防空哨所于1950年为了防止“美蒋”特务空降大陆而修建，三层钢筋混凝土结构，高12米。当时常有一个班的解放军战士驻守。

（说明：王祠生、罗志秋二同志提供部分文字资料）

Chapter 4

老 祖 岩 景 区

改不了的丁家坪

自古以来，牛车河的丁家坪就是个清溪环流，田地肥沃，山林茂密的好地方。旧时，附近几个县的财主和有钱人曾经打这里的主意，想把丁家坪变成李家坪，牛家坪、万家坪……可是，都因丁家坪的男男女女聪明机智，使这些财主和有钱人不是掩面而回，就是望坪兴叹。在许多流传的故事中，就有一则有趣的笑话。

传说一百多年前，慈利县有个财主叫万人根，浑名“万人坑”，为人狡诈贪婪。听说桃源一方的牛车河丁家坪大坪大坝，便梦寐以求要得到丁家坪。但又闻听丁家坪里的人个个都聪明智慧，很难对付。思量去思量来，觉得采取智取是上策，决定先用办法镇住人心，然后再把丁家坪改成万家坪岂不容易些。于是，万人根第二天便来到了牛车河。

万人根到牛车河后，就四处打听可有去丁家坪的轿夫。恰巧，刚刚从丁家坪抬村里的秀才到牛车河的两个轿夫正好要返回，于是，万人根坐上这顶竹轿。哪知，这万人根说是去丁家坪，却要大路不走走小路，近路不走走远路，一心想为难两个轿夫。两个轿夫顿时心里明白：又来了个想打丁家坪主意的人。两人一会眼神，嘴里依着万人根，腿上却专拣刺蓬、陡坎走，把个万人坑身上划得衣衫破烂，鲜血直流。才走出二、三里，万人坑就连连叫嚷要下轿。下得轿来，虽一付狼狈相，却不肯认输，当即在两个轿夫面前甩起文来了：

丁家坪是个森林茂密的好地方　吴飞舸　辑

山何其大，路何其小，坪还没到，吃苦不小。

两个轿夫心里暗中好笑："看来，这位老爷才学不错啊！"万人根哪知轿夫是对着猪脑壳喂食，傲慢地说："没有才学，能出门坐轿么？未必你二人还想咏诗作对，试试本老爷的功夫？"两个轿夫对万人根一笑："不敢，不敢，我们只会打些谜子猜哩。"

万人根一听，心想外人传丁家坪的人如何如何，看来也不过如此，就说："你们会打谜子就算不错了，来，打一个谜子本老爷猜猜。"

“噢！”抬轿头的答道：“这位老爷是看得起我们，我就来说一个试试。”

“慢！”万人根说：“本老爷有言在先，若是猜到了，你们那个丁家坪就跟本老爷姓万叫万家坪了。”

抬轿头的一听，嗬，八字还没一撇，就现出原形来了，便答：“好说，老爷猜到了，我们卯起不叫丁家坪就叫万家坪，若是老爷猜不到呢？”

万人根听了不屑说道：“你打的谜子，本老爷岂有猜不到的？万一猜不到，老爷我卯起不坐轿了，火烧牛皮——请转（卷）。”

两个轿夫紧跟一句：“万老爷说话真算数？”

万人根一本正经地说：“哪个龟儿子讲话不算数。”

抬轿头的轿夫说：“请老爷听仔细啦，打一件人用的东西——

放起，它还在这里，系起，它就爬起跑了的。

万人根一听，为了难啦！这是什么东西哪？“系起”，照理也应该在这里的呀，哪么还爬起跑了，左思右想猜不到。其实，这个谜子简单，说的就是系在脚上爬山越岭的草鞋，千家万户都有的，万人根也见过不少，就是猜测不到。猜不到，面子还得保住，他不甘心就这么输。他吞吞吐吐地说：“这个太俗气不算，再打个文雅一些的！”

两个轿夫说：“只要老爷说话算数，你讲再打一个就打一个。”抬轿尾的轿夫上前说：“请老爷听清楚，也是打一件人用的东西——

少时青，老时黄，千锤百打配成双，
有耳听不见人的话，有鼻闻不出臭和香。

万人根一听又愣住了，这谜子还能说不文雅？还是猜不到。

有鼻子有耳朵，竟闻不出味，听不见声？猜是骂人的吧，那“配成双”又作何解，既是成双配对，何必又“千锤百打”呢？今朝真的碰到厉害人了。

这第二个谜子，说的又是草鞋，草鞋当然有耳子、鼻子啦，不然哪么穿？两个谜子，一样东西，都在轿夫的脚下。两个轿夫见万人根一个谜子也猜不到，像个憨砣望着山上的树木呆痴在那里，抬起空轿说道：“老爷，丁家坪还是丁家坪，你火烧牛皮——请转（卷）吧！”说着，两人大笑着抬脚走了。

万人根望着两个轿夫远去的背影，一下瘫坐在地叹道：

“好个丁家坪，个个是能人，想要改它名，实在万不能。”

马家峪诗话

牛车河乡的马家峪，是处山川秀美的地方，俗话说“一方水土养一方人”，马家峪美丽的山水，给了这里人们智慧和灵气，自古以来，著文写诗者世代相传。马家峪在方圆数十里小有名气，无论老人小孩妇女，都能吟诵几首唐宋诗词，且能写颇有见地和风趣的诗篇。历史上曾有外地人来此试探，最后感叹“来到马家峪，才知学不足”。几朝几代过去后，从这里走出了不知多少才子才女。虽然为官的屈指可数，可一个个才子才女不晓得羡慕到几多人，也难倒了不少外来的秀才和官员。

相传，马家峪很久以前没得名字。这峪里住了姓唐，姓刘和姓马的三姓人家，只因马家世家喜爱读书，出的才子才女多了许多，把个

马家发得人丁兴旺，远近闻名，这块地方后来就起名叫了马家峪。这其中还流传了一段佳话——

说的是马家峪的马家有个幺姑娘，刚刚满十八岁，不但长得美丽，而且满腹文章，一身才气。有一天，她坐在家中绣花鞋，正当她穿针引线忙个不停时，忽然觉得鼻子里痒，禁不住打了喷嚏，喷了一些的涎水沫子到绣花鞋上。如果是别人抹抹就算了，可是她却自言自语作起诗来：“针绣抱在怀，等你来来你不来，倒叫我为奴不自在。”她嫂子在隔壁听到小姑子念的什么，虽然没有记全，也撩头截尾地记了个意思，便走到婆婆面前讨好：“恩娘，您老人家晓得妹儿嘴里念些什么？”婆婆问：“她念的什么？”我只听到了一句半，一句是什么“等你来来你不来”，半句

马家峪　张庆久　摄

是“好不自在”。这婆婆一听这一句半话，马上觉得这话里不对劲，便操起一块竹片准备去打姑娘。这边嫂子装做好人，抢先几步跑到幺姑娘面前说：“妹儿，恩娘发火了，拿了家法来要打你，快到隔壁屋里躲一下去。”幺姑娘一听，抬脚就要往外走。她一开门看见一个书生骑着马从她家门前过，急忙退回家里，慌里慌张把门一关，情急之中挤掉了一只绣花鞋落在门外。她想，等那书生过去了再开门捡那只鞋。谁知那书生看到一只绣鞋掉落在门外边却起了诗兴，摇头晃脑地念起诗来：“谁家花花一裙钗，慌里慌张跑出来，不见头面和首饰，抛下花花一绣鞋。”幺姑娘在门内听得真真切切，一下子喉咙里也发了痒，便在门里回了那书生一首诗：“公子骑马面披风，摇摇晃晃非匆匆，凭着大路你不走，山间农家觅花容。”

那书生一听，想不到这深山老林的农家女还会作诗，便对幺姑娘动了心。回到家里，饭也吃不好，觉也睡不着，拐弯抹角地要家里人给他请媒人讲媳妇。条件只有一个，只要会作诗，乖丑高矮不管，还说，牛车河的马家峪就有这样的姑娘。书生的婶婶一听就说：“马家峪是俺伯伯那里，俺那侄女儿是会作诗，俺跟你说去，估计没得问题。”第二天，婶婶就去了马家峪，一提起这门亲事，幺姑娘一家就答应了，双方选了个黄道吉日，准备成亲。

成亲那天，幺姑娘的妈妈嘱咐道：“你的针线，饭菜功夫都还不错，孝敬大人也放得心，只是到了那边，少咬文嚼字，尽量少说话。”幺姑娘也真听妈的话。过门之后，真的不说话了。不该说的不说，该说的也不说，就像个哑巴。书生逗她作诗，她也不作。书生急了便去找婶婶：“不是我讲的那个，只怕你讲错人了，她是个哑巴，不光不会作诗，还不会说话。”婶婶也弄不明白了：“不会错的呀，她原来又会说话，又会作诗的。”书生说：“她确实不会说话，从成亲到现在，一句话都没有讲，我讨个哑巴媳妇做什么，我得马上休了她。”

书生执意要休媳妇，家里人也没得办法阻拦。第二天，家人套上牛车，叫幺姑娘坐上，还派了个丫环陪送，那书生骑着马在前边引道，一路上，想起这桩婚事，心里就像草把擦，一肚子的不高兴。走着走着，猛一抬头，看见一只喜鹊在路边的一棵树上拍着翅膀喳喳地叫，就像是笑话他。书生心情本不好，一见此时喜鹊在辱他，气不打一处来，跳下马来，捡起一块石头打向喜鹊，正好打中了喜鹊翅膀，从树上掉下落到了马车前。这时候，车上的幺姑娘心里窝了一肚气，见到喜鹊憋不住气了，急忙叫丫环下车把喜鹊捡来，她抚摸着喜鹊，掉着眼泪，开口作起诗来："你嘴尖尾巴长，深山树林把你藏，因为你多言多语被人打，因为我不言不语休回家。"丫环一听高兴了，连忙告诉书生："她会说话了，也会作诗了。"那书生一听突转高兴："真的会说话作诗了？那好，不休了，转身回家。"

书生一句话，牛车就打转身往回走了。走到家门口，正好碰上书生的妹妹在禾场晒谷赶鸡，旁边放着人家刚送来的一陶罐米酒。一见书生和幺姑娘又回来了，觉得奇怪，妹妹说："哥哥，你不是把我嫂子休了吗？怎么又回来了？"书生笑着对妹妹说："不休了，她不是哑巴，会说话，还会作诗。"妹妹不相信，走到幺姑娘面前说："嫂子，你会作诗，作个给我听听好吧。"

嫂子说"那你出题。"妹妹把赶鸡的木棒往地下一顿："嫂子，你就以它为题作首诗。"幺姑娘张口就作起诗来："这棒本是一棵材，深山高岭砍它来，虽然不是亲夫主，你时时牢牢抱在怀。"妹妹一听很不高兴，用棒打破了酒罐，然后把棒甩了。幺姑娘一看这情景又作出了一首诗："丢了这根棒，打了灌酒瓶，跑了糠元帅，苦了猪公明。"书生兄妹俩一听都呆了。自此以后，马家峪的名气便传开了。

飞旗河的传闻

飞旗河处在牛车河的上游，这里两岸树木葱郁，田地肥沃，村民居所多为吊脚木楼房，房的前面全都栽有四季花木。无论春夏秋冬，河岸遍是花香飘荡。如天气放晴，沿溪举目四望，眼前就是一条画廊。如此美观富饶的地理环境，历来是大户竞相争夺的地方，更是屯兵生乱的处所，由此留下了一个个传奇的故事。

传说闯王李自成被清兵打败的那年，桃源和慈利交界的大山里有个山大王叫鲁国道的，因为过去曾经赞成李闯王的主张，也跟着倒了霉，占据的山寨遭到了官府派来的人马围攻，几场拼杀下来，官府占了上风，眼看山寨就要被攻下。那年六月二十八，鲁国道与压寨夫人肖英凤商量，趁夜晚两人各带一支人马分头突围。鲁国道带着三百多名残兵败将下悬崖，钻小道，快近天明时才逃出官府的包围圈。刚刚走到商家河，忽然传来夫人肖英凤被官兵活捉的消息，鲁国道一听，顿时嚎啕大哭起来。

原来鲁国道与肖英凤夫妻二人感情很深，肖英凤不但是压寨夫人，更是他的军师和得力干将。就在鲁国道占山为王的初期，肖英凤也是另一处打富济贫、行侠仗义的山大王。据说这肖英凤看似娇弱，却舞得一柄六十斤重的大刀旋转如风，百把人都不敢近身。当初聚义占山为王时，许多男人很不服气，处处对她作梗为难，其中不少还贪恋她的漂亮，想占她的便宜。肖英凤早是心知肚明，一次她带人马下山，路过一农户禾场时，叫人划了一个石灰圈，圈内撒下一把黄豆。只见肖英凤翻身上马，手执大刀，

飞旗河　张庆久　摄

走到对面山坡上，忽然返转身来策马加鞭，那马从坡上疾驰而下直奔禾场，经过石灰圈时，只见刀光一闪，再看圈里的黄豆，粒粒都被劈成两半。还没等众人弄明白，肖英凤吆喝着又转身过来，同样大刀一挥，那些黄豆又被劈成两半，直把手下人看得目瞪口呆，从此，再没有人说三道四，个个都变得口服心服了，就在鲁国道名声越来越大的时候，肖英凤闻听他疏财仗义，耿直豪爽，且生得英俊魁梧，一身本领，便带着手下四百余人心甘情愿投奔于他，不多久便做了压寨夫人。

肖英凤做上压寨夫人后，每天帮助丈夫在山顶操练人马。有一天，她忽然觉得这操练场上像缺了点什么，于是用了半个月绣了一面杏黄帅字旗，当这面帅字旗挂上新做的大旗杆后，整个山寨显得更加威风，把个鲁国道喜欢得直叫好。每次与官兵作战，只要望见这面帅字旗便精神大振，都会胜利而归。如今却物是人非，鲁国道想到这里，叫人拿出这面旗帜，用一根竹杆举起，准备带领众弟兄杀回去救出肖英凤。正在这时，忽听前后人声鼎沸，手下报告，前面有官兵堵住，后面有官兵追来，已是没有出路。鲁国道望望天空，此时太阳将近升起，河中水雾升起，山谷里迷蒙一片。他急忙叫手下擂鼓助威，虚张声势，再想办法突出重围。哪知八面大鼓在溃逃途中扔在了一块坪里。鲁国道已知这是天意，在劫难逃，大喊一声“英凤，为夫的先走一步了！”话音刚落，忽然平地一阵狂风吹来，把那帅字旗卷起，飞向天空，沿着小河霎时飞得无影无踪。那鲁国道就像着魔一样，一下跃上马背，举起长剑，向旗飞走的方向急追而去，从此不知去向。后来，人们就把这个地方叫做飞旗河，离这里不远的一块坪叫做鼓落坪。

雪花洞

雪花洞在桃源县牛车河乡的龟龙山下，是这里众多溶洞中最大的一个。洞高30米，宽40米，洞内宽敞，可容数百人。洞中钟乳遍布，姿态万千。洞的左边有一块大石头，如用石头和铁器敲击，发出“嚯嚯”之声，近石者呼喊有回声。当地人能从石头发

雪花洞
张庆久　摄

出的声响中听出七种音，故自古就称为“七音岩”。进入洞内，可见到无数小洞，是一个洞中有洞，洞洞相连的神奇古洞。

早年，由于这处洞口低矮，无人进入，加以洞口岩门之上布满六角形白色石苔，形如雪花。古人称雪为“凝雨”，故而又名凝雨洞。当时有人耳贴洞门静静倾听，闻到洞中暗河流淌，便说此洞通达江海龙宫。于是，每逢干旱之际，当地人便带上香烛纸马，来到洞口前祈雨，据说亦有灵验。

清朝咸丰二年（公元1852年），太平军转战湖南，清军围追堵截，斩获了太平军将帅的家属子女。有人见到一位随军女子的尸体，认定是“雪女”①，以为“凝雨洞”即“雪宫”，便悄悄收殓于此，以作为她神圣的归宿。

1986年2月，当地小学教师邓贤春，为了揭开这处山洞神秘的面纱，进行科学探险。他带着手电筒自洞口匍匐而入，前进10余米，发现洞腔穹窿而起，开敞宽阔。洞顶石灰质水不断滴落，形成的石笋石柱密集如林，晶莹剔透。经过实地测量，主洞长168米，高约40米，宽38.5米，另有数孔小洞与主洞相通，人不可入，而且迂回曲折，蜿蜒而下，不知其远。

于是，不少青年男女，相继入洞观赏溶洞景观，发现所有石钟乳表面，都有雪花状纹，蔚为壮观。当地老者得闻，想起“太平雪女”收殓于此的故事，便将这个溶洞正式命名为“雪花洞”。

注：①太平天国较高武官的女儿称“雪”。可见《太平礼制》：“帅帅女至两司马女皆称‘雪’。”

御题龙凤山

桃源县牛车河乡有座美丽而神奇的龙凤山，这里具有独特的大自然景观，空气质量长年保持在优和良的状态，山上和周围树木参天，四季郁郁葱葱，被誉为天然氧吧。夏天天气凉爽，是避暑的好去处；冬天银装素裹，气象万千，是摄影爱好者们梦寐以求的景致。山下的田土盛产七星辣椒，成为当地民众致富的主要产业。山脚的溪沟里，随时可以观赏到珍贵的“娃娃鱼”。龙凤山山美风光美，随着当地“鲁胡子辣椒”名播华夏，龙凤山也从“养在深山人未识”走到现在的“万千游客蜂拥至”。

相传很久很久以前，牛车河的群山之中有两座一般高、一样大、一个样的山。一座山上住着一户穷人，另一座山上住的是一户财主。穷苦人家里有个后生叫大龙，生得浓眉大眼，膀粗腰圆，二十二岁了没有成亲。隔壁山上财主家里有个女儿叫小凤，年方二九，长得如花似玉，心肠也格外的善良，常常背着爹妈给穷苦人家里送粮食。因此，山前山后山上山下的人都特别喜欢小凤。由于小凤家和大龙家相互住得近，双方来往就要比别人多。久而久之，大龙与小凤相互之间产生了爱慕之意，两人经常到山顶上的一块草坪里相会。每次来，小凤不是给大龙送自己绣的鞋底、鞋垫就是带给他好吃的东西。大龙除了深受感动外，也觉得十分惭愧，自己家里太穷，没有东西送给小凤。有一次两人相会时，大龙把这个意思向小凤说了，谁知小凤却对大龙说，“我什么都不要，只要你的一颗心。”

大龙和小凤相好的事被老财主知道后，十分恼怒。他到大龙

龙凤山娃娃鱼　吴飞舸　辑

家对大龙的父母呵斥道："叫你儿子趁早死了这条心，哪里有癞蛤蟆吃得到天鹅肉！若不听话，莫怪我手下无情。"大龙的爹妈晓得财主说得出做得到，吓得直哀求儿子千万再莫与小凤往来。哪知大龙口中虽然答应，心里却每天都想着小凤。那个小凤呢，越发不听老财主父亲的话，经常跑到大龙家找大龙。老财主心想，不除大龙这条根，小凤不会死心。过了一些日子，他深夜把一条毒蛇悄悄放进大龙住的偏屋里。第二天清早大龙起床脚刚落地，就被毒蛇咬了一口，只有几天时间，大龙全身肿得发亮，接着化浓流水，不久就死了。

大龙死去后，小凤每天以泪洗面。当她得知是自己父亲害死大龙后，当晚就悬梁自尽了。两人死后各自葬在离家里最近的青山上，恰好两座坟相对而望。过了七个七月七，不晓得是回么得事，两座山挨得越来越近，就像是成了一座山。再看大龙和小凤的墓地，早已并排在一起了。有一天晚上，这架山突然发出一声巨响，开了一个大坼，随着倾盆大雨，山洪暴发，一条蛟龙随着滚滚洪流直奔而下。第二天，两人的坟头上站着一只凤凰，望着水流去的方向，一连鸣叫了几天。人们这才晓得大龙小凤并非凡人，便在坟旁边修了一座庙。哪知这庙一修起，常德城里便鸡不叫，狗不咬，天天半夜长洪水。知府连忙请风水先生排查，这风水先生的道艺还真大，三天不到就算出是牛车河葬大龙和小凤的山压了常德城的地脉龙神。知府问有什么解法，风水先生说好解，只要皇上给这架山封个号就平安无事了。知府立即快马赶到京城，将事情原委呈报给了皇帝。皇帝一听，提笔写了“龙凤山”三字。这字一写完，常德城鸡也叫了狗也咬了，三更半夜也再不发大水了。从此，牛车河里的这架龙凤山传了一代又一代，直传到现在。

瓦儿岗

瓦儿岗是原来的一个乡镇名，它的地理位置是常德市和张家界市两市连线的中点，距两市城区均为80公里。这里连接着常德市桃源县、怀化市沅陵县、张家界市慈利县、永定区四县区，离四县区城区均为90公里，被称为地图上的风水宝地。瓦儿岗地处武陵山脉的东部最边缘，再向东地势即迅速下降，最后过渡到洞庭湖平原。由于地理位置和地形上的奇特，自古这里是官家、商贾和兵匪频繁往来的地方。因此，当地的风俗和语言融进了三市四县区的元素，显得极具特色。

相传300多年前，雪花洞方圆几十里没得一个会做瓦的。家家户户一人抱大的树做柱头，三寸厚的板子装房壁。屋顶上盖的却是茅草。

有一天，从桑植那边来了一个烧窑师傅，当地人好说歹说把他挽留下来。一些男人帮他修了两间木屋，有的女人为他做媒与当地一位姑娘成了婚。第二年，这里的茅屋全变成了瓦屋，窑匠师傅家里也添了一个白白胖胖的儿子。这孩子一生下来，就有了一个小名，大家都叫他瓦儿。

瓦儿自小就十分聪明，长到十八岁，四书五经，诸子百家背得滚瓜烂熟，不久就考上了秀才。可是，瓦儿却十分迷信。他在家里供了一个菩萨，每天早晚都要烧香磕头，目的是想求菩萨保佑日后金榜题名做个高官。

不料那时朝廷考场舞弊盛行，瓦儿屡考不中，心灰意冷，怨气横生，一怒之下，拿起木棒，把供在堂上的菩萨砸了个稀巴

瓦儿岗　张庆久　摄

烂。从此，瓦儿不但不信鬼神，而且逢人便说神仙菩萨是假的，烧香拜佛没得用。

一次，瓦儿闲时来到一座山边，山顶上有座古寺，里面香火旺盛，香客们来来往往朝神膜拜，每天都是这样。瓦儿见了很是气愤。他想警示世人不要上当，便想出一个主意，回家以泥塑菩萨的口气撰成一副对联，半夜里贴在了寺门上。这副对联是：

你求功名，他卜吉凶，可怜我全无心肝，怎给得什么帮助；
殿过烟云，堂站钟鼎，堪笑人供此泥木，空费了多少钱财。

第二天来烧香拜佛的善男信女一看这副对联，心都凉了半截，一个个不声不响地直往回走。这样一来，求卜问运的人逐渐减少，瓦儿喜得不亦乐乎。

但是，信神拜佛的人仍然存在，特别是那些想发财的男女，还是不分天晴落雨进寺三叩九拜，乞求保佑自己发财。瓦儿于是又撰了一副对联贴在菩萨两边。这联是：

只有一文钱，你也要，他也要，给谁是好；
不做半点事，朝也拜，夕也拜，教我如何。

瓦儿把这对联贴好后躲在菩萨背后，用手敲着木鱼，不禁“哈哈”大笑起来。正好这时有个奸商进寺求财，见到这个情景，吓得毛骨悚然，转身拔腿就跑，不想被什么东西绊倒，扎扎实实摔了一个跟头，还跌断了一只腿。消息传出去，人们再也不敢来烧香了。从此以后，这座寺庙一天比一天冷清，到后来已被冷落得不成样子了，寺内的菩萨斑驳剥落，殿中灰土满地。于是，瓦儿又提笔写了一副联贴到了大门上：

我若有灵，也不致灰土处处堆，筋骨块块落；
汝休妄想，须知道勤奋般般有，懒惰件件无。

没有多久，人们先后都知道了这三副对联是瓦儿撰写的，既佩服他的勇气，又称赞他的文采，还以这大山之中出了个才子感到自豪。瓦儿也在这一带名声大振。瓦儿八十七岁去世后，人们盼望着代代出个瓦儿这样聪明勇敢的人，于是便把这个山岗叫做瓦儿岗。

轿顶山故事

进入桃源县牛车河乡境内，迎面的一座山的山顶其形像一乘大花轿的顶，中间高四周低，略成四方形，山的四边略显突出，无论从哪个角度仰望都是一个轿顶。轿顶山系武陵山脉以东的余脉，海拔902米，因山的四周都是悬崖，长期无人敢涉足。山的北面是延绵不断的巨大石峰，形态各异，各个峰顶都生长着原始树木，峰壁上呈现出如龙、似虎、如河、似画的各种形态，可谓鬼斧神工，当地民间自古就把这些绝壁山峰形容是轿顶山的“旗罗羽伞”，是嫁娶的送亲队伍。围绕轿顶山，流传着许多有趣的民间故事。

相传很久以前，牛车河的柿子坪真的是一片广阔的平原。这里土地肥沃，雨水丰盈，旱涝无忧，不少外地人都先后举家迁到这里，形成了一个个兴旺的村落。

话说在坪当中的村落里有户姓康的人家，家里除了一对年近五十的夫妻外还有个年轻英俊的儿子。夫妻俩眼看儿子跨过年去就要满二十岁，便四处托媒说亲，想为儿子完婚。哪晓得儿子却不着急，爹娘给他说了七、八个姑娘，都被他借故推脱没有遂爹娘心愿。其实，儿子心里早就装了人，就是老家慈利高桥的卓姑娘。两个人从小在一起玩耍，可说是青梅竹马。康家迁往牛车河柿子坪的前一天晚上，两人背着父母在月亮底下发过誓，一个是非她不娶，一个是非他不嫁。因此，康家的儿子一心只等卓姑娘说服父母后，再给自己的爹娘一个惊喜。

哪知事与愿违，卓姑娘的父母嫌贫爱富，背着女儿将如花似玉的卓姑娘许配给了燕家坪一个大户人家，并择定这年的八月初八发嫁。当卓姑娘知晓这事后，心如刀绞，整日不吃不喝，痛哭流涕。并偷偷托人带信给康家的儿子，说今生不能与他为夫妻，只求来世和他共枕眠。康家儿子得知这一消息，犹如五雷轰顶，昏倒过去，醒来后变成了另外一个人，日夜疯疯癫癫，在坪中的

轿顶山　张庆久　摄

稻田里奔走呼号，急得爹娘不知如何是好。

八月初八这天，送嫁的队伍从高桥出发了，前面是八杆铳开道，铳声震天，接着是锣鼓唢呐、小轿、蓬轿、大花轿走在中间，后面跟着十八个脚伕，还有迎亲的、送嫁的，好不热闹。这一溜队伍不多久就进入了牛车河地界，花轿中的卓姑娘想起自己心爱的人就住在这里，顿觉更加悲痛，眼泪犹如泉涌，她轻轻挑开轿帘，忽然看见一个乱发污垢的年轻人向着轿子一边呼喊，一边狂奔。她看清楚了，这个疯子不是别人，正是她朝思暮想的康郎，她一下周身血气上涌，脸色发青，瘫倒在轿中。正在这时，晴空中响起一声惊雷，瞬间乌云密布，狂风陡起，暴雨如注，所有人都睁不开眼睛，一个个惊慌失措。又是一声响雷，雷声过后，天空又变成了晴天。众人睁眼一看，大花轿呢？大花轿不见了。再一看，奇怪的是坪当中不知何时耸立起了一架山，那形状，那架势就是卓姑娘坐的那顶花轿。从此以后，人们就把这架山起名叫轿顶山。

黄伞坪

黄伞坪是牛车河乡的一个村，这里是这个大山区难得的一处平旷之地，土地肥沃，物产丰富，盛产烟叶、辣椒、奈李和黄金梨。历史上黄伞坪是块富庶之地，书香门第并不鲜见，因而许多读书人记载了大量的掌故和神话，经过世世代代的传承，形成了一个个有趣的民间故事。

黄伞坪　张庆久　摄

那还是明朝末年，吴三桂派了好多人到处抓李闯王的余孽。这九龙寨上有三个大王，老大张太凡，老二张楚凡，老三张德凡。当年李闯王起义的时候，三兄弟也在这一带挑起了旗子，招兵买马，当上了山大王，成了牛车河方圆十多里的霸王。李闯王被清兵打败，逃往江南的消息传来，三人也感到称王称霸的日子快完了，但是又一想，牛车河这里山高路远，清兵未必马上能来。因此，继续作威作福，为所欲为。这三兄弟中间，老大张太凡本事最大，特别是随身带着一把黄伞可以腾云驾雾。这把黄伞一打开，不需一袋烟功夫就从牛车河的河底飞到了轿顶山上，又只要一眨眼就从轿顶山上落到了河当中。有几次慈利、沅陵、大庸的几个山寨王想把张家三兄弟吃掉，可是，当他们见识了张太凡的宝贝黄伞后便灰溜溜跑回去了。

过了不多久，清兵来了大队人马要攻打九龙寨，据传领头的将军是吴三桂，都说他是蜈蚣精变的，本领神通广大。开始，张太凡兄弟与清兵交了几仗，损失惨重，三兄弟仅带着几十人躲在九龙寨不出来，随着日子一天一天过去，山上吃的喝的都没有了。张太凡对大家说，我们不能困死在山上，何不借助我这把黄伞逃到别处去，大家都说这办法好，只要青山在，不怕没柴烧。第一个乘伞下山的就是张太凡，刚刚腾空而起，便被吴三桂发现，口里念念有词，只见一缕黑烟直奔黄伞，把好端端的一把黄伞抓得千洞百孔。张太凡从空中掉下了山崖，那把伞哩，就飘落在了一块大坪里。

后来，这里的人就根据这个故事传说，把这块大坪取名黄伞坪。

牛车河

桃源县城西北180多里的轿顶山下，有一繁华的小集镇叫做牛车河。这里盛产桐茶竹木，那味道令许多人日思夜想的七星辣椒酱更是名声远播。每当外地人来这里休闲、采购、走亲、访友

牛车河　张庆久　摄

的时候，都是一个劲地纳闷，这里为什么叫牛车河？这个问题不提就罢，若是提起，还有一段真实的故事。

1500多年前，这里到处是柿子树，一到秋天，山上山下金果飘香，红柿诱人，因而轿顶山下的几百亩田土就叫做柿子坪。当时，这里属东晋洞庭郡管辖。柿子坪有一个叫张桓的读书人在郡太守王富贵手下当主簿，官职虽不高，却也使得这大山里张姓人家十分荣耀，外姓人家也沾光不少。

传说张桓少年时家里很穷，父亲张宏远，母亲刘氏，无田无土，仅靠帮当地财主张福禄打短工维持一家生活。门前的几蔸柿子树便成了张桓买书认字的摇钱树。有一年腊月，张桓卖柿子时，看见有个人拿了几本《皇历》叫卖，那《皇历》里面有画又有字，他觉得很稀奇，便用卖柿子的钱买了一本回家。可是，父亲和母亲都认不出书里的字，只好跑到十多里远的一家私塾学堂里找先生求教。那私塾先生见张桓求学的心情特别迫切，很是喜欢，答应每天吃中饭后抽时间教他认字。张桓听了高兴极了，不管天晴下雨，吹风飘雪，每天都按时到私塾学堂找先生认字写字。由于用功，凡是先生教过的，张桓都能记住，没几个月，他便把一本皇历的字全识得了，还从书上学了很多农活常识。先生见他比学堂里的伢儿还要进步快，越发喜欢他，给他送了一套四书五经，并且还抽时间到张桓家里教书。不到一年时间，远近都晓得柿子坪出了一个读书得法的伢儿。

有一年，这里遇上了百日大旱。山上的树叶子晒枯了，土里的辣椒干掉了，田里更是干裂了。可太阳好像一天比一天离地上更近了，人们急得不知如何是好，有的穷人只得抛田舍土出外逃荒。张桓看在眼里，急在心中。接连几天站在屋前的河潭旁苦思冥想，有什么办法能把这深潭里的河水送到长满庄稼的田里呢？当他的眼光移到一架已经停止转动几个月的筒车时，忽然生出了一个主意。他想，没有水冲动筒车，人又拉不动，何不用牛拉？于是，他把这个想法告诉了父亲，父亲想了想也觉得很好，便向财主东家讲了张桓想出的这个办法。起初，财主不以为然，心想

柿子坪　张庆久　摄

一个十二三岁的伢儿出的主意能起么得效？可是第二天一想，何不叫他试一下。便叫来了一群长工抬来筒车，牵来几头大牯牛，坐在一旁看张桓如何用牛车水。小张桓又要财主派木匠做了两个木齿轮安在筒车上，一切安排停当，然后给牛安上套，牛鞭一甩，那牛不停地顺着圆圈放肆走，筒车吱啦吱啦转了起来。只见清清的河水被提了上来，流到了久旱的田里，喜得看热闹的人欢呼起来，都说这个办法好。不出几天，沿河安上了几十架筒车，几十头牛日夜不停地拉着提水，一派抗旱的奇特景象。柿子坪和邻近的农田得救了，外出逃荒的也回来了。大家都称赞张桓人小聪明，日后必有大出息。

后来，有人便把柿子坪和邻近这一带起名为牛车河。众人一听，觉得既实在又好记，于是便一直流传了下来。

殷家桥的来历

很久以前，从牛车河去县城，走的是刻字垭与桥头之间的一架山。这架山宽有两里多路，底下有个山洞，一条阴河从洞中流过。究竟这洞有多深，阴河有多长，至今都没有人下去寻访过。只晓得人走在山路上，一蹬脚，下面就咚咚作响，就像走在桥上。因为是天生的，人们就把它叫做自生桥。

殷家桥　张庆久　摄

后来这个地方改名叫了殷家桥。为什么要改叫殷家桥，这其中还有一个神奇的故事哩。传说三百多年前，自生桥东边桥头的樟树坪搬来了一户人家，丈夫姓殷，身材高大，力大无比，双手提一担包谷能往来轿顶山打个回转。妻子年轻美貌，却有一身蛮力，二尺多大的杉树打枝后可以一下背两根下山。夫妻二人勤劳肯干，开荒造田，只有几年便慢慢有了一些积蓄。就在妻子怀上身孕的那年，他们在樟树旁边修起了一栋五排四间、上楼下枕的大木房，两个人就只等儿子降生了。

十月怀胎，到了第二年三月间。这一天，夫妻俩在门前田里撒种谷，刚把种谷撒完，天上忽然乌云翻滚，雷声阵阵，接着豆大的雨点落了下来。正在这时，妻子突然觉得肚中疼痛，丈夫急忙扶着妻子冒着雨赶回家里。妻子刚躺下不久，就听房里传出婴儿的啼哭声，一个新生儿在殷家出生。夫妻俩喜欢得不得了。给儿子起了个名字叫殷中桥。这中桥长得三岁，就有五尺多高；八岁的时候，身高已是八尺有余；十岁时，就能帮父亲挑谷背肥；快到十二岁时，已经能把门前的岩磙举上头顶，毫不费力。父母二人看在眼里，喜在心头。

殷中桥十二岁生日那天，本是艳阳高照，忽然狂风大作，接着倾盆大雨。不一会，一连两个炸雷响过，发现殷中桥已不知去向。只有两件事清清楚楚摆在殷家夫妇面前，一是广湾山尖出现了一个又宽又深的大缺口，后人把这里叫雷打缺；二是他家屋后的一片竹林，几乎所有桂竹齐刷刷半腰折断，断的竹节上活生生有匹准备奔跑的马。这时，有个背影像殷中桥的人唰地一下上了马，直往空中奔去。自从出了这件奇怪的事，后来的人把脚下的自生桥改成了殷家桥。

团板溪牛王寨

团板溪牛王寨位于钟家铺乡境内。

一条山岭从龙潭镇的梨树垭村蛇形向北，插入牛车河乡的汪家峪与钟家铺乡的全利交界处，形成一条西北至东南方向分界的分水岭。岭东南的水从全利开始，顺着地势往东南方向流，先是涓涓细流，后逐渐扩大成溪，慢慢变成一条数米宽的小河，然后汇成一条二十多米宽的大河，这条溪就是团板溪。在绕过团板溪牛王寨后，又向不远处和千丈河流去，最后汇入理公港的小河口。

团板溪牛王寨山高数百米，溪水从寨前绕过。前寨岩壁上挂满藤条与青苔，来往的行人很难通过崖壁攀上主峰。只有后寨有一条细绳似的小路可通向寨顶，其余的方向都悬岩峭壁，真是一夫当关，万夫莫开之所。在桃源众多的山寨中，团板溪牛王寨是易守难攻的一个。

明末，镇守团板溪牛王寨的寨主是李自成的部将刘宗敏的大儿子，受五冠山总寨牛有勇分派镇守这里。刘宗敏的大儿子身材高大，外号“大刘”。他吩咐士兵在寨前堆放一些滚木擂石，再往左右山头和后寨派出小头目镇守。“大刘”自恃地险坡陡，每天除吃饭喝酒，就是嫖女人，根本没有把吴三桂的清兵放在眼里。

团板溪牛王寨是南去辰溪的必经通道。为了拔掉这个钉子，吴三桂命令胡国柱总兵率数千人马摆在千丈河至城关一条线上，虎视眈眈。但两军之间隔条几十米宽的大河，车马大炮又不能过河。胡国柱几次想派人从河面向山寨发动进攻，可是人一到崖下，“大刘”就命人从寨上放滚木擂石，砸得清兵死的死，伤的伤，胡国柱只有望河兴叹，无计可施。过了一段时间，吴三桂见胡国柱久攻不下，为他调来几十门红夷大炮，将炮阵地布在河对面的城关。构筑炮阵地后，几十门大炮朝牛王寨前山一股劲儿地打，牛王寨的义军死伤惨重，武器有的被大炮轰得稀烂，有的掉落在河中。前寨山崖硬生生地轰出一个数十丈宽的大缺口。趁此机会，清兵从缺口爬上寨顶，占领了牛王寨。

团板溪牛王寨　张庆久　摄

仙山老祖岩

桃源县牛车河与钟家铺两乡交界处有一高山，山中巨石耸立，峭壁千寻。登上极顶，眼前豁然开朗，但觉云生袖间，霞笼眉际，峰颠于足下，昂首于天外。奇峰罗列，皆匍匐而北拱，众壑逶迤，俱幽冥而含翠，牛车河乡街景尽收眼底，胸襟为之大开。山顶风光，变幻无穷。如遇云雾，众山一气，俱隐云海之中；若是晴天，则朝霞夕照如画，红波拥绕，蔚然极天地之壮观；如在寒冬，则雾凇冰花，玉树琼枝，一片晶莹世界；倘有佛缘，还可看岩顶佛光，又是另一番景象。

此山便是桃源西北名山——老祖岩。

老祖岩名由充满神秘，其传说不一。传说之一讲唐高祖武德四年，征西大将军李静（也有说李靖）效仿春秋越国范少伯、西汉张子房功成引退，在给高祖留下一封书信后，便四处云游去了。第二年，他看中湘楚以北牛车河的一处岩山隐居下来。那唐高祖念李静功高德厚，要秦王李世民派人寻找并请回长安。李世民与李静乃生死之交，即亲率随从微服私访，过秦岭地，翻神农架，渡洞庭湖，历经半年，终于探听到李静幽居处，待赶赴到牛车河那座岩山时，李静已经闻讯离去，只在岩壁上留诗一首：

老皇去矣少登基，叩谢皇恩走单骑。
云游天涯我自乐，不为功名天下知。

李世民见此深为叹息，只好悒怏回京。

不久，李静返回岩山，巧遇纯阳真人，在此修炼丹功，便亲手建香山观，受吕祖指点，皈依仙道。十年后，出山访于民间，以其功力医治民间疑难杂症而闻名。不知是何原因，不久便东渡日本，九十三岁殁于名古屋。1951年，曾有几位日本人专程到老祖岩拜谒。

传说之二为这岩山曾是八仙之一吕洞宾的修炼之地。吕洞宾原名吕岩，号纯阳子，道教全真派奉他为纯阳祖师，称为吕祖。不知何年何月，吕祖离开蓬莱，四海云游，过洞庭湖路经巴陵时，遇一昏官太守车驾，说他醉酒挡道，令手下行刑拷打。吕祖突然不见，只听空中有人吟诗道：

暂别蓬莱海上游，偶逢太守问根由。
身居北斗星勺下，剑挂南宫月角头。
道我醉来真个醉，不知愁是怎生愁。
相逢何事不相认，却驾白云归去休。

老祖岩　张庆久　摄

老祖岩风光　张庆久　摄

吕祖虽未遭刑枷，但心中不爽，深感闹市令人烦躁，便直向西北崇山峻岭而来。见一岩山气势不凡，风光特别，便落下云头，沿山观赏，连说：“好地！好地！”山中樵夫哪里认识吕祖，相遇视而不见。吕祖叹道：

> 独自行来独自坐，无奈世人不识我。
> 惟有山中老树精，分明知道神仙过。

吕祖在此岩山修道炼丹多久无从考据，但至今老祖岩有一断碑，据传为他所撰，虽年代久远风蚀雨侵文字不全，尚有近百字依稀可辨：“……上则天光朗照，其与斗牛分其烁，下则地气飞腾，时与庄姝合其形。月明星稀长照山光于千里，云覆霞颠永宜江河以万年……”读此碑文者，多认为是描述这座岩山的山色美景、赞叹它的仙风灵气。由于吕祖曾在此修炼且留下了碑文，人们便把这座岩山称为老祖岩。

还有其它几种传说，但大都与吕祖有关，因为吕祖而定名为老祖岩，似乎殊途同归了。

钟家铺

理公港和牛车河中间，有一个集镇叫钟家铺。这里蛮早以前只有一座庙，正是这座远近闻名的庙，引出了一个故事。

相传，这里原来树木茂密，土地肥沃，种稻收谷，栽棉捡花，一年四季，风调雨顺。特别是每到太阳落山的时候，山嘴上豪光闪闪，照得十几丈远。周围的人都说这里只怕有邪气，把屋修得离这里很远。没有多少年时间，田地便慢慢荒废了。

一天，一个游方和尚路过这里，看到山势奇特，田土乌黑，流水潺潺，觉得是块风水宝地。于是便在这里住了下来，第二年修起了一座庙，起名“万龙寺”。他还招了大大小小的和尚二三十人，每天烧香诵经，十分热闹。尤其是庙里挂了口晒盆大的钟，一到鸡叫头遍时分，和尚们就要撞一百单八下，顺序是：轻十八，重十八，快十八，慢十八，不轻不重一十八，不快不慢一十八。一日三，三日九，天天如此。

有天清晨，两个小和尚撞完这一百单八响之后，突然看见对面山嘴上冒出好大一坨金光。仔细一看，原来是一口钟不紧不慢、不上不下、不左不右飘在山嘴尖尖上，发出的金光刺眼睛。没有一袋烟功夫，那钟忽地一下不见哒。小和尚觉得十分奇怪，连忙把这件事告诉了老和尚。

老和尚不相信，第二天早晨亲自去撞钟，当撞到一百单八下的时候，果然对面山嘴上冒出了金光，飘出了一口大钟。正当老和尚又惊又奇时，那坨金光慢慢朝庙里飘来，而且还嗡嗡作响，并飞出四句话：“两山夹一冲，富贵伴夏冬，年年有余粮，主人

钟家铺　张庆久　摄

本姓钟。”

此话一传十，十传百，方圆十五里的人纷纷把家搬来住到这里，都说自己姓钟。不到两年，各种店铺先后开张，南来北往的客人逐年多了起来，钟家铺的名字不胫而走，一直传到现在。

这个山区小集镇形成于清朝嘉庆年间，当时交通极为不便，来往于张家界市与常德市的客商马帮和手艺人等经过这里时，一般都已傍晚，只得在此歇脚，日久天长，此处饭店、客栈、商铺及打铁、织篾、修掌、煮茶等行业兴起，有的路人因各种原因便在这里居留下来，一段时间显得较为繁华。特别是集镇周围盛产中华文母（现被列入国家二级保护植物），因而又成为特色突出的山区小集镇。

画眉鸟送八斗坵

八斗坵是钟家铺乡的一个村，因为村中有几块大田，每块都有八斗面积，故名。八斗坵所处地方为群山环绕，溪流潺潺，可谓鸟语花香，风景如画。旧时多有望户来此置田买地，有的甚至霸田抢土，使当地百姓被沦为长工，过着受压迫、受剥削的苦难日子。不知何年何月，这里流传着一个善恶有报的故事，使得财主们惊恐不已，对百姓的欺压有所收敛，百姓的日子比以往好了

画眉鸟图　吴飞舸　辑

八斗垴　张庆久　摄

一些。这个故事一传十，十传百，在方圆几十里都知道了八斗垴。

清朝末年，钟家铺的犀牛山下住着一个大财主叫朱雨清，年近七旬，一家三代十一口住的四方院子两层一明楼，全是上楼下地枕，方圆几里的乡民每年都要向他交租谷，不管天旱地荒，对所有佃户不讲半点仁德，大家背地里称他叫朱老虎。

有一天，朱雨清带着猎狗上犀牛山打猎，刚走到半山腰，就看见黄豆地里有只野兔，举起弩箭正要射杀。那兔儿听到动静，向着山顶拼命奔跑。老财主仗着身板还算结实，哪能叫快到口的东西跑掉，吆喝着猎狗一路追至山顶。山顶上一块草坪，坪中央长着一株篮盘粗的大樟树。坪四周都是悬崖，那野兔逃至这里已是没有出路，急得围着树蔸直转圈。猎狗见到野兔无处可逃，猛地扑了上去。老财主一见急忙唤住猎狗，然后拿出弩弓，心想，难得有这个机会练练弓法。他不紧不慢，瞄准野兔，正要放箭，忽听树上一只画眉鸟儿开腔说话了：“这位打猎的暂且住手！”朱财主抬头对树上说：“这只鸟儿，为什么要我住手？”画眉从树枝丛中飞到野兔前面说：“我知道你已是家财万贯却恶名在外，你已年迈古稀，养的两个儿子都是憨坨，这就是善恶有报。我劝你从今以后多行善事，今天我用一件东西换这只兔儿性命如何？”老财主一听，全身毛骨悚然，连连答道：“要得！要得！”画眉接着说：“你一生想的就是占田霸地，从这边山上下去有一块地方圆不到二里，有八垢八斗垢送给你。”说完就飞走了。

朱雨清急忙下山回家，悄悄要账房先生带了几个人到画眉鸟儿讲的地方一丈量，真的确有八垢八斗垢。这一下叫老财主惊恐不已，自知一生作恶太多，落得个后人痴呆如废人。想到一只鸟儿都晓得行善为本，不觉渐渐忏悔起来，于是决定削发为僧，从家中拿出五吊铜钱，十石好谷，请人在犀牛山上修了一座庙，准备在庙里为周围乡民做些善事，度过余生，以赎罪孽。出家临走时在自己卧室的板壁上写下这段话：“父不慈，子不孝，家有银子埋两窖，一窖窖在五心庵，一窖窖在江家垴。还有八垢八斗垢，留与人家善夫刨。”后人便把这一团方地方起名叫八斗垢，一直到现在。

泉栗奇闻

泉栗在理公港往钟家铺的大路旁，是个不起眼的小地方，过去曾经有人把它改成“全力”或“全利”，但当地人们始终认定是“泉栗”，奇怪的是山下有垢田，田里有股泉水，泉水上头是山上茂密的板栗树，每当板栗成熟，经鸟儿一啄，许多板栗就掉在了泉眼里。泉栗因此而得名。正是这座山和这眼泉，多少年来产生了许多神奇的故事，有的故事还被当地人说得有鼻有眼的，究竟怎么样，有待大家去探访，去考证。

钟家铺有处地方叫四马桥，沿桥下的小溪走约两里多路，就看见一垢与众不同的水田，虽然大小只有一亩左右，可是所有路人到这里都要停下来，看一看或者歇息歇息。因为这垢田靠山的一边长年有股清泉涌出。据说在泉口上架上四人水车，八个后生轮番踩车，歇人不歇车，这股泉水依然如小水桶粗往外涌。涌出的泉水清润甘甜，水里还透着阵阵幽香。所以，经过这里的人不管口中渴与不渴，都要到这口泉边喝饱一肚子。周围一带的人每天都挑着水桶到这里舀水回家做饭。相传这方圆几里的人家做出的饭菜味道分外好。道光三年有一巡抚去辰州，闻听此地藏有民间佳肴，特地改道到这里，吃后连声叫好，还要兵丁带上两桶泉水，作为途中饮水。还传说清光绪年间，当地有一村妇在泉边刷洗竹垫，稍不留意竹垫流到旁边泉水激成的漩涡里，漂了几个圈便沉入泉中，许多日子后也不见踪影。这件事发生不久，有一天从泉中涌出一匹木桨，上有火烙的“四川清江”四个字。当地的许多老人还讲，他们的祖父的祖父，在泉边时常看到一件怪事，

泉栗　张庆久　摄

每到四川那边发洪水，这口泉水便涌流得更急。水把整垅田都灌满了，水里漂来许许多多的鲢鱼，大的七八斤，小的也有两三斤。有一次网了上千斤。大概在七八十年前，这泉水里突然出现一群身披金花的游鱼，天天在泉中游来游去，当地人便把这口泉水起了个名字叫金花泉。

金花泉的上面，有株又大又高的板栗树，树的上面是一个天天有人走的长坡，坡两边山上长满了板栗树，原先叫做栗子坡。这里长出的板栗比哪里的都大都好吃。据说清朝的时候常德知府还把这里的板栗作为贡品送到京城给皇帝吃。自从那口泉水发生了一连串神奇古怪的事，便把这一片地方都叫做了泉栗。

花神化杜坪

杜坪是理公港镇的一个村，原来是桃源县的一个乡名。杜坪不是因为这里杜姓人家多而得名，此地原本就没有几人姓杜，一个美丽的神话传说给这里起了这样一个耐人寻味的地名。于是，每年春天，遍山满岭的杜鹃花，树林之中的杜鹃鸟，构成了一幅动态的园林画卷，成为旅游者观赏的上佳景致。

相传几百年前，千丈河的大山里住着靠打猎为生的母子俩。母亲田氏因丈夫被一群豺狼活活咬死哭瞎了双眼。儿子朱由己从小发誓为父亲报仇。如今已是二十多岁的大后生了，每天背着家传的那张弓箭，上山寻找豺狼。

杜坪满山的杜鹃花　吴飞舸　辑

一天，朱由己扛着射死的一只豺狼从山顶下来，和往常一样，在山腰一蔸杜鹃花下歇息。刚刚坐下，突然从天空中传来一声声凄凉的哀叫声。他抬头望去，只见一只彩霞一样美丽的小鸟被一只凶恶的老鹰追赶，眼看就要被啄住。朱由己猛地站起身来，急忙搭上弓箭，“嗖、嗖、嗖！”连发三箭，箭箭射中老鹰。老鹰连叫都来不及，咽气掉到了山沟里。小鸟得救了，在朱由己头上盘旋了三圈，然后向远处飞去。

太阳快落山的时候，朱由己匆匆朝家里赶，一路上回想着刚才射杀老鹰救彩鸟一幕，心里十分得意，情不自禁哼起山歌。他一溜小跑，很快就到了自家的禾场里。正要喊娘。忽然从屋里传出两个女人说话的声音。一个是娘的声音，还有一个是谁呢？朱由己十分奇怪，难道还有什么女人敢到这穷山沟里来？正纳闷，只听娘在屋里喊道：“由己，家里来了贵客，还不快快做饭。”

朱由己进得屋来，只见一个美丽的少女满脸微笑着站在自己面前。少女一身彩衣，乌发垂腰间，弯眉如柳叶，双眼似星星，鼻子微翘起，嘴唇红润润。直看得朱由己满脑是一团迷雾，不知如何是好。幸好少女十分大方，抢先打破沉寂，腼腆地说：“我是天上的杜鹃花仙子，早就羡慕人间。这次趁王母娘娘举行百花会之机，偷偷跑下天宫，不巧遇到巡天神将放出神鹰，一路紧追，险些丧命，幸亏是你……”

没等少女说完，朱由己已明白了八九分，忙施礼说：“救善惩恶是山里人的本份，不知仙女今后作何打算？”

仙女脸颊绯红，低头羞答答地回答道：“这事我已向大娘说好，一切由大娘做主。”这时，朱由己的母亲来到儿子身边，把仙女如何爱慕他英俊善良、智勇双全，愿意陪伴终身之事讲了个明明白白。朱由己见仙女一片真诚，母亲满是高兴，心里十分欢喜。当晚，两人跪在母亲跟前，许下百年好合誓愿，结为了夫妻。

杜鹃花仙子与朱由己成婚的事，不久便被玉皇大帝知道，十分恼火。王母娘娘更是勃然大怒，急派风雪二神前去除掉朱由己，捉回杜鹃花仙子。那风雪二神领了御旨，站在老祖岩顶上向

蝶恋杜鹃花　吴飞舸　辑

朱由己一家施展法术，铁角风吹了七七四十九天。鹅毛大雪落了七七四十九天。可是，朱由己一家早已搬到了陈家塔的岩洞里，半点都没伤着，风雪二神只好垂头丧气地回到天宫向玉皇大帝和王母娘娘交差认罪。

玉皇大帝听了风雪二神的回禀，气急败坏，又召来雷公、电母，命他们必须将杜鹃花仙子和朱由己殛死，暴尸荒沟。雷公、电母不敢怠命，立即来到千丈河大开杀戒。这时，杜鹃花仙子正在园中栽菜，朱由己刚从林中打猎归来歇息。忽听头上电闪雷鸣，接二连三打了七七四十九个炸雷，四十八个雷打倒了杜鹃花仙子，最后一个正正当当打在了朱由己的脑壳上。雷公、电母见二人已死，随即将这一双尸体抛下了山沟。

这不幸的消息传到了天宫，众花仙暗暗悲伤，夜里悄悄来到杜鹃花仙子暴尸的上空，每人抛下一把土，将尸体掩埋。须知这天上一把土，地上几石田。山沟骤然涨了七七四十九尺土，原来的山沟变成了一个大坪。这坪里的田土种什么都丰收。不久，外面的不少人都搬到这里安家落户。

后人为了纪念杜鹃花仙子和朱由己纯真的爱情，就把这个大坪起名为“杜坪”，在这里生活的人，大都改姓了朱。

马进洞的传说

马进洞是理公港镇的一个村名，原地处大（庸）常（德）官道路旁，是旧时马帮必经之地，这里自然风光秀美，有清澈见底的小溪，有遍山茂密的树林。洞口虽狭小，却蕴藏着许多具有神话色彩的生动故事。当地的老者，只要是外来客人提起马进洞的来历，个个都能滔滔不绝讲上一天两天，把个马进洞描述得比水帘洞还神奇：

桃源很久以前有四十八寨，理公港的小河口有个牛王寨。相传明洪武年间，大顺王李自成的部下将领牛金星于永昌元年被封

战马图　吴飞舸　辑

山洞图　吴飞舸　辑

为天祐殿大学士后，以宰相自居，专权弄权，破坏起义军内部团结，被李自成识破撤封，后叛变投奔清朝。他有个侄儿叫牛有勇，闻听叔父叛逃到清朝十分气愤，便在辰州买马聚义小河口五冠山扎寨自称牛王，抗击清兵。在一次战斗中，身中数枪，兵败逃奔。在被清兵追杀途中，忽遇一悬崖，刚要策马跳过，不幸马失前蹄，牛王摔落深渊而亡。马见主人已死，一声怒吼，沿冷水溪经沱家溪，跑进溪边的一个古洞。

第二天，当地里正（清朝时的村官）路过山洞，忽听洞内有喘息声，感到十分奇怪，喊来几个村民举着火把进洞寻找。发现原来是匹战马受伤卧倒在洞内，两眼流泪，显得十分痛苦。众人又是吆喝，又用鞭打，这马始终不能站立。里正又叫人割来青草，提来溪水，哪知这匹马不吃不喝。几天以后，里正与村民再来洞内看马，刚到洞口，只见这马突然站立起来，四蹄刨地，鬃毛竖立，然后发出吓人的哀叫。叫声才停，洞中一声巨响，洞顶震塌，无数土石掉下将马活活埋在下面。牛王的这匹战马便永远葬在了这里，算是为主尽了忠。众人感到这件事有些奇怪，争相传说，于是这烈马尽忠的故事在十里八乡流传开了。

过了不到一个月，一云游道人路过这里，听许多人都讲这烈马尽忠故事，觉得这匹马不同寻常，便找到里正仔细询问，然后对众人说，这匹马不是一般的马，它尽忠报主的日子时辰难得的好，落在了乾门，以五行相生测算，马死洞中属土，土又生金，这马返魂后定能变成金马，这洞也就要土变金了。说完这话，道人便一甩拂尘到别处云游去了。

众人听道人讲得头头是道，越发对这匹马对这个洞感到新奇，也就注意起这洞里的动静来了。刚刚过了不到半个月，几个村民说是日落酉时和半夜子时看见洞中跑出一匹金光闪闪的马到洞前面地里吃稻谷、麦子和包谷，到沱家溪喝水，吃饱喝足后又跑进了洞，又有人说，有一天半夜，看见一个全身是金的人牵着这匹金马在不远的一个水池里洗澡，弄得这水池里尽是金光，洗完澡后爬坡翻山到了杨公桥，还生下了一匹小马儿。依这个说法，后来人们把马洗澡的水池叫做洗马池，翻的坡叫马登坡，金马常住的洞便叫做马金洞，这马金洞叫了一阵后，当地村民为了防止外人听到这个名字来盗金马，于是把马金洞逐渐改叫成了马进洞。

水流桥面石

从理公港的小河口去杨家庄中间有座观音桥，说起这座桥，颇有点神奇的来历。

古时候，这里没有桥。枯水季节河水浅，两岸过往行人得脱鞋卷裤涉水过河。遇到雨季水深，过往行人及生意人要绕很远的道，十分不便。后来有几次河上也架过桥，一发洪水就冲走了，每次都是这样。据说到了宋朝，一位姓杨的将军路过这里，见两岸百姓过往十分麻烦，就拿出百两银子，要当地人修座石桥。当桥基建成后却找不到合拢石，左左右右前前后后寻了十多天也没

驮桥面的神龟　吴飞舸　辑

寻到，最后还只有用木条子做桥板，只用得两年便又被洪水冲走了，以后就一直留下两个石桥墩。

又过了好多代，到了长毛造反的时候。一天，一队长毛来到这河边，说是要架好这座桥给前方运粮草，先后派出八匹快马四处寻找合拢石。第二天早上有人返回禀报，说溪河以西二十里处有一块花岗石，只是路远块大体重，无法运来。长毛首领与众人愁眉难展，无计可施。这时当地一族长对长毛首领说道："离这里不远的地方有座观音庙，十分显灵，何不去求这观音菩萨。"长毛与乡人一听都表示赞成。于是当天就由族内长辈备上贡品到观音庙祈祷。第三天早上突然乌云翻滚，电闪雷鸣，倾盆大雨下个不停，霎时溪水猛涨。只见河水中凸起一物，随波而流，原来就是那方花岗石。流着流着，刚好横搁在桥墩上，如同天生一样的桥面。有人还活灵活现地说，这花岗石流动的时候下面有只观音菩萨派来的神龟，是这只神龟驮来的。后来越说越神奇，有人主动捐款在桥两边砌上石栏杆，堆起石乌龟，还请一个老先生写下了这座桥的名字"观音桥"雕刻在那块花岗石上。旧时许多人来到桥上，都要在桥碑上摸一下，沾沾菩萨的灵气。有的还在重大节日时，在桥头上焚香叩拜，祈求观音菩萨保佑。

杨公桥

杨公桥地处理公港镇的五冠山下，这里大坪大坝，土地肥沃，是山区难得一见的小平原。坪中有条小溪穿过，每到春夏之际，山洪泻下，使溪两边的人们生活劳作十分不便。修桥便成了这里世世代代的重要话题，同时传下了许多围绕修桥的故事，杨公桥的故事便是其中之一。

离理公港不远的地方有座五冠山，这山雄奇美丽，山上树木茂盛，长年一匹泉水飞流直下，十分壮观。每天清晨，山上山下紫烟缭绕，林中鸟雀啼鸣，当地把这座山称为仙山。不晓得哪朝哪代，有人在山顶上修了一座很有气派的关口祠，据说当时这里是官商南来北往必经的重要关隘，便起了关口祠这个名字。相传乾隆皇帝巡边戡乱路过理公港，专门登五冠山凭吊关口祠，并且来到仙姑洞，拜访仙姑娘娘。还传说吴三桂有个妾是八面观音的女儿，在关口祠前挥毫写诗，其碑文至今残存。

五冠山下，是大片良田，称为理公港的粮仓，这个大坪叫做杨公桥。说起杨公桥这个名字，还有一段传说故事。

很久以前，有一户杨姓人家从北方逃荒南下，走到这五冠山下，便觉得这里山清水秀，肥土沃地，一家人就在这里定居。不少人听说后，也陆续迁居到这里。不晓得过了多少朝代，这里也变得不安静了。相传那是元末明初，朱洪武反元鞑子攻下了大半个中国，想起有个对头叫陈友琼，至正二十年自称为汉王，于是统兵打陈友琼，把陈友琼从江西赶到湖北湖南他的领地。几仗下来，陈友琼大败溃输，朱洪武要斩尽杀绝，斩草除根。有一天，一队人马来到杨公桥，见人就杀，不放过一个活口。凡是在家的、种地的，都成了刀下冤鬼，只有杨家一少男，罗家一少女那天在五冠山的仙姑洞里玩耍才幸免一死。二人回到家来，已没有一个亲人存活，一阵痛哭之后，这一男一女只好相依为命。后来二人结为夫妻，耕织为生，繁衍后代，招赘娶媳，到清朝已发展到了大小三百多口。这杨公桥变成了个粮丰林茂的好地方，只是坪中横着一条小溪，往来十分不便，一遇山洪发水，数天过不了溪，劳作耕种受到影响。于是杨氏族人聚集商量，在溪河上修了一座长两丈多，宽一丈多的石拱桥，因是杨家人修的便叫杨拱桥，不知到了什么时候，杨家后人为纪念祖先的功德，便改叫了杨公桥，直到现在。

杨公桥　张庆久　摄

五冠山牛王寨

五冠山位于理公港镇杨公桥村，山峰海拔490米。山顶有座古庙，建于明末清初，当朝与慈利县的“五雷山”并称为兄弟山。经历代僧人的兴建，曾建成有三层平台，四道殿堂的雄伟建筑。而在此之前的元末明初，五冠山是一处军事重地，曾有多名农民起义军首领来此处占山为王，其中最大最有名的是牛有勇，其势力遍布桃源县，五冠山便成了全县起义军山寨的总寨，名为五冠山牛王寨，其它各寨也称牛王寨，只是所在的山名不同而区别。

这五冠山地势高耸险峻，雄冠一方，自古就是佛家弟子修行的好地方。如今五冠山顶，仍有当地百姓捐资修建的朝天门、五冠山庙等建筑。站在杨公桥村部的公路上，远眺那些孤悬于绝顶的石头建筑在云雾中若隐若现，十分令人遐想。

1644年，李自成的大顺军攻占北京，后吴三桂引清军入关，大顺军一路败退至陕西。次年初，清军攻破潼关，李自成引兵进入湖北，先败于武昌，再败于江西，位居大顺政权文臣武将之首的刘宗敏也被清兵所杀。李自成见大势已去，于是隐身来到湘西北的桃源、慈利一带，后到石门的夹山寺出家。李自成的部将李过、郝摇旗、牛有勇也率兵数万来到湖南。为了掩人耳目，不引起清兵的注意，牛有勇率部分家丁和亲信来到离夹山不远的桃源西北五冠山，竖旗立寨，招兵买马，暗中保护闯王李自成。

五冠山方圆数十里，数条山脉以五冠山为中心，各向外散发。每条山脉都非常险要，只有一条羊肠小道通向山顶。牛有勇

王冠山牛王寨田园风光　张庆久　摄

占据五冠山后，便在各个山脊的险要处设立关卡，分别设有岩门关、狮子关、神门关、铁门关四个关口。每个关口又分别设有乾、坤、生、死四道门，派遣精干力量把守。牛有勇把自己的指挥机关设在五冠山的绝顶。这里三面都是陡峭山崖石壁，另一面从山垭至绝顶分为三层，每层都修筑工事与房子，每层工事之间有石阶相通，层层都驻有牛有勇的亲信和士兵把守。纵有外敌攻入大本营，这最后的一关也是绝难攻破。这样，五冠山就成了四面关卡，步步为营，易守难攻的屯兵堡垒。

为了扩充势力，确保五冠山的安全，牛有勇大肆招兵买马。加之牛有勇为人豪爽，一时投奔者众。牛有勇在山上修起数十栋

营房，安排这些投奔他的人。他还在山上修起演武场，用来训练兵士，筑起聚义堂，用来商量军国大事。他还根据闯王的密旨，在山上秘密地挖了许多山洞，洞中收藏大量的武器、粮食和金银财宝，以备不测。在牛有勇的指挥下，五冠山每日杀声阵阵，幡旗招展，一时远近闻名。

为进一步扩大势力，牛有勇以五冠山为总寨，在五冠山周围数十里范围内设立许多分寨。如理公港的小河口，丁家坊的三台山，钟家铺的团板溪、朱家峪，黄石的观音洞等，以此拱卫总寨的安全。若是有清兵前来围剿，周围的分寨便会首先得到消息，一方面可以抵挡清兵的进攻，另一方面可以飞鸽传书，让总寨作好防御的准备。牛有勇委任自己的亲信在这些分寨占山为王，一度有48个牛王寨之说。

随着时间的推移，五冠山也逐渐堙没在历史的长河中。新中国成立后，当地人民政府在五冠山上建起了林场，山上长满了高低不等的乔木与灌木丛。文化大革命时候，人们上山捣毁寺庙与神像，有群众还曾拾到锈蚀的战刀等物。如今，每年的农历八月十五，当地的群众会自发地来到五冠山，朝拜山顶寺庙里供奉的神灵。只有山上的那巨石，还有微风中轻摇的小花，见证着一页页翻过的历史，见证着正在发生的一切。

金马磨金豆

离理公港的马进洞不远处，有座不十分起眼的石头山，别看它在群山中不显峰不突兀，可它却有段神奇的传说。

很早的时候，山脚下的杨家湾有个穷秀才叫杨灿，父亲早亡，家境贫寒。母亲为了能让他求取功名，整天纺纱织布，打草喂猪。可杨灿因朝中无人，再加上无钱行贿，屡试不第。每逢开科，他必应试，一连进了九次考场，每次都是名落孙山。

这年腊月二十三，杨灿为了能让老母亲过个好年，就起五更拿起斧头，背着冲担上山打柴，以便卖掉了柴去买米、称肉。当他走到坡背面时，猛然间看见坡下面有一个如牛大的东西在晃动，吓得他顿时出了一身冷汗，心想只怕碰到了老虎和豹子。他跑也不敢跑，动也不敢动，连粗气都不敢出。借着朦胧的月光，他躲在树丛中揉了揉眼睛，悄悄仔细看了看，总算看清楚了。原来是一匹马在那里吃草，奇怪的是马身上还发出黄色的光。见是一匹马，杨灿的胆子大了起来，慢慢向马走近，那马似乎没有发现人，只管埋头一口一口嚼着鲜草，时不时把身子抖动一下，抖下的像是一层层金光。杨灿看呆了，待了好一阵才醒过神来，便故意咳了两声，这咳声惊动了那匹马，霎时就消失在夜幕之中。他正在纳闷，忽然又听到了磨子转动的声音。他擦了擦眼睛一看，对面有几间屋，屋里烛光明亮。杨灿急忙赶过去，踮起脚尖朝着窗户往里看，只见刚才看见的那匹马正在拉磨。石磨磨出来的一粒一粒的东西闪闪发光，磨底下流成了一大堆，连屋子里都装满了，有不少从门槛的缝里流到了屋外。他轻轻走到大门边，弯下身子用手往衣袋里装，装满了全身的衣袋，还用小手巾装了一包，然后一溜小跑回了家。他把母亲叫醒，把所见的一切一五一十地全告诉了娘，并抓出捡的东西给娘看。娘一看喜出望外，流着眼泪说：“灿儿呀！你以后的学费再也不愁了。你捡回来的是金豆子呀！真是上天有眼，你快去再捡些回来分给乡亲们，让他们也不再受穷了！”听了娘的话，杨灿顺手拿了一个布袋又朝山上跑去。到了山上，不说先前的磨房屋，就连在什么地方也分辨不清了。

金马图　吴飞舸　辑

这事一传十，十传百，方圆百里都晓得杨灿见到了金马，捡到了金豆子。

这件事传到了常德好吃懒做的刘二耳朵里，走了两天路赶到了杨灿打柴的山上，他要看金马、捡金豆子，圆他的发财梦。每天晚上，他独自来到山上，一呆就是一整夜。一个月过去了，连金马的影子也没看到。刘二不死心，白天就在山上采些野果充饥，捧几口泉水解渴，然后睡在草丛中，夜里就爬在一颗油茶树上等金马出现。到了九九八十一天的晚上，刘二等得不耐烦了，正想下山回家去时，忽然眼前出现了几间屋，屋内灯光明亮，有一匹马正在拉磨，满屋的金豆子流光溢彩，门槛下的缝里仍然不停地往外流金豆子。本来，他也可以像杨灿那样，将金豆子装满衣袋，但刘二十分贪婪，他要把金马牵走，只见他猫着腰，闭着气，轻轻推开大门，一个箭步冲过去，拉住金马就往外走。只听那马“咴”地一声，转过身子，一双后腿踢到了刘二的手，刘二痛得急忙松开手，霎时间周围一片漆黑。待刘二如梦方醒时，眼前哪里还有磨金豆的马，哪里还有那几间屋。他只好垂头丧气下山回去了。

自此以后，再没有人看见那匹金马，再没有人捡到过金豆子，据说，这匹金马躲到马进洞去了。人们因为思念这匹金马，便把它出现过的这架山起名叫金马山。

小河口牛王寨

小河口牛王寨原名玉泉山，山高约五百多米，纵横二十多里，位于理公港镇小河口与泥头山之间。后因有牛王扎寨，故名牛王寨。这里山清水秀，寨前有一条二十多米宽的大河流过，这条河从千丈河奔涌而来，经马进洞，流出小河口，汇入靠理公港附近的猪潭。当地盛传的“人落猪潭马进洞”的故事就发生在这里。

相传大顺军将领牛有勇占领了五冠山后，就把这玉泉山作为五冠山的分寨，并派亲信牛万勇把守。这玉泉山的水甘甜可口，山上山下又盛产苞谷，这都是酿酒的好原料，当地烧制的苞谷烧早就远近闻名。

自从这玉泉山成了五冠山的分寨，牛有勇便常让牛万勇送些苞谷烧到总寨。有时还亲自来到玉泉山下，品尝老百姓烧制的苞谷烧。话说吴三桂早就想剿灭五冠山牛王寨，消灭牛有勇的队伍。可是由于义军防守严密，一直找不到机会下手。这一天，吴三桂派出他的一个名叫八面观音的小妾，暗中跟踪牛有勇。发现牛有勇独自一人打马下山，来到小河口牛王寨山下。八面观音不动声色，暗中通知吴三桂派出大队人马跟踪到此，并埋伏下来。眼见得牛有勇喝下了五斤苞谷烧，已倒在桌子上昏睡过去，才指挥清兵包抄过来。这时，柳林中的烈马发现了主人的危险，高声嘶鸣，一下惊醒了梦中的牛有勇。他一跃而起，跨上烈马，挥刀杀出重重包围，沿河奔逃。八面观音领人随后紧追，牛有勇虽然勇猛，无奈清兵似乎越杀越多，终于体力不支，寡不敌众，连人

牛有勇杀出重围　吴飞舸　辑

带马坠入河中。清兵如影随形，又赶往河中撕杀。牛有勇横杀直砍，又杀死了数十清兵，一时尸飘满河，河水也变成了红色。此时，牛有勇已是筋疲力尽，无力再战，岸上的敌人又众箭齐射，牛有勇一边挥刀挡箭，一边且战且退，不料落入身后的一个深潭，再也没有起来。

烈马见主人沉潭不起，前蹄高举，长嘶三声，纵身上岸，一路打着响鼻朝上游方向奔腾而去，钻进沱家溪畔五宝山下的一个石洞中。后来当地的老百姓发现了石洞中的烈马，给它拿来青草，端来清水，可是烈马跪地不饮不食，最终悲主而亡。

Chapter 5

东　城　新　区

东城，一朵正在孕育的奇葩

一

善卷像　吴飞舸　辑

桃源东城新区，南起沅水一桥，北至沅水二桥。南北长3200米，东西宽1800米，总面积65660平方米，约合984.9亩，含今梅溪桥、八字路、镇江渡三个村落。新区背靠雪峰山尾端的青峰翠岭、连绵起伏的丘陵地带，足抵沅江东岸的护江堤，与县城隔江相望。中间是一片开旷的平原。

东汉汉殇帝延平一年（公元106年）至隋文帝开皇三年（公元583年）这四百七十

七年间，浔阳坪是沅南县的县城。至解放初期，道路交通一直比今北岸的县城要发达得多，所谓桃源是湖南陆上的“川黔孔道”，就是从这里开始的。也就是说，北边的货物或滇黔以下的货物运往北边或南边某些地方，先要在镇江渡老街或南站新街停下来转运或装卸后，再通过镇江渡码头，用船渡过这近千米沅水后，才能发往各地。人也是先渡

屈原像　吴飞舸　辑

河，再搭乘其他交通工具，或去长沙，或上沅陵、辰溪至滇黔等地。镇江渡口这个几百年来，宽不足两三百米的码头，却有近百只货船和渡人的木船。湖北、沅陵、辰溪一带的船员与本地八字路、浔阳坪、泥窝、古寺的人为争码头专有权发生过几次较大的械斗。这里无论镇江渡老街还是南站新街，人来车往，店铺林立，十分繁荣热闹，素有“北面县城，东面闹市”之称。这里除做过几百年沅南县老县城外，文化底蕴也很丰富。据传尧舜时期，居住在常德德山的善卷先生游历过这里，留下了他的足迹；屈原放逐江南时，也曾在尧河古柳树下吟诗作文。这里风景也很优美，桃源外八景中的“梅溪烟雨”、“楚山春晓”就在本区内；还有浔阳古寺、“绿萝晴画”与之相伴，惹人爱怜。但是近些年来，由于县城北部交通条件的改善，特别是沅水大桥与南面的“319”国道、常吉、杭瑞高速的贯通，加上东部产业单一落后，

村镇与交通建设几乎荒疏。如何改变这个现状，利用其地理位置优势、资源优势，把东城区打造成一个现代化城镇已迫在眉睫。如何打造呢？根据东城区管理委员会和大华项目管理专家们评审后的可行性研究报告，及现在行动进展情况，抽出几点来简要介绍。

建设中和建设后的东城，到底是什么样子呢？当你花上两三天时间，游走完东城的每个角落，或认真将其规划和其他有关资料、图片阅读几篇，就会感到像渔人走出幽深古洞，站在洞口瞻望，仿佛有豁然开朗之感，整个东城就像一只展翅飞向蓝天的鹏鸟。三条主轴条析分明，摄人眼神。一条是融合古今的新老城间的空间主轴；一条是贯穿南北，展示城市和人文风情的沅江景观轴；还有一条沿东区西山区雨洪走廊的城市生态轴。它打通沅江，又把各功能产业片区联系起来，相互贯通，就像鸟的骨骼一

苏大宝沙画　吴飞舸　辑

样，而国际文化旅游产业园和医养产业园区就像其主体肌肉，联通内外的交通网络，纵横交错，就像其血管脉络。在规划区外，沿山体的自然风景带和滨江风光带，就像一只鸟的两扇羽翼。在主景功能片区内，还有两座拔地而起、高耸入云、光芒四射的金星，一座是智慧网结广连海宇，集电讯、传输、收看、娱乐于一体的“金城之星”；一座是集商业服务为一身的“商业之星”。

当你对东城的轮廓有了清晰了解后，再走进东城的核心景区之一的桃源县“世外桃源”国际文化旅游产业园区，你会被这里千年古文化和古老建筑风格、中国沙画国际艺术广场、桃花湾、滨江公园及千米蜿蜒曲折、高低错落有致的板龙灯桥等深深吸引。世外桃源国际文化旅游产业区，南起沅水大桥，北至桃源水电站大坝，南北长1800米，总用地面积38.5公顷。项目内主要包含桃源长街、游客服务中心、中国沙画国际艺术广场和苏大宝沙画艺术研究中心、滨江公园、桃花湾、非遗培训中心和展览交流中心。其中，桃源老街用地面积约82525平方米，建筑面积55878

沙画　吴飞舸　辑

石牌坊图　吴飞舸　辑

平方米。以一条沿江滨水景观带和一条商业内街为南北纽带，串连干鱼巷、蟠桃巷、胭脂巷三条东西主巷，中间夹着六条窄巷，一条蜿蜒小溪穿行于内街中，曲径通幽，古朴天然，充分挖掘桃源历史，打造了一条展示桃源从尧舜上古至明清时期历史变迁的千年古街。整个建设突出了一个“老”字，如老戏台、老庙会、老牌坊、老拱桥、老窨子屋等等。

桃源老街以风雨桥为界，依据功能主题和建筑风格，分为南街与北街。南街是一条以浪漫爱情为主题的旅游街区，让游客穿越千年世外桃源。建筑以魏晋风格为主，造型以桃源出土的晋代陶楼等文物彩绘为蓝本，通过提炼升华，采用歇山顶、人字拱、一斗三升、翘尾脊等典型时期建筑为原型。南街共有东西两个主入口，东侧为浔阳大道主入口，以魏晋风格的石牌坊作为南街起点，穿过牌坊拾阶而上，步入南街。西侧入口以连接老街和游客服务中心及大型停车场为纽带，往上可登善德楼，远眺沅江，往下可过城门近赏桃源美景。穿过古城门，漫步善德广场，感受尧舜时期善卷游历沅江过桃源的文化遗址，同时可欣赏东汉沅南县马援将军所筑的古城墙复原遗址，并把百年一遇的防洪大堤观赏平台与古城遗址巧妙结合，融为一体。移步南街内景，街道中的自然水系蜿蜒曲折，两旁街道高低错落有致，溪流两岸更是桃花夹道，让人恍惚穿越千年，有“忘路之远近，忽逢桃花林”的感受。南街中段复原东汉伏波将军庙，前广场设古岩马雕像，两侧为擂茶馆。在这个景点中，以擂茶起源和伏波将军的历史典故提起人们的兴趣，品尝擂茶，感受桃源历史文化特色。南北街中间为浔阳文化广场，广场中间有陶渊明雕像、《桃花源记》文化墙、方竹亭等大型文化景观，广场北面有抛绣球，体验民俗婚庆等内容的特色表演。

吊脚楼　吴飞舸　辑

桃源擂茶　吴飞舸　辑

广场东侧从风雨桥楼接浔阳楼，浔阳楼设陶渊明与桃花源历史传说故事及爱情文化馆，眷侣们站在风雨桥上，可南望千年魏晋古街，北望百年明清街市。

北街非遗民俗文化主题文化区，建筑设计采用桃源本地特色的明清建筑风格。如马头墙、小青瓦、木板房、吊脚楼等形式。复原老戏台、老窨子屋、老书院、老祠堂等人文古建筑。采用老房子整体搬

桃源擂茶压桌　吴飞舸　辑

桃源木雕　吴飞舸　摄

迁加固改造的战略，以丰富老街历史文化底蕴，建设有桃源历代名人文化馆，展示历代名人风采。还建有体验擂茶馆，听戏曲、看表演，分享非遗传统小吃等特色美食。北街北侧还有前店后坊式建筑，容纳有十余位非遗传承人入住。桃源民俗文化就浓缩于这老街一角。北街西侧建吊脚楼总长200米，北街北端为露天古戏院，戏院由古戏台与长廊合成，

桃源玉石雕刻　吴飞舸　摄

可容纳千人的大型演艺场，是市民与游客举办庙会、看大戏、赏花灯、舞龙舞狮的场所。北端出口设置了明清牌坊，与南街的石牌坊遗址呼应。北街加两岸的老窨子屋、老书院、老木屋打造的桃源木雕、石雕、刺绣等非遗文化遗产及研究所，把桃源非遗产品推向世界。

桃源刺绣　吴飞舸　摄

滨江公园、中国沙画国际艺术广场、桃花湾等景区也是“世外桃源”国际文化旅游产业区的重要组成部分。该区总用地面积16万平方米，沿沅江线全长1800米，其滨江带面积宽20米。西临沅江呈线形带状空间。该项目肩负开放绿地，生态防洪，城市休闲和桃花源景区配套等多种功能。总体定位为“城市里的桃花源”，分设四区：即旅游接待中心、中国沙画国际艺术中心、桃源之梦、桃源印象区。根据沿江线地形地貌特点，布置多个景点。首先在距离水中大坝合适水域，设置游船停靠码头。码头上设置广场并对其进行大面积铺装，其中局部区域或下沉10公分，平时为镜水广场，广场活动时将镜水面水放空，冬季结冰时可作滑冰场，夏天可观赏玩水，春秋节庆日可作表演场。广场两侧可通过浮雕墙形式的“洒、擦、点、划、漏、勾”表演沙画技巧和进行沙画记事。其次是在广场入口前方，用沙画形式表现沙画国际艺术入口形象。广场端头低洼处，结合现状与现有水体打通，形成一个开放的水域空间，把水域和沙滩作为休闲娱乐、临水观景的重要区域。第三，打破传统的堤岸形式，与沙画般的弧度与柔美结合起来，与沙画国际艺术广场的活动与艺术结合起来，展示文化遗产与城市生活界面。第四，设置景观桥，将具有中国一绝的板龙桥，在绿岛上通过高低的空中长廊，连接内湾两端，使其立面上具有完美的视觉效果，与水域对岸遥相呼应。桥采用流线型造型，色彩以红、黄两色为主，配合桥梁丰富多变的平面线形，时而盘绕在湖面上，时而回旋于湿地林中，仿佛佳节中板龙灯在水、湿地林中翻滚腾挪。第五，在中轴对景区域，下沉为亲水广场，内湾设置音乐喷泉，通过灯光形成水幕、演艺秀，由表现亲情、爱情和桃源历史人物故事的沙画等组成，达到一座城市一台秀，观众可在沙滩上看绿岛上的水幕秀，绿岛上的观众可以看到投射到对岸建筑墙面上的沙画艺术。“桃源之梦”是集景观、休闲、艺术熏陶为一体，是景观璀璨靓丽的点睛之笔。第六，沿江一带为东汉沅南县遗址，主要是将防洪堤建成古城墙，使遗址展示与滨江景观带融合为一体。将内街与自然景观相结

沙画艺术　吴飞舸　辑

合，形成滨江公园，使其闹中取静，辅助老街，使老街不再生变，又与江景相映。沿着景观带与自然生态，漫行游历，可以勾起人们回忆过去，享受今天，展望未来。

在丘坪相连长达6000多米的区域内，除了居民片区、基础教育片区、设施设备片区外，大部分是医养休闲的全产业链区。这里建有医养休闲山庄、中医院、中草药药物研究所、学校医护人员的培养与交流中心。有中草药生产示范基地，有应用、收购、加工、销售、存储一条龙的服务体系。医养山庄建在与风景优美、依山傍水的丘坪相连、地势开阔的地方，根据市场预测、长远结合、一次规划、逐步建设的原则。医养房舍建设，有高档的可容几个或几十个人的一栋又一栋宿舍，也有单房别墅。建筑风格是古典与现代结合，典雅大方，舒适，通光通气，交通快捷。小区内有温泉沐浴，民宿酒店，商店。医养内部各种现代体检设备，医疗诊断设备一应俱全，按比例配备了政治技术较好的医护

药浴　吴飞舸　辑

中药养生　吴飞舸　辑

桃源中药普查　吴飞舸　辑

人员、保洁员。药物种植与研究是为了继承中药传统，进一步开发开拓探索针对各种急性与慢性疾病的治疗、教育、培训及与外界交流，有意的培训一批又一批既有理论又有实践经验、扩大中草药应用的医护人员，使之成为进一步推广医养休闲山庄的人才孵化基地。把医养全产业链作为东城区的主导产业发展，是依据东城接近桃花源，又是大湘西旅游圈必经地的地理区位优势，靠近沅江丘坪结合，气候条件温和，雨量适中，有利医养，依据桃源中药材占全国普查的363个重点品种62.8%

桃源打造特色中医品牌　吴飞舸　辑

(283个)，名贵珍稀品种达三十余种的资料优势，全县乃至全省的旅游区内还很少有医养全产业链的休闲养身区的特点，现在在东城区首先建立起来。经过努力，力争在不久时间，把它打造成全市、全省乃至全国一流医养全产业链基地是完全可能的。

桃源土元养殖　吴飞舸　辑

道路交通建设与区域绿化是配合各片区，尤其是国际文化旅游产业区和医养产业区圈的支撑。道路如同人体的大小血管，必须保证脉络联通，血管畅通，方便快捷。东城区的道路采取路网模式，环路加方格的网状模式。道路总体是两纵三横，主干路呈方格网状，道路分三个等级：一级主干道，二级次干道，三级为支路。这样层次分明，齐整划一，宽度有序，保证了城镇化交通的一大鲜明特色。

东城区的绿化是按照整体规划、勾画同步推进的，是一个与老城区不同的又一鲜明特点。东城区不仅规划了网状滨水绿地，

桃源厚朴基地　吴飞舸　辑

各功能区绿化外，整个绿化系统划分为公园绿地、防护绿地和生态绿地三大块相互联系组成。

公园绿地，分带状公园和块状公园。绿地内配套相关的公共服务及商业配套设施。所谓带状公园是指沿道路、水系呈条形分布，植树种草，绿荫掩映。在绿带中设置点状小广场等开放空间，街头绿地面积较大的设置一定的游憩设施。块状公园，是成块状分布，选择地理位置适中和地形地貌较好的空旷空间，建设块状式公园，供人们在工作之余和节假期间游赏休息。整个东城在北部建了八斗公园、南部车溪公园、象山公园及滨江公园绿地带。

防护绿地，主要是电力高压走廊的防护绿地。

生态绿地，就是保留、保护好原有林木及山林。

总之，东城区处处有树，张目见绿，城市掩映在绿色海洋中，显示其生命的活力与生机。

除此之外，至于东城区其他建设项目，诸如供水、供电的管线建设、智能城市建设等可行性报告都有较为详细的设计与论述，有的正在同步进行。我深信经过几年努力，一座美丽、富裕、文明、现代化的东城小镇将耸立在沅江东侧，一朵绽放的奇葩将展现在世人面前。

八字路原名游仙观

出县城往南走七华里，经尧河横渡沅江，上岸数百步，就是游仙观旧址。这里是雪峰山之余脉，重峦叠翠，古木参天，终年绿荫笼罩。左上边有一条蜿蜒曲折、澄鲜清澈的溪水从绿溪口汇入千里飘绿的沅江，右下方一条烟雨蒙蒙、梅花飘香的梅溪，汇入“镇江玉玺”前，直奔八百里洞庭。前面是盐船山、行吟鬼柳、狗王庙；右边是山若碧螺、映江而出的绿萝晴画以及“云怒石开”的半壁岩峰直插云霄；毗邻是福地洞天的人间仙境——世外桃源。

据传，早年有八仙中的铁拐李、吕洞宾、张果老三人结伴游览桃花源后，约定各在附近选一个栖息修炼的地方。吕洞宾看中了漳江阁的三楼，认为这里“头枕武陵源，足抵雪峰山，日观洞庭水，夜赏漳江月”，是个修心养性的好地方。张果老却奔往洞庭湖，与龙王为伍，观四海风云，吸天地灵气。铁拐李选在游仙观，说这里秀山碧水，风景如画，水陆交通方便，是各路神仙南来北往的必经之地。在这里建一观，不仅可以随时出入桃花源，吮吸福地洞天灵气，还可以结识各路神仙，借他人之长处，得他人之帮助。亦如所料，游仙观建成之后，终日接待往来仙客，切磋得种种道法，成为八仙之首。从此这里流传着一段佳话：“游仙观，观游仙，游仙观里住游仙，修炼得道法大如天”。

及至清末，绿溪上游的香村出了一个气宇非凡、胆识过人、立志推翻帝制、建立民主共和的大人物宋教仁。他青年时代就广交革命志士，南北奔走呼号。他远渡重洋，结识孙中山，为清王

宋教仁像　吴飞舸　辑

朝和北洋军阀政府所不容，后来又成为袁世凯的眼中钉，肉中刺，欲除之而后快。1906年10月，他回家探亲路过县城，乘一叶渔舟溯沅江而上，至绿溪口上岸直奔家里。还未来得及洗尘，得族老密报，清政府派人密捕他。于是，他连夜乔扮成渔翁，乘渔舟去常德、穿洞庭至武汉而后转徙日本。

1913年3月20日，宋教仁去北平时，在上海火车站被袁世凯派人暗杀。一代英烈，喋血共和，彪炳千秋。

宋教仁自号渔父。

家乡人民为了纪念这位伟大的民主革命家，便将游仙观改为渔父乡。

1958年大跃进时，当时的公社社址由游仙观迁至通往县城和长沙至沅陵两线呈八字形的交叉路口，改名为八字路公社，后在改乡时又称八字路乡。

楚山脚下的南站村

桃源县漳江镇南站村属上浔阳坪，地处楚山脚下，濒临沅江。因宋太祖甩下镇江玉玺，镇住桃源龙脉，化为双洲，便有了镇江渡口。渡口南边是通往湘西、贵州的必经之地，物流之站，尤其是沅陵通往长沙的公路通车后，南站就成了南来北往、东西沟通的客货转运站，形成一处热闹繁华的小集镇。但这并不为

春姑娘　吴飞舸　辑

奇，更为奇特的是楚山现象：“当春花木先发，鸡鸣先村市”。严冬还没有过去，周围的山峦平地还是万木萧条的时候，楚山就已经翠绿葱茏，生机盎然了，每到这个时候，人们便想起一个古老的传说。

从前，报春的姑娘每年都要到这里报道春天的消息，春姑娘一来，这里马上由万木萧条变得欣欣向荣。可是这一年春姑娘迟迟没来，一打听，原来是春姑娘被冰龙太子锁在南方的山洞里。为了救出春姑娘，村里一位叫楚哥的年轻人，历尽千辛万苦，终于处死了冰龙太子，救出了春姑娘，回到家乡时自己却被累死了。村里人隆重安葬了楚哥，将他的坟堆得像一座山，取名为楚山。从此，春姑娘每年最先来到楚山看望楚哥，她一来，这里的草木就最先发芽了。

从此，作为楚山脚下的南站村，每年最先感知春的信息，最先着上春的盛装，“楚山春晓”也就成了桃源八景之一。

梅花香飘梅溪村

漳江镇有个梅溪村，梅溪村位于沅江南岸，因村里有一条名叫梅溪的小溪而得名。就是这条从村中潺潺流过的小溪，使这个村庄充满了许多神话色彩，也给这个村庄增添了许多斑斓和离奇。

传说梅溪有两奇，一指梅溪的水，二指梅溪的天空。

很久很久以前，这条梅溪十分清澈，它穿过村庄注入沅江，

梅花　吴飞舸　辑

从来没有浑浊过。即使沅江发大水的日子，浑浊的江水顺着梅溪倒灌，只要进入梅溪，浑浊的江水顿时便变得清澈了。就在梅溪和沅江交汇的地方，清水浊水泾渭分明，确实引为一奇。说梅溪一年四季澄清似练，一点也不夸张。

还有更奇的：每逢细雨如烟的日子，梅溪上头是一片雾蒙蒙的，这似轻纱一般的雾气，透出一股淡淡的香味。再仔细观看，就在这梅溪上头的雾气里，隐隐绰绰开放着一树梅花。雾气小，这树梅花就开得小；雾气越大，这树梅花就越是怒放。原来这股淡淡的香气就是从这树梅花中飘散出来的。这种景致，古人给它取了一个很好听的名字，叫做“梅溪烟雨”。“梅溪烟雨”成了桃源的一景，也是桃花源外八景之一。

梅溪就以这两奇，曾吸引了古今多少游客来此地观光，也引发了多少诗人的雅兴。难怪唐代八洞神仙之一的吕洞宾也写诗赞道：

摩娑睡眼望山凹，非雾非烟景四郊。
一幅生绡不收拾，被风展却挂林梢。

纹石山机巧

桃源县漳江镇南部的纹石山，原是一座无名山，山峦突兀，四无遮掩。

在远古自然造山运动中，这座山体就是黄壤土与鹅卵石杂糅堆积，遇到暴雨冲刷，表土流失，就凸现出了石子。

传说很久以前，一场大雨过后，彩虹当空。有金童玉女下凡，捡起山上的石子玩耍，抛向天空，石子摄入彩虹的光泽，因此变得晶莹剔透，七彩纷呈了。

纹石　吴飞舸　辑

肉纹石　吴飞舸　辑

《桃源县志》对此山之石如此载曰："其上多红点，浓者如血，淡者如霞，密者如熟豆，疏者如残星，圆者如装辫，曲者如月牙……百态俱备。"

常言道："外行看热闹，内行看门道。"此山之石，固然色彩斑斓，逗人喜爱玩味，但石艺之人最机巧的发现是石表纹络，大如山水描绘，小若人文故事，飞禽走兽，纹理清晰，天然成趣。

早在清朝咸丰年间，就有人采得本山之石，依其纹络分布，加工雕刻成鸟兽、人物，作为高级石琢艺术品，供人观赏。光绪三十一年（公元1905年），县人陶柏春，采得本山一石，人物纹络浸透石内，栩栩如生。他耗时一年，以天然纹络为基调，镂空雕刻一尊当地戏文人物《刘海戏金蟾》，作为石琢工艺品送巴拿马万国博览会展出，由于是天然纹石和艺术加工的巧妙结合，被誉为"纹石雕刻精品"，荣获本届博览会金奖。

陶柏春载誉归来，桃源人无不自豪。由于纹石雕刻展品取材于此山，这座山也就正式称作了"纹石山"。

20世纪80年代，毛主席故乡的客人，慕名来到纹石山，察其石表纹络，采得瑞石、寿石带回了韶山。

当地村民，深信纹石机巧，愿以此山山名冠以村名，谓之"纹石山村"。

下浔阳之地的古寺村

桃源县漳江镇古寺村坐落在古城山下的下浔阳坪。古城山下原是汉时的临沅县治，自宋乾德元年（公元963年）建桃源县时才迁到沅江彼岸的今县址。而浔阳古寺在古城山下的坪畴之中，至迟也应始建于唐，系一佛地禅寺。寺堂三进，厢房毗连，宋代浔阳古寺倒塌后，从明至清，清代才得以修复，据《桃源县志·营建志》载："寺久废，每烟雨薄暮，犹闻钟声，给人一种奇特之感。"乾隆年间（公元1736—1795年）复建，明代阙闻为此写诗一首，题为《浔阳钟》。

鹿死灰寒鼎再迁，兴亡独卧此长年。
纵横铁马金戈世，不改清音落鹤田。

浔阳古寺自清乾隆年间复建以后，曾一度兴盛，寺内有雕塑佛像数十尊，晨钟暮鼓，远传四方。据清《桃源县·营建志》载："寺中有井，井中有龙泉剑光，常年出于星月夜，上逼云霄。"村中的老人说："真有其事，星月之夜，能看到一道刺眼的剑光，如同一道凝固的闪电。"

抗日战争后，寺中又从峨嵋山来了一个名叫"小和尚"的僧人，四处化缘，用了两年时间，将寺庙修复一新，四周的梧桐，樟树也长成参天大树，坪右边有一方"舍利塔"地，前面是一个唱戏的雨台，周围墙壁之上绘有"八仙飘海"、"神仙飞天"等壁画，右厢房是学校，名古寺小学，禅寺环境幽静，绿阴笼罩。

龙泉宝剑　吴飞舸　辑

据说，解放初期，小和尚将井中的龙泉剑带走，从此再也见不到井中射出的剑光了。

浔阳古寺是桃源八景之一，当地村落也因此命名为“古寺村”。

寻阳往生的浔阳坪村

桃源县漳江镇浔阳坪村，紧靠楚山之下，北宋仁宗天圣年间，那里居住着20来户彭姓人家，名曰“彭家湾”，彭家湾背后有座不大不小的山丘，面对县城的城隍庙。土山丘上生长着一棵两人合抱的大茨树，曲枝虬龙，枝叶稠密，太阳照射树冠，又像一把万阳伞。

当时，彭家有一弟子十年寒窗苦读，金榜题名第一。皇帝亲自殿试，他口若悬河，对答如流，被皇帝钦点状元，并招为皇帝东床驸马，就在即将举行婚典的前两夜，他在睡梦中见一白发仙人来到床前，对他说：“驸马爷切勿得意忘形，方可免遭杀身之祸”。他从梦中惊醒，吓出一身冷汗。

可是到了第二天，当皇亲国戚，文武百官前来朝贺时，他却将仙人的警示忘得一干二净。待庆贺的百官刚走，便来到书房，提笔写下了“天下第一家”的横条，侍从阿谀奉承，便将驸马爷题字贴到了门额上，恰被心存嫉妒，而无缝可寻的宦官路过瞧见，迅速禀报皇上。万岁爷闻听龙颜大怒，加上宦官挑拨，说驸马心存谋反之意，想成为天下第一家而取代皇上。于是，皇帝当即决定取消婚礼，将驸马爷捆绑上殿，任凭文武百官如何求情，终未赦免，推出午门斩首示众。

彭驸马被斩后，皇帝似乎有些过意不去，便命一大臣，护驸马尸体回乡安葬。驸马家乡的武陵郡守与护尸大臣平时都和驸马关系较好，有为驸马鸣不平之意，恐日后宦官再行挑拨，皇帝再行掘尸问罪，致使驸马再无往生之机，两人合议，将其埋葬在一

玉玺　吴飞舸　辑

个秘密地方。

时隔数年，驸马欲求往生转世，常常在皇城的西北上空，泛起一团冤气阴云。又是这个宦官，禀奏皇上说，可能是驸马寻阳往生，日后危害皇位，不如趁早灭尸鞭魂，以绝后患。皇帝应允。便派专人前往。不料护尸老臣亡故，武陵郡守易人，来人两次都未找到驸马密葬之地。后来找到原武陵郡守，他装佯不知，说是此事为护尸老臣一人所为。皇帝无奈，只得将传国玉玺，派人抛掷在驸马爷家乡的沅水河心，以镇驸马来世往生。家乡人民为表达对驸马的同情之心，了却驸马寻阳转世之愿望，便将此地更名为寻阳坪村，在“寻”字加上三点水，似与九江浔阳相同，免得宦官再生是非。

后　记

文因景生，景以文传。景与文，文与景，是相生相伴，互为依托，相互支撑的。没有景的文是空中楼阁，是建立在沙滩上的高楼大厦；没有文的记载与传播，永远也走不出深山老林，更不可能流传千秋万代。陶渊明的《桃花源记》、宋范仲淹的《岳阳楼记》、唐王勃的《滕王阁序》名扬古今中外，依文而生的景点依然耸立千古。随着我国现代化建设不断发展，人民生活水平大幅提高，人们由追求物资享受到追求精神生活享受，精神面貌也随之焕然一新，因此，我总想到一些风景名胜地方走一走，看一看，既赏美景，又陶冶愉悦性情，增长见识。近年来我们在我国南北一些重要风景区又逛了逛，每到一处想先买点景点资料，做一番功课，便于游览时加深理解，帮助提高欣赏水平，看后还可以温故而知新。可是市场上什么地方产品、旅游商品都可以买到，唯独没有景点资料可买。向导游提出购资料要求时，导游的回答很简单：没有，资料全部在我肚子里，我讲的就是资料。真弄得我哭笑不得，十分遗憾。于是我暗暗下定决心，凡桃源的景区景点，必须有资料介绍。近两年来，我们组织桃花源文化研究会的几位同志，在县委书记汤祚国、县长庞波、常务副县长李宏秋、县委办主任张志宏、县委宣传部部长黄贵生的指导帮助下，搜集、整理出版了《旅游桃源》一书。此书按各景区景点游览参观路线图编排，合起来是全县景区景点介绍，拆开又可单独成册，以帮助游客游历时了解这些景区景点各自的特色，以及这些特色背后的故事。

在编辑出版过程中，得到县委办、县老干部局、县民族宗教局、县旅发委、枫树维吾尔族回族乡、县文化旅游指挥部、县文化旅游公司、县财政局的大力支持，特表示衷心感谢。

刘有恒

2017.11.18

图书在版编目(CIP)数据

旅游桃源 / 刘有恒主编. —上海:文汇出版社, 2018.5

ISBN 978-7-5496-2567-3

Ⅰ. ①旅… Ⅱ. ①刘… Ⅲ. ①散文集-中国-当代 Ⅳ. ①I267

中国版本图书馆 CIP 数据核字(2018)第 100893 号

旅游桃源

主　　编 / 刘有恒
责任编辑 / 熊　勇
出版策划 / 力扬文化

出版发行 / 文匯出版社
上海市威海路 755 号
(邮政编码 200041)
印刷装订 / 成都勤德印务有限公司
版　　次 / 2018 年 5 月第 1 版
印　　次 / 2018 年 5 月第 1 次印刷
开　　本 / 880×1230　1/32
字　　数 / 450 千
印　　张 / 18

ISBN 978-7-5496-2567-3
定　　价 / 120.00 元